我的凤凰姐妹

长篇小说

吴易梦 ◎ 著

人民日报出版社

图书在版编目（CIP）数据

我的凤凰姐妹／吴易梦著．—北京：人民日报出
版社，2019.5
ISBN 978－7－5115－5895－4

Ⅰ.①我… Ⅱ.①吴… Ⅲ.①长篇小说—中国—当代
Ⅳ.①I247.5

中国版本图书馆 CIP 数据核字（2019）第 058181 号

书　　名：我的凤凰姐妹
著　　者：吴易梦

出 版 人：董　伟
责任编辑：周海燕　孙　祺
装帧设计：中联学林

出版发行：人民日报出版社

社　　址：北京金台西路 2 号
邮政编码：100733
发行热线：（010）65369509　65369846　65363528　65369512
邮购热线：（010）65369530　65363527
编辑热线：（010）65369518
网　　址：www. peopledailypress. com
经　　销：新华书店
印　　刷：三河市华东印刷有限公司

开　　本：710mm×1000mm　1/16
字　　数：268 千字
印　　张：18.5
印　　次：2019 年 5 月第 1 版　　2019 年 5 月第 1 次印刷

书　　号：ISBN 978－7－5115－5895－4
定　　价：68.00 元

序　浪漫青春理想国

文/夏娃

　　沈从文先生的《边城》问世已近八十年了，漫长的岁月磨砺，《边城》魅力始终没有衰竭，而且一直延续着它迷人的魅力。可见充满理想审美品质的小说，存在的价值才是恒久的。今天，与《边城》同处一地脉的长篇小说《我的凤凰姐妹》问世，可以说是继《边城》之后，又一部富有传奇神秘色彩的新边城诞生。

　　沈从文先生的茶峒《边城》已经成为湘西乡土小说的经典，若再想在此地开花结果，不仅需要胆识，更多地需要过人的文学功底。在没有读《我的凤凰姐妹》之前，我很担心这部小说的创作内容和艺术表现手法是否能得沈从文先生《边城》神韵，另开辟一条新的创作途径，起码能够接《边城》幽美空灵的灵气即可。花了一个晚上时间通读完《我的凤凰姐妹》，我的这种疑虑打消了。当我读完小说最后一个字时，心绪仍然久久不能从《我的凤凰姐妹》里走出来，我还想继续留在那里，重温一遍凤凰姐妹的浪漫青春故事。

　　《我的凤凰姐妹》从一开始读进去，就让人一直有种爱不释手的感觉，有如饮下一杯仙酿，在理想浪漫青春国里微醺，之后沉醉在极致美梦中不愿醒来的错觉。

　　纵观《我的凤凰姐妹》创作手法，作者十分巧妙地将《边城》的自然抒情表达与《红楼梦》的创作手法融合在一起。《红楼梦》里青春少年绵绵情愫之浪漫与诗意，在这里被浓缩成精粹，但通过奇思妙想的艺术构思,衍生出许多精彩纷呈的细节,极富玩味和可读性。故事充满自然野性和情趣诗意,情感丰富浪漫而直接,但又不乏苗族情愫的纯净自然与汉文化含蓄、古香古色的美。情节设定宛如山涧溪流,曲折委婉自如,一切由自然而生,娓娓道来,向我们展示了人性中至纯至洁理想自由美好的一面,将苗汉文化的情结融入青春浪漫的情感中,展现出丰富多元化的艺术美感,着实让人为之称奇!

《我的凤凰姐妹》叙述语言优美练达。脱胎于中国古典文化韵味,以一种诗意的婉约和素净,又极为简单宁静的语境,蕴含了画意的色彩,造出独特汉字语言的美感和恬淡诗韵的意境。这种富有鲜明个性的语言是作者独有的。语境的纯净和文学的优美度,达到了超乎常理的好来。仅从小说语言层面去品读,就可感受到久违的阅读文学作品纯净文字的快感。这样的文字与小说里所描述的边城苗寨山水、自然美景是一致的。好的故事需要好的语言叙述渲染,这是衡量一部小说的基本标准。文学语言的带入法,是极具考验作者叙事的功力和文学修养的。若忽视文学语境的存在,我们所读到的故事会很干涩。文学语境的润滑剂,是带给我们阅读快感的美妙元素。缺乏语言美感的文学作品,难以经得起长久品味。而让我们感到欣喜的是,从《我的凤凰姐妹》里,阅读快感一直被这样无比畅达的优美度所驱使着,乃至不忍释手,欲罢不能。

"椿香树上有百灵鸟藏匿在浓荫里婉转唱歌子。百灵鸟歌声青幽幽的水亮,似乎碰响了每片树叶儿才摇曳出身影来的。那音色丝丝如兰蕙,能入你的心里去,然后在你心房里萦绕三圈再优美地荡漾出来……女孩约莫十五六岁,椭圆形小美人脸盘,被太阳晒得红扑扑的。脸上有些皱,但不乏一种自然山野的美来。一对细长弯月般动情的蛾眉,把一双水盈盈的乌黑大眼睛给修饰住了。挺直俊俏的鼻梁不会让你觉得那里是最美的地方,因为鼻翼下面还藏匿着一张樱桃红的巧嘴儿。女孩的头发黑亮亮的,梳理着两只齐肩长的小辫子。头上戴着银童帽,身着青色麻布苗服,布面衣襟袖口、裤脚边嵌着苗家手工刺绣的花纹。花纹白红粉绿相间,朴素清丽。苗服是旧的,干净清爽,像是有些年头了。女孩的腰间系着一条花腰带,腰带上有苗绣杜鹃花和彩蝶图案。她身上的胸兜刺绣了一丛寒兰和一对凤蝶,图画栩栩如生的。下装穿着简洁,蜡染百褶裙摆,滚着吉祥云纹花边。褶皱曲折细密,做工十分考究,古雅不乏艳丽。她脚上的鞋子倒是十分新颖别致,那是一双苗家传统绣花苗鞋,鞋上点缀着美丽花纹刺绣。鞋子半新旧的,鞋面沾染了些许淡绿的草色,那是经常出来放羊走草茎时被沾惹上的自然青草的颜色。"

　　这是小说里两段景色与人物的素描。作者用独特优美的语境,有如古意的工笔画,那样细腻清丽、生动幽雅地描绘出来。这样精致自然恬淡的语言,读着特别养眼润心。人和物是鲜活的,运用的文学语言描述是灵动飘逸的。这种纯粹的文学语言造景出来的文学艺术美感,让人耳目一新,有如久旱的沙漠里,忽然突现出一汪清泉,让阅读文字转变成对画面的欣赏,而且类似这样的句子很多,几乎贯穿整部小说内容,这就让人咋舌称奇了! 这是汉字语言独有的魅力,真正修炼到火候了,小说仅仅运用文字的灵动性和抒情写实的优美度,就能摄住人心。

　　我十分感佩作者这样精到、驾轻就熟的文学语言的运用。通读整部长篇小说,皆是这种优美语言所营造的语境,处处蕴含诗意,有如鸟语阐释着花香那样自然生情。而作者聪明之处,是运用了这种独特的文学语言,描绘了一处处可以留住人灵魂的诗意妙境之美来,以致让我们像迷恋糖果的孩子,久久沉浸在诗意语境的优美中不能自已。这是小说美感的魅力,也是这部小说的一大特色。我们不难看出,小说艺术构思上,或多或少借用了一些《红楼梦》的创作手法。但作者借用的十分巧妙,没有墨守成规,而是扬长避短,注入了鲜活新颖的内容,细化出很多耐人寻味的故事情节。这让一般读者都能读进去,没有烦琐的、过于细化的家长里短分散你的阅读精力,而是集中笔墨,贴紧人物青春情感故事主线脉络去简单明了地讲述你喜欢听的故事和人物情感的变化。因而，引发可读性的快感点比较多。《我的凤凰姐妹》没有《红楼梦》式百科全书那样宏大，但在人物刻画的细腻度和紧致富有情趣内容上，作色了更多耐人寻味的诗化抒情颜色。可以说，作者展示了一部现代苗寨版青春浪漫的袖珍《红楼梦》，内容构思是新鲜独到、别出心裁的。这是一种尝试。我想，这种尝试是一种积极探索，是对古典文学的传承和致敬。

作者对小说内容素材的选取很讨巧，也独具慧眼。《边城》发源地茶峒与《我的凤凰姐妹》背景地之间不过五十里地。同一边城地脉，不同的是《我的凤凰姐妹》地处山林深处，古老的百年苗寨里。拿地域所处的位置来比较，深山里的苗寨更古典幽谧，神秘色彩更加丰富些。这是一部长篇小说内容，其容量和创作难度，更是考验作者对厚实地域特色题材的驾驭能力。

通读完小说，我很惊叹作者对如此复杂内容驾驭的自然纯熟度。内容娓娓道来，语言优美，流畅自如。人物的对话，情景的描写，都是相当细腻生动见功夫的。例如：

"晚亭说着猫腰悄悄向前面一棵古树摸了过去。到了树底下，晚亭摆手示意大家不要吱声，她蹑手蹑脚地走到一根树杈下面，看见树杈上隐隐约约蹲着一排竹鸡。竹鸡在夜里比较呆性，若是不发出声响来，它是不会飞离的。晚亭在夜晚捉竹鸡是熟手了。只见她稍微起身，找准确角度和位置，那纤细的腰身，宛然一副即将出击捉拿竹鸡的优美姿态。这婀娜的姿态，被照进林子的淡淡月光轻拢着，自然生成一幅动态的画儿立在那里。这时，晚亭屏住呼吸，把握住瞬间机会，神不知鬼不觉探出网口，十分敏捷地朝上猛地一扣，便将靠近她的一只竹鸡网进了粘网里。粘住的竹鸡发出'扁罐罐、扁罐罐'的叫声，不停地在网袋里挣扎着。"

"婉贞见水田中央的稻草人挺可爱的，没等蕴龙回话，便脱掉鞋子，挽起裤管，深一脚浅一脚趟着稻田积水，往稻草人身边去了。齐腰深的青稻子从婉贞腰际一一闪过，发出沙沙的响声。那月光好像从青稻穗上摇晃了下来,缠绕在婉贞的细腰上。稻香味道仿佛也被婉贞的游动驱散开了,这幅满月下的婉贞与青稻子融合的风景,很是有看头了。蕴龙喊不住婉贞,只得跟着下到田里,一起来到稻草人身边。婉贞抚摸着稻草人伸展的手臂,又牵动了一下它的衣袖,说:'稻草人,我们来看你了。今天是中秋节,你也挺寂寞的,不如和我们一起赏月玩耍吧!'蕴龙听着婉贞天真的话语,说:'婉妹妹是要让稻草人开口说话呀?不过,稻草人知道妹妹来看它了,今夜,它也会无眠的。'婉贞说:'这深夜里走近稻草人怪有趣味的。就感觉它是个有灵性的人物了,不疏生,它这样孤零零地站立在稻田中央,没日没夜守卫着稻子,挺辛苦的。周围的景致安谧得很,尤其是有这样一个稻草人立在这里,尤其显得诗意了。'蕴龙说:'婉妹妹说的是,我也是这样的感觉。这十亩稻田,正是因为有了这个稻草人,才有活气的。'婉贞又围着稻草人看了一圈,接着,她踮起脚尖,伸手把稻草人的破旧草帽摘下来,然后戴在自己的头上,面对蕴龙说:'龙哥哥,你看我这样子,像不像稻草人呀?'蕴龙说:'像,真像。你戴了草帽,是个美女稻草人。是天仙下凡,来到农家稻田了。'的确如此。婉贞戴上破旧草帽,并不显土气,月色下,恬然的笑靥,端丽的容颜,眉目含情,加上旧草帽衬托,这种清婉的美就像被枯草掩映下的一汪秋泉水,夜里拨开草丛见了,白白的月亮倒影在里面的画景。"

　　小说里像这样对人物与场景的刻画,作者通常用淡静纯净的笔墨,便为我们抒情出耐品味的山野诗情画意韵味来。书中边城山林古老苗寨风情,原始山林优美无限的自然风光,远远墟里人家,素丽苗姑、牧女、猴女和清越嘹亮的山歌,融会了泉水的清透和鸟语的纯净,这些人、景、物和山水,都是富有浪漫气息的。其中也不乏儿女情长、姐妹青春故事妙意串联其中,将大自然本源的美与灵性,人的纯善心性对美好境界的向往之情,勾勒出一幅幅水墨灵动的图画。作者擅长这样诗意的人物场景描绘,畅美的语境与人物景致的点化,妙境天成,细品十分入味。小说在人物的刻画中,对地位卑下的村姑椿香和丫鬟翠娥寄予了深深的同情和真爱。在那个年代,一个少爷,能为一个苗女村姑和一个丫鬟，抛弃未来寨主的富贵，这是需要巨大勇气的。这是爱在灵魂深处的切肤之痛。在作者笔下的人物，个个都是鲜活而至善纯美的，但主要落笔处是几位高贵小姐和村姑、婢女的落差对比。然后是龙少爷在此对爱的选择和阐释。像小姐婉贞和静雯，这是少爷心目中的女神，只能放在心里欣赏的爱，是挂在心室里一张完美的画儿，是纯粹诗意的、朦胧的；而对于村姑椿香，那是期望能够得到的真爱。椿香纯净，充满天真烂漫山野的气息，这样的爱是来自大自然的鲜活本真的爱，能够激发龙少爷心灵元素的真爱。她不单单是幅美丽的画，而且是可以从画中走出来的人。而对翠娥，更多的是一种依恋和依赖，是人性一种本能生理上的爱和恋母情结的结合体。龙少爷是一个多情公子，从他身上我们可以看见作者对人性刻画真实解析。凤凰园里的爱，是充满浪漫青春境界的。不同的爱所阐释的不同的过程，都具有很强的诗意境界审美意识。

其次，书中难忘的莫过于美人美情美景，让人难以释怀。人物从现实到想象的虚幻，处处都留给人不同的审美体验和美好想象的空间。一位多情龙公子，他身边围绕着身着美丽绣花苗服的小姐、村姑和丫鬟们，这些美丽动人的女子，仿佛个个都是从画中走出来的一样。有的脱俗优雅，有的个性活泼张扬，有的性情恬静温婉，还有传奇身世经历的猴女……她们生活在悠悠苗山、远远墟里烟映衬下吊脚楼诗意化的世外桃源里，在苗寨青山绿水间有一种道不完的朦胧情愫与心性情趣境地。

小说里秀山的人物风情、习俗美食、百年苗寨里的各色人物，原始自然生态里的飞禽走兽、树木花草，一切都随着故事的发展活跃起来，在阅读记忆里或者说更像是在梦中，他们仿佛是真的存在过的人，因他们的喜悲而牵动情绪，更多的是陶醉在青春浪漫的氛围里，描绘的美情美景美事美人，都在书写人性的美好和对纯美的爱的向往、憧憬。而那种渴望自由的本性，也是印刻在骨血里的，在深入自然中显得野心勃勃。小说最后躺在白鹭岭的血色石枕，用另一种强烈的戏剧反差，将爱情绝美的悲壮勾勒出来，如此不动声色的文字，却深深震撼着你的心灵。让你久久不能释怀、放手离开。

　　《我的凤凰姐妹》营造了一个独一无二的浪漫青春理想国。置身在这个理想国园子里，心灵会被美叫醒，自由会治愈颓废灵魂，在这里做一做美梦，甚好！

2018 年 6 月 5 日

•••••• 目录

引　子

　　世上皆有缘，无缘不成事。世事如烟，缘分到，便成事了。今生相遇到的，应是该遇见的。遇着自然有缘，无缘永世难相逢。不去纠结应该是怎样，或者理应为哪样，只当一切发生的事情都该发生一样。因而，《我的凤凰姐妹》所著述的龙公子与众凤凰姐妹一段青春浪漫儿女情长故事，便是一处缘分之地了。

　　这缘分之地名曰秀山。相传古时候的秀山县城发生了一件奇异的怪事。一天深夜，秀山城东3000米处山角岩石林突然从天上飞来两个仙女在那里玩耍。山角岩石林古树参天，林密崖幽，鸟语花香，景色十分秀丽迷人。两个仙女玩耍到快要天亮时分，一个仙女飞回到天上去了，另外一个仙女玩性大，非常迷恋山角岩石林的自然美景，就留在了山角岩。仙女为了能长久居住下来，变作一只凤凰鸟，快乐地生活在山角岩石林里。这事让玉帝知道了，几次下令召她回天上去，仙女都始终不肯回去。于是，玉帝派一天神到山角岩去查看仙女因何不回天宫，要久居山角岩。天神很快下凡来到三角岩，看见仙女已经变成了凤凰鸟，整日在林中无忧无虑，自由嬉戏，根本没有回天宫的意思。天神无奈，只得回去如实禀告了仙女的情况。玉帝大怒，便把仙女变成了凤凰山，永久守望在山角岩石林。仙女变成了凤凰山，初升的朝阳恰是凤头上镶嵌的宝珠，山峰宛如凤凰羽翅，形态颇有凤凰展翅的神韵，而且时不时会从凤凰山发出凤凰鸟幽怨美丽的鸣叫声。凤凰山旁传灯寺智远师傅看罢这座涅槃新生，且形态栩栩如生的凤凰山，随口赞曰：此乃吉祥富庶之地。虽不见梧桐成林，却有如此灵性凤凰仙山定居秀山城东，可谓紫气东来，大吉兆也！

然而,这个传说故事到此还没有完结。一日,从凤凰山上的桃花洞里翩然走出一群凤凰仙子来。这群仙子体态优雅,貌美如花,个个细腰婀娜,苗条可人。每人身上生有一对五彩斑斓的凤翅,系带七彩锦缎飘逸尾羽,身着衣裙颜色绚烂各异。她们嬉笑打闹,声音宛若风铃般清脆悦耳,一路飘飘欲仙登上凤凰山峰顶。凤凰仙子们在峰顶指指画画,像是被秀山全景美丽的风光所陶醉。那高高低低错落有致的山峰,绵延翠色无限。忽然,领头的一女子指着梅江河畔金珠苗寨鬼笨沟地域,让众神仙姐妹观看。众凤凰仙子放眼望去,见金珠苗寨鬼笨沟上空,浮动着九彩翔龙云霓。那绚烂美丽的云霓中,有成群的白鹭仙鹤翩跹起舞翻飞,情景甚是壮观。凤凰仙子们看后,相互神秘耳语一番,顿时各个面露喜色,瞬间顿悟了某种玄机。或许是天地缘分,注定要在金珠苗寨鬼笨沟地方演绎一回龙凤缠绵风月情缘。于是,这群凤凰仙子,像是遵循天意,有了冥冥定数契约,纷纷起身朝金珠苗寨鬼笨沟九彩翔龙云霓的方向飞去了……这些固然是无可考证的传说,但《我的凤凰姐妹》的内容却是与之密切相关的。

凤凰择良木而栖,能引来凤凰落脚的地方,自然是富庶之源。秀山便是这样一块鲜为人知的风水宝地。一曲"黄杨扁担软溜溜"传遍大江南北的优美歌谣,便是出自此地。这里山不冒高,也不摆显矮小,有如会梳头的苗绣娘,不用把头发梳理装扮齐全了,只稍微素素点缀修饰,留有余地,让人看了又必定去想着那番别样的美来。

古时候的秀山,山上古木参天,杂藤盘树,林密崖幽,鸟兽繁荣,溶洞幽布,暗涌泉流无数,堪称美人山峰聚集的福地。四野草木繁花数不胜数,野菊花、野黄花、杜鹃花、格桑花等花卉,蓬勃欣欣向荣。山涧自然来去的流水,不必究其来源,幽泉清透,逼出青山的影子。鹅掌拨动清波,诗意情趣盎然,四处可循其画中丽影。

山不在高,有常青美树敛风便是福;水不在深,有清澈野泉哺育便是缘。秀山山水之美是颇有灵性气场的,灵性美质后面又是深藏着故事的,而这玄妙的故事藏匿在多姿多彩的秀山山水里。

若是站在凤凰山顶往下俯瞰,秀山山围中间呈现出一个2400多平方公里开阔的平原坝子。坝上红色土质肥沃,农耕田作生机勃勃。每逢开春季节,整遍坝子绽放的油菜花金黄灿烂一片,宛如精致的巧妇织出的一匹匹凤凰锦缎,蔚为壮观。山坡上高矮不等的苗家土家族黑瓦木房子、古香古色的吊脚木楼幽雅地立在那里。三三两两的桃树,缀满粉色诱人的桃花,静静依偎在农家院落里外、山坡上,与瓦蓝天空上漂浮的纯白棉花云和酥软的春风相互辉映着。隔山喊绿,只要你站在山坡上稍微张口弄出点声音,那漫山遍野的绿意便婀娜动情地涌动了上来。

清早,淡静的水雾刚刚散去。勤快的渔人划着轻灵的小舟,拨开柔润的薄雾,往来穿梭于梅江河上捕捞鱼虾。整河清亮的水是翠色的,有如翡翠镯子放进泉水里,满目都是逼眼的青翠色。这边船头炫耀几支渔歌传递过来,那边船尾随即会荡漾来一串嘹亮的苗家或土家族山歌遥相呼应。

秀山的水是由鱼的语言和苗家风味的歌韵自然串联起来的。看着,渐迷眼离;听着,洗心入肺腑。站立木船上再往远处眺望,青翠欲滴的水竹林、白竹林、老杉树、白杉树、古银杏树、乌杨树错落有致交织在一起,守护着起伏的山峦。若是徜徉在坝上,不时会听见流莺、画眉、百灵鸟婉转呼应着村狗吠音和几声公鸡打鸣的妙然生趣,以致让人分辨不出这是天上人间,还是人间天上。

想必陶渊明构思的《桃花源记》所赋予的美情美景,该是应和了秀山朴厚民风与自然风光融会贯通的真实写照。《桃花源记》不过是陶渊明梦想中的一处文字美地,秀山山川之恬淡秀美倒是还原了一个大气度的、实实在在的世外桃源了。

当年沈从文先生的《边城》,把坐落在秀山近邻的茶峒幽幽情趣美丽了一番,惹得凡读过此书的人,纷纷前往故事发生地探个究竟。《我的凤凰姐妹》中的秀山金珠苗寨与茶峒两地相距不过五六十里路程,同一地域脉络,一个在清澈的水边,一个在神秘的山林。《我的凤凰姐妹》故事更为曲折玄秘,这或许沾染了凤凰古城的美韵,也借了《边城》灵气。不然,洋洋洒洒几十万字美情美景,以长篇小说形式细腻道来,若是没有丰富美丽、婉约凄美的故事,是万万不可成章的。

圆臼臼一座城,水包山门;东有凤凰展翅,南有水显莲花(水淹石头,露出来的石头像莲花),西有乌杨过江,北有七星点斗(七条泉水冒出来)。十八条小巷,猪屎街、麻阳街……古香古色、民风朴厚的秀山小城,被这几句诙谐幽默的民间俗语生动地概括了。为此,易梦因工作原因,曾居住秀山四年,阔别近二十年后,思念故土心切,久思成梦。一日,梦见进入秀山山林中,遇见一须髯发美的寨老。寨老安静坐在一块青白的山石上,若有所思。易梦走上前去询问山外去路。寨老微笑言语,道:"此乃凤凰山福地,世外桃源居所。只有来路,没有回去的路。有如泉,隐姓埋名在山里,始终是清澈晶莹的。倘若露了名姓,走出山外,难免就浑浊了。"易梦不解,继续追问:"哪里有山路只进不出的道理,有来路就有去路的,寨老是不愿意指路罢了。"寨老轻捻须髯,道:"我看你是有缘之人,便断了你走回头路的念想。人最终都要走回头路的,哪里来回哪里去。不过,我倒是愿意指出两条明白的路径,你可愿意选择?"易梦说:"寨老指路,我是求之不得呢,敬请先生指路来。"寨老起身,用手指向两处路径,说:"眼下一条是通桃花坞的路径,一路可见桃花美树落英缤纷、婀娜依人,凤凰园里,美情美景美人风光无限;另一处通万山泉源,一路奇峰峥嵘,野泉流泻,走兽频繁出入,险峰奇景连连,引人流连忘返。不知你选择哪条路径?"易梦稍微思考,说:"桃花坞路径可去也。"寨老神秘微笑点头,道:"看来俗人皆了断不了儿女情长、桃花红运念想的。也罢,既然选择了,乃是天意。天命负身,必有一结果出来。就由你自由来往一遭,也不枉一世红尘辛苦。这样,我送你几句打油诗,算在此梦里了结一面之缘。"寨老说完话,随口拈诗《逍遥歌》道:

今生是缘莫非缘,往来世事皆云烟。

落寞峰险鸟不入,静寂泉清鱼难安。

空山石孤心生静,树秃根老深山闲。

前后矛盾似峥嵘,左右因果是非间。

常绿青山爱寂寞,委婉流水恋曲折。

才子风流不英雄,佳人红尘试对错。

反转贫富终相离,两袖清风不生祸。

纵使金银满仓堆,后事纸钱浮云过。

碌碌烦尘少安恬,无为寂寞便无我。

看淡名利度清明,未语神仙识不破。

绵绵是情今生了,默默无缘来世和。

还是当前想明白，免得终了无结果。

恰如真是真来解，又作假来假亦做。

情到垂暮孝子少，人聚坟头空泪多。

何为糊涂不糊涂，还将清澈难清澈。

莫非来去风捕影，自在黄昏南北客。

　　寨老念完《逍遥歌》，问易梦，是否解得其中奥妙？易梦似懂非懂，说："寨老顺口拈来，诗意缥缈，玄机暧昧，可详细解来教化易梦？"寨老捻动雪白须髯，长长叹息，道："既然为玄机，乃不可早早泄露。待到机缘成熟，自会与你梦中理论的。"寨老说毕，拂袖渺然而去。易梦茫然四顾，空无一人，不知所措。忽闻鸡鸣声声，恍然梦醒。易梦追忆梦里寨老幽事，感怀颇多。反复品味《逍遥歌》，越发想探其究竟。梦里寨老诗意混沌世俗，不如洞悉世事清明来得简单明了。一日，易梦突发灵感，以秀山风土人情为背景，写下顺口五言古风《山外桃源》，以此追述秀山山水美景风物人情。有诗曰：

池浅生青苔，月白晾荷塘。

燕剪春水暖，风梳柳丝长。

鸡啄门前粟，鹅追村边羊。

荷锄分春水，布谷念故乡。

山深不见鸟，柴扉自由敞。

草狗院外吠，生人山脚访。

远村媒相托，近邻攀嫁妆。

白米碾几升，姻缘细商量。

爬犁三两亩，春播秋收藏。

推门见花草，抬眼闻泉响。

山泉煮新米，石磨豆腐香。

松枝熏腊肉，毛猪灌香肠。

牛羊屋后圈，麻鸭塘中养。

绿茶清晨采，黄昏壶中装。

偷得一闲暇,品茗论芬芳。

云静逼水蓝,鱼肥挤满仓。

清晨蔬带露,巧妇摘菜忙。

村童爱风筝,依山云端放。

风轻草色明,童年也风光。

老叟布棋局,松下弈相让。

谁为功名争,输赢都平常。

游僧肩披月,晨扫瓦上霜。

钟鸣寺院孤,尘世多遗忘。

莫道草庐陋,勤劳山不荒。

神仙也羡我,常来家中逛。

不谈山外事,人生有何妨。

村酒煮五两,笑语醉一方。

　　《山外桃源》诗写完,易梦便拿给幽居秀山的忘年交瑞德先生品读。年过古稀的瑞德先生读罢,说出一个"妙"字来,并向易梦讲述了这么一件事。说他的一位姑姑,年轻时是当地秀苑一枝花。旗袍裹身,身材窈窕,容貌好比天仙下凡,是出身大家族的富贵小姐。上学读书时与一个穷教书匠爱上了。不顾家人反对,硬是寻死觅活与教书匠成了亲,嫁到打妖寨。后来,教书匠被山匪绑架撕票,山匪头子目的在于逼迫这位貌若天仙的小姐给他当压寨夫人。小姐至死不从,便沦落到街头靠卖红薯粑粑为生,供养一大家子吃用。这个故事有点像乱世佳人了。当然,其中很多感人的细枝末节是非常动人心魄的。瑞德先生对秀山颇有情感和思想,建议易梦何不以此为契机,创作一部长篇小说来了却一桩心愿,也好将藏在深山中的世外桃源秀山示与世人,不枉这绝世奇美的青山绿水,梦境之情意!易梦感怀彻悟,记住了瑞德先生讲述的一段家族往事,加上秀山之地的确是个异常秀美神秘的地方,此故事里便有许多饶有趣味的渊源周折。于是,易梦三度往返秀山百年金珠苗寨,每次去那里都有难以名状的新意,从中获取灵感颇多。

　　又因沈从文先生的《边城》在先,秀山地域又是紧邻湖南边城茶峒,地脉渊源相连,可谓孪生姐妹般亲近,似有未尽边城余韵延续之意境。若能成书,联袂成凤凰姐妹,了愿一结果出来,岂不美哉!因此,《我的凤凰姐妹》所叙述的故事应了天时地利,又巧借《边城》未了长篇小说情缘,再辟蹊径,仔细铺叙一段苗寨吊脚楼凤凰姐妹风花雪月儿女情长故事。其中滋味,也得了《红楼梦》里几多神韵,唯有古典意趣、苗家风情山野韵味、青春儿女浪漫情长及美丽人性交织,方有情趣,值得反复玩味。云空未必天空,天空未必云虚。若是在清夜,点燃一盏豆油灯,打开《我的凤凰姐妹》,细细品其真味,一股解忧泉清流也!为此,有诗曰:

生来是缘枉曲折,一世无缘奈若何。
痴人难解痴人梦,浪漫青春苦泪多。

第一章　龙少爷梦惊白鹭岭

背阴山坡草不青,向阳崖上风头紧……

清末年的秀山,县城不是很大。城墙外围,山林纵横,人烟稀少。环抱秀山丛峰峻岭妖娆茂盛,各类杂树相互照应,参天古树漫山遍野疯长。狐、果子狸、野猪、竹鸡、锦鸡、猴、豺狗、熊、豹,走兽数目繁多。每到傍晚,百鸟争林归巢,各类走兽呼应嗥叫深山,一派自然生机盎然野景情趣,生人往往是不敢随意冒进的。

距离秀山县城二十里路的梅江镇,是一处溪水繁多、膏田沃野的富饶地域。梅江鉴子桥西面,有一座金珠苗寨。苗民大多汉化,习得汉字文化,尤以跳花灯舞、唱土家苗家山歌为特色。苗女装扮,最爱穿百褶裙,一条裙子上的褶细细密密有 500 多个,而且层数很多,有的多达三四十层。这些裙子从纺织布到漂染缝制,一直到最后绘图绣花,都由姑娘们自己独立完成,再加上亲手刺绣的花腰带、花胸兜,可谓异彩纷呈,美不胜收。苗姑身着蜡染麻布苗服,袖口、裤脚和衣襟都刺绣了美丽的花边,素素的雅丽。其中不乏银饰项圈、银角、银扇、银帽、银围帕、银飘头排、银发簪、银插针、银顶花、银网链、银花梳、银耳环、银童帽头饰装点。苗姑的花腰带上刺绣了栩栩如生的蝴蝶和吉祥花纹。苗姑着了这身衣装和饰品,走在青山绿水中,那便是一窝儿一窝儿流动的画。偶尔,从这画里婉转出一曲优雅的苗家山歌出来,那画儿又是着了音符,在山野悠然荡漾开了。

金珠苗寨里有一条神秘的鬼笨沟,鬼笨沟源头藏匿了一个幽深莫测的鬼笨洞。鬼笨沟常年清澈流水,便是从鬼笨洞里滋生出来的。鬼笨洞究竟有多深,从来没有人进去探访过。鬼笨沟一带相传有件频繁发生的怪事。

每逢月黑头,可见一只雪白的凤凰在沟底神秘出没。白凤凰忽而飞向夜空,发出优美脆亮的鸣叫声;忽而飞落在丛林的古树上,将漂亮的纯白尾羽铺展开;忽而又化作一个苗姑俊俏的模样来,肩着竹编背篓,身着麻布绣花苗衣,细挑的腰间束着蝴蝶图案的花腰带,头顶银帽儿,走在山涧小路上。但从来没有人真正见过这只白凤凰。

鬼笨沟长约十里路,沟宽四五百米。沟底自然生成一条涓涓溪流。溪流一部分来自龙口坡山崖间一股瀑流山泉。泉水水质甘冽,从山崖上飞溅而下,山崖下面自然形成一个怪石围聚的清潭。潭水清浅见底,游鱼、青虾和螃蟹游戏溪水之中,自由自在,数不胜数。每逢满月夜晚,那些耐不住寂寞的鱼虾会主动游弋到浅滩处就着月光跳舞,溅起波光粼粼的水花,勾画出一道月光与鱼虾嬉戏清泉的奇美景致。山民平日不大喜欢捕捞鬼笨沟溪水里的鱼虾。鱼虾得用油煎炸烹调着才好吃。山民大多是做农活或猎户的,要吃油水旺的猪牛羊肉才解馋,懒得用鱼虾佐餐。若是享用,也极方便,只需用竹筐或者簸箕沿着溪水随意打捞,便可取之不尽。

鬼笨沟蜿蜒曲折,沟深人稀,草木茂盛。北面牛场坡,坡高二三百米,茂密树林深处,居住十来户山民;南面龙口坡,与牛场坡高度对应,山坡被红豆杉、白杉树、水竹、花竹、白竹、杂树和古银杏树围聚,郁郁葱葱,烟霞袅绕。尤其是牛场坡峰顶青翠欲滴的山林,每年春分季节,有上千只南方热带雨林迁徙而来的白鹭,争峰古树山林,筑巢繁殖哺育后代。站在鬼笨沟谷底向上仰望,成群白鹭翩跹舞蹈,在郁郁葱葱的峰顶上翻飞鸣叫。青绿山峰,洁白如云的白鹭相映成趣,栩栩如生勾画成鬼笨沟又一处独特的风景,故又称作白鹭岭。

当然,与其美丽的自然景观相比较,鬼笨沟还有一处人文胜景让人着迷。从龙口坡峰顶往下俯视,龙口坡坡脚有一片苗家风情的吊脚楼——金珠苗寨甚是风光。金珠苗寨有一大户人家乌家寨子尤为抢眼。乌家寨子吊脚楼建筑全部采用上等的野生老杉木精心设计完成。雕龙画栋,辟邪兽占据飞檐,无处不显生动。吊脚楼脚堰下,延续一个 U 字形的木楼黑瓦房。黑瓦老杉木,桐油漆得乌亮光泽。木楼瓦房与吊脚楼连体,构成一座独特的木楼四合院落链接的群体,在龙口坡茂盛树林草木掩映下,乌家寨子显得古香古色,尽显祖耀风光。

　　乌家寨子乃乌家祖上乌老太公传承下来的家业。乌老太公当年中过举人，做过州官，告老还乡后，做了金珠苗寨的寨老。在乌家老宅鬼笨沟龙口坡买了近百亩土地，花费四五年动工建造了这么一处幽雅别致的乌家寨子。乌老太公育有四子两女；长子乌耀庭、二子乌耀晖、三子乌耀显和幺女乌耀慧为大老婆鲁氏所生；四子乌耀天和大女乌耀瑛为小妾周氏所生。乌耀瑛嫁到乌鸦盖一大户人家，育有一女，名唤婉贞。乌耀庭30岁那年得病早夭。二子乌耀晖和四子乌耀天居住在秀山县城涌图各自做盐行生意。金珠苗寨乡下老宅，交通不便利，又地处鬼笨沟深处谷底，两个经营盐商的儿子都不愿意留住乡下守候老宅度日，唯有老太公三子乌耀显喜欢这古朴雅致的乌家寨子。

　　乌耀显生来接乌老太公的文才脉气，虽然没有中什么举人，但满腹经纶，嗜好读书，也算是一个高等的秀才。乌耀显除了经营秀油（桐油）有一套，诗书文采也颇具风格。尤其是一手工整小楷毛笔行书，很是精到讲究。乌耀显与乌耀晖和乌耀天不太一样，他没有合伙一起做盐商生意，而是独自在涌图买了地皮，盖起房屋和作坊，专门经营桐油生意。

　　两女已经早早嫁人，三个儿子都有出息，乌老太公的日子过得安逸自在。乌老太公是在82岁那年过世的。乌家老太公满了80寿辰，当然是要表演《二十四孝》《十二大孝》。尽管接"孝福灯"要过世三年后才能接灯，但乌老太公是例外，八十多岁高龄寿终，乌家没有讲究这些，丧事当作喜事办，图个热闹，依然接了"孝福灯"来乌家寨子表演。最后乌家还要求表演了《采茶》《谢酒》《谢饭》曲调，这些都是乌老太公生前喜欢听的剧目。尤其是乌老太生前最爱听的一首丧歌《清早起来雾罩多》，乌家特意请了当地唱丧歌的班子吟唱了这首歌子：

对门对户对山坡，清早起来雾罩多。

转来又要去办米，泡盆衣服要我搓。

梳头洗脸看不着，一天事情这样多。

又要井边去挑水，还要洗菜去下河。

又要扫地要烧锅，又要做饭要烧火。

水一烧开滗米汤，顺手又把娃娃摸。

又要挑粪把菜泼，还要放牛上山坡。

一天活路这样多，吃东吃西没有我。

一年四季来了客，不要媳妇坐一桌。

清早起来就上坡，天打麻杂才进屋。

汤汤水水剩半碗，骨头渣渣留两坨。

锅巴饭菜盖一碗，就像喂狗差不多。

这首丧歌在当时秀山流传很广泛。听唱词内容，不像是丧歌，但确是一首丧歌。乌老太公懂得诗词歌赋，尤其喜欢这首《清早起来雾罩多》。乌老太公在世时对《清早起来雾罩多》评价极高，他说这首看似不像丧歌的丧歌，内容却是那样生动风趣，都是生活化的口语，不用一个形容词，便唱出了苗家土家妇女的卑微地位和辛苦生活。

乌老太公的葬礼风风光光地办理完了。乌家族人依照乌老太公生前遗嘱，分了家产。乌家寨子按等分房产，分别派发给四个儿子。吊脚楼正堂和一大半的偏房，归鲁氏管理；另一小半偏房由周氏居住。乌耀晖和乌耀天盐行生意做得大，金珠老家的苗寨几乎顾不上打理，便交与乌耀显管理日常事务，打点老宅家事。

乌耀显不像乌耀晖和乌耀天那样是一个完全的商人，他的身上多少带着些文人气息。他喜欢涌图和金珠老宅两头跑。生意做累了，便回金珠老宅调养身体修养精神。鬼笨沟山清水秀，林丰物茂，鸟语花香，是修身养性福地。

乌耀显年过40。20岁那年成亲，娶得是龙口坡做木雕家什生意曹世魁家的大女儿曹玉翠。曹玉翠先后生了两个女儿乌蕴蓝和乌蕴梅。生二女儿乌蕴梅时，不幸得了产后风，早早过世了。乌耀显与曹玉翠感情还算和睦，只是连生两个女儿，没有给乌家添子嗣。满了丧期，乌耀显又娶了二房潘淑鸾。潘淑鸾是金珠镇上做典当行生意的潘文龙老爷的小女儿。潘淑鸾生得素雅端庄，刺绣针线活做得极好，且裹得一双精致秀美的小脚，号称潘小脚。

潘淑鸾嫁到乌家,先是给乌耀显生了儿子,两年后又给乌耀显添了一个聪明伶俐,乖巧美貌的女儿。潘淑鸾为乌家添了男丁,很快便被扶了正室,掌管乌家寨子日常家务事。潘淑鸾的儿子生于六月天。也许顺和天意,儿子降生那天,适逢雨季。夜里龙口坡上空雷声霹雳,闪电大作。刚入午夜,孩子便呱呱坠地、哭声震天般来到世上。

说也奇怪,第二天黎明,风停雨静,龙口坡上空竟然现出一溜活灵活现的翔龙云来,这又给出生的儿子带来几分传奇色彩,因而起名蕴龙。意谓蕴龙乃蕴含之气场。因孩子出生雷雨交加之夜,又是属龙,天生气场较大,若是适当收敛,将来方可成大器。

乌耀显的女儿出生则在春分之日。正午潘淑鸾生下女儿,此时恰好有人来报,说龙口坡白鹭岭的白杉树林飞来了上千只白鹭。白鹭聚集在一起,围绕白杉树林翻飞鸣叫,好不热闹!听罢来报人描述,加之女儿出生在春分当天,坐在堂屋里的乌耀显很高兴。白鹭且有凤凰寓意,随即给女儿起了蕴菡的名字,小名白鹭。

蕴龙和蕴菡年龄相隔两年,因男女有别,蕴龙满月日子,筵席摆了九桌;蕴菡满月日子,只是家人在一起庆祝一番。乌耀显尤其喜欢这一双龙凤呈祥儿女。蕴龙生得俊美,一双水灵灵的桃花眼,透出灵动神韵。卧蚕长眉,丰润银月般脸容,高悬鼻梁,天生就一个美男胚子。蕴菡更不用说,生得娇小玲珑,肤白秀美。一对水葡萄双眼皮眸子,顾盼生情。微微小翘鼻子,樱桃小嘴,瓜子脸容,一幅古典美人像。

兄妹俩长到七八岁,便显现出非常的智慧和个性。蕴龙满8周岁那年,闹出一件让人啼笑皆非的事情。乌耀显为蕴龙8周岁生日,特意放下涌图生意,赶回金珠苗寨老宅为爱子庆生。乌耀显请了三桌客,蕴龙的几个表姐表妹和表兄都来齐全了,到了开席时却不见小寿星蕴龙。仆人四处寻找,整个乌家吊脚楼和四合院里里外外寻遍了,没见蕴龙的影子。潘淑鸾急得眼泪汪汪的,不知如何是好。这时,有下人禀报,说一大早就看见蕴龙出了乌家寨子院门,往龙口坡白鹭岭去了。

乌耀显听毕心急,马上差遣所有仆人去白鹭岭寻找。乌耀显也没有闲着,跟着寻找的队伍,坐镇指挥,几乎把整个白鹭岭翻了个遍,也未寻着人。

乌耀显知道,这人烟稀少、古木参天的鬼笨沟,常有豺狗出没。这一带有小孩被豺狗叼走的事例。鬼笨沟的豺狗,生性残酷凶猛,狡猾多端。豺狗攻击人时,会悄然藏匿于人要经过的古树上,然后趁人不备,迅速俯冲跳在行人的肩上,对着人的脖颈要害处就是一口。人的脖颈脆弱,颈动脉一旦被豺狗袭击咬穿,百分之一百没得命活了。所以,这一带山民若是独自走山林,务必要戴上斗笠,遮盖住脖颈,主要目的不是防雨,而是防止豺狗突袭。

龙口坡峰顶的白鹭林不算大,乌家一行人翻来覆去寻找遍了,仍然不见蕴龙的影子。乌耀显心里一紧,感觉事情不妙。按禀报的仆人说,蕴龙一大早就往白鹭岭去了,现在是晌午天了,还寻不到他的踪迹,恐怕是凶多吉少。

乌耀显正担心着,忽然听见一阵白鹭鸣叫声音,接着有仆人喊道:"老爷,龙少爷找到啦! 他在树上呢!"

众人一听寻着了蕴龙少爷,全部涌到了仆人喊叫的地方去了。乌耀显听见寻找到了蕴龙,顿时喜出望外,三步并两步跑到有蕴龙攀附的那棵树下面。乌耀显说:"蕴龙儿在哪里?"

仆人仰着脸,用手指着树巅上一团红绸缎袍子,说:"老爷,在那呢,小少爷今天出门穿的就是这身大红锦缎的袍子,没有错,树丫上躺着的就是小少爷。"

乌耀显寻着仆人的指向望去,果然在高高树冠的一个枝丫间,歪躺着一个小孩儿,小孩身上穿着的是大红锦缎的袍子。乌耀显这才松了口气。他平息了一下心情,仔细打量眼前这棵红豆白杉树。这棵古白杉树,足足要两三个大人才能围抱得住,高有二三十余米,这可是白鹭岭顶最粗壮高大的一棵古树。蕴龙这般年纪,是如何攀爬得上去的呢?

这时,也许是树下人多嘈杂,惊扰了盘踞在白杉树上一群白鹭。白鹭翩然惊飞起来,不停鸣叫着,围着树冠周围翻飞起舞,有的不时还飞蹿到蕴龙攀附的树丫周围,嬉戏闹腾。

即使这样,歪斜躺在树丫上的蕴龙仍然一动不动,似乎周围的喧哗与他毫无干系。见此情形,刚放下心来的乌耀显心又提溜到嗓子眼上。莫非蕴龙是被豹子拖到白杉树上去的? 不过细细一想,豹子还没有这么大的能耐把一个 8 岁的孩子拖到这么高的树上去。树下没有见到血迹,不可能的事情,是自己多想了。

乌耀显正胡思乱想着,又听得树上传来一阵打哈欠声。乌耀显仰着头朝树上仔细观察,见树上的孩子慢慢坐了起来,而且美滋滋地伸了个懒腰,用双手揉了揉惺忪的睡眼,然后迷惑地朝树下张望。乌耀显这回看清楚了,树上的小孩正是蕴龙。乌耀显气由心生,刚要发作,立马又克制了下来。乌耀显心里思忖,孩子年龄尚小,当下攀附在如此高的树上,如果高声呵斥,恐怕惊扰了孩子,若出现什么闪失就后悔莫及了。想到这里,乌耀显平静住心气,用缓和的口吻朝树上呼喊道:"蕴龙,我的乖乖龙儿,快下来了,今天是你的生日,回家吃晌午饭了。"

蕴龙这才明白是爹爹和乌家族人寻到白杉树下来了。蕴龙很机灵,知道自己犯下过错,偷偷出乌家寨门是要挨处罚的。况且自己攀爬到这么高的树上掏白鹭窝,想看看白鹭生的鸟蛋是什么样子,这顿打是挨定了。

蕴龙说:"爹爹,我下来是可以的,但你要答应我一个条件。答应了,我才下来。"

服侍蕴龙的丫鬟翠娥急了,哭着朝树上喊道:"龙少爷啊,还不快点下来,你的奶娘(母亲)都急死啦!奶娘说了,什么条件都答应你,只要你下来。"

蕴龙说:"得让爹爹保证,我下来后不许打我。骂也不成的。"

众人被蕴龙天真的话语逗笑了。乌耀显也感到又好气又好笑,"行,爹爹向你保证,只要你下来,绝不打你骂你。"蕴龙见爹爹在众人面前承诺不打他,即刻像猴子精一般从白杉树上溜了下来。看见蕴龙如此麻利的树上功夫,乌耀显心里甚是诧异。这顽劣小子,平日里在我面前表现得斯斯文文,什么时候学会上树的?而且动作如此流畅麻利,不像是一天两天的功夫可以达到如此老练的上树技能,这里面一定有蹊跷。

蕴龙从树上下来,眼睛直往乌耀显身上瞄着。他在观察爹爹是不是在发怒。乌耀显勉强露出笑容,用手抚摸着蕴龙的脑袋,嘘寒问暖一阵。蕴龙见爹爹没有什么变化,便一股脑儿将自己如何上白鹭岭攀缘到白杉树上寻找白鹭鸟窝的事说了个仔细。他上树掏了两个鸟窝,没有见白鹭的鸟蛋,反而被一群护巢的白鹭围攻了。蕴龙感觉好玩,索性就在树上与白鹭逗趣,玩累了，不知不觉伏在树丫上睡着了。蕴龙还说他睡在树上做了一个梦，梦见一群白鹭仙女正围绕着他飞舞。白鹭仙子个个长得漂亮，她们正要邀请蕴龙一起玩耍呢，却被众人喊醒了。蕴龙讲到这里，叹息一声，又说："你们不要来寻我就好了。你们一来，倒是把我的好梦给吵闹走了。白鹭仙女也不见了。"

乌耀显被蕴龙一番无语伦次的天话弄得笑也不是，责怪也不是。孽子！这么小小年龄就在想这等仙子的好事，今后若不好好调教，将来必定会成为一个风流成性的好色之徒。这还了得！等过了今天好日子，再收拾你不迟！众人听了蕴龙的描述反应却不一样，他们被蕴龙梦里遇到仙女的故事逗乐了。都说蕴龙想好事，梦里成仙了，莫非今生是神仙投的胎？众人一路说笑，簇拥着乌耀显和蕴龙往家里走去了。

一进乌家寨门，鲁老太、潘淑鸢和一群女眷便迎了上来。鲁老太一把将蕴龙搂进怀里，直叫着"宝贝龙儿，心肝龙儿……"潘淑鸢无语，只是一个劲儿地抹着眼泪。在几个孙子孙女当中，鲁老太最溺爱潘淑鸢生的一双儿女。在她心目中，蕴龙和蕴菡不同于其他的孙辈。蕴龙长得像过世的太爷爷，蕴菡则与鲁老太有几分神似。一双儿女生得乖巧聪慧，日后传承祖业，蕴龙定然是个好苗子。

鲁老太拥着蕴龙一阵感慨后，问蕴龙："龙儿，你老子打你没有？"蕴龙说："爹爹没有打我。他说我从树上下来就不打我。"鲁老太说："没有打就好。今天是你的生日，你老子若是敢打你，我就拿拐杖打他。放心，有我在，你那老子是不敢把你怎样的。不过呀，今后可是不敢一个人出寨子门，爬那么高的白杉树，多危险啊！况且林子里时常有豺狗出没，倘若被豺狗豹子遇上叼了去，该如何是好啊？我的儿啊，你好让人揪心噢……"鲁老太念叨这里，又抹起眼泪。众人又是一阵好劝，鲁老太才平复了心气。

蕴龙平安回来了，大家热热闹闹在乌家寨子吃了生日筵席，下午太阳快要落坡时，亲友纷纷散去。夜里，乌家寨子恢复了往日的平静。鬼笨沟夜晚，安静得掉根针都能听得见。若是逢月黑头，谷深林幽，高耸的山峰，黑乎乎的。天空现着的星点也是十分稀疏奇怪的。空灵而虚远，几乎伸手不见五指，那种漆黑是黑得让人摸不着方向。人与人面对面，只见着个黑影儿。

偶尔从山林里传来几声豺狗嗥叫和山猴子、狐狸和猫头鹰的啼鸣,这夜会叫人感觉出几分寒栗。尤其猫头鹰"嗳……嗳……"的叫声,像是在很深静的夜里,有个怪异的陌生人在对面的山林里与你打招呼,听着让人心里发紧。不过,常居住在山里人听习惯了,便习以为常。相反,如果在夜里听不到这几种秋秋幽谧的声音,反而难以入睡了。

尽管鬼笨沟的夜黑,乌家寨子里吊脚楼处几盏大红灯笼却是整夜亮着的。晚上,各房按作息秩序归了各自的屋。乌耀显在堂屋用了晚茶,便独自到书房去读古书。晚饭茶后夜读,是乌耀显多年养成的习惯。乌耀显一直喜欢读孔孟圣贤类的书籍,一些四书五经类的线装古书摆满了整整一书柜。乌耀显的书柜是祖上传下来的宝物。书柜是用纯粹的檀香木制作而成,平面隔板均是雕花饰纹精细工艺。表面只漆了一层高纯度桐油,保留了原木的本色。檀香木防蛀,做书柜是很体面的。乌耀显喜欢檀香木家什,椅子和书桌与书柜是配套的,都是一棵檀香树分割制作而成的。

一杯香茗,一盏豆油灯,一册发黄的古书,成了乌耀显晚饭后一段惬意时光。乌耀显喜欢喝当地的钟灵绿茶。钟灵绿茶产于武陵山区太阳山系的云雾山中。此茶以优质鲜嫩茶叶为原料,经手工精细加工而成,是绿茶中的精华极品。滚水冲泡,富有汤色晶莹、清香持久、味醇鲜爽的特色。乌耀显对钟灵绿茶晶莹的汤色十分欣赏。他尤其喜好用当地土窑烧制的秀瓷青花茶盅,盛冲泡好的钟灵绿茶。先观茶汤养目,再品茶道清香滋润肺腑,然后回味茶的鲜醇养心。这样品尝钟灵绿茶功夫才算是到位了。

乌耀显正有滋有味地品茗读书,书房门"吱呀"一声被推开了。乌耀显有立下规矩的,晚饭后一个时辰品茗读书时间,是不允许任何人进书房打扰他的。这段宝贵时间,是乌耀显一天静思养生的时辰。在涌图城里家中,难得有这样的安静的氛围,那里是生意场所,整日跟商家银子打交道,唯有回到金珠乌家老宅,才能够享受到这般恬淡如茶的时光。

乌耀显心里一紧,皱了眉头,心里不怎么高兴了。是谁如此大胆,违反乌家的规矩? 待乌耀显放下书籍抬眼寻进门的人时,紧缩的眉头便释然了。进书房的不是别人,正是乌耀显心爱的幺女乌蕴菡。6 岁的乌蕴菡,梳着一根乌黑油亮的长辫子,头上戴着银顶花,穿着粉红凤榴花绸缎苗绣小夹衣,百褶石榴麻布镶嵌苗绣花边的裙子。蕴菡几乎没有任何怯意,径直走到乌耀显面前,说:"爹爹,我问你个事情? 行不行呀?"

爱女如此天真,乌耀显自然没得话说。他合上书籍,用手轻轻抚摸着蕴菡的头,问:"我的乖女,有什么话要问,说出来听听。"蕴菡说:"爹爹,你小时候犯了淘气,爷爷会打你吗?"乌耀显被蕴菡天真的问话逗笑了,说:"犯大的错,要挨竹板的;小的错,只罚跪,不会挨打。"蕴菡说:"爹爹犯小的错,爷爷都不打你的,今天你就不要打蕴龙哥哥了,好吗?"

原来如此。这乖巧精灵的丫头,倒会绕圈子来说情了。乌耀显听此言,倒是想考一考蕴菡小女的能耐。乌耀显说:"你是来给蕴龙哥哥求情的?"蕴菡点了点头。乌耀显说:"那好,你说个不挨打的理由来,说得正确,就依你,免了蕴龙这顿竹板子。"蕴菡眨巴了一下水灵灵的眼睛,说:"蕴龙哥哥只不过上树掏了白鹭鸟的窝,并没有犯下什么大错误。爹爹小时候也掏过鸟窝的,爷爷没有打你。所以,你也不能打蕴龙哥哥。"乌耀显笑了,这理由还算过得去。他知道蕴龙蕴菡兄妹之间感情极好,蕴龙平时总是护着蕴菡,有什么过失都揽在自己身上。兄妹俩从小有这份友爱亲情,倒是让乌耀显心里宽慰不少。乌耀显用手拍了拍蕴菡的头,说:"好,看在我们蕴菡的面子上,今天就免了蕴龙的竹板子。不过,处罚还是要的,不然,你哥哥不长记性,日后还会偷着跑出去撒野的。"

蕴菡成功为蕴龙讨得不挨打的情,谢过爹爹,高兴地去向蕴龙报信去了。蕴菡路过奶娘潘淑鸢的卧室,见奶娘洗好了脚,正端丽地坐在床沿,用特制的药香熏着她那双精致的小脚。潘淑鸢每天都要重复用药香熏脚的工序。缠了布带的脚,透气性差,如果不用药香熏,会有异味。潘淑鸢一双细腻白净的手生得十分美巧。手指纤长圆润,一对纯金手镯戴在丰润的玉腕上,格外显眼。潘淑鸢的小脚已经成型为小三角弓形状,五个脚趾挤压在一起变了形,脚板心被挤压的脚骨和肉紧密地窝在里面填满了。潘淑鸢的小脚很白,是那种失血的苍白。如果仅仅是看没有任何东西包裹的小脚,给人感觉并不美。脚被缠得走了形态,就有异样味道。药香熏好了脚,潘淑鸢取出一条镶嵌着金丝花边的丝绸锦缎缠裹着她的小脚。潘淑鸢裹小脚的动作很熟练,锦缎裹得有章有法,有点像包裹粽子,但比包粽子细致。夜晚,这双小脚是要亮给男人看的,因而要薰药香,缠裹上美丽的锦缎,小脚就有魅力和性感。缠裹上锦缎的小脚马上变了样子,就像人的脸化好了妆,这双小脚显出一种雅致的艺术美来。乌耀显起初是非常欣赏潘淑鸢这双袖珍的美脚的,可是有一回入睡时潘淑鸢疏忽大意了,正在用药香薰脚时,乌耀显突然进屋了。潘淑鸢藏躲不及,这双裸露的小脚被乌耀显看见了。乌耀显平日没有怎么注意,只觉得潘淑鸢一双藏在绣花鞋里的小脚十分耐看、有味道。可是这回见着真实扭曲的小脚时,乌耀显的心当时就咯噔了一下,往日小脚在他眼目里的美感荡然无存。潘淑鸢脸色羞得绯红。缠裹的小脚是女人隐私,是不能让男人看了去的。还好是自己的男人,不然这脸面没处搁放了。乌耀显有些难为情,没有作声。但从那以后,乌耀显不再欣赏潘淑鸢这双小脚了。

蕴菡对奶娘的小脚十分好奇。她不明白,怎么好好的一双脚,竟然被白布条缠裹得这样小? 潘淑鸢见蕴菡盯着她的小脚看,便说:"蕴儿,妈的小脚好看吗?"蕴菡摇了摇头,没有说话。潘淑鸢叹息一声,说:"女人不缠小脚,将来是嫁不出去的。蕴儿,改天奶娘也给你把脚缠上,要缠得比奶娘还要好看。"蕴菡说:"我不要缠小脚。缠了小脚不好走路。不能走路,今后就不能到学堂上学了。"潘淑鸢瞪了一眼蕴菡,说:"女娃子家,上什么学? 能在私塾认识几个字就不错了。日后学得本分些,嫁个好男人,有衣穿,有饭吃,就是女人一辈子的福分。"蕴菡自然不理解潘淑鸢这番话意,她哼了一声,赌气甩门出去了。潘淑鸢拿蕴菡无奈,这些脾气都是鲁老太一手娇惯出来的。别看蕴菡生得貌美秀气,性子却像个男孩子,任性得很。鲁老太喜欢蕴菡任性,鲁老太说这脾气像她小时候,有这等个性,将来操持家务不成问题。

蕴菡一走,乌耀显若有所思:乌家的小女将来就数这蕴菡最有出息。小小年纪,就懂得绕着弯子使用心计来办理事情,长大了怕是要强过男人的。乌耀显跟潘淑鸢想法不一样,他倒是喜欢蕴菡这般任性和聪慧。

虽然蕴菡为蕴龙讨了情,免去挨竹板打屁股,但适量处罚还是必需的。当晚过了夜半,蕴龙被乌耀显从被窝里拎了出来,罚跪在堂屋列祖列宗绣像前悔过。夜半时分,蕴龙还睡意蒙眬的,跪着还没到一刻钟,便就地倒头睡着了。伺候蕴龙的丫鬟翠娥去鲁老太那里报信。心疼孙子的鲁老太闻讯拄着拐棍,拧着小脚,匆匆下了吊脚楼,差人将睡着的蕴龙抱回厢房去安睡,并嘱咐下人道:"老爷要问蕴龙的事情,就说老太太有吩咐,放蕴龙回屋去的。要处罚,就来处罚我这老太婆好啦!"

　　鲁老太说着,把龙头拐杖在地面用力杵了几下,便拧着精致有力道的小脚上吊脚楼去了。夜深人静,鲁老太说这番气话时,乌耀显正在书房里看书。他心里清楚,鲁老太说这番话是冲着书房亮着的豆油灯来的。乌耀显向来对鲁老太处处敬重,唯命是从。既然半夜里惊动了老太太,已是不恭之事,只好将就默许了鲁老太的旨意。不过心里难免有几多不平静。老太太一贯迁就溺爱蕴龙,唯恐蕴龙这小子从小受宠,养成不好的脾性。娇生惯养,成不了气候。无奈有老太太护佑这一关,想必会误了这孩子前程。这一夜,乌耀显左思右想,决意在家里办个私塾。只有早早通过私塾的途径,把蕴龙这孩子引上正统的路子。况且蕴龙几个兄妹也都到了上学的年龄,一起聚在私塾里读书,以免整日碌碌无为,游手好闲打发日子。

　　于是,蕴龙刚过生日,乌耀显便指使下人在院子背静处收拾妥当一间屋子作私塾课堂,供蕴龙、蕴菡和几个兄妹读书用。房间是现成的,桌子也是现成的。两只红木八仙桌并在一起,组合成一个长方形的大桌子,供6个孩子读书写字用。私塾正面墙壁上,张贴了一副圣贤孔夫子绣像。绣像下端,摆设椅子、讲桌和一张檀香木靠背椅子,供私塾先生用。私塾与乌耀显是隔壁,有乌耀显在隔壁,孩子们读书就得放老实些。这样设置私塾,乌耀显自有他的道理。

第二章　两小无猜童真惹月羞

　　有了私塾,就得聘请教书先生。牛场坡对面龙口坡有一个隐居的老秀才曹太翁,曹太翁年逾花甲,满腹之乎者也,尊孔孟学问,写得一手好毛笔字。有他来教导蕴龙这帮孩子,正是时机。于是,乌耀显花银子请到曹太翁担任私塾老师。

　　鲁老太上了年纪,平日喜欢与孙辈们聚集在一起谈天说地,打发日子。因而几个孙辈,凡是没有到成人的年龄,都被她安排在乌家寨子居住,享受孙辈绕膝,儿孙满堂的天伦之乐。次子乌耀晖与王氏生有一男一女:乌蕴哲、乌蕴春。三子乌耀显与曹玉翠生有两个女儿乌蕴蓝和乌蕴梅;后曹玉翠病逝,乌耀显娶了潘淑鸾,生育乌蕴龙和乌蕴菡;四子乌耀天与马氏育有乌蕴娴和乌蕴鹃两个女儿。长子乌耀庭与张氏生育两女乌蕴娴和乌蕴鹃。幺女乌耀慧至今未许配人家。这族儿孙加起来,鲁老太身边有十个孙子孙女和外孙女,每天吃饭都是满满一桌。孙辈们叽叽喳喳,有说有笑的,备受鲁老太欢喜。鲁老太几个儿女都孝道,只要老太太高兴,都愿意将孩子放在金珠苗家老宅里生活。大人们去城里打点各自生意,苗家老宅便成了孩子们的乐园。特别是每逢乌耀显进城到涌图经营桐油生意时,苗家老宅更是无人能管教。孩子在吊脚楼上楼下闹翻了天,兴致高涨时,会买通寨门的仆人,到寨子坡脚下的鬼笨沟里去捞鱼虾螃蟹玩耍。领头的自然是蕴龙和蕴菡,蕴娴、蕴梅、蕴哲、蕴春和蕴鹃虽然比蕴龙和蕴菡大几岁,但论点子和心眼,倒是蕴龙和蕴菡两兄妹在不时地拿主意。

　　蕴哲是个书呆子,早早就戴了近视眼镜。蕴春长得温婉,识得大体,喜欢摆弄刺绣。乌蕴蓝、乌蕴梅两女子是双胞胎,天生丽质,喜欢跳舞,很活泼。小小年纪，只看过两回秀山花灯舞蹈，回到乌家寨子就会跳花灯舞蹈，很得鲁老太欢喜。最小的孙女蕴鹃，生得文文静静的，喜爱书画，尤其写得一手精致的小楷毛笔字，很得乌耀显的赞许。蕴龙自然不用说，聪明淘气，诗书文化样样优等，就是性子不安分，不能耐下心气读四书五经。虽不喜好四书五经，蕴龙却对唐诗宋词情有独钟，小小年纪，几乎能背诵完毕唐诗三百首，而且能做出不少有滋味的诗歌来。乌耀显说蕴龙的诗作是歪才，不成正统，但心里还是对蕴龙充满期待。蕴菡就更有意思了。一次，乌耀显正在账房查账目敲算盘，不知什么时候，蕴菡站立在他的身边，目不转睛地盯着乌耀显手里的算盘。乌耀显见蕴菡这般眼神，问道："菡子，看什么呢?"蕴菡睁大天真的眼睛，说："爹爹，我想学打算盘呢。"乌耀显笑了，他没有在意，当时只是想着小孩子想打算盘是好奇，说的是玩话，便随意教了算盘基本法则。没有想到几个月后，才6岁的蕴菡，把算盘打得啪啦啦响，加减乘除，样样精通，且十指运用非凡，能同时拨拉两个算盘，计算的数字准确率几乎百分之百!

苗家老宅上下为之惊诧:蕴菡这小女子，生就一个管理账房的天才!乌耀显十分喜爱蕴菡的乖巧、聪慧伶俐。有时候去账房盘点账目，总是会把蕴菡带在身边，有意让蕴菡受到耳濡目染的教导。蕴菡自是聪明伶俐，事事领悟性高，简单的账目一看就会，且把珠算玩得溜溜转，家人便送给她一个雅号:算盘仙子。

这天，秀山城涌图来消息，有一笔桐油大生意要乌耀显去德阳洽谈。秀山水路由梅江河启程，到石堤两江口与酉水河汇合，然后一路经过石堤、常德古镇，最后注入湖南洞庭湖。这条水路风景极好。河水清澈透底、水质优良，沿岸竹苞松茂密丰盈，垂柳婀娜多姿。河中碧波荡漾，林间鸟语花香。偶尔鱼群游荡，若逢风和日丽，一幅"鱼游枝头鸟宿水"的绝妙画面油然而生。那水流也不是纯粹的平平淡淡，途中会有许多滩涂制造出精彩的画境。时而险滩湍急，时而缓缓前行;有水平如镜、波光粼粼的十里长潭，有水流湍急、波涛汹涌的鬼连滩，有水涨它不涨、永不被淹没的犀牛卧江，还有娓娓戏水的鲤鱼背，有其形酷似引颈长鸣的雄鸡石而得名的鸡公滩。相传，此石常常夜间似鸡啼鸣，过往船只、木排、竹筏等经过此地必须向其投米，否则必遭厄运。又传该"鸡"头对着什么地方，什么地方就穷,因为"鸡"吃那里;而"鸡"尾对的地方则富裕,因为"鸡"屙粪在那里。因此,该"鸡"嘴被鸡头对的地方敲掉了,现在只剩下"鸡"的上嘴了。水流旖旎过鸡公滩顺流再约 500 米,即是三角岩。因两岸数条石梁呈三角形伸至河中央而得名。滩头有一条小溪缓缓注入,此溪两岸林木茂密,云雾缠绵山腰。时至春夏交织季节,漫山遍野山花烂漫,五颜六色,吸引周边少男少女采草放牧其间,故称"采茶河"。采茶河春夏时苗歌、土家山歌四起,有不少情窦初开的少男少女在采茶河一见钟情,默许终身,结百年姻缘。

乌家经营秀油有很长的历史。秀山是"秀油"的发源地,其产品远销常德、武汉等重要港口。乌家祖上在清乾隆年间便开始经营桐油,因这里地势平坦,也顺河道,桐子加工可辐射酉阳、海洋等地,生意相当兴隆。大量的桐子要靠火炕烘烤。一次,因烤桐子的长工不慎睡觉过头,将一炕桐子烤煳。乌老太公祖上又不忍心丢弃,便将煳籽加工成油。结果桐油成黑状,乌老太公祖便以次充好销往武汉。谁知此油经武汉老板用后,觉得油质特好,又黑又亮,遂一路打听是何地所产,意欲大量订购,访察到了乌家。开始,乌老太公祖上还以为闯祸了,顾客找上门来了。待顾客说明来意后,乌老太公祖上喜出望外,满口答应了顾客的要求,同意订货。但单靠把桐籽烤煳制造桐油,既不好掌握火候,又觉浪费太大。因此,乌老太公祖上冥思苦想后,想出了将桐籽碾成粉末,再用大铁锅炒,炒至黑色便包枯榨油。用此方法既可达到桐油黑亮的效果,又不至于浪费桐油原料,是为两全其美的妙事。至此,秀油便开始大规模生产了。其方法一直沿用至今。

乌耀显从秀山往返常德一趟,至少要半个月。若是生意规模谈得大,逗留常德时间更长,会延续到一个月以上。交割完毕桐油生意,顺便带点时髦的诸如江南丝绸、女人用的细软之物回秀山,走水路的船不至于单边放空。乌耀显一走,鬼笨沟乌家寨子便由鲁老太主管。当然,鲁老太年事已高,管理日常事务也只是名义上,主要管家的是鲁老太的女儿乌耀慧。乌耀慧为鲁老太亲生的幺女。这女子生性泼辣,有着男人一样干练的个性。三十多岁,还未出嫁。没有出嫁是有原因的,除了乌耀慧鼻梁眼睑下方有几处显眼的雀斑麻子点,五官容貌和身材都属于女子里标致人物。

尤其那双顾盼若离的秋水眸子，虽然略带水杏眼形状，但不是特别显眼，反倒露出几分逼人的锋芒来。

乌耀慧至今未许配人家，着实有一个难以启齿的秘密。这事只有鲁老太一个人知道，其他任何人一概不晓得。正因为众人说不出什么原因，女子过了三十还嫁不出去，那就是老姑娘了。嫁不出去女，父母会感到脸上无光。而鲁老太却一反常态，处处维护着乌耀慧，生怕别人欺负了她。所以，事事都迁就着，只要乌耀显不在家，整个乌家寨子的事物都由乌耀慧一手打点。乌耀慧办事利落，性子辣悍，苗家寨里的人没有不服气她的。

乌耀慧毕竟还算年轻，与几个晚辈侄儿侄女们倒是挺合得来。侄儿侄女们要举办什么聚会活动需要银子，少不了要糊弄哄着去找乌耀慧要。乌耀慧管理着乌家寨子账房银子，她身后有鲁老太撑腰，手里握着财权。乌耀慧有这等本事，乌耀显把管家事物交付与自己的妹妹，也就放心了。

乌耀显一走，乌家寨子便活跃了起来。当晚，蕴龙和蕴菡两兄妹合计，买通看寨门的仆人褂儿，邀了蕴哲、蕴春、蕴娴、蕴蓝和蕴梅一道去鬼笨沟溪水里捞鱼虾煮来吃。蕴鹃年纪小，娇弱，她没有跟着去。蕴龙让她在家待着，等着他们去溪水里摸鱼虾螃蟹来一道消夜。

夜深了，鲁老太和女眷们都早早歇息了。蕴龙和蕴菡蹑手蹑脚，挨着房门一一招呼了蕴哲、蕴春、蕴娴、蕴蓝和蕴梅出来。大家早已准备好了鱼篓和簸箕、网具，悄悄摸到寨门口。看门的褂儿已经等候在那里，见蕴龙和蕴春一行人来了，便开了寨门，放他们出去。临别时，褂儿提心吊胆吩咐蕴龙，要早点回来，别玩得晚了，万一鲁老太知道了，那可不是闹着玩的。蕴龙应声回答，说去捞到鱼虾就回来，不会走远的。

今夜有月色，恰好是晴朗天气。月光明晃晃的，周围的山林树木水亮亮的，似乎将鬼笨沟底铺满了一层白花花细碎的银子。蕴龙和蕴哲打起准备好的松油火把，夜里有火，山里的豺狗和野兽是不敢靠近的。鬼笨沟沟底溪水不远，一遛弯儿透迤在乌家寨子山脚下面。沟底溪水清浅，四五米宽，从上游鬼笨洞里流出来的泉水，清亮莹澈，夹岸芳草萋萋，山泉蜿蜒几里路流淌下来，串联起沟底一派别样的风景。

孩子们一路嘻嘻哈哈闹着，往沟底溪流去了。快到溪水边，蕴龙忽然嘘了一声,摆手势让大家安静,他似乎发现了什么。瞬间,孩子的嬉戏声停滞了,周围安静了下来。偶尔从草丛里飞出几声虫子或青蛙的鸣叫声音,附和着远处山林里狼嚎,划破夜的宁静。

蕴龙和蕴哲猫腰在前面停住了,他们把手里松油火把熄灭了。这时,从前面溪流浅滩上传来一阵水花溅动的响声,哗啦啦的,好像很热闹。大家渐渐围拢了上来,蕴龙指着前面溪流的浅滩,悄声说:"快看,那里有好多鱼虾在浅滩上跳舞呢!"众人顺着蕴龙手指的方向望去,果真,浅滩溪水呈现出一幅好看画景:清浅的水流经过一道鹅卵石浅滩,泛起不规则细碎的波浪。而游弋到此处的鱼虾被搁浅了,于是纷纷在浅滩水里挣扎着努力游走。挣扎过程溅起的波浪水花,和鱼虾彼此力争上游时跳跃起来的身影交织在一起,加上皎洁的月光照耀,宛如鱼虾在浅滩月光下跳着舞蹈,情景十分有趣、幽美。

鬼笨沟里的鱼虾实在是太多了。平日沟底溪流少有人光顾,而这一带人烟本身就稀少,鱼虾没有人来掠夺,自然繁衍的快。鱼虾只管暴露着身体在浅滩嬉戏玩耍。见此情景,孩子们已经按捺不住内心的喜悦和冲动,一窝蜂涌上去,在浅滩上捉起鱼虾和螃蟹来。大家只顾性情热闹,用网、簸箕捕捞,没有渔具的就用手捉。鱼儿虽然在浅滩活动,但身子光滑,每每捉住,又从手指缝隙间溜掉了。起初是蕴龙和蕴哲用网具捕捞,蕴菡跟着下水用手捉鱼。见捕鱼虾好玩,蕴春、蕴娴、蕴蓝和蕴梅也挽起裤脚下了溪水,刚欢喜捉了一阵子,忽然听着蕴蓝和蕴梅惊叫起来,说手指被螃蟹咬了一口。于是,蕴蓝和蕴梅跳上溪岸。跟着,蕴春和蕴娴也喊叫着说脚趾被螃蟹咬了,纷纷逃上岸来。唯独蕴菡不怕螃蟹,只顾埋头在溪水里捉鱼捞虾,时不时还捏着螃蟹的身体,亮给岸上同伴们看,说螃蟹傻得很,要果断捏住它的身体,螃蟹就老实了。

大家欢喜忙碌了好一阵子,鱼篓里装满了大半篓子鱼虾和螃蟹。浅滩上的鱼虾和螃蟹捕捞得差不多了,蕴龙和蕴哲又乘兴到溪流深水处去捞。深水不过半米深,里面鱼虾和螃蟹多得出奇。两人只捕捞了一会儿,鱼篓就装满了。蕴龙见夜色不早了,便带着众人收工,嘻嘻哈哈说笑着,一路凯歌回乌家寨子去了。

快要到寨门,大家自然都不说话了。按照出来的线路,悄无声息溜回苗寨里去了。蕴龙建议众人汇集到他的厢房去煮鱼虾螃蟹消夜吃。捞了半夜的鱼虾，大家也饿了，于是乘兴汇集到蕴龙的厢房里，开始动手煮鱼虾螃蟹吃。初次做鱼虾螃蟹，几个孩子家都不知道如何下手。正纳闷时，蕴菡自告奋勇说她懂得如何煮鱼虾吃，因为她看过厨子摆弄鱼虾的做法。蕴菡心细灵巧，什么事物只要看过一回，就知道怎样去摆弄。蕴菡指挥众人分工去洗净鱼虾、螃蟹，又让蕴龙去厨房弄了些生姜、葱花、醋、鲜酱油和豆瓣酱来。蕴菡动手切了姜丝，碎成姜末，与适量的醋、鲜酱油和豆瓣酱调和在一起，每人一碟调和好的蘸酱，然后将煮好的鱼虾螃蟹摆上桌面，来一场鱼虾螃蟹大聚餐。

鱼虾烹饪做法虽然简单，但也基本符合螃蟹和虾子的做法，加上鱼虾螃蟹是自己动手捕捞的，又是鲜活的东西，这顿野生美味佳肴吃起来便不同平日厨子烧出来的饭菜，着实味道鲜美！大家特意关闭了窗户，并用不透光的布帘封住，有说有笑地吃着，谈笑着刚才捉鱼虾和螃蟹的乐趣。蕴蓝从碗里取出一只大个头螃蟹，用手指着螃蟹调趣说：“你这个丑螃蟹，现在不咬人啦，看我怎样掰断你的爪子，吃你的肉！”蕴龙笑道：“对，现在它已经老实了，任你怎样处置它，它都不会反抗的。”蕴蓝伸出被咬的指头给大家看，说：“你们看嘛，手指都被这家伙咬破皮了。现在还痛呢。”蕴春说：“等会我给你取点止血药来，粘上去很快就会好的。”众人正吃在兴头上，忽然房门被推开了，就听见一声咋呼：“好家伙，夜半三更了，在偷吃什么东西？这样热闹！”

众人没有防备，被这突如其来的声音怔住了。嘻嘻哈哈嬉闹声顿时戛然而止，空气似乎瞬间凝固住了，众人呆若木鸡立在各自位置上，不知所措。来人见此情景，屏不住气息，朗然笑出声来。听见声音，大家才缓过神来，知道来人是谁了。蕴龙说：“耀慧姑姑，原来是你呀，吓死我们啦！”耀慧故作镇静，说：“哼，胆量不小啊，竟然半夜偷着溜出乌家寨子，去鬼笨沟捞鱼虾消夜。说，是谁的主意？”蕴龙嘻哈笑道：“姑姑，我的主意，不怨兄弟姐妹们，是我带着他们出寨门捞鱼虾玩耍的。”耀慧用手指轻轻戳了一下蕴龙的头，说：“你呀，淘气精！我就知道是你的鬼点子！捞了新鲜好吃的东西，怎么也不叫一声姑姑呀？”大家一听这话，悬着的心方才落下来，争先恐后拽着耀慧上桌，夹鱼虾螃蟹与她品尝。耀慧跟侄儿侄女们在一起,孩子性子便上来了。她索性免了礼节,与大家一起品尝起鱼虾螃蟹美食。

耀慧蘸着调料酱,尝了一口螃蟹,细细品味一番,问:"这蘸酱是哪里来的?"蕴菡说:"姑姑,是我自己做的。好吃吗?"耀慧摆了一眼蕴菡,说:"哎哟,原来是我们的蕴菡小姐亲自调料的,怪不得这么有滋有味呢。行,不错。我问你,调料里面为什么要加进姜丝,不放蒜泥?"蕴菡说:"螃蟹性寒,加进姜丝是驱寒的,这样吃不伤脾胃,对身体有好处的。"耀慧赞美道:"这小丫头,知道这么多,是谁教你的?"蕴菡说:"我是看见姚三娘这样做的。是她告诉我这里面的道理。"姚三娘是乌家寨子厨房主理,蕴菡经常去看她加工菜肴。姚三娘见蕴菡挺灵动的,便仔细讲解一些菜肴的做法。没有想到蕴菡小小年纪,竟然记性这样好,而且会模仿着菜肴做法,很是不简单。耀慧不断称赞,吃到兴头上,便让仆人去她那里取来姚三娘制作的米豆腐来配餐。众人一听是姚三娘做的米豆腐,便叽叽喳喳闹着快点取来。孩子们嗜好吃辣,尤其爱吃姚三娘磨制的米豆腐。秀山的米豆腐好吃,也闻名。而姚三娘的米豆腐不但好吃,她调配的米豆腐蘸酱堪称一绝。

制作米豆腐以大米和石灰为原料。糯米、粳米因黏性大,不宜制作米豆腐。石灰要选择生石灰或新鲜熟石灰为宜。选好料以后,先将米淘洗干净,然后装入容器内和一定比例的石灰浸泡。一般浸泡 3~4 小时,当米粒呈浅黄色,用口尝米粒略具苦涩味时取出,然后用清水冲洗洁净,沥干待磨。磨浆工序是按大米与水 1:2 的比例加水细磨,若让米豆腐略带黄绿色,可在磨浆时加入少许新鲜蔬菜绿叶汁,磨出来的豆腐就带着自然蔬菜的嫩绿色,外观不但诱人好看,米豆腐内容也增加了维生素营养。米豆腐制浆工序完毕,接着是煮浆程序。煮浆时根据米浆的稀浓情况再加适量水,要用干净的铁锅煮。开始以小火煮,煮制过程中用炊具充分搅拌,以防止烧锅或成团,半熟后改大火煮至熟透即可。米浆煮熟后,趁热装入预先准备好的蒸格,下面盛一盆凉水,将米浆进行挤压成型,然后按照自己的需求,切割成方块或者条状即成。

姚三娘制作米豆腐的工序与普通米豆腐制作方法没有什么区别,不同的是,与米豆腐搭配的蘸酱调料。姚三娘调制的米豆腐蘸酱是家传秘方,仅仅调料蘸酱就分为好几样。秀山米豆腐的色泽、口感各方面都形成了自己独有的风味。在吃法上,虽然有直接食用,也有加醋,或者油辣子甚至下火锅吃的,但是大部分都是蘸着米豆腐辣椒吃,尤其值得一提的是秀山的米豆腐辣椒。秀山人本身就嗜辣如命,所以为了这项特色小吃,秀山人在米豆腐辣椒上可谓下足了功夫。而姚三娘调制的花样繁多,米豆腐辣椒会让您目不暇接:有青椒味辣椒、豆豉味辣椒、山胡椒味辣椒、蒜味辣椒、折耳根味辣椒、香菜味辣椒等,这几种辣椒的口味各有特点,每种都有不一样的感觉。所以吃秀山米豆腐,要吃得够味道、够地道,一定不能少了姚三娘的米豆腐辣椒。

仆人很快取来了米豆腐和辣酱。几样辣酱摆上桌子,独特鲜辣酱香味便扑面而来。米豆腐切成小豆腐方块,整整两大盘。辣酱有青椒味辣椒、豆豉味辣椒、山胡椒味辣椒、蒜味辣椒四种,耀慧分好种类,摆放在八仙桌四周,供众人挑选。才吃了鱼虾螃蟹,正需要米豆腐解油腻。米豆腐一上桌子,大家便热热闹闹吃起来。姚三娘调制的辣酱有个特点,鲜香辣不用说,吃后特别开胃,嘴巴都麻辣的失去知觉,还想吃。两盘米豆腐没有一会儿工夫,便被抢吃得干干净净。耀慧见大家吃得这么开心,说:"好了,大家这么爱吃姚三娘的米豆腐,改日我让姚三娘多推些米豆腐,举办个米豆腐宴,让你们吃个够!"蕴菡见耀慧如是说,便追问:"什么时候举行米豆腐宴? 我得记住日期呢。"耀慧说:"就你鬼丫头精怪,等着吧,有空就通知你们。"

桌子上的菜肴吃得差不多了,众人余兴未了,便央求耀慧讲个故事来听。耀慧卖个关子,说:"让我讲故事可以。我讲完后,你们每人都得讲个故事或者唱个山歌听也可以。"蕴龙说:"姑姑说的这个方法好。我们每人都得准备一个故事,女孩子不会讲故事就唱山歌听,一定有意思!"

耀慧停顿了一会儿,想了想说:"我先开个头,讲个简单的,就说说我们秀山人最爱吃的汤锅的来历。传说远古时秀山苗寨有一青年名叫查郎。查郎喜欢狩猎,经常独自进深山,打一些猎物拿到山外交易。一日,查郎射死一只老虎,便找了一个石窟,支起土锅,将各种山料投放进锅里,烹饪一锅虎肉。土锅虎肉越煮越香,鲜美的香气在整个山林蔓延开来。以至在附近漂游的美丽苗女白妹被奇异的土锅香气吸引过来,美丽的白妹与查郎一见钟情，他们自愿结成夫妻，在山麓下开了一家"苗家汤锅"小店。凡路过"苗家汤锅"小店的人，无不流连忘返。因此，苗家汤锅便在苗家山寨一带流行起来。"

蕴龙说："噢，原来美味的秀山汤锅是这么个来历，改天我进山里去，打一只老虎，给大家做香喷喷的老虎肉汤锅吃！"

蕴蓝说："吹牛，你这样的年龄能进山里打老虎？也许没有打着老虎，反而被老虎当作美味汤锅吃掉啦！"大家一阵哄笑。蕴菡站了出来，指责蕴蓝，说："哼，你们不相信，我可是相信我的蕴龙哥哥，他最厉害了，他一定能进山打只大老虎，做美味虎肉汤锅给大家吃的。"蕴龙说："还是白鹭妹妹了解我的能耐。你们等着，哪天我会骑着老虎从鬼笨洞方向走出来的！"

耀慧说："好啦，别吹嘘那些漫无边际的事情，该轮到你们出节目了。这样吧，大家接力联句土家山歌，每人唱两句，谁接不上下句，就算输，如何？"众人响应，都赞同这个方法好。于是，由最小年纪蕴菡起歌头，然后依次排好顺序往下联唱。

蕴菡睁大眼睛想了想，很快有了主意。她清清嗓子，唱道："云朝东，亮通通。"蕴菡开口唱的是农事天气歌谣。这山歌，乌家寨子上下都会唱，歌词简单生动，朗朗上口，容易记得。于是，蕴鹃接唱道："云朝西，披蓑衣。"

蕴蓝接唱："云朝南，打破船。"

蕴梅接唱："云朝北，下不彻。"

蕴娴接唱："早晨烧霞，等不烧茶。"

蕴哲接唱："傍晚烧霞，晒死蛤蟆。"

蕴龙接唱："雷公光唱歌，有雨也不多。"

一轮唱完，无人出纰漏。耀慧说接唱农事天气山歌简单了，要来复杂的，提议唱些生活化的土家山歌，想难住这帮娃娃们。没有想到蕴菡率先站出来，说："耀慧姑姑是要为难我们呀，哼，告诉你，难不倒的！听我先来一段山歌——"

蕴菡唱道："唱得好来唱得乖，妹像一朵山花开。"

蕴蓝接唱："十人见了九人爱，和尚见了不吃斋。"

29

蕴哲接唱:"唱得好来唱得乖,有条懒虫等花开。"

蕴龙接唱:"奇花开在高崖上,懒虫手短摘不来。"

大家听到这哈哈笑了起来。笑过一会儿,蕴菡接着又唱起第二轮山歌。

蕴菡唱道:"小妹生来爱唱歌,山歌出口百鸟和。"

蕴梅接唱:"郎若敢来把歌唱,胜过千人把媒说。"

蕴娴接唱:"爹娘生你到人间,联姻全靠你唱歌。"

蕴龙接唱:"是龙就游千里远,是虎跑过万重坡。"

唱到这,大家一起来了兴致,合唱道:"一年一年又一年,山歌总是唱不完。唱得龙灯团团舞,花灯越跳越团圆……"

山歌接唱完毕,没有难倒娃娃们,耀慧倒是服气了这帮娃娃小子姑娘们。可是娃娃们不依,既然他们赢了,就得处罚耀慧姑姑。蕴龙率先挑逗起来,于是众人纷纷拥护,要耀慧表演节目,接受处罚。

耀慧说:"山歌你们都唱完了,要跳个花灯舞,眼下没有现成的花灯,我能做什么呢?"

蕴龙想了想,说:"处罚姑姑喝酒,喝我们乌家酿制的苞谷酒。蕴哲,快去取坛陈年老窖苞谷酒来!"

大家听了,说这个主意好!处罚苞谷酒喝,高度苞谷酒,把耀慧姑姑灌醉,看她以后还敢来拿我们的短处不!耀慧性子倒是干脆,说:"行,去拿苞谷酒来,一点点苞谷酒,难不倒你耀慧姑姑的!"

蕴哲很快取来一坛苞谷酒。乌家酿制的苞谷酒是纯粮玉米做原料,不添加任何杂物粮食。苗家寨子有一口古老的酒窖,传下来的年份少说也有二三百年的历史。酒窖窖泥已经显露黄泥锈斑色,挖一坨放在手心,相隔三尺远的距离都能闻见窖泥里蕴含着浓郁酒香味。发酵用具都是纯木器具,不沾任何铁腥和塑料品质。接酒的酒槽也是木制品。乌家祖传自有一套酿造纯粮苞谷酒的制作秘方,是不许外传的。酿制好的纯粮苞谷酒要装进特制的土陶罐里密封保存。这些装满苞谷酒的土陶罐要放置在乌家寨子后院的一个天然溶洞里保存3～5年后,等待洞藏苞谷酒陈酿老熟,再启封酒罐,按需取用,装进一个精致小巧的黑陶瓦罐里,供人们品尝。

纯粮酿造的苞谷酒,酒质清透,醇厚透出苞谷原味清香。略带甜味,不辣口,喝得再多也不上头。但后劲足,喝多了,酒后会不胜酒力,要眩晕的。但眩晕不难受,反倒有一种飘飘欲仙的感觉。蕴龙开启酒坛,给耀慧倒了满满一瓷碗苞谷酒。这是一坛五年陈酿苞谷酒,开启酒坛,倒进海碗里,纯粮酒香就四散飘开了。

"好酒! 真香!"耀慧赞美道。说毕,便端起海碗大口大口畅饮了起来。耀慧是能喝苞谷酒的。一旦放量喝,要胜过男人酒量。一碗酒喝毕,蕴龙又给耀慧满上,说是按规矩喝酒,一口气得喝下三碗才能过关。大家起哄着喊喝,耀慧是长辈,只得碍着面子,连喝了三碗苞谷酒。望着桌面三只空碗,众娃儿齐呼称赞:"耀慧姑姑好酒量啊! 好酒量啊!"

连灌三碗酒,这是喝猛酒。喝猛酒是要醉倒人的。耀慧有些不胜酒力,但不好在众娃娃面前显醉态,她托词要出去走一下,待会儿就回来。大家以为耀慧要去方便解小手,便放行让她独自去了。耀慧强装姿态走出门,大家又耍了一圈游戏,久等不见耀慧姑姑回来。蕴菡说:"耀慧姑姑耍赖皮了,肯定是逃回她的房间不回来了。"蕴龙便差人去耀慧房间寻找。仆人一会儿回来禀报,说耀慧姑姑房间没有人,姑姑没有回自己的房间。蕴哲提醒说:"怕不是耀慧姑姑喝醉了,醉倒在茅厕里啦?"于是,大家急着纷纷涌出房门去四下寻找。茅厕找了没有,几个厢房都寻找遍了,还是没有。后来,蕴菡在后花园里悄声喊了起来:"嗨,耀慧姑姑在这里呢!"夜晚深静,一点呼声会传得很远。大家听见蕴菡的呼声,赶忙围拢了过来。

乌家寨子后花园有一棵白杉古树。这棵白杉树有几百年的树龄,而且颜色怪异,通体上下呈现出象牙白色。隔远处看,像是巨型象牙雕琢出来,白得让人奇怪。乌老太公在世时,曾经请陈苗衣来看过白杉树的风水。陈苗衣看毕,沉默好一会儿才说出两个字:"吉树。"乌老太公问:"吉从何来?"陈苗衣说:"这棵白杉树不比普通颜色的白杉树,树干、树枝和树叶都呈现着象牙白,白色在五行中为水,水生金,水来财,因而,此白色就尊贵。几百年了,你看那枝干和树叶,颜色像涂了一层牛乳,泛着细腻年轻的光泽。有这样的大吉祥白杉树守护在后院,乌家财源就敦实,不会外泄,实乃昌盛吉兆啊!"乌老太公听罢此言大喜,随后差人在白杉树下面就地打制了杉木座椅,供休闲对弈聊天之用。仅此还不够排场,乌老太公又命人寻了一款长方形完整檀香木,精雕细刻,做了一架三尺宽,七尺长的午休美人睡榻,供人在此地修养身心之用。

耀慧连喝三碗苞谷酒陈酿,虽然乌家酿制的纯粮苞谷酒不上头,但一口气连喝三大碗,灌了猛酒,醉意就自然浮了上来。耀慧觉得心闷,本想到后花园透透气,结果一路往后花园途中吹了夜风,醉意越加朦胧弥漫。她来到白杉树下面的睡榻边,顾不得讲究,倒头便睡下了。这一睡便随着醉醺醺的酒意进入梦乡,就连蕴菡的喊叫声,也没有把她吵醒。

深夜,月亮正中天呢。白月亮的光辉从白杉树的枝叶上流泻下来,静静地涂抹在耀慧的脸上和身上,那光泽银润如玉,柔柔的像是一层薄如蚕纱的天然被子,恰到好处拢着耀慧优美的睡姿。耀慧的头发和身上还零碎散落着些白杉树细碎的小叶子,这幅月光下白杉树睡美人图画,让人看了异常生动。

大家围聚在睡榻四周,目光被眼前这幅白杉树下睡仙图吸引住了,大家不约而同停止了喧哗,安静地看着耀慧睡着的样子。这时,蕴菡从耀慧耳朵边上拾起一枚白杉树叶子,放在手里仔细端详了一会,冷不丁冒出一句话:"瞧呀,耀慧姑姑这样的睡姿多么像'白杉仙子',好看极了!"

"好!今后我们就把耀慧姑姑叫'白杉仙子'!这名字好听!瞧她这般睡态,在白杉古树下面就是一个仙子嘛!"蕴龙赞同道。

于是,安静的空气被打破了,大家嘻嘻哈哈评论着耀慧,吵吵嚷嚷地喧闹起来。耀慧被吵闹声叫醒。她坐了起来,莫名其妙看着大家,说:"我这是在哪里?你们怎么都在这?围着我做什么?"蕴菡说:"耀慧姑姑羞!一人躲到这里贪睡,却让我们在屋里枯坐干等。"耀慧这才清醒过来,说:"天哪!你们这帮鬼娃娃,安着心算计把我灌醉。我只想来后花园散散心,解解酒气,谁想招惹了凉风,竟然醉意绵绵了,身子挨着美人榻就睡着了。"

大家轰然笑了起来。耀慧马上止住大家声音,悄声说:"别闹腾了,更深夜静的,声音传得远,不怕老太太听见处罚你们?好啦,时辰不早了,今天聚会玩耍就到这里,各自回各自的屋里去,以后抽时间再聚。聚会的份子钱我来出就是了。"

大家只等最后这句话。于是,道谢了耀慧姑姑,各自回自己的房屋去了。蕴龙回到屋里,贴身丫鬟翠娥已经铺好了床铺。蕴龙见到床,才感觉到困倦。他坐在床沿,不住打着哈欠,仍由翠娥替他宽衣解带、洗脚,伺候着躺下。蕴龙的睡榻是一架古床,檀香木打制的。古床为双人床布局,比较宽,床脚围边和床的上檐支架、围护隔板,是经过木匠精心雕刻,由飞凤走龙、鸢尾花雕饰和祥云图案组合而成。古床有百年历史。檀香木已经裸露出自然润泽的包浆,紫檀颜色光润,显得富丽尊贵,幽雅别致。古床有两道蜡染麻布苗绣外罩,另外还有三道真丝绸缎料子帷幔。外一层深红色,遮光;中间暖黄色;最里层粉红色,接近肉色。三层帷幔放下,古床内环境十分安静温馨。

翠娥比蕴龙大两岁,是鲁老太吩咐专门寻找来的。鲁老太要求伺候蕴龙的丫鬟最好是孤女,模样要端庄,生性要灵巧、懂事、不狐媚。翠娥自幼被爹娘抛弃,后让一开草药铺子的村婆子养母收养。一日三餐粗茶淡饭,不但没有把皮肤养粗糙,反倒出落得水灵灵的标致。跟着养母做家务活,收拾草药,手脚灵巧,能干得很,一眼就被乌家相中。于是,花费20两银子,从这家卖草药的村婆子手里买进乌家寨子,专门作蕴龙贴身伺候丫鬟。鲁老太疼爱蕴龙宝贝孙子,把特意挑选的翠娥给了蕴龙,意在今后蕴龙成人,翠娥如果依旧温婉体贴,就将其纳为小妾。

翠娥内心聪慧,知道里面的道理,对蕴龙照顾体贴,百依百顺。蕴龙自幼跟翠娥睡一床,已养成依赖的习惯。夜里没有翠娥陪睡在身边,蕴龙是睡不着觉的。翠娥8岁来到乌家,两年没做体力农活,两年吃的又好,月经初潮来得早,发育得快,初更不少男女之事。这年龄与蕴龙分床睡应该是理所当然的事情,可是蕴龙不依,仍然要翠娥陪睡。

翠娥伺候好蕴龙躺下,刚要在一旁卷着铺盖入睡,却被蕴龙拉住,说:"好姐姐,今晚我们睡一个被窝窝,好吗?"翠娥听了脸色陡变,红晕泛了起来,说:"不行的。你现在已经长大了,男女授受不亲,我们要各睡各的。听话,夜深了,再这样闹下去,天亮了也睡不成觉了。"翠娥替蕴龙掖好被子。蕴龙一把拉开被子,光着身体,说:"不,不睡一个被窝窝,我就不盖被子睡觉! 我要和你睡一个被窝窝!"

　　翠娥无奈，只好将就着与蕴龙睡在一个被窝窝里。两人默默睡了一会儿。蕴龙悄悄问："姐姐，什么叫'男女授受不亲？'"翠娥说："这是说男孩子女孩子大了，不能挨得很近，就是你不能和姐姐睡一个被窝窝。"蕴龙听了，不说话了。过了一会儿，翠娥觉得蕴龙的手朝着自己的胸脯慢慢摸了过来。翠娥一把抓住蕴龙的手，悄声说："羞！不许胡闹，睡觉！"翠娥故作嗔怪，做出要打人的样子。蕴龙不怕，从小被宠惯了，他想怎么着就要怎么着。蕴龙说："你让我摸一下嘛，就一下，好吗？我的好姐姐，求求你啦……"翠娥依不过，想着将来总有一天迟早也是蕴龙的人，就依从了他吧。

　　蕴龙说着说着就歪在翠娥的身边睡着了。蕴龙打着酣甜的鼻息睡音，翠娥轻轻握住蕴龙抚摸在自己乳房上的小手，那么软软胖乎乎的小手，翠娥真想一直这样被这只小手抚摸着。她已经有了青春期的萌动，喜欢男孩子的手这样轻轻抚摸在心房上面。

　　翠娥幸福冥想了一会儿，才将蕴龙的手小心翼翼从胸口移开，然后在蕴龙的脸颊上亲吻了一口，便躺在蕴龙身边静静地入睡了。

第三章　木叶情歌情漫苗山牧羊女

　　乌家寨子被这群好玩耍的孩子热闹了七八年,年龄也渐渐长大了。蕴龙已经长成一个翩翩英俊的少年。蕴龙的貌相取了爹妈的优点,身段匀称,肤白秀雅,一双眼睛水汪汪的,现出女相。若是扮作女子,依样俏丽俊美。但尽管貌若桃花,还是改不了顽皮的习性,喜欢到处散漫野游,弄出些淘气顽劣的故事来。

　　伺候蕴龙的丫鬟翠娥也长成18岁的姑娘。女大18变,越变越加柔媚娇艳。翠娥臀丰腰细,一双水杏眼顾盼生情。尤其是胸脯发育饱满,像是有一对小鹿卧在里面。有个盐商看上翠娥这般妖娆妩媚,阔手甩出一笔不菲的银子要纳翠娥为妾,翠娥至死不依。乌家也舍不得放人,知道蕴龙离不开翠娥的服侍。因而,翠娥依旧留在乌家寨子,伺候在蕴龙身边。只是年龄大了,夜里不便与蕴龙同床。蕴龙睡里屋,翠娥睡外间。夜里有什么动静,翠娥好起来服侍。

　　蕴龙不怎么喜欢进县城读书。那些老古板的四书五经他都读得烦腻了。也许受乌耀显深厚古典文化修养的影响,蕴龙尤其喜欢读唐诗宋词,也偷着读点《西厢记》《红楼梦》的书来消遣时光。蕴龙生来是个情种,这些风月言情书是他喜欢的读物。蕴龙常常夜半关着门读这些书籍,常常是废寝忘食,读累了就地睡着,甚是痴迷。平日里,不时学着书里内容弄出些儿女情长的事来,惹得姐妹在背后说他是多情公子。蕴龙时常自我嘲笑,说自己本是多情人,却是空牵念,想来思去,终归无趣。

　　既然不喜欢到县城读书,鲁老太也将就蕴龙的性子,命乌耀显在乌家寨子开办了自己的学堂,请了资深教书先生,把众姐妹兄弟聚在一起就读私塾。凡是坐在课堂读书,蕴龙每每不爱,隔三岔五扯出些理由来逃课。教书先生知道蕴龙的秉性,也明白鲁老太疼爱孙子,有鲁老太在后面撑腰,连老爷也拿不住蕴龙,只得睁只眼闭只眼罢了。老先生毕竟见多识广,说龙少爷生于六月天,适逢雷雨,天空又现出龙形祥云,今生恐怕难以有调教他的人。有灵性的吉人往往都是无师自通,到了一定年龄自然就悟道了,有如鸟儿,关在笼子里只能听其叫声,只有敞开鸟笼,才可见其涉足辽阔天空的本领。老先生的话自有道理,他是洞悉蕴龙本性的人。这年暑假,教书先生回去休假,蕴龙和姐妹们便自由了。乌家寨子又成了他们玩耍的乐园。

这天晌午,蕴龙吃了午饭,没有跟姐妹们在一处玩耍,不知为何,觉得有些心烦意乱。于是偷了个空闲,揣着一本线装《红楼梦》,悄悄溜出寨门,选了个背静处,攀爬上一棵茂密的古银杏树上乘凉、读书玩耍。

炎夏时节,山林似被一层薄薄的青烟笼罩着。树木生长得密密实实。山里环境清寂,空气清幽透净,夹带着野花的芬芳和虫子咀嚼青草的味道。树木吸足了养分,茂密地相互挤兑,把肥绿的枝丫向天空展示着。每一片树叶儿油绿绿的,叶子表面不见一星点灰尘。树叶上面站立着娇艳的阳光,将身下的阴凉一一谦让出来。山雀子和百灵鸟、画眉轮番婉转歌唱,往来稠密的树丫间,雀跃调情嬉戏。更热闹的是那些闲不住的知了,蝉鸣声比任何时候都叫得殷勤。正午时分,几乎没有什么风。即使有风,从林间徐徐吹过,那些密集的树叶枝丫便把风儿接在手里,悄无声息地收集起来。人隐藏在古银杏树上面感觉不到有风的存在。

再往稍远的地方细看,有果子狸、猕猴攀附在枝丫上,采摘野果和树叶吃。有的相互依偎在一起,交换着身体抓痒、捉发毛里的虱子。这些白面猕猴不时地朝蕴龙这边张望。有生人来到它们的领地,多少还是有些紧张的。

蕴龙选了一根粗实的枝干坐在上面。背部有依靠的主干树,坐着比较惬意。蕴龙打开书页,细细阅读。这是《红楼梦》中的一分册,讲述贾宝玉和姐妹们一同入住大观园里,自由玩耍、习字读书的情景。蕴龙十分喜欢阅读这部分内容。大观园真是好玩,处处诗情画意,美情美景。姐妹们个个都长得像仙子一样美丽可人,甚至连丫鬟也生得姣美温婉。

蕴龙正读书入迷。忽然,从对面牛场坡传来一阵清亮优美的苗歌。

听唱歌的声音,蕴龙断定这是一个苗家女孩子的童声。童声幽雅亮丽,宛如百灵鸟的歌子从泉水里穿过似的,再从月光下夜莺的眼睛里许愿出来,然后落入午夜的清潭,把一曲苗歌演绎得缥缈空灵,曼妙动听。蕴龙长了这么大,还从来没有听见过这样好听的苗家山歌。

蕴龙合上书本,安静地听了好一会儿。他越听越是感到新鲜好奇,想看看唱苗歌的女孩长得是什么样子。于是,蕴龙收拾好书本,从古树上溜了下来。然后选择了一条野径,循着唱苗歌的地方走了过去。

从龙口坡走下去,过了鬼笨沟,对面就是牛场坡。牛场坡树木没有龙口坡茂盛,但山草生得旺,杂树繁多,草木齐腰深了。即便是小草,也淹过小腿肚子,有虎耳草、剪刀草、羊耳兰和黏黏草,尤其是黏黏草,特性极其诡异,若不小心从草儿旁边走过,密密麻麻如小糠壳的草叶便会黏上你的裤管、鞋面。黏黏草黏附力极强,要下番功夫才可将其清除。有年长的山民说,黏黏草有如鬼笨沟那只传说中白凤凰一样诡秘,一旦黏住你,便会拉拉扯扯,牵绊纠缠不休的。因而进了鬼笨沟山里要格外小心,尽量避开这些喜欢纠缠的黏黏草,免得黏住你不肯离身。不过,这些草色宛如油里浸润过一遍似的,色泽油亮茵绿。自然草香似乎把漂浮的空气都染色成软绿了,弥漫山坡,微风里都是这样沁人心脾的滋味。

蕴龙一边往牛场坡上攀登,一边欣赏周围的美景。有一只红嘴的山雀子,好像是有意在挑逗着蕴龙,一直在前面引路,时不时飞起来,从蕴龙面前翩然闪过,然后停在距离蕴龙前面不远处的山石上,翘动着漂亮的金黄色的尾巴,叽叽喳喳鸣唱着歌子。

蕴龙觉得奇怪。平日里家里管得严实,不怎么出乌家寨子。今天溜达出来走一圈,处处是新鲜的景致。蝴蝶循着野花流连,忽上忽下翻飞。泉水奔泻在乱石上,然后落入清潭里,再漫溢出来,拐着弯儿往山下远处去了。蚂蚁们无声搬动着一枚叶子,在草丛里游动。甚至连见习惯的山雀子,也这般献上殷勤了。眼前的景致,让人目不暇接。蕴龙并没有像往常那样淘气,要用石子撵走山雀子。这只山雀子不比一般的雀儿,它似乎通灵性的,知道蕴龙要来做什么事。莫不是来引路的吉祥鸟儿?要带着我去寻找唱苗歌的女孩子?

蕴龙一路想着好事,当攀爬到半山腰的地方,那只山雀子洒下一串银铃样的鸣叫声,便忽然飞走了。苗女的歌声渐渐近了。蕴龙循着山雀子飞远的身影望去,远远看见山坡上有个身着苗服的女孩子,正坐在一块裸露的山石上,旁若无人唱着苗歌。女孩子周围的山草地里,零散放牧着五六只白山羊。白山羊一半的身子淹没在草丛里面,贪婪地吃着草叶儿。山坡后面瓦蓝的天空,飘着几朵白棉花云。洁白的云朵仿佛落在山坡上的,那女孩子稍微一抬手,就能将棉花云撕下一块来。

蕴龙见此情景,生动极了。他不由得加快攀登的脚步,朝着女孩坐着的地方靠近了过去。当蕴龙走到距离女孩二十米的距离时,女孩的歌声戛然停止了。这时候,从女孩的身后蹿出来一条黑色的土狗,冲上来对着蕴龙汪汪吼叫。这黑狗毛色油亮,体格健壮,两只耳朵耷拉着,样子十分威猛,是条当地土种猎犬。

这时,女孩用银铃样的声音呵斥住了黑狗。黑狗很听话,马上耷拉下尾巴,回到女孩的身边蹲下了,但两只炯炯有神的眼睛,依旧警觉地目视着蕴龙。蕴龙停住脚步,他站立在女孩的面前。很近的距离,蕴龙看清了女孩的模样,跟他没有见到时心里想象的样子是一致的。这是一个很美的苗家女孩子。

女孩约莫十五六岁。椭圆形小美人脸盘,被太阳晒得红扑扑的。脸上有些皱,但不乏一种自然山野的美来。一对细长弯月般动情的蛾眉,把一双水盈盈的乌黑大眼睛给修饰住了。挺直俊俏的鼻梁不会让你觉得那里是最美的地方,因为鼻翼下面还藏匿着一张樱桃红的巧嘴儿。怪不得女孩的苗歌唱得那样悦耳动听,便是这张巧嘴的缘故了。蕴龙暗自这样猜想着。

女孩的头发黑亮亮的,梳理着两只齐肩长的小辫子。头上戴着银童帽,身着青色麻布苗服,布面衣襟袖口、裤脚边嵌着苗家手工刺绣的花纹。花纹白红粉绿相间,朴素清丽。苗服是旧的,干净清爽,像是有些年头了。女孩的腰间系着一条花腰带,腰带上有苗绣杜鹃花和彩蝶图案。她身上的胸兜刺绣了一丛寒兰和一对凤蝶,栩栩如生的。下装穿着简洁,蜡染百褶裙摆,滚着吉祥云纹花边。褶皱曲折细密,做工十分考究,古雅不乏艳丽。她脚上的鞋子倒是十分新颖别致,那是一双苗家传统绣花苗鞋,鞋上也点缀着美丽花纹刺绣。鞋子半新旧的,鞋面沾染了些许淡绿的草色,那是经常出来放羊走草茎时被沾惹上自然青草颜色。

女孩表情平静,她并没有因蕴龙的到来而感到惊慌。女孩很坦然,含笑望着蕴龙。那是一种微笑的语言,好像是在询问:你是谁呀? 怎么寻到这里来了?

蕴龙是大家族出来的孩子,又读过书,见过场面,自然没有那么生疏。蕴龙说:"你唱的苗歌好听极了。我从来没有听见过这么优美的山歌。我是寻着你的歌声来的。"

女孩的情绪比刚才放开了些,她莞尔笑了。开启的红唇,露出一口洁白细腻的糯米牙齿。她的右脸窝上面有一个秀雅的小酒窝,十分嫣然可爱。

女孩打量了一下蕴龙,说:"是吗? 我的歌唱得有那么好吗? 我怎么不觉得好听呢?"

蕴龙说:"你是唱歌的人,当然是不觉得自己声音的好。只有听歌的人,才能听出来歌声的曼妙之处。你是真的唱得好啊! 像是林子里百灵鸟和画眉在唱歌。"

女孩说:"究竟是百灵鸟还是画眉呢?"

蕴龙说:"当然两种鸟儿的声音都有。不过,你声音是最好的,比百灵鸟和画眉唱的还要好听呢!"

女孩子抿嘴笑了,说:"当真?"

蕴龙说:"我不会说假话的。"

女孩不语,仰头看了看天空,然后低头看着地面的青草。两人静默了片刻,周围的空气仿佛凝滞住了。

"你叫什么名字?"蕴龙发出问话。

"椿香。你呢?"女孩不假思索地说。

"蕴龙。我家就居住在牛场坡对面的乌家寨子里面。"蕴龙说完话,用手指向山坡对面的乌家寨子。

椿香望了望山那边的乌家寨子,露出羡慕的神色,说:"你们家的房子好大好漂亮呀!"

蕴龙说:"没有什么漂亮的。我觉得你坐在山坡上面唱着苗歌才是漂亮呢。你唱的苗歌是跟谁学的? 我怎么从来没有听到过这首歌呢?"

椿香说:"你居住在寨子里当然是听不见的,我唱的苗歌是我外婆经常在家里唱的,我是偷偷学来的。"

蕴龙说:"你经常一个人来山坡放羊吗?"

椿香点了点头,说:"是的,经常来这里,但不是每天都到牛场坡上放羊,有些时候也要去别处放羊。"

蕴龙又问:"你没有上学堂吗?"

椿香一听学堂,表情变得凝重了。她摇了摇头,说:"没有进学堂念书。只认识一些字,是邻居家的小朋友教我的。"

蕴龙说:"你为什么不去读书呢?"

椿香把头低下了,想了一会儿,说:"我们是山里人家,哪里能让女娃子去读书呀。读书是男娃子的事。"

蕴龙明白了,他后悔不该问这些。蕴龙说:"没有关系的。若是你进了学堂,每天读着那些枯燥无味的书本,你也会厌烦的。不如坐在山坡上,放着羊儿,唱着苗歌好要得多呢!"

椿香听蕴龙这么一说,心情放松了。她笑了笑,说:"你是没有经常放过羊的缘故,放羊哪里有读书安逸,我是很羡慕进学堂念书呢。"

蕴龙说:"那好吧,我们来交换。我有时间就来这里教你念书识字;你呢,就教我放羊、唱苗歌,如何?"

椿香眼里放出亮光,她高兴地点了点头,说:"好啊,你可是要说话算数呀!"

蕴龙走过去,向椿香伸出手来,说:"我们拉钩上吊,当然是说话算数的。"

椿香迟疑了一下,羞怯地伸出小手来,与蕴龙拉钩盟誓。两人许愿完毕,蕴龙自然就坐在椿香身边,漫无边际谈天说地起来。

正午的阳光很辣人。但蕴龙和椿香是坐在一棵又高又大的古银杏树下的山石上面,有绿荫遮掩着阳光,所以不是很热。这时,丝丝缕缕微风从山坡上吹来,微风穿过草野,夹带着花草的清香,清恬淡雅,芬芳宜人。奇怪的是那只红嘴山雀子,不知从哪里招呼来一个伴侣,一同飞在蕴龙和椿香乘凉的古银杏树上,不时发出清脆悦耳的鸣叫声。

蕴龙望了望树上的山雀子,说:"真是奇怪得很,刚才我上山坡时就遇着这只红嘴的山雀子。这会儿它又跟着来了,而且还捎带上了一个伴儿。莫非是与我过不去吗?"

椿香笑了,神秘地说:"你猜猜,那两只山雀子为什么要跟着你呢?"

蕴龙一时不明白椿香话语的意思,他转动着眼珠,思考椿香的问题。蕴龙仔细想了一会儿,说:"它们也许是跟着好玩的。见是生人到牛场坡来了,就故意摆显一下它们漂亮的羽毛和好听的鸣叫声音吧!"

椿香笑得更开心了。脸上的小酒窝儿被笑意荡漾开了,很多的美意就从那里滋生了出来。椿香说:"你倒是很会想象的,能把美好的东西想在两只山雀子身上。好吧,我就把话说明白了,那两只山雀子可是我喂养的呢。"

蕴龙一听这话,甚是诧异。眼下这个小女孩竟然能把山雀子驯养成听话的家雀,好生不简单。

蕴龙颇感兴趣地问:"快说说,你是怎么驯化这对山雀子的?它们可是野鸟啊!"

椿香说:"对,它们是野鸟儿。可是跟人亲近了,野鸟就变成家雀、有灵性的仙鸟了。"

椿香开始讲述两只山雀子的来历。原来那日椿香在牛场坡上放羊时,寻觅到一处茂密的草丛,偶然发现了一个山雀子鸟巢,里面正好有刚孵化出来的两只雏鸟儿。于是,椿香开始每天留意两只老鸟轮番哺育幼鸟的过程。

不想,意外发生了。两只老鸟哺育幼鸟十五天后就杳然失去了踪迹。起初,椿香以为第二天老鸟会从野外逮小虫子飞回来哺育幼鸟,结果等了一整天,老鸟都没有再光顾鸟巢。两只幼鸟在鸟窝里饿得直叫唤。椿香去看望它们时,幼鸟以为鸟奶娘来了,便急切地张开嘴巴,等候着鸟奶娘给它们喂食。

见此情景,椿香义无反顾地承担起两只失去父母幼鸟的喂食工作。椿香每天都要到鸟巢附近放羊,目的就是要逮些草地里的小虫子喂给两只幼鸟吃。就这么一天天喂养习惯了,两只幼鸟自然就把椿香当作自己的奶娘了。喂养幼鸟的过程中,无论刮风下雨,椿香都没有间断过。草地里小虫子多,椿香喂养的勤快,鸟儿长得很快,羽毛渐渐丰满。喂养到鸟儿出窝会飞了,两只山雀子跟椿香亲密无间了。

　　说来也奇怪,两只会飞的山雀子从来不飞远去,它们知道椿香每天都要到牛场坡上来放羊。所以,这对山雀子一直守候在牛场坡上的古银杏树上面,并在树上建筑它们温馨的巢穴。就这样,椿香一边放羊,一边与两只山雀子做伴嬉戏玩耍,这对山雀子犹如椿香的玩伴,椿香不觉到有什么寂寞。若是玩累了,椿香就唱自己喜欢的苗歌给红嘴山雀听。山雀子喜欢听椿香唱苗歌,它们听得兴奋时,会飞到椿香的肩头站立着,一起应和鸣唱。日子相处久了,山雀子能听懂椿香的话语。刚才椿香看见有人从山脚下上来,就叫山雀子飞去看看是谁来了。那只红嘴山雀子就乖乖听话去了。

　　听完椿香的讲述,蕴龙仍然不相信这是真的。他还以为自己恍惚在梦里,在聆听一个仙女讲述一个神话故事。可是从梦里醒来,眼前这一切都是真实的。蕴龙感到新奇极了!蕴龙不由得朝树上的山雀子望去,两只红嘴山雀子,尾巴一翘一翘的,似乎在告诉蕴龙,相信不相信呀,这一切都是真的,椿香没有说假话,我们是可以做见证的。

　　一阵稍大些的风吹来,把银杏树枝叶吹得哗啦啦响。两只山雀子借助风力欢快地飞了起来,它们撒下一串儿银铃样的鸣叫声,又结伴儿飞到别处玩耍去了。

　　蕴龙感叹了一声,说:"椿香,你的故事真好听。如果不是今天来牛场坡遇上你了,亲眼看到这样的情景,这故事若是从别人口里说出来,我还真的不相信哩。"

　　椿香说:"今天是碰上你了,我才说给你听的。若是遇上其他人,我是不会说出这些秘密的。我是信得过你呀,这件事情你可得给我保密着,我不想让其他人听见的。"

　　"为什么?这是好事情呀!"

　　"不为什么。你是不知情的,若是让更多的人知道了,他们都会来看山雀子。来多人了,会打扰山雀子的正常生活。我是不想有人来干扰它们的。"

　　原来如此。蕴龙保证不再与第二个人说这件事情。椿香这才满意地点头笑了。

两人安静地坐了一会儿,椿香忽然想起什么,便从身边的小布包里取出一张油纸包裹的东西。椿香把油纸打开,里面是两块黄米粑粑和一块红薯粑粑。不用说,这是椿香的午饭。

椿香取出一块黄米粑粑,递给蕴龙,说:"龙少爷,给你尝尝我家做的黄米粑粑,很香的。"

蕴龙听椿香叫自己龙少爷,立马纠正,说:"椿香,今后不许叫我龙少爷了。我比你大,你叫我蕴龙哥好了。这样叫着才亲近呀。"

椿香很感动,说:"好呀,蕴龙哥,我就这样叫上了。你拿着,尝尝我家的黄米粑粑。"

蕴龙见只有两块黄米粑粑,怕自己吃了椿香会吃不饱午饭,于是推诿不要。椿香说:"蕴龙哥,你是不是嫌弃我家的黄米粑粑脏呀,不好吃吗?"

蕴龙说:"不是的。我是怕吃了黄米粑粑,把你的午饭吃掉了,你会吃不饱饭的。"

椿香笑了,说:"没有关系。我吃剩下的两块足够了。我今天不饿呢。跟你在一起说话儿玩耍,连吃午饭都忘记了。"

听椿香此言,蕴龙这才拿起黄米粑粑吃了起来。蕴龙品味着午餐,觉得黄米粑粑吃起来和家里做的不一样。椿香家的黄米粑粑软糯香甜,香甜里夹裹着一丝恬淡的桂花香味,吃着十分糯口养人。蕴龙问黄米粑粑里怎么会有桂花香味?椿香说她家做的黄米粑粑不比一般的黄米粑粑的做法,黄米是自己家种的上好黄糯米,制作糍粑时一定要新米才行。蒸煮好的糯米,放进舂米石窝里,然后用木槌捶打。捶打的时间越久,糍粑就越细腻软糯。至于里面夹裹有桂花香味,那是家里自酿的桂花蜜,掺和在黄米粑粑里面。桂花是当年八月间采集的花粉,调配进自家养的蜜蜂生产的百花原蜜。这样,桂花蜜与黄米粑粑黏合在一起,便生出带有自然清新的甜香味道了。

蕴龙听罢椿香的介绍,越发觉得这黄米粑粑好吃。不一会儿,就把手里的黄米粑粑吃完了。椿香见蕴龙喜欢吃,心里高兴,说改天多带些黄米粑粑给蕴龙吃。蕴龙说:"不要多带,有一两个就够了。"椿香说:"蕴龙哥不必客气,我家别的好吃东西没有,黄米粑粑可多得是,管你吃够。"蕴龙说:"好,多带几个也成,我是想吃个过瘾呢。"蕴龙说罢笑开了。

吃罢午饭,稍做休息,椿香便叫蕴龙回去,免得家里人担心,而且她也要割猪草了。下午,家里喂养的几头猪儿还等着她背猪草回去吃呢。蕴龙不想回家,说时辰还早,再多耍一会儿。椿香心里也想着多留蕴龙待一阵子,她好像有许多话要对蕴龙说。于是,也就没有催促蕴龙回家了。

蕴龙说:"椿香妹妹,你好能干,又是放羊,又要割猪草,不累吗?"

椿香说:"我们山民家孩子,做活习惯了,哪里觉得累了呢?不像你们当少爷的,只会捧着书本读书,不做农活。你们的生活好安逸啊!"

蕴龙听椿香如是说,便要帮助椿香一起割猪草。椿香笑了,说:"算了吧,割猪草的活儿不是什么人都能够做的。你还是在一旁看着,等你看熟悉了再说。"

于是,蕴龙跟在椿香身边看着割猪草。椿香蹲在草地上,手把弯月银镰,割起猪草飞快。右手持镰割断草身,左手便迅速跟上,将割断的猪草顺手拾起丢进后背的背篓里。蕴龙被椿香娴熟的割猪草动作看傻了眼,他长这么大,一直是在苗寨温室里生活着,还没有实地看农家女孩割猪草的情景。这回算是见世面了,所以感觉新奇。这般小巧玲珑的女孩子,没想到割起猪草来手脚竟然这样麻利。蕴龙不由得在心里暗暗赞叹着。

椿香没有花费多大功夫,猪草就装满了大半背篓。蕴龙趁椿香小憩停下来,踊跃着要尝试一下割猪草的工作。椿香拦住,说:"使不得的。你是少爷,怎么能干下人做的事情?"蕴龙说:"我不是说过了吗,不要叫我少爷。在这里我们之间就是兄妹,哥哥帮助妹妹割猪草,难道不可以吗?"

椿香被蕴龙天真的话语逗笑了,说:"你既然这样说,那好吧,就来试试,小心点可别割破手指了。"椿香说着让出镰刀。蕴龙想着割猪草的活简单,也就没有多想,便模仿椿香割猪草的样子,蹲下身体,割起猪草来。刚试了几下,还行。但稍微加快速度,镰刀就割破了手指。蕴龙"哎呀"了一声,丢掉镰刀,捂住了左手指。鲜血即刻便从食指上涌流了出来。

椿香见状慌忙上去帮助蕴龙止血。椿香先是小心翼翼用嘴巴把蕴龙手指的血迹吮吸干净,然后让蕴龙将手指下方穴位捏紧,不让血流涌上来。接下来就地采集了一些封血草,放进嘴里咀嚼碎了,敷在蕴龙手指的伤口上。接着又从衣兜里掏出一张苗绣绢帕,给蕴龙包扎好食指的伤口。

椿香的动作十分熟练。不一会儿的工夫,蕴龙伤口的血就止住了,蕴龙的疼痛感逐渐减弱。椿香问蕴龙疼不疼,蕴龙咧嘴笑了,说:"这点小伤,没关系的。不过是割破手指,养几天就好了。"椿香还是有些担心,说:"你这样带了伤回家去,家里人不会说什么吧?"蕴龙摇了摇头,说:"不碍事的,你不要担心,我不让他们知道就是了。嗳,刚才你是用的什么草药?这么快就把我伤口的血止住了?"

椿香笑了笑,说:"那是常见的封血草。只要伤口出了血,就地取封血草用嘴巴嚼碎,敷在伤口上止血就可以了。这是爷爷教我的呢。"蕴龙打心眼里佩服椿香,这么小的年纪就懂得这么多的常识,简直就像一个大孩子似的。

椿香见蕴龙不语,关切地问:"伤口还疼吗?"

蕴龙说:"还有点点疼。你再唱遍苗歌吧,我听了苗歌就不疼了。"

"当真是听我唱苗歌你就不疼了?"

"是的。只要你唱,我就忘记疼了。"

椿香歪着脑袋想了想,说:"你是想让我唱苗歌吧?为何你那么喜欢听苗歌呢?"蕴龙说:"你唱的苗歌好听,像百灵鸟站在泉水边鸣唱,是活的山泉水流淌在山石上的声音,所以听不厌的。"椿香说:"你是夸奖我呢。我哪里有你说的这样好,真是唱成这样不就成仙女了。"蕴龙说:"嗯。你比仙女唱得好呢。"

椿香暗自笑了。她是第一回听见有人这样赞美她唱的苗歌,而且话语说的这样美,她有些飘飘然了。椿香说:"好吧,既然你喜欢听,我就再唱一支苗歌。"于是,椿香清清嗓子,唱起了一首新苗歌,这是当地广为传唱的《木叶情歌》。椿香天然一副好嗓子,把《木叶情歌》唱得婉转悠扬,嘹亮动听。歌声飞扬出去,在山坡上传得很远很远……

大山的木叶烂成堆,只因小郎不会吹。

几时吹得木叶叫哎,只用木叶不用媒。

高坡上种茶哪用灰,哥妹相爱哪用媒。

要得灰来茶要倒哎,要得媒来惹是非。

椿香一曲歌毕，蕴龙听得入迷了。他呆呆地望着椿香，这个山里的苗家牧羊女，就是一幅恬然淡静的画儿，让人看进去了，便久久迷恋在里面不想出来了。椿香见蕴龙还沉浸在《木叶情歌》的旋律中，索性从草地里摘了一片宽度适中的草叶，将草叶卷成薄卷衔在嘴里，轻轻一吹，草叶儿就发出清脆悦耳的曲子来。曲子依旧是《木叶情歌》的音调。没有了歌词，这清美亮丽的曲调让草叶儿徐徐吹出来，正应和了《木叶情歌》自然的音调。这样用草叶儿吹出来的《木叶情歌》又是一番苗家风情的味道了。

蕴龙听得越发入迷了。他似乎陶醉了，不由得躺在草地上，像是要把整个心安静下来，专心致志听椿香衔着的草叶传出的木叶情歌。椿香也被蕴龙的状态感染了，她也躺了下来，和蕴龙并排挨在一起，一边吹着曲子，一边仰望着牛场坡上乌蓝的天空。碧净的天上，天蓝的像水洗的画布一样，有几朵白棉花云在天心里游弋着。牛场坡好像距离天很近了，仿佛抬手就能将天上的白云撕下来一块儿作裁剪布料。

"龙哥哥，你看天上的白云像什么呀?"椿香说。

蕴龙观察了一下，说："像是一只正在上树的猫儿。"

"不像。"

"那你看像什么?"

"我看像一个牧童，在放牧着三只羊儿。"

蕴龙听椿香这么说，又往椿香的思路上去观察，果然如同椿香所说的那样，有个象形的牧童在放牧着几只羊儿。

蕴龙说："你观察得很仔细，是像你说的那样相像呢。"

椿香说："我经常这样观察。一个人没有事做就躺在草地上看天上的云彩，想象它们是什么模样。"椿香说完话，又继续吹《木叶情歌》。

这时，几只白山羊也围聚了过来，它们似乎也爱听椿香吹《木叶情歌》曲调。山羊儿卧在椿香和蕴龙的周围，一边咀嚼着鲜嫩的青草，一边侧耳聆听《木叶情歌》的旋律。猎犬大黑也走了过来，趴在椿香的身边，伸出温热的舌头，舔着椿香的衣襟。两只红嘴山雀子也飞回来了，落在银杏树上，梳理着羽毛，嘴里不停地发出叽叽喳喳的鸣叫声，好像是在呼应椿香木叶曲音律。

椿香吹累了，便停止了下来。过了一会，椿香忽然坐起来，用手指着牛场坡对面龙口坡上那片茂密高耸的白杉树林，说："蕴龙哥，快看啊，好多白鹭在白杉树上面飞舞呢！"

蕴龙起身循着椿香的指向看了，果然如此。龙口坡的白鹭岭聚集了约上千只白鹭，它们有的落在树巅上，闲情张望；有的相互追逐，在白鹭岭峰顶上空翻飞、嬉戏，像是在开盛大的歌舞会。蕴龙不觉感叹："好美的景象啊！龙口坡的白鹭岭有这么的白鹭啊！我从来没有见到过这样好看的景致呢。"

椿香说："这还不算多的呢。有时候我吹草叶曲调久了，那白鹭岭上面会聚集两千多只白鹭呢。这些白鹭可爱听我吹草叶曲调的苗歌呢。"

蕴龙望着龙口坡白鹭岭上欢聚的白鹭，心就有些痴想了。他想着身边的椿香姑娘，莫非就是苗神仙子转世变化来的，能唱出这样好听的苗家山歌，还会用草叶儿吹出如此悦耳动听的曲调来，并且还引逗来了上千只白鹭翩跹舞蹈，聚会在龙口坡的白鹭岭中，这般美情美景，难道不是仙境里才有的画景吗？自己是不是在梦中啊！蕴龙正痴想着，龙口坡乌家寨子传来呼喊蕴龙的声音。蕴龙听出来了，那是翠娥在呼喊着他呢。

椿香也听见了，便催促蕴龙快点回家。时间都半下午了，椿香也该牧羊往家里去了。蕴龙说，不急，再玩一会儿。椿香不依，说："你家里人都在喊你呢，若是再不回去，他们上来找你就麻烦了。时辰不早了，我也得回家了，来日方长。你若是想听我唱苗歌，以后有的是时间，你只要来牛场坡，我唱给你听就是了。只是别让你的家人知道。他们若是知道你整日跑到牛场坡上与一个山民人家的姑娘往来，恐怕是要把你禁闭起来的。"

蕴龙说："禁闭？我不怕的！只要我喜欢做的事情，就没有人能够拦得住我。放心吧，牛场坡我会时常来的。你的苗歌和草叶吹的曲子都非常好听，我要跟着你学呢。不管怎样，和你在一起玩耍，我真的好开心呀！"

椿香说："你开心就好。我的心情也一样，从来没有像今天这样快乐。就是觉得时间过得快了点，不知不觉就到下午了。好了，我该走了。我若是不走，你是不会先走的。"

蕴龙笑了，说："好啊，我送你一程路。把你送过那道山梁，我就下山了。"椿香说："不行,你不要送我了。这里的山路我比你熟悉,我要看着你走下山路,不然我是不放心的。"蕴龙说："这点路程我走不丢的。小时候我也是个野孩子,时常溜出寨子,到附近山野里玩耍呢。"椿香说："那也不行的。这样,我让大黑送你一程路,若是路上遇上豺狗,好有个帮手。"蕴龙说："大黑?我才和它刚刚认识,大黑怎么会送我下山呢?"椿香从背篓里取出一个荞麦粑粑递给蕴龙,说："大黑是有灵性的狗。你现在把荞麦粑粑掰给它吃,先建立感情,然后我命令它送你,大黑自然会跟着你去的。"

蕴龙听着半信半疑,但对此说法十分感兴趣。于是,按照椿香的交代去做了。大黑吃了蕴龙给它的荞麦粑粑,果然很是感激,朝着蕴龙摇摆着尾巴。椿香说："大黑,你送蕴龙哥回家去,我在这里等着你。"大黑听懂椿香的话,乖乖地跟着蕴龙往山坡下去了。

大黑的确乖顺,一直护送蕴龙到寨子门口。蕴龙用手抚摸了一下大黑的头,表示喜欢它。然后问看守寨子的门子卦儿要了两个白馒头,赏给大黑吃了。大黑平日里有块荞麦粑粑吃已经是上等的饭食,现在有白面馒头吃,那是打了一顿牙祭了。大黑吃罢白馒头,越发亲近蕴龙,不停地摆尾,用舌头舔着蕴龙的手。蕴龙对大黑说："大黑,你回去吧,你的主人椿香妹妹在山上等着你呢,听话,回去吧。"

大黑端详了一会儿蕴龙,又摇摆了几下尾巴,然后一溜烟地往回路跑去了。蕴龙望着大黑消失在丛林的身影,静静站立在寨子门口远远望着牛场坡。这时,大黑已经跑上了牛场坡,跟上椿香。椿香背着装满猪草的背篓,赶着她的白山羊,渐渐往牛场坡家那边去了。说也奇怪,两只红嘴山雀子也飞舞了起来,追随在椿香的身后。椿香带着她的白山羊往牛场坡高处攀登,古木杂树掩映过来,仿佛将夕阳收住了似的。归林的鸟语留声在林子里和每片树叶上,虫子开始寻找睡觉的地方,沿着草茎缓慢爬行。晚风均匀细了下来,贴着暗绿色的草叶,从蛛网里丝丝泄漏过去。渐渐地,椿香背着背篓,背篓装满的青草在夕阳的清辉里摇曳着。椿香娇小的身影和大黑、几只雪白的山羊一同消失在茂密的山林里。

第四章　丽娇娥初试云雨情

　　蕴龙回到乌家寨子。一进屋，翠娥着急地对蕴龙说："我的小主子，你这是去哪里了？好叫人担心啊！"蕴龙说："我去对面的牛场坡上玩耍了，怎么，有事吗？"翠娥说："老爷回来了，叫你过去问话呢。"

　　蕴龙一听老爷要叫他去问话，不知道是什么事情。蕴龙就怕父亲要他在假期读那些四书五经之类的书。好不容易盼到一个暑假，若是摊上了苦读这些无聊的书，再加上用小楷毛笔抄录撰写，每天的日子就没有这么自由自在了。

　　蕴龙想到这，顿时没有了生气。才要出门去面见父亲，翠娥忽然发现了蕴龙手指上的伤痕，关切地问道："蕴龙，你的手指是怎么啦？让什么东西划破的？"

　　蕴龙连忙把手捂住不给翠娥看，说："没有什么的，就是被山草刺头划破一道口子，现在好多了。"翠娥说："不行，让我看看，不然，你这样用手帕包裹着去见老爷怎么能行？若是老爷问起由来，你该如何回答？你伤了手指，会害苦了我们，是我没有看好你，才落得这样的。"蕴龙听翠娥说的有道理，便不吭声了。他将手伸出去，让翠娥看了。

　　蕴龙手指上的伤口已经被封血草黏合住，没有流血了，但缠裹着绢帕很显眼。于是，翠娥小心翼翼把绢帕摘取下来，用剪刀剪一溜细白布与蕴龙包扎好。翠娥正要随手将弄污染的绢帕丢弃，蕴龙忙拦住，说："好姐姐，你把绢帕留着吧，洗干净了，我有用处的。"翠娥看了苗绣绢帕，不免起了疑心，说："怪不得呢，这张绢帕还不一般呢，刺了苗绣，从哪里来的？"蕴龙的脸顿时红了，掩饰说："先别问是从哪里来的，你好好收拾妥当了就是。等我去见了父亲,再与你细说。"蕴龙说着,匆匆出门去见父亲去了。

乌耀显在书房等着蕴龙来回话,见蕴龙进来,仔细打量了一下蕴龙模样儿。才一月不见,又长高了许多,模样越发像他年轻时的样子,但脸型和眼神让人感觉不似常人,身上有一股灵性气场。聪慧的孩子是这样的,眼神不呆,有如黑夜在瞳仁里游走,面若桃花,安静时也有几分春风得意。怪不得老太太这样疼爱着蕴龙,这孩子若是调教得当,将来一定会有出息的。

乌耀显这次桐油生意做得不错。乌家桐油打出了名气,近至秀山周边,远至湖南、湖北武汉,都晓得乌家桐油品质优良。这回几船生意下来,赚了不少银子。乌家桐油生意被乌耀显做得风生水起,生意做得顺畅,心情就好。乌耀显询问了蕴龙读书情况,蕴龙都一一回答了,诸如四书五经、经典名篇蕴龙早已背得滚瓜烂熟,所以回答爹爹的问话几乎没有出什么纰漏。乌耀显听了蕴龙对答,十分满意,接下,又细查了蕴龙的小楷毛笔习作。一手绝佳的蝇头小楷,把满满一本诗经抄录下来。字迹清隽流畅,没有一处错误的地方。乌耀显看了,不住点头表示满意。

作业检查完毕,乌耀显停顿了一下,拿起书桌上的茶杯呷了一口茶水,说:"过两天你姨妈家的雯静表姐和大姑姑家的婉贞表妹要来乌家寨子玩耍,这回她们要久住一段时间,你可得好生注意了,不得与姐妹们顽皮,处处要守规矩。姐妹来了,得有个像样的住处,乌家寨子白竹湾那一处凤凰园子空置许久了,一直闲在那里也是浪费。从今日起,你和姐妹们搬进凤凰园去居住。那里清静,四周都是白竹林和红豆杉树,是一处安静读书的好地方。进了园子,你要好生和姐妹们和睦相处,用功习字作文,不得由着性子胡闹。"

蕴龙一听要到白竹湾凤凰园去居住,心里不由得暗自高兴。那地方可是他一直向往的乐园,但园子自修建好,一直没有开园住人。当时太爷爷下了密令的,不许任何人进凤凰园玩耍。因而,修建好的园子一直空闲在白竹湾。太爷爷去世后权限交付给老爷,这下老爷亲自安排了,正合他的心意,而且还有两个表姐表妹要来一起居住,这更加欢喜。但蕴龙还是压抑住内心的喜悦,说:"儿子记住了。请爹爹放心,进了凤凰园,我一定好好用功读书温习功课,和姐妹们和和睦睦处事的。"

乌耀显说:"知道就好。看你这次的作业,比往回有进步了。有进步这是好事,但还需努力才行。古人曰:读书破万卷,下笔如有神。你将来要博取功名,要把书读通彻、悟透底方可。好了,这里没事了,你回去好好温习功课吧。"

蕴龙朝父亲行过礼仪,慢慢退出门去了。蕴龙一出门,便像猴子一样活蹦乱跳起来。一进屋,直嚷嚷着叫翠娥拿好茶冲泡了喝。翠娥见蕴龙这般欣喜,问:"蕴龙,你这是怎么啦?有喜鹊儿落进怀里了不成?老爷没有把你怎样吧?"

蕴龙说:"今天老爷可是办了件好事情。你猜猜,老爷要让我们搬到什么地方去居住?"

翠娥一听说要搬家,心里紧张了一下,说:"莫不是要搬进县城里去居住?"

蕴龙见翠娥紧张的样子,故意摆弄了幌子,说:"怎么?去县城居住不好吗?那里的学堂可是正规的很呢。难道你不想进城里去过日子?"

翠娥说:"进城好是好,就是我不能随你一同去了。如今你长大了,要念正规学堂,我不过是一个丫鬟,哪里能陪得了你一辈子呢。"

蕴龙嘻嘻笑了,说:"我是说玩话哄你的,哪里要搬进县城里去居住。若是真的进城了,我还有这么高兴吗?老爷这回可是大大开恩典了,要让我和姐妹们搬进凤凰园去居住呢。你说,这是不是个好消息啊?"

翠娥这才放下心来,露出笑靥,说:"嗯,真是个好消息呢。凤凰园里面的景观可是美得很呢!这回你可以自由自在到凤凰园里疯去了,没有人能够管得了你啦!"

蕴龙说:"还是姐姐知道我的心思。没有人管才好呢!我们可以整日做自己喜欢的事情,想怎么玩耍就怎么玩耍,岂不逍遥风光?"

蕴龙的话音刚落下,听闻消息的蕴哲、蕴春、蕴娴、蕴蓝、蕴梅和蕴鹃一同来到蕴龙的屋里,大家叽叽喳喳像欢乐的麻雀儿争论着自己要居住凤凰园里哪座吊脚苗楼。正议论着,蕴菡喜笑颜开也摸了进来。蕴菡一进门就说:"怎么,你们都会抢好地方居住,我住的地方呢?总不该把我忘记了吧?"

蕴龙说:"小白鹭,怎么能把你忘记了呢?我已经替你想好了,你就居住菊花楼。秋天,那楼周围满园子菊花旺得很。挨我的桂花楼很近,有什么事,我好照顾你呀!"蕴菡说:"好的,菊花楼我喜欢,就安排我住菊花楼吧!"

于是,大家根据自己爱好都定下了喜欢的吊脚楼。蕴哲喜静,嗜好读书,他欢喜燕竹楼周围的那片燕尾竹林,因而选择了燕竹楼。蕴春个性外向,喜欢热闹,选择了经常有喜鹊光顾楼前那棵桃花树的喜鹊楼。蕴娴喜安静,自然选择西头的白杉楼。蕴蓝和蕴梅是双胞姐妹,选择一同居住。蕴蓝和蕴梅相中了杏花楼。最后是娇小玲珑的蕴鹃,蕴鹃有些多愁善感,不用多说,杜鹃楼便是她最爱的住处。凤凰园几处吊脚楼都有户主了,唯独还剩下烟雨楼和望月楼没有人选择。蕴龙说:"正好,老爷说隔两天姨妈家的雯静表姐和姑姑家的婉贞表妹要来乌家寨子玩耍,这两处地方就让她们自己选择好了。"大家听罢,都说这个主意好,便这样决定了。

第二天,众兄弟姐妹早早起来吃罢早餐,就一一搬进白竹湾凤凰园里去居住。凤凰园与乌家寨子联袂成姊妹寨。乌家寨子往西面,有一处山谷豁口,豁口被白竹林和杂树掩映,十分幽谧。沿着生满绿草的小径上行约百米远处,便呈现出一座青绿山峰。山势峥嵘绮丽,自然天成。山峰合围出一个 U 字形,里面是一个百余亩田土方圆的山谷。山谷里野桂花树繁多,周围被白竹林环绕。其间不乏怪石沟壑林立,野泉奔泻喧哗,鸟语花香诱人。谷底当中自然生成一匹仙鹤展翅象形小山峰,这与秀山县城坐落的凤凰山颇有几分相像之处。

当年乌家老太公看中了这块风水宝地,特意在此修建了乌家寨子,并把这处世外桃源的幽谷取名为"凤凰园"。然后在凤凰园里大兴土木,招募能工巧匠,根据不同山势沟壑走向,建造了这么一处寨中之园。园子建筑材料全部采用上好的老樟木。樟木耐腐蚀,辟邪虫,有天然清香味。吊脚楼风格为苗家传统古风,木架结构皆有榫头咬合铆死,并黏木胶。同样雕龙画凤,吉祥走兽镇守楼檐。园中吊脚楼按周围植被草木和天象命名,依次为杜鹃楼、桂花楼、菊花楼、燕竹楼、喜鹊楼、白杉楼、杏花楼、烟雨楼和望月楼。每座吊脚楼为一个独立单元,环山而建,唇齿相依。园中的仙鹤山上修建有仙鹤亭,处处亭台楼阁,花草树木交相辉映。园中有景,景中生境,美不胜收!凤凰园历时三年修建好,乌太公没有让人居住,命人把入园的两扇青铜铸造的巨型山门锁死了。

乌老太公在世时修建凤凰园是有自己的打算的。有这么一处寨中园做后盾，一旦遇到什么不测，可以往凤凰园里躲避。而且凤凰园里深不见底的桃花洞十分幽邃，乌老太公曾经命人去秘密探寻过，初入洞口比较狭窄，越往深处去，洞内面积越空旷，宽余的地方，可以放进一座庙宇进去。更为神秘的是，此洞与西头的鬼笨洞相连通。这样，外界一旦发生战乱，家族的人可以全部进驻桃花洞或再转入鬼笨洞避难。

凤凰园是一处佳境，但也非常诡异。入住才一夜，园子里就闹腾起灵异事端来。事件出没的地方，正是蕴龙居住的桂花楼。

入住当夜，翠娥伺候蕴龙入睡不久，睡在外间的丫鬟采芹便呼叫起来，说看见一个披发白衣人从窗外飘忽进来，拉扯了她的衣服，一晃过忽而就不见了。

采芹穿着单衣就往里屋跑。睡在堂屋的翠娥也醒了，喊住采芹，说："采芹，你往哪里去呀，里屋是少爷的卧房，你这样慌慌张张的，若是惊炸了少爷，有什么闪失，有你好果子吃的。"

采芹停住脚步，浑身哆嗦来到翠娥床前，说："翠娥姐，是我糊涂了。可我是眼睁睁看实在了的。有个穿白衣的女人在我们楼前窗口晃来晃去，然后又飘忽着进来拉拉扯扯，好骇人噢！"

翠娥稳住采芹，说："怕什么？这园子又不是老宅破旧古屋，有什么精怪？一定是你眼睛看花了，或者是你做了噩梦，梦里见着的东西你倒是当真了。"

翠娥的话刚落音，蕴龙穿着单衣从里屋卧房里出来，问："出了什么事？要紧不？"

翠娥见蕴龙来了忙着打马虎眼，说："没有什么事。刚才采芹看见窗外楼檐蹿上来一只野猫儿，把一片瓦踩落了发出响声，把采芹吓着了，这才到我的屋里来报告。不打紧的事情，你快去睡吧。"

蕴龙揉了揉眼睛，睡眼惺忪地说："你们可别唬我，我刚才听见采芹说什么白衣人的，莫不是遇见什么可怕的东西了，才这样大惊小怪地尖叫？"

翠娥故作镇静，抿嘴一笑，说："这等风光的园子，金珠苗寨的一块风水宝地，哪里会闹腾什么白衣人出来？我看你是睡梦里走神了吧！好了，不说这些无中生有的话了，我陪你去里屋睡就是。"

　　翠娥心细,知道蕴龙的习性。夜半惊醒了,总是睡不稳当,她得哄着蕴龙睡下才行。翠娥服侍蕴龙睡下。她还是像以往那样,一手摇着纸扇,一手轻轻拍着蕴龙的被子。蕴龙就是这样从小被她哄着入睡的,这习惯一直延续到现在都改变不了。

　　翠娥倚靠在蕴龙床铺边安坐了一会儿,见蕴龙渐渐入睡了,刚要抽身离开,蕴龙的眼睛睁开了,他拉住翠娥的手,央求说:"好姐姐,今晚你就陪着我睡嘛。你若是离开了,我恐怕是睡不着的。"翠娥轻声地说:"你是不是怕了?瞧你,都成了小男子汉了,还是这么黏人。现在不比以往,我们都大了,男女有别,你得自己睡才是。"蕴龙耍起赖皮,拉住翠娥的手不放,百般纠缠,说:"好姐姐,我是怕着了。好歹过去我们都是同床睡过来的,这会儿你就依了我吧!"

　　蕴龙佯装出担惊受怕的样子,一脸哀求颜色。翠娥看着也动心了,她也想陪着蕴龙。不但是现在,而且想得很远,想着将来能够一直伺候着蕴龙到老也罢。翠娥露出羞赧色,轻声细语说:"好吧,看你小可怜的样子,我就依你这一回,明儿个可不许再犯了。"蕴龙见翠娥要陪着他睡一晚,马上面露喜色,说:"好姐姐,就这一回,没有下回了。快上来,我这被窝儿暖和着呢。"

　　翠娥脱掉外衣,穿着单薄的睡衣便裹进了蕴龙的被窝里。翠娥好长一段时间没有和蕴龙同榻而眠了。眼下忽然裹进一个被窝里,翠娥多少有些不自在起来。紧挨着蕴龙的身体,她的呼吸好像比以往紧张了许多。蕴龙感觉到了这种异常,便问:"翠娥姐,你的身体好热,怎么在发抖呀?你是不是生病了?"翠娥说:"不许胡说。姐哪里有病的样子。快点睡,不然我要离开了。"翠娥说这话果然奏效,蕴龙不再吱声了。不多时,蕴龙的呼吸就平稳了。翠娥见蕴龙睡熟了,便在心里轻轻叹息。她盼望着蕴龙快点长大起来,那样自己就是他的人啦。哪怕是今生做妾一辈子,她都是心甘情愿的。想到这,翠娥不由得抱住了蕴龙,将自己发育丰满的身体贴在蕴龙的身体上。蕴龙是她将来的依靠,一生一世的依靠,也许这是她一厢情愿的奢求,但她是真心的。她愿意为蕴龙做一切的事,若有必要,将命儿拿去都行。

　　蕴龙有翠娥陪睡,睡意格外酣甜。朦胧中,就进入一处好梦境中来。

蕴龙梦中游弋到一条静静的小河边,弯弯的河道不是很宽,水流清澈见底。水清则蓝,蓝的透净,白云倒影湿漉漉的,透着朦胧的美。河岸草色碧绿,软软的长草匍匐着、收藏着虫子的身影和微风的絮语。有一胖乎乎圆脸渔童,手里支着长长的鱼竿,安静地坐在岸上痴迷垂钓。蕴龙走过去小声问:"去村子的路该往哪个方向走?"渔童没吱声。他不经意地摆了一下手势,朝东面指了指,眼神又专注于他的钓竿上了。蕴龙没再打扰他垂钓的雅趣,按照渔童指引直接往村子方向去了。

河岸有一条小径,路面硬实,虽然是土路,人走上去几乎见不到什么灰尘。才走到一半路程,前面出现一片桑树林。桑树生得十分怪异,枝干一律弯曲着,像是婆娑舞蹈的肢体,摆弄着某种语言。翠绿的枝叶将路径通道掩映着。一只纯白的老山羊静卧在桑树林浅草里,它的嘴巴没有闲着,咀嚼着没有消化干净的草叶。蕴龙看着老山羊像尊活着的寓言,很干净而简单的寓言。

这时,有两只翅膀上带着浅黄色斑纹的蝴蝶,翩跹从蕴龙身边飞过。很快,蝴蝶相互追逐着消失在树林深处。一团半明半寐的雾,轻盈地穿过桑树林,在蕴龙眼前徘徊。蕴龙感觉迷路了,寻找不到走出桑树林的路径。蕴龙停住脚步,茫然四顾。林子寂静,树叶一动不动,蕴龙恍惚可以看见风的影子,浅浅的幽绿色,听不见什么声音,正婀娜着从桑树林里走过去。忽然,草地上卧着的白山羊站立起来,它似乎对蕴龙没有陌生感,慢慢走到蕴龙身边,用头轻轻磨蹭了几下蕴龙的身体,然后默默引导蕴龙在桑树林子行走。

白山羊仿佛知道蕴龙的心思,是要去寻找着什么珍爱的东西。它不紧不慢地在蕴龙前面走着,不时回头看,蕴龙是不是跟在后面。桑树林好像有永远走不完的路。除了茂密的树和地面绒绿的小草,单纯地让你寻觅不到任何东西了。

约莫走了十多分钟光景,白山羊在一棵古意沧桑的巨型桑树前停了下来。眼前的情景让蕴龙惊诧不已!只见巨大的桑树弯曲的一条枝干上,恬静地平躺着一个女子。女子一身水绿长裙,裙带舒展地流泻于树干枝叶之间。乌黑油亮的长发,流畅而自然地从优雅的睡姿中垂落下来。少女像是睡着的样子,眼睛微闭,长长的眼睫毛守护着一双美目传情的眼睛。鹅蛋形的脸容,红唇微启,像是刚刚与相恋的人亲吻过了。

蕴龙的确感到惊讶。这女子的相貌,倒像是曾几何时在梦中见的那位含情脉脉的女子。那女子也是这般模样,白净鹅蛋的脸容,即使睡着的样子也格外生动,令人情牵梦萦。

正当蕴龙要张口问询,桑树林间又忽然一阵清风吹过,不知从哪里升起一团青雾,徐徐飘来,一时遮挡住蕴龙的眼帘。须臾片刻,待雾散去,眼前的女子不见了。蕴龙又寻领路的白山羊,也不见了踪迹。蕴龙正准备四下寻觅,自己却又飘忽着来到一处长满白杉树的山坡上。山坡依旧青草覆盖,茂盛的白杉树林一片一片的。树林下生满了鸢尾花。鸢尾花开得艳丽无比,招引蜂蝶流连翻飞,在花朵上采蜜忙活不停。树林上面乌蓝的天空,漂着几朵白棉花云。阳光有如水洗过的,亮晃晃地从杉树叶子缝隙间筛落下来,撒在五彩缤纷的花卉上,转而又被蹿上蹿下的鸟影给拣了回去。

蕴龙不曾遇到这般仙境。他好奇地走在白杉树林中,身子陷入鸢尾花丛里了。好美的景色!蕴龙不觉在心里感叹着。蕴龙正流连周围的美景,刚才那位妙龄女子又翩然出现在他的面前。女子不过十五六岁的样子,双眼生得魅惑,泉波荡漾,顾盼多情。小蛮腰儿宛如缠绵着细柳,胸脯里面像藏匿着两只温婉的白鸽子似的。女子拦住蕴龙的去路,说:"龙公子,怎么才见了面就不理我了?"蕴龙诧异,说:"这位天仙妹妹,我们何曾认得的?刚才是你一阵风去了别处,怎么怨我不理会你了?况且我们并不认识,不过陌路人而已。"女子说:"我乃白杉仙子,今儿个专门在这里候着你呢。"蕴龙说:"天仙妹妹,你别这样拦住我,男女授受不亲的。这里就我们俩,倘若让别人看见了,要说闲话的。"

白杉仙子嗔怪含笑,轻轻啐了一声,说:"呸,你别在我的面前佯装正经,谁不知道你年龄不大就深谙男女之事。你身边那个妖媚翠娥姐姐不是伺候着你多年了吗?你们之间难道没有半点私情?"蕴龙一听白杉仙子说翠娥的事,脸色顿时羞得绯红。蕴龙小声说:"天仙妹妹,快莫说这些出格的话。你今天想要我怎样?只要我能够办到的事情,我都依你就是。"白杉仙子莞尔一笑,婀娜走上来,伸出柔软的玉臂勾在蕴龙的肩上,然后伏在蕴龙耳朵边,神秘叨叨耳语一番。蕴龙听罢白杉仙子话语,羞得脸色更加红润,神情也变得恍惚起来。

白杉仙子见蕴龙被她妖魅气息糊弄住了,便宽衣解带,静静地躺在鸢尾花丛里。白杉仙子那身羊脂美玉的肌肤,完全裸露在蕴龙面前。那细腻白嫩的肤色,被绚烂的鸢尾花衬托着,不断生出天然的芬芳味道来。一对白鸽子像是刚刚睡醒的样子,朦朦胧胧静卧在那里。几只凤尾蝶翩翩舞蹈,围着白杉仙子上下左右翻飞着。蕴龙情不自禁了,懵懵懂懂的,身不由己,按照白杉仙子的吩咐,与白杉仙子亲昵相合,美美蜜意了一番。欢喜到惬意处,蕴龙不由自主打了一个快感的激灵。浑身像触动的酥麻的电流,一种从未有过的快意霎时从骨髓里迸发了出来。这时,身下的白杉仙子会意一笑,两眼瞪直了,双手搂抱住蕴龙的腰部,身体僵硬了几秒钟,又渐渐瘫软下来。尔后,化作一团白雾消散了。蕴龙茫然四顾,去寻白杉仙子的影子。忽然白杉树林吹来一阵怪风,怪风过后,便从杉树林里跳出一只气势汹汹的白虎来。白虎直奔蕴龙而来。蕴龙大呼救命,即刻晕厥了过去。

蕴龙从梦中惊醒,见翠娥紧张地护着他身体,才知刚才是一场惊梦。翠娥见蕴龙醒来,追问蕴龙梦见什么了?大呼救命是怎么回事儿?蕴龙似梦非梦的样子,只想着刚才梦中与白杉仙子的好事,但一时又不好意思说出口。蕴龙低声说:"没有什么事的。刚才做噩梦,梦见一只白虎向我扑来,便惊醒了。"

翠娥说:"我的小主子,怎么就梦见白虎了?有多大个头的白虎?莫非是被吓着了不成?"蕴龙比画着说:"好大的块头,从一片白杉树林里跳出来,直奔我来的,你说吓人不?"翠娥用手摸了摸蕴龙的额头,有些细密的汗珠子,赶忙用绢帕给蕴龙擦拭。接着又摸了蕴龙的睡衣,衣服有汗湿气,于是找了干净的夹衣和内裤给蕴龙换上了。

第二天,蕴龙不知是怎么的,竟然起不了床,只喊浑身无力,燥热难受。翠娥用手试了蕴龙额头温度,滚烫,于是禀报鲁老太。鲁老太带着潘淑鸢和众丫鬟来到蕴龙的卧房。鲁老太向翠娥详细询问了蕴龙昨夜的情况,翠娥如实禀报。

鲁老太毕竟老道。得知蕴龙梦中遇见白虎,心里陡然生疑。鲁老太思忖,蕴龙属相为龙,梦见白虎预示龙虎相斗,恐怕是有小人来犯的预兆。

　　这时,翠娥端来驱寒的红枣姜汤与蕴龙服下。蕴龙脸色看起来比起先要红润了一些。鲁老太坐在蕴龙床前,爱怜地拉着蕴龙的手,说:"我的龙儿,这会儿感觉怎么样啦? 心里要好受些吗?"蕴龙眼睛迷离,茫然望着鲁老太不言语。那神色似有些痴呆憨样。鲁老太很是担心,于是,命人请来巫医陈苗衣给蕴龙诊脉象。

　　陈苗衣与乌家一直有来往,且与乌老太公在世时交情甚好。乌家凡是有事,自然是随叫随到。陈苗衣来到凤凰园,给蕴龙看了脉象,心里已经明白七八分。事毕,陈苗衣禀报鲁老太,说蕴龙病源在梦中那只白虎身上,他得给蕴龙做个简单的巫医咒,便可化解。

　　陈苗衣又开了三贴安神定惊的草药方子,吩咐抓药给蕴龙早晚服用,然后来到苗寨正堂与鲁老太告辞。鲁老太让管家支取银两给陈苗衣,随即问道:"不知道蕴龙是否会像以往那样清醒了不成?"

　　陈苗衣给鲁老太作了个揖,说:"老太太敬请放心,龙少爷明天一早就会清醒过来的,他的身体别无大恙。"

　　鲁老太点了点头说:"有你这句话我就放心了,只是有一问题还需向你请教。龙儿梦中那只白虎是什么预兆? 就怕我这属龙的龙儿遇着白虎,这龙虎相斗一番如何是好啊?"

　　陈苗衣笑了,说:"古语相关风水有道是,左白虎,右青龙。白虎相遇青龙,未必不是好事。蕴龙梦中见白虎,想必将来有好兆头降生。蕴龙这条龙必定有大出息的。"

　　鲁老太听陈苗衣这般解释,马上喜笑颜开说:"若是龙儿将来真的有造化了,那得托福你的这番吉言了。"

　　鲁老太喜欢听恭维的话儿。陈苗衣这番话语说到了鲁老太的心里去了。鲁老太高兴,又让管家多打发了几两银子送与陈苗衣。陈苗衣收了银子,便往家去了。

　　果然,第二天五更鸡鸣后,蕴龙便苏醒过来。懵懂的神色褪去了不少,两眼也有神光了,并且开口索要东西吃。消息传到鲁老太那里,鲁老太十分欣慰,命丫鬟素芬送来一支上品野山参,让翠娥送到膳房炖只老母鸡给蕴龙滋补身体。

　　翠娥养母家是开过草药房的,翠娥从小耳濡目染,多少有些药理常识。像蕴龙这样的少年,哪里补得了这般珍贵的野山参呢。但无奈是鲁老太之命,只好送去膳房用瓷罐煨好了。翠娥是聪明人,她没有去抓陈苗衣开的药方,也没有将野山参汤全部一次性给蕴龙吃。她将煨好的老母鸡参汤分为三等份送与蕴龙吃。蕴龙吃了两份参汤,元气复苏,精神立马好了许多,但眼神还是不如以往神气。当夜,蕴龙又嚷嚷着要翠娥陪睡。翠娥以为蕴龙怕再梦见白虎,没有多加思考就答应了。

入夜后,更深人静,采芹在外屋丫鬟房睡熟了,这卧房里翠娥和蕴龙还没有入睡。不知是不是野山参汤的缘故,蕴龙只觉得浑身燥热,魂不守舍的。晚上正逢满月,又是晴朗夜天,山里月光有如无人触摸过的泉水清洗一般,从吊脚楼木格子窗户照射进来,屋里像是涂抹了一层新鲜的牛乳。每天夜晚,翠娥都要在房间点燃些陈年桂花香草,将床帏里外熏染一番,这床上就弥散着恬淡的桂花香味了。蕴龙借着月光,看着翠娥那张俏丽白皙的鹅蛋脸儿,还有丰满圆润的酥胸,竟然跟梦里的白杉仙子一个模样。

蕴龙越是这般妄想,心里越发激动,便怯生生地与翠娥说:"翠娥,你猜,那晚我除了梦见白虎,还梦见什么啦?"翠娥见蕴龙含情脉脉望着她,心里也不怎么安分了。翠娥问:"你梦见什么啦?难道还有什么比老虎更大的怪物啊?"蕴龙诡秘地笑了笑,然后压低声音把与白杉仙子如何对话、偷试云雨的过程一一讲述给翠娥听了。翠娥听了不觉脸热心跳,羞得两颊绯红。翠娥用手轻轻点了一下蕴龙的额头,细声细语地说:"你好没有羞呀!竟然会做这样的春梦。明儿我给老太太说去,看你脸面往哪里搁放。"翠娥说完话,含羞悄悄媚笑,翠娥不露声色笑的样子嫣然妩媚。她身着菲薄单衣,乌黑的长发流泻下来,一双脉脉含情的水杏眼忽闪忽闪的,一身雪白的肌肤,温润柔腻,透露着软玉样的颜色。月光透过床帏过滤进来,可以看到被月光朦胧着的翠娥的脸庞。蕴龙看呆了,便向翠娥要求行梦中与白杉仙子的云雨好事。翠娥心里陡然紧张,见蕴龙这般境况,明白了其中真意,顿时羞得娇恬喘息不已,心跳瞬间加速。翠娥压低声音说:"我又没有嫁给你,这等羞人的事亏你还说得出口来。"蕴龙却是不依也不言语,只是痴痴傻傻动作起来,翠娥的身子立马就瘫软了,渐渐没了意识,脑子一片空白,便顺水推舟依顺了蕴龙。两人柔情蜜意,情话痴语不断,缠绵多时,交融的身体就不可分割了。这样云里雾里、反反复复折腾了大半夜,方才歇息安身。第二天,翠娥早早起床,脸色光艳绯红,精神气色格外好。

蕴龙昨夜自得了翠娥云雨之欢,心脉经络通畅,一下子来了精神,又恢复到往日活蹦乱跳的光景。吃罢早饭,就早早去鲁老太和潘淑鸾那里请了安,然后回到凤凰园与姐妹们玩耍去了。蕴龙路过菊花楼,听见楼上有长吁短叹的声音。蕴龙听出来是蕴菡的声音。何来这般无奈的叹息?有什么事情闹在心里不愉快了?蕴龙想着便上了菊花楼去。一进门楼,就见蕴菡眼泪汪汪地倚靠在床上,呆呆地想着心思。蕴龙走过去问:"妹妹,我经过楼下就听见你的叹息声,莫非遇到什么不愉快的事情?有话别闷在心里,说出来我或许能帮你解决的。"

蕴菡的丫鬟小青送上茶来,说:"小姐哪里有什么烦心的事情,是潘夫人要给蕴菡姐姐裹小脚的事情。"

蕴龙一听这话明白了。奶娘可是远近出了名的潘小脚,那双精致的小脚无人能比。但要给蕴菡妹妹也裹成这么一双精巧的小脚,往后玩耍跑路就不得行了,蕴菡心里不情愿的根源在于此。蕴龙默想着,思考有什么办法来帮助蕴菡。

蕴菡见小青多嘴,她摆了一眼小青说:"就你嘴快!你知道我仅仅是为这事烦恼吗?"

小青嘟哝着:"你的心思我还看不出来吗?太太也真是的,我家小姐这么娇小,倘若是裹了小脚,连门都出不了的。"小青说完话,端起茶盘忙她的事情去了。

蕴菡一脸无奈的神情,对蕴龙说:"哥,你瞧瞧,连小青都在抱怨了,我心里哪里有不烦恼的事。奶娘那边已经传话过来了,让我准备着,就这一两天光景,就要我去裹小脚。今儿个可是说明白了,我便是死了也不裹小脚的!"

蕴龙忙劝慰:"妹妹别急,不裹小脚也得想个应对的办法才是。你知道奶娘的脾气,凡是她认定的事情,一时半会儿是难以改变的。"

蕴菡生气说:"她脾气不好又怎么样?大不了横竖离开这个家好啦!裹小脚是要我的命,我说过了,小脚我是坚决不裹的!"

蕴龙骨碌转了转眼珠,说:"妹,不如这样,就说你的脚崴了,不得走路,先躲过这一劫,也许裹小脚这事就没有了。"

蕴菡说:"你说得倒是轻巧,可是躲得过初一躲不过十五。你没有看出来,奶娘整天就迷恋着她那双小脚呢。这下可好,连我这双脚也得搭上了,我岂能心甘?"

蕴龙又替蕴菡想一些解脱的办法,但都不中意。蕴龙思来想去,心里也跟着蕴菡烦恼起来。于是劝慰了蕴菡一席话,就离去了。

从菊花楼出来,蕴龙觉得周围和心里都空荡荡的,一时想不出要往哪个姐妹处去玩耍。这时,蕴龙听见对面牛场坡又传来椿香悦耳动听的苗歌。那声音像是长了带磁石的翅膀,蕴龙听着心里就亮堂了。他想起了椿香和大黑,便去厨子那里包了几个白面馒头,这是给大黑准备的,大黑喜欢这东西。蕴龙准备好食物,便顾不了什么,只管一阵风儿溜出凤凰园子,径直寻着椿香的歌声往牛场坡去了。

椿香依旧坐在那棵古银杏树下看着她的羊儿吃草。蕴龙这回多了一个心眼,没有从正面爬上牛场坡。蕴龙改换方向,从侧面迂回,借着白杉树和齐腰深的杂草掩护,悄然摸到椿香倚靠的古银杏树身后。蕴龙刚要突然袭击吓唬一声椿香,不想,被早已隐藏在草丛里的大黑扑上来,用坚实的双爪勾住了蕴龙的双肩。蕴龙猛然一愣,见是大黑,方定下心来。大黑果然对蕴龙很亲热,用温热的舌头舔着蕴龙的脸颊。蕴龙用手爱抚着大黑,大黑摇摆着尾巴,与蕴龙亲热的场景,有如见到主人一样。

大黑虽然是条土狗,但颇有灵性,两眼圆溜溜的,眼眉上方有两粒棕色毛团,像两只假眼,俗称四眼狗,智商很高。椿香每天出来放羊,它就主动守护在椿香身边。大黑属于当地比较罕见的土种猎犬,身体粗犷,站着几乎有半人高,所以牛场坡的山林走兽还奈何不了它。有回椿香遭遇了一只野豺狗袭击,大黑不由分说冲了上去,把豺狗一只耳朵硬生生撕扯下来,豺狗嗷嗷乱叫,夹着尾巴逃跑了。

大黑见到蕴龙偷袭上牛场坡,甚是欢喜。有过一次接触,似乎结了亲缘,大黑对蕴龙特别好,很是期待着蕴龙来这里。蕴龙从包里取出两个白面馒头,赏给大黑吃。大黑叼起馒头,卧在银杏树下,美滋滋地吃了起来。椿香发现了动静,见是蕴龙来了,一阵欣喜。椿香又见大黑讨要了蕴龙的馒头吃,说:"龙哥哥,你挺会笼络人的。大黑只与你见了一面,就这般近乎上了,原来你给了它好吃的东西呀!"

蕴龙笑嘻嘻地说:"嘿嘿,大黑有灵性,我和它前世有缘,所以一见钟情,我倒是很像它的主人了。"椿香抿嘴儿笑了,说:"我看也是。那天说让大黑送你回家,它就跟着去了,若是遇着别的人,恐怕大黑是不会去护送的。"蕴龙说:"是呀,我也觉得奇怪,才和大黑见过一回,只不过按照你的说法,给了它一点吃的东西,就与它混熟了。"椿香说:"那你说说看,我们相遇牛场坡上是不是也有缘啊?"蕴龙说:"当然有缘的。你的苗歌唱得这样好,我是循着歌声来的,你的歌子入我的心,所以见了面不陌生,好像是很久以前就熟悉了一样。"椿香笑了,说:"我们到银杏树下坐着去,这里太阳毒得很,当心中了暑热,会生热病的。"

蕴龙爬了一阵子山坡,也有些累了,他跟着椿香在银杏树下坐稳,椿香取出水葫芦递给蕴龙,说:"喝点冰泉水,既解渴又解暑热。"蕴龙接过水葫芦喝了几口,说:"这水清凉,好喝,是从哪里取来的?"

椿香朝牛场坡一块白颜色岩松地方一指,"那棵白松岩石下面有一泓山泉,泉水从石缝里冒出来,整年都是清澈的。这山泉水质好,纯净甘甜,直接用瓢舀出来就可以喝的。"

椿香说完话,用一双水盈盈的眼睛望着蕴龙笑。蕴龙喜欢看椿香这双水灵灵的眼睛,那是会说话的眼睛。一直看着,里面就像有幅美丽的画儿在游动。椿香和蕴龙对视了一会儿,有些不好意思了。她低下眉眼,说:"龙哥哥,你答应给我的东西带来没有呀?"

蕴龙一下被问住了,说:"带什么东西? 我一下子想不起来了。"

椿香说:"你是贵人多忘事啊! 你答应给带书来的呢。"

蕴龙恍然醒悟。今天出来匆忙,把椿香要读的书给忘记了。蕴龙有些难为情,"今天我是出来急了点,把书这件事忘记了。该打! 瞧我这记性,下次一定给你带来。"

椿香没有多责怪,说:"不打紧,改天带来就是。况且书带来了,我也不会读,还得让你教我识字呢。"

蕴龙说:"那些四书五经不读也罢。不如这样,我教些常用的活字与你认识,这样学起来才快当适用。"

"什么叫'活字'呀?"椿香不解地问。

"活字就是常用的文字,不是让你死记硬背的文字,比如你的名字,还有树上的鸟儿的名字,都是活生生的字呢。"蕴龙解释着说。

椿香听了觉得新奇,见蕴龙要教她识活字,立马欢喜起来。她找来树棍,将眼前泥土抹平展了,然后把树棍递给蕴龙,说:"我的小老师,你就在地上教我写字,可以吗?"

蕴龙接过树棍,"当然可以,我现在就教你认字。"

蕴龙先是教椿香的名字如何写,如何记忆。蕴龙将"椿香"两个字写好,然后用树棍比画着,说:"认字有一个简单的方法,先记住偏旁的字体,可以根据字义的联想在脑子里想出这个字迹来,比如你的名字中椿香的'椿'字,左偏旁是个木头的'木'字,右边是春天的'春'字。椿香是一种树木,偏旁带'木'字,你就想着春天来了,可以采集香椿的嫩芽煎鸡蛋吃了,这字就记牢了。"

椿香听着十分感兴趣。她按照蕴龙教授的笔画用木棍在泥土上面歪歪斜斜写出了"椿"字,心里十分高兴。椿香有悟性,认字习字非常快。蕴龙一连教了十多个常用的词语,椿香都一一书写了,而且很快记牢了。蕴龙夸椿香聪慧,认字比他早先快多了。椿香感慨地说:"还不是你教得好啊!原来这活字就是你心里想得到又可以看得见的东西呀!这读书认字,真是比放羊快乐得多啊!"

蕴龙说:"那不见得的。我就觉得放羊比读书好。"椿香说:"放羊好在哪里?你说个理由出来。"蕴龙说:"放羊没有人管着,在野外山坡上散漫,自由自在的,想做什么就做什么。不像进学堂,读的都是些生硬的书,每天关在屋子里,苦闷极了。"椿香说:"听你这么说,读书都这样苦恼,我也不想去学堂念书了。"蕴龙说:"这就对了。像今天这样,我们坐在野外幽美的环境里学习活字,不也很快乐吗?这里没有房子圈着,没有人管着,只有鸟儿的鸣叫和天上的白云飘着。我们尽管自由认字、自在玩耍,累了就往草地上一躺,多么开心啊!"

椿香喜欢听蕴龙说这样的新鲜话,本来不怎么欢喜的牧羊日子,经蕴龙这样一描述,却是处处见风景,变得有意思起来。自从见了蕴龙,椿香心里就天天盼望着再见到蕴龙到牛场坡上来。听他漫无天际无拘无束的谈吐，好像是她等待了很久的人，今天终于见着了。

这时，山坡吹来一阵风儿，把椿香的头发吹乱了。椿香用手梳理了一下，飘散在前额的刘海还是不怎么顺从。蕴龙见了，说："椿香妹妹，你的头发有些乱了，我给你梳一条辫子才好看呢。"椿香一听蕴龙要给自己梳辫子，羞得直摇头，说："不行的，女孩家的头哪里能叫男孩来梳？还是我自己梳吧。"椿香说着从口袋里掏出一把小木梳子，便要开始梳头。

蕴龙凑近上前，从椿香手里取过梳子说："你是信不过我吗？我在家里时常给姐妹丫鬟梳头呢，男孩给女孩梳理头发有什么关系的，放心，这里没有生人来，能看见的只有羊儿、狗儿和花草鸟雀，它们是不会说出去的，况且我梳头发的手艺好着呢。"椿香说："我又不是你家的丫鬟，干吗要为我梳头？"蕴龙说："在我眼里，你是小姐，不是丫鬟。我给小姐梳头还不成吗？"椿香听蕴龙称呼她做小姐了，开心笑道："你叫我小姐了，我可没有那个福分。不过，既然你愿意给我梳头，我也就心甘情愿做一回小姐罢了。"

椿香抿嘴儿偷偷地笑了。她心里乐滋滋的，她不知道眼前这位龙公子要给她梳理一个怎样的头型出来。

蕴龙得到椿香的许可，便开始给椿香梳头。椿香头发乌黑油亮，丝丝缕缕像是经了自然釉色染过的一样，是那种黑的优美健康的颜色。她的发丝均匀细长，不是那么粗密。椿香梳的是两根顺溜到肩上的辫子，自己编的，还算细腻匀称。辫梢用红丝带绳子扎着，很素净的样子。

蕴龙把椿香的辫子解散开，用白杉木梳子一遍遍把头发梳理通顺了，然后把头发向后分开，仔细地把头发归纳成一束，然后弄作麻花形态，编织成一根辫子。合二为一的辫子比两根辫子要丰满一些。蕴龙不愧是巧手，把一根辫子梳得非常贴切到位。整根辫子完成，没有散失一根头发。尽管编织过程中有微风轻轻吹来，周围还不时引来几只彩蝶围绕着蕴龙和椿香身旁翻飞，蕴龙没有分心，一直专注编织工作。不出一袋烟的工夫，一根乌溜溜细长、美观大方的辫子就编好了。

椿香没有镜子，只有把辫子拿到胸前欣赏。椿香先是用手自上而下抚摸了一遍，没有多余的头发丝流泻出来，辫子光溜顺滑。再看红毛线绳子，被蕴龙的巧手挽起一个十分漂亮的蝴蝶结，捆扎在辫梢腰间，十分嫣然贴切。

蕴龙说："椿香妹,辫子编的好看吗? 满意不?"

椿香含笑点了点头,说："好看。没有想到你一个男娃儿,手艺比女孩还要巧呢。喂,你怎么想着要给我编一根辫子的?"

蕴龙说："你的脸型适合编一根辫子,况且你的头发细腻润泽,合成一根辫子会很衬人的。辫子可留的长一点,最好到腰际,那才叫美呢! 不信,你走个姿势看看,保准比留两根辫子漂亮!"

椿香说："好啦,我听你的就是,你说好看就好看。只要你喜欢看,我今后就留一根辫子,而且一直留着,到腰际那么长。"

蕴龙说："好着呢。下回我专门给你带面西洋小圆镜子来,让你看看自己的容貌和头型,保准你喜欢的。"

椿香说："西洋小圆镜子? 很漂亮的东西吧?"蕴龙说："当然漂亮的,是西洋货色。镶嵌了银边,还有彩线花纹衬底色,镜子背面有蝴蝶和蝴蝶花呢,喜欢不?"椿香说："我从小就想着有这样一面小圆镜子,不知道什么是西洋货色?"

蕴龙笑了,"西洋货色是从外国运来的,是外国人用的东西。"椿香说："什么是外国人?"蕴龙说："不是我们这样的人,外国人就是从海那边坐船过来的人,我看过父亲做生意带回的西洋画像,那些外国人全部都是高鼻梁、蓝眼睛、金黄色的头发,奇怪得很呐。"

椿香听得入神了。世界上还有这样长相奇怪的人,那么这面小圆镜子也是稀罕之物了。椿香说："好的。你越是这样说,我越发想要看看这面漂亮的西洋镜子呢。"

两人坐在一起谈天说地,好像有说不完的话儿。晌午了,椿香拾掇了一些干树枝柴草,用火柴点燃了,然后把黄米粑粑支在火上烧烤。椿香又取出家里腌制的咸菜团儿和两截烟熏的香肠,香肠是正宗山里货,灌肠腊肉要山民家里饲养一整年的年猪制作,年猪要饲养到过年才能吃得到。山民家饲养的年猪是喂苞米、红苕养大的,养过一整年,各种自然养分吸收充足了,肉质鲜嫩营养,肥瘦层次均匀,肉质巴适鲜美。制作香肠就地取材,用宰杀好的猪肠子,灌入调制好的新鲜猪肉馅,混合秘制的作料,用绳头一节节捆扎好,然后吊挂在点燃松木枝和甘蔗渣的土窑里烟熏几天便成。松枝带有天然油松香味,甘蔗渣略带甜香味儿,二者混合一起,薰出来的香肠非常有味道了。很多山民还要把熏制好的香肠腊肉吊挂在土灶上,每天从土灶门吐出的松枝烟火,继续烟熏火烤。日子久了,烟熏色和油松的香味层层渗透进香肠腊肉里,可长久存放,切出来的肉泛着油亮的烟黄色,吃口不腻,味道格外香糯。

牛场坡上燃起袅袅青烟,蕴龙和椿香围着火堆享用苗家美味。这顿饭菜虽然简单了些,但蕴龙吃着感觉比家里山珍海味好吃得多。蕴龙和椿香一边吃着黄米粑粑,一边兴致聊天。蕴龙望了望四周的树林,茂密幽深,心里不由得生疑,问:"椿香妹妹,你每天在山林里放羊,不怕豺狗吗?这一带的豺狗可是出了名的凶恶。"

椿香满不在乎地说:"不怕,有大黑跟着呢,那些豺狗怕我家大黑。当然,即使没有大黑在身边我也不怕的,我会上树,手里还有这个。"椿香从口袋里掏出一枚炮仗,将炮仗芯子探进火口点燃了,然后甩到身后,便听见一声爆竹炸响。爆竹火药充足,爆炸起来声音特别响亮,整个山谷都有回声。蕴龙感觉到耳鼓一阵蒙蒙的。

椿香笑了,"吓着你了吧?这炮仗可是我家里专门用来吓唬豺狗的,非常管用。我在这里放羊,每天只需放上一个炮仗,周围的豺狗都得远远躲着我。"

蕴龙觉得好奇,"这炮仗这么管用?只放响一个,豺狗就不敢来冒犯?"

椿香说:"是的,豺狗鼻子很灵,它们最怕火药味的东西。炮仗一响,火药味四散开,豺狗闻见了就没有胆量来冒犯人了。"

"真棒!喂,椿香妹妹,你听说过鬼笨洞的事儿没有?我很想去鬼笨洞看看呢,听说那洞子里很神秘。"蕴龙忽然想起鬼笨洞,这是他一直想去看个究竟的地方。

椿香听蕴龙提及鬼笨洞的事,脸上露出了一丝神秘的笑靥,说:"你是说鬼笨洞呀,那里你可是去不得的。"

蕴龙有些纳闷,"你说说看,我怎么就去不得了呢?"

椿香说:"你是少爷,去那种诡秘险要的地方怎么能行?而且路程远,都是山路,林深路幽,里面有好多走兽呢,怕是你经受不起路远的折腾。"

蕴龙说:"椿香妹妹,你千万别把我看成少爷。我喜欢走山路,再远的路程也不怕的。只要你能去的地方,我也一定能够去的。我不怕累,哪天你带我去看看,好吗?"

椿香说:"带你去看倒是可以的,就怕你家里人知道了,怪罪下来,追问到我家里就麻烦了。"

蕴龙说:"我保证不连累你,对谁也不说是你带我去鬼笨洞的,好不?"

椿香眨巴着水灵灵的眼睛想了一会儿,说:"好。既然你许诺不对任何人讲,我就带你去鬼笨洞走一趟。不过,来回可是要大半天的路程呢,不知道你能不能走这么长时间的山路?"

蕴龙说:"我能行的,我从小就顽皮,不是那种待在屋里读死书的人。我喜欢玩耍,上树也得力,就是没有好玩伴。这下好了,我们俩可以玩耍在一起了。椿香妹妹,我好喜欢你啊!"

蕴龙说着情不自禁地抱起椿香在原地转悠一圈。椿香没有防备,蕴龙将她团身抱起时,她的脑袋一下懵了。转悠一圈,方才清醒过来。椿香羞得红了脸,说:"龙哥哥,快放下我,不然我要恼了!"

蕴龙这才觉得自己失态了,连忙道歉:"椿香妹妹,我……我不是故意的。我一时高兴,就不知道如何表达了,你放心,我是没有坏主意的。"

椿香气息也紧了,好一会儿才平息下来,说:"你……你好大胆呀!倘若被人看见,我还怎么有脸面做人呢?你是欺负我呢,而且说什么喜欢的话儿,今后可不能这样随意说的。一旦让人听了去,就麻烦了。"椿香说着,掩面佯装呜咽了起来。

蕴龙见自己的莽撞把椿香惹伤心了,一时没了主意,"椿香妹妹,我真的不是有心这样做的。我也不知道是怎么一回事,一高兴了就做出这样的傻事来,你原谅我这一回,好吗?下次再也不敢了。"

椿香从指间露出缝,瞧见蕴龙着急的样子,不由得扑哧笑出声来,说:"嘿嘿,原来你也是个胆小鬼呀。"

蕴龙幡然醒悟,"好你个椿香,你是在唬我不成,看我再抱起你来转几个圈子!"

蕴龙说罢就要动手去抱椿香,椿香一闪身体,蕴龙扑了一个空。椿香咯吱吱地笑着跑到旁边的古银杏树边，一纵身儿便像灵猴一样跃上树干，然后轻展双臂，攀住树身，三两下工夫，就蹿到树上面去了。蕴龙见椿香如此上树身手，也不示弱，跟着跃上了树。两人都是攀爬树林的好手，不多时，蕴龙就来到椿香的旁边。

古银杏树树冠很大，枝干遒劲粗壮，且盘根错节，枝叶繁荣。蕴龙和椿香停在树上，树下面的人都不容易发现。椿香和蕴龙坐在一根海碗口粗的枝干上。蕴龙仰起头朝天空张望，茂密的枝叶遮盖，天空的蓝色依稀可见，是那种用剪刀剪碎的瓦蓝色。蕴龙说："椿香妹妹，这树干很溜光圆滑，想必你是经常上树玩耍?"

椿香说："你倒是眼尖，看得出缘由来。我是没事儿就上到这棵树上乘凉玩耍，有时困了就倚靠在树干上打个盹。这棵古银杏树已经摸熟悉了，上下树跟走路一样顺畅。"

蕴龙说："我看出来了，你上树的身手比我还要好呢。像你这样机灵能干的女孩子可真是不多见的。"

椿香说："这不，被你见着了，我的秘密全暴露给你了。你可得要对得起我呀!"

蕴龙说："你说吧，今后要我怎样都可以的。只要我能够办到的事情，我就愿意帮助你去做。"

椿香把辫子握在胸前摆弄着，说："我可没有什么别的要求，只希望你经常来牛场坡看我、教我读书习字就成。"椿香说完话，低下头一直看着树下面。

蕴龙说："这个要求简单，我能够做到的，而且我也希望经常来牛场坡看你。我说过的，跟你在一起放羊比读书有趣味的多，牛场坡在我眼里就像一幅画，你就是画里面的人，远远看着就很美了。"

椿香将头抬起来，泪汪汪地望着蕴龙，"你真会说话，我都成了画中人了。那是古画里才有的故事，我家里就有一张画中人的古画，很老旧了，挂在堂屋的墙上。我妈说那是祖上传下来的画，画是有灵气的，若是家里没有人的时候，画中的人就会从画里走出来，帮助家里做饭。奶娘是这样说的，可是我没有一回见到画中的人走下来做饭。原来是我奶娘哄着我们说玩笑话的。"

蕴龙说："那是传说中的神话，这个故事我也听说过的，所以就有了今天画中人的想法。"

"龙哥哥,什么是神话?"

"神话就是想象中的事情,那是人间生活里不可能存在的,它只存在你的想象中。"

"是不是只有天上才有啊?"

"是的,神话就是只有天上才有的风景。"

"我要是能够生出一双翅膀来,飞到天上去就好啦。"

"不用飞到天上去寻找,你就是画里的人物,寻找到自己就可以了。"

"我可没有那么美,若是成了画里的人,那可是真不得了了。"

"你有那么美的,比那画里的人还要美一些哩!"

椿香听了蕴龙的话,心里甜蜜蜜的。她随手取了一片银杏树叶子,放在嘴里,吹起响来。椿香依旧吹的是《木叶情歌》,蕴龙听着熟悉,那天蕴龙就是循着这支苗歌来到牛场坡的。《木叶情歌》从古老的银杏树叶子间传出去,在山野蔓延开来。其间,不时有微风吹进树林里,经过细密的枝叶,再就着几声婉转的鸟语,把优美的苗曲带了出去。蕴龙安静地坐在树上,专心听着椿香吹树叶苗曲,这样的享受,蕴龙从来没有体验过。

两只红嘴山雀也凑拢过来热闹一番。它们停在树杈上,应和着椿香吹奏的苗歌,抖动着翅膀,叽叽喳喳唱个不停。几只蝴蝶快活地飞进来,有一两只停留在椿香的头发上、肩膀上。

《木叶情歌》从山谷传到远处,龙口坡白杉树林聚集的一群白鹭也翩然飞舞了起来。它们环绕树巅,展开洁白的翅膀,飞舞的节奏是与《木叶情歌》的旋律一致的。远远看上去,就是一幅飘动的幽美风景画儿。

椿香和蕴龙就这样躲藏在古银杏树上,吹着苗曲,说着一些不着边际的话。他们一直玩耍到太阳落山了才依依不舍分手。临别时,蕴龙和椿香约好了时间,等过了端午节,就往鬼笨洞玩耍去。

椿香让大黑先送蕴龙回寨子去,大黑欢喜地跟着蕴龙去了。到了寨子门口,蕴龙把剩下的两个白馒头赏给大黑吃了。大黑很快吃完馒头,摇摆着尾巴,用感激的眼神望着蕴龙。蕴龙抚摸了大黑的头,让大黑回家去。大黑又趴上蕴龙的胸脯,用温热的舌头舔了舔蕴龙的脸颊,然后才往牛场坡上跑去。

蕴龙目送着大黑的身影。过了好一阵,蕴龙远远听见椿香吹响的《木叶情歌》。那曲调在山谷里婉转起伏,仿佛把流动的空气也染绿了,柔和着花的语言和抒情的鸟声,渐渐远去了。蕴龙朝牛场坡上眺望,他知道椿香带着大黑和白山羊儿往家里去了。真美。蕴龙在心里感叹着。这是蕴龙向往的时辰,可以忘记周围的世界存在,只有花草树木和鸟语泉水认得他们。而这个幽静的世界只有两个人在生活,那就是他和椿香妹妹。蕴龙望着牛场坡呆呆感想了一阵子,才往家去了。

第五章　苗神园掉下美仙姑

蕴龙回到凤凰园，一进屋见翠娥赌气坐在饭桌前。翠娥生气的样子也颇有韵味，蛾眉轻蹙，神情微嗔，眼泪汪汪的。蕴龙嬉笑着凑到翠娥面前，"又怎么啦？为谁在怄气呢？"翠娥摆了蕴龙一眼，说："我们这等下人，哪里还敢跟你怄气，只是喊你半天了也不见个人影儿。我到几个姐妹处寻遍了，都说没有见你来过。你是不是又偷偷摸出寨子，去山野四处玩耍去了？"

蕴龙傻笑说："嘿嘿，闲着没有事情做，我去牛场坡看风景去了。"

翠娥说："这就奇怪了，偌大个凤凰园子，姐妹们又那么多，难道还不够你玩耍的，要独自一人去那荒郊野外的牛场坡上去耍？倘若遇上了豺狗怎么办呀？你若是出了事情，我也不活了。"翠娥说着，眼泪就涌了出来。

蕴龙安慰说："瞧你，又使小性子了不成？你还不知道我的性子和身手。别看我在家里是少爷，一旦到了外面，我就是一个野孩子。上树比猴子还要麻利，难道你还担心我被豺狗吃掉吗？"

翠娥收住眼泪，用手帕揩着眼角的泪花，说："人家是担心你嘛。你光会上树怎么能行，豺狗可是狡猾得很，它是躲在暗处的。你还是要小心点为好，以后不要出园子了，就在凤凰园里跟姐妹们玩耍不好吗？"

蕴龙满不在乎地叹了口气，说："唉，你是不知道那牛场坡的好处，那地方可是好耍得很。等哪天空闲了，我带上你一道往牛场坡耍去。"

翠娥说："我才不去那个地方呢，我怕豺狗，我不去的地方，你也不能去。你今天若是听我的话，我就一直伺候着你。若是不听，我做过年底，就出园子，回家里去了。"

蕴龙一听翠娥要赌气出园子，心马上软了下来，他拉住翠娥的手说：

"好姐姐,你怎么可以离开我呢? 说这话好没意思。你就忍心把我一个人丢在园子里? 你要是走了,我便成了一个孤独鬼,也活不成了。"翠娥赶忙用手堵住蕴龙的嘴,"快莫说这样不吉利的话,只要你心里有我这个姐姐,我就心满意足了。我刚才是说气话的,我哪里会离开你。只要今生你不嫌弃我,我就一直跟着你过日子,是好是赖都无所谓。"蕴龙听翠娥说这般话,心才安定下来,他拉住翠娥的手没有放开的意思。蕴龙盯住翠娥的眼睛看,翠娥被看得不自在起来,说:"好啦,整天都在一个屋里看着,你还没有看够呀!"蕴龙说:"姐姐生气的样子好看,夜夜看天天想,始终看不够的。"翠娥嗔怪,说:"就你嘴巴抹了蜜似的,尽拣好听的话说。好了,该吃饭了。大白天的,你这样拉拉扯扯,让别人瞧见不好。今天可是有好菜吃,膳房张妈推了新鲜石磨豆花,还有猴子山表叔家送来松枝烟熏山猪儿腊肉香肠,都是鲜货,你爱吃的东西!"蕴龙高兴,嚷嚷着让翠娥温酒来吃。翠娥说:"你这小小年纪,学喝酒可不好,伤身体的。"蕴龙说:"这你就不懂了。冷酒伤身,我是要你温酒来,又不喝多。喝得少,通经络活血,反而暖身了。"翠娥说:"就你懂得多。也罢,只许你喝一小盅。这可是陈年苞谷酒,度数高得很。"

翠娥从酒窖里取出一坛苞谷酒,然后倒出一小盅酒,用滚水温好了送到蕴龙面前。蕴龙接过酒盅,说:"翠娥姐,你也来桌上,我们一起吃酒。"翠娥说:"我们下人哪里好与主子在同一张桌子上吃饭? 你先吃,等你吃好了,我们再吃不迟。"蕴龙把筷子搁下了,说:"这是在自家屋里,又不是在外头,没有人看见的。什么下人不下人的,关起门来就是一家人,不分主仆的。你要是这样说话就见外了。好姐姐,来陪我吃酒嘛,不然,我一个人吃闷酒,没有味道。要不,我就不吃饭了。"蕴龙佯装赌气,停住了筷子。翠娥见蕴龙使起性子不吃饭了,只好上桌陪着蕴龙吃酒。蕴龙这才收了脾气,"这就对了。你再不要把自己当作什么下人看待了,我待你就是姐姐一样的亲。"翠娥听蕴龙的话,心里暖暖的。今生有这样贴己的人依靠着,即便是粗茶淡饭也是福了。

翠娥一边吃饭,一边替蕴龙夹菜。她自己吃菜很少,多半时间在吃白饭。蕴龙看在眼里,知道是为什么,于是,夹一些好菜往翠娥碗里放,弄得翠娥左右推脱不得。两人正推杯交盏吃着酒,采芹从外面回来了。采芹看见翠娥与蕴龙坐在一个桌子上吃酒,憷然一愣,又马上恢复平静,说:

"哎哟,我才出去一会儿,翠娥姐就和主子在一张桌子上吃交杯酒了,好不自在呀!"采芹一句话把翠娥的脸羞得绯红。翠娥说:"你别说胡话呀,是龙少爷让我陪他吃酒的,又没有别的事情。"采芹说:"没有别的事情就好,就怕日久生情了,那时就不好办了。"蕴龙乐呵呵地笑了,说:"采芹,你倒是说了实话。我们都是一个屋子里的人,怕不都是日久生情了不是?快别嚼舌头了,过来和我们一起吃酒,今天饭菜可是好吃得很呢!"

采芹确实也饿了,便说:"好,我正饿着呢,我也与主子同桌吃酒,难得有这样的福分。"蕴龙说:"这园子里有什么好事情能忘记你的?今后可别说那些风凉话。这屋里就我们三人,平日里好的跟一个人似的,千万别有什么生分出来,旁人听见了会笑话的。"采芹说:"我哪里就说什么生分话了,不过说着玩话来的。你们俩平日鬼鬼祟祟的事能瞒得住我的眼睛吗?我只是不说罢了。"采芹将一夹菜喂进嘴里,摆了一眼蕴龙和翠娥。蕴龙和翠娥心里有鬼,一听这话马上不自在起来,两人脸色微微泛起红晕。采芹见此情景,便转个弯儿说:"好了,不说这些了。今天这菜果真好吃,我可是有口福了。"蕴龙镇静了下来,说:"好吃就多吃点。瞧你弱不禁风的样子,什么时候能够吃得胖一些才好呢。"采芹说:"我哪里就弱不禁风了?别看我人长得瘦些,筋骨可是好着呢,做事情哪样不麻利?你别小看了我。"蕴龙说:"好,不小看你,就你能干,别人都是草包,这下可以了吧?"采芹抿嘴笑了。采芹笑的时候,嘴唇呈月牙形,很是嫣然娇媚。蕴龙喜欢看采芹笑起来的模样,这个口齿伶俐的丫头句句都是不饶人的。

三人正有说有笑吃着酒菜,蕴菡的丫鬟青儿急匆匆进来,说:"龙少爷,我们小姐在屋里伤心哭呢。"蕴龙停住筷子,问:"为什么哭?是谁欺负她啦?"青儿说:"没有人欺负她,是有别的原因。"蕴龙说:"你把话说清楚了,没有人欺负她,蕴菡怎么会无缘无故地哭呢?"青儿说:"你去看看就知道了。"翠娥说:"青儿不肯说出来,总有其他原因的,你去蕴菡小姐那里瞧瞧,到底发生了什么事情让她这样伤心。"蕴龙说:"好生奇怪,蕴菡平日里是不大爱哭的女孩,遇事都很有主意的,这回一定遇上揪心的事了。"蕴龙说着便起身往蕴菡的菊花楼去了。

蕴龙随青儿来到菊花楼,进了蕴菡的闺房,见蕴菡倚靠在床上,腿上盖着桃红软缎薄被子,伤心地抹着眼泪。蕴龙走上前去,说:"妹妹,你哭什么呢？有谁欺负你了，告诉我，我去替你出气去。"蕴菡用手帕揩着眼泪，摇了摇头，说："没有人欺负我。"蕴龙说："没人欺负，那你为啥哭呢？"蕴菡撩开被子，露出被严严实实缠裹住的双脚，说："奶娘让人给我裹小脚了，好痛啊！哥，我不愿意裹小脚，裹了小脚，就不能跟你们一起玩耍了。"蕴龙见此情景，立马从旁边取来剪刀，要把蕴菡双脚的裹脚布剪开。青儿马上拦住了蕴龙，"龙少爷，这可使不得呀！太太吩咐过的，谁也不能帮小姐除去裹脚布。太太的脾气你是知道的，你可千万不要盲动啊！"蕴龙想了想，停住了举动，"青儿你回避一下，我要和蕴菡妹妹说几句话。"蕴龙发话，青儿退出闺房。蕴龙把房门关上，然后回到蕴菡的床前，说："妹妹，别怕，哥这就给你把裹脚布剪开，今后你得跟着哥走，裹住这小脚了，怎么能走得远路呢？"蕴菡含泪点了点头，说："哥，你若是剪了我的裹脚布，奶娘那里怎么去回话呢？万一让奶娘知道了，你我都逃脱不了罪责的。"

　　蕴龙说："哪里是我们的罪责了？太太把你的双脚硬生生地缠裹住才是罪过呢！你平时不是天不怕地不怕吗？干吗倒怕起裹小脚的事情啦？干脆点，剪了就是。"蕴菡思忖了一下，说："哼！我哪里就怕了呢？哥，你剪吧，我不怕。大不了被太太打上几竹板，也比缠小脚好！"蕴龙说："这就对了。来，我现在就把你的裹脚布剪了去。"蕴菡看着蕴龙用剪刀把脚上的裹脚布一层层剪开，不一会儿，蕴菡一双洁白如玉的小脚丫就露了出来。脚已经被裹脚布缠得有些走样变形，好在及时松绑了，走样的脚很快又恢复了原状。

　　蕴菡用手按摩着双脚，说："这下可是轻松了。哥，你是不知道裹小脚的痛楚，像钻心一样的疼呢。"蕴龙说："现在好了，不用裹小脚了。不过，你平日里还得伪装起来，像裹了小脚的样子，不要让太太看出什么破绽来。"蕴菡说："纸包不住火的，即便是太太看出来，我也不怕的。横竖我就是这么一双脚，即便是让我去死了，我也不愿意再裹小脚了！"蕴龙说："怎么就胡说死了的话？就为一双脚值得去死吗？不然，你先委屈几天不出门子，等老爷回来了，你去找爹爹理论，或许会有解救的办法。"蕴菡说："不出门会闷死我的。没事，哥，我自有应对太太的办法。"蕴龙说："好吧，说穿了，这不是什么大不了的事情。你先安心待在屋里静养几天，等风头过去了，你照样去园子里自由玩耍。"

两人正说着话儿，翠娥兴冲冲进屋来，说："龙少爷，老太太叫你过去呢，说是姨妈家的静雯表姐和姑姑家的婉贞表妹来了。"蕴龙一听是静雯表姐和婉贞表妹来了，心里顿时一阵欢喜。蕴龙说："早就说要来的，今儿个可算是来着了，我这就会她们去。"蕴菡说："我也要去。"蕴龙说："你的裹脚布都剪了，去了太太那里不就露馅了。静雯表姐和婉贞表妹来这里不是玩耍一两天的事情，等她们入住了园子，来去方便得很，何必赶在此时。"蕴菡听蕴龙说的有道理，也就打消了去太太那里的念头。蕴龙稍做衣冠整理，便往老太太那里去了。

一进老太太的屋里，姐妹们已经坐满了。蕴龙环顾一圈，便认出两个生疏且熟悉的面孔来。静雯表姐和婉贞表妹过去都是见过的，但隔了两三年时间，静雯和婉贞都有了变化。静雯出落得亭亭玉立，婉贞倒是生得小巧玲珑。两人都着一身纯麻布蜡染绣花苗服，样式相差不了多少，只是麻布布料质地颜色不相同。静雯的苗服是桃红镶嵌粉白花边的，婉贞的苗服是藕绿飘散着白牡丹碎花的。她们腰间都束着苗绣花腰带，腰带上刺绣了彩色蝴蝶图案。梳着优雅淑女头饰，头上戴着银发簪、银插针和银网链儿。静雯生的一张鹅蛋脸，一对弯弯柳叶蛾眉，自然修饰着一双水灵灵的丹凤眼，肤色白净，宛若牛乳汁液里浸泡过的白玉，是古画里走出来的仕女般丰腴润泽的女子。婉贞倒是生就了一张标致的瓜子美人脸，蛾眉娟秀，细长，眼睫毛像是画笔一丝丝描画上去的一样。樱桃口型，口若含丹，含情脉脉的眸子宛如泉水边鸽子的眼睛，似忧非忧，水影涟漪，顾盼迷离，容颜柔静纤弱，忧郁中隐含着一种古典妩媚的亮色，有如早晨雾气里笼着的露珠般晶莹，要努力从黎明寂静的色彩里张扬出来一般，也是那月桂里嫦娥般等级的人物。

鲁老太见蕴龙进屋了，眉开眼笑地说："龙儿，快来见你的静雯表姐和婉贞表妹。"蕴龙走上前去，将静雯和婉贞仔细打量一番，说："静雯姐姐和婉妹妹我见过的，只是现在见到的和过去不一样了。"鲁老太说："你又胡说了，怎么就和过去不一样了？"蕴龙说："过去静雯姐姐和婉妹妹没有这么高，模样也没有这么水灵。今儿个见着了，姐姐和妹妹就像是从画里泉水走出来的人物。不但人变的标致水灵了，气场也灵气十足的。我几乎都认不出来了。"鲁老太说："你的嘴巴倒是会说话的。龙儿说的没错，

78

我这两个孙女、外孙女，就是下凡的天仙，模样儿怕是天仙也比不过的。"静雯和婉贞抿嘴不好意思地笑了。两人脸容都一样嫩白，稍泛晕红羞涩，白里微微透露些许桃红色来，那便成了仙桃样的姿色了。

蕴龙说："静雯姐和婉妹妹的脸怎么红艳的如仙桃颜色了？"婉贞说："刚才进寨子来，被姐妹们拦住喝了拦门酒，多喝了些，所以就上脸了。"蕴龙说："喝拦门酒怎么不通知我呢？我若是去了，可是要把静雯姐和婉妹妹拦在寨子门口，让你们喝醉了才放进寨子里来呢。"耀慧说："去喊过你的，你不在屋里，是园子里姐妹们去寨子门口做的拦门酒仪式。"蕴龙听罢，知道自己是去牛场坡会椿香误了事，也就不再追问拦门酒的事了。他的目光又盯在静雯和婉贞的身上，左看看，右瞧瞧，竟然分不清楚静雯和婉贞的差异了。看着看着，眼睛就呆滞了。不过，蕴龙呆滞的眼神是一直盯着婉贞看着去的，婉贞性子温婉含蓄，她被蕴龙看着，眼睛也在盯着蕴龙看。婉贞在心里细想，过去年纪幼小不大记事，如今长大了些，看着眼前的蕴龙倒是跟原来不一样了。蕴龙眉目清秀，面容白皙，倒像是暗含了美女神韵，但眉宇间又透出一种飘逸潇洒的男性气质。这人便是心里面一直仰慕着的人物，这回算是真真实实见着了。但婉贞想是这么想的，面子上还是要佯装羞怯的样子，用衣袖轻轻遮挡住羞赧的脸颊，算是以含蓄的礼仪回答了蕴龙。蕴龙还是呆傻地盯着婉贞看，还好，身后的翠娥见此情景，用手在后面轻拉了一下蕴龙的衣袖，低声说："龙少爷，你看什么呢？婉姑娘都不好意思了呢。"蕴龙这才回过神来，自言自语说："唉，今天我算是开眼界了，眼前这样一个牡丹仙子般的姐姐和一个桃花神样的妹妹莫非真是从天上苗神园子里掉下来的不成？"大家听了蕴龙这般神说，都轰然大笑了起来。

鲁老太也笑眯了眼，说："龙儿，你又在神说了。你怎么见得她们是天上苗神园子里掉下来的呢？"蕴龙笑嘻嘻地说："你们想想看，这方圆百里苗岭山寨突然间出了这等标致的人物，何曾见到过？既然凡间没有见到过，那一定是天上苗神园子里掉下来的，难道不是吗？"大家听罢又是一阵哄笑。鲁老太知道蕴龙是这样神说的性子，也就由着他说着玩了。蕴龙又围着静雯和婉贞转悠了一圈，仔细打量一番完毕，蕴龙走到婉贞面前说："婉妹妹，可否将你的手伸出来一看呢？"婉贞迟疑了一下，然后羞怯地将右手伸出来。蕴龙将婉贞的手平放在自己的手里,轻轻掂量了一番,说:"大家看看,婉妹妹的手温润如玉,细腻若羊脂,且绵软无骨,指节纤细,嫩如葱白,这等品级的玉手儿,人间何曾见过? 今儿个我也是头次见着了,算是有眼福的。"婉贞听罢蕴龙的赞美话,抽回了手儿,羞赧地说:"龙哥哥这是说仙话了,不过是一只普通的手,竟然被神话了一般,你是在恭维我呢。"蕴龙说:"事实如此,明摆在这里,我没有夸张。婉妹妹真的是仙境画里走出来的人物呢。"蕴龙说罢,又要看静雯的手。静雯笑着说:"我的手就不用看了,我不是仙手,凡人的手普普通通的,和姐妹们一样的。"蕴龙说:"不看也罢,想象着更美的。反正静雯姐和婉妹妹都是天仙般的神人,今天来到乌家寨子,寨子也蓬荜生辉了。从今往后,我们可以在一处玩耍了。静雯姐、婉妹妹,你们喜欢读什么书吗?"婉贞说:"读了唐诗三百首,宋词诗经都是非常喜欢的。"静雯说:"我和婉妹妹一样的,也喜欢宋词,只是诗经读得少了些。不过,唐宋八大家散文也熟读过的。"蕴龙听罢,觉得静雯姐和婉贞妹读书爱好正合他的兴趣,说:"静雯姐、婉妹妹平时可曾作诗玩耍?"婉贞点头,说:"俗话说了,熟读唐诗三百首,不会作诗也会吟。平日里有感而发,写几句口水歪诗的。不过,静雯姐可是比我会作诗的,她的诗不但做得好,蝇头小楷也书写的妙极了!"静雯说:"别听婉妹妹胡诌,我不过是滥竽充数,也写得几句歪诗罢了。"蕴龙说:"二位姐姐妹妹谦虚了,能够作诗便是好了。园子里姐妹们都会摆弄点歪诗的,以后我们可以经常在一起唱山歌、玩耍诗歌游戏了。"鲁老太看见蕴龙和姐妹们融洽谈笑,乐得合不拢嘴。她环顾一圈,发现少了一个人,就问:"蕴菡呢? 蕴菡怎么没有来?"蕴龙说:"蕴菡不能来了,她双脚疼,不得下床走路了。"鲁老太一怔,"蕴菡的脚怎么啦? 是不是摔着了? 快去请大夫来家瞧瞧。"蕴龙说:"蕴菡没有生病,脚也没有摔着,是让太太给裹了小脚,所以才不能走路的。"鲁老太一听蕴菡被裹了小脚,连路都走不了,脸色马上变得不怎么高兴了,她摆了一眼坐在一旁的潘淑鸢,心疼地说:"你们也真是会折腾人,蕴菡那么小,怎么就给裹小脚了? 还不快把她小脚放了。这么小的年龄,不许裹小脚的。"潘淑鸢难为情地说:"老祖宗,裹小脚不是家规嘛? 您老怎么要把蕴菡的小脚给放了呢?"鲁老太说:"家规也不是一成不变的,蕴菡那女子娇嫩,个性又倔强,我怕她这小的年纪裹了小脚会影响往后的生活。再说,那裹小脚的痛楚你也不是不知道的,我是舍不得我这个娇弱的孙女呢。好了,不多说了,蕴龙,传我的话,回去把你妹妹的小脚给放了,这个主意我拿定了。"潘淑鸾说:"就怕老爷回来怪罪下来怎么办?"鲁老太说:"老爷那里有我去说就是了。时辰不早了,耀慧,先把静雯和婉贞安排进园子休息去。另外,从我的账上支出些银子来,晚上就在园子里设宴,静雯和婉贞来了,大家好好热闹一番。"

鲁老太拿银子出来消遣热闹,大家甚是欢喜,蕴龙更是兴奋无比。他在前引路,陪伴着静雯和婉贞去了各自的住处。静雯和婉贞没得挑选,静雯入住烟雨楼,婉贞住进望月楼。耀慧按照鲁老太的吩咐,给静雯和婉贞各配了一名丫鬟伺候。静雯的丫鬟名唤雨儿,婉贞的丫鬟名叫水月,雨儿和水月都是鲁老太屋里得力的丫鬟,如今派来伺候两位远道而来的小姐,是鲁老太精心安排的。

蕴龙见静雯和婉贞都安排妥当了,便一溜风儿来到蕴菡屋里。蕴菡见有人进来,慌忙把双脚捂在被子里。蕴龙见了,笑着说:"妹妹,是我来了,你怕什么?"蕴菡说:"你进来也不打声招呼,我当是外人来了呢。两个表姐怎样?长得漂亮不?"蕴龙嘿嘿笑着说:"岂能用漂亮二字来形容,告诉你,她们可是天仙般等级的人物,你若是见了,这辈子算是没白来世间走一趟的。"蕴菡有些不屑,"瞧你说的,有那么美吗?你的眼睛看花可不成?说的她们像是天上掉下里的一样。"蕴龙说:"唉,我心里积蓄的词汇是用不着了,你去见了就知道啦。"蕴菡说:"我都这样了,怎么好意思走出去见人?你不是说要我回避几天吗?我这样出去了,露了馅,让太太知道了如何是好?"蕴龙说:"放心吧,刚才老祖母发话了,要我帮助你把小脚给放了。我就是来告诉你这个好消息的。"蕴菡睁大眼睛问:"你说话当真?没有哄我吧?"蕴龙说:"当然是真话。这等事情,我怎么会拿玩话来哄你呢?"蕴龙说着,便一五一十把刚才放小脚的过程讲述给蕴菡听了。蕴菡这才相信了蕴龙带来的消息。

蕴菡一阵欢喜,马上翻身从床上下来,说:"你先到外屋去,我换件衣裳,我倒是要去会一会两位苗仙样的姐姐呢。"蕴龙去了外屋,仍然与蕴菡说话。蕴龙说:"你尽管打扮,把最漂亮的衣服穿上,恐怕也比不过她们呢。"蕴菡在里屋一边换衣一边说:"你怎么知道我比不过她们? 人靠衣装马靠鞍,三分长相,七分打扮,女儿家就是打扮出来的,即便是天界下凡的仙女,我也敢去比试一番呢!"蕴菡穿上一件豆绿的纯蚕丝外衣,面上再加层土麻布青花苗服小马甲,然后将头上、耳垂和手腕银饰佩戴齐全,戴了顶银帽,扑了些薰衣草和夜来香研磨的香粉,然后将眉毛细细描画一番,一切就绪,蕴菡走出来问蕴龙:"我这身打扮如何?"蕴龙见了说:"可以和静雯姐、婉贞妹妹一比。"蕴菡满意地笑了,跟着蕴龙出屋去拜会静雯和婉贞去了。

蕴龙和蕴菡先去了烟雨楼会静雯。静雯刚顺理好头饰,重新换了身苗家蜡染布裙,那白腻如膏子的肤色,正好被这身雅致的蜡染布裙装衬托了出来,尤显嫣然可人。蕴菡瞧见静雯这般标致模样,眼神愣住了。心想,怪不得蕴龙哥哥对静雯表姐赞不绝口,原来是这等仙境里走出来的尤物,清婉而不失优雅,优雅透净着恬静,能实实在在见着,却又无法触摸到的美来。静雯打量着眼前小巧玲珑的蕴菡,心里也着实咯噔了一下,都说自己貌若天仙,眼前这位妹妹才是真正冰清玉洁、清水出芙蓉的美呢。一双画眉样丽眼儿,透射着曼妙灵气,眉毛翠含烟柳色,微翘精致的鼻子,一张性感的小嘴儿,略显椭圆的瓜子脸,无处不显露出精明生动的美来。两人对视相互看了一会儿,一时不知该说什么好。蕴龙见了从中打圆场,说:"静雯姐,这是我的妹妹蕴菡,她嚷嚷着要来看你呢。"静雯上前拉住蕴菡的手,亲热地说:"蕴菡妹妹,都长这么大了,还记得我吗? 上次我来这里,你还是这么高点的小女孩呢。"静雯用手比画着。蕴菡说:"怎么不记得,我们不是还在一起玩躲猫猫呢。我还记得你踢鸡毛毽子是最好的,一口气能够踢一百次毽子都不会落地,好羡慕人的。"静雯感叹,"蕴菡妹妹,你是个有心人,还记得踢鸡毛毽子的事情,我都要把这件事忘记了呢。"蕴菡说:"贵人多忘事嘛,静雯姐,你现在还踢鸡毛毽子吗?"静雯说:"不是经常踢了。"蕴龙说:"我看你房间里摆设了不少书籍,你是很爱读书的。"静雯笑了,"我是喜欢读书,这不,走到什么地方,两箱子书就会跟我到什么地方。"蕴龙说:"都是些什么书? 能让我看看吗?"静雯说:"都摆在那里呢,你去看就是了。如果想看哪本书,从我这里取走便是。"蕴龙饶有兴致地到书架前浏览,见书籍大多是四书五经之类,另外唐诗宋词都是全套线装本。还有孔孟庄子之类,这些书籍多半蕴龙是读过的,没有什么新意。唯一有新意的是一册发黄的土家苗家山歌手抄本,厚厚一册,里面收集了许多当地传唱的山歌,全部是用蝇头小楷工工整整抄录的。

蕴龙取了这手抄书,像是入了迷,一一细看了起来。静雯见蕴龙对她手抄的山歌集这么感兴趣,便摇起美人扇子来到蕴龙身边,问:"龙兄弟,你好像对这本山歌集子很感兴趣?"蕴龙点了点头,"这里面的歌词极好,平白朴素,内容生动。但更好的是这手幽雅别致的蝇头小楷毛笔字。静雯姐,这文字是你手书的吗?"静雯眉含笑意说:"这些不过是习字写来玩耍的,哪里有山歌的内容好呢,你是褒奖我了。"蕴龙说:"好就是好嘛,见字如见人,想必静雯姐也是一个心存善美的有心人呐。"静雯被蕴龙这句话吸引住了,她细想,蕴龙这般年纪说起话来倒是像个成熟的大人一般,而且懂得欣赏女人心底的好,怪不得奶娘在家里说这个表弟,不但一表人才,心性从小就是个风流潇洒人物。如今见识了,果然不俗。静雯一边想,一边摇着美人扇子。美人扇子带着一股清雅的小风,从蕴龙脖颈边吹过来,蕴龙感觉到这股细微的风里,夹裹着一股特殊的气息,好像是奶娃娃身上的奶香味,但又略带着桂花淡雅的芬芳。蕴龙闻见了,顿觉美意从心生上来了。

蕴龙合上山歌集子,好奇问道:"静雯姐,你身上带着的是什么香气?这样馥郁清雅,我从来没有闻见过的。"静雯脸色微微泛起红晕,腼腆地说:"我是从来不擦什么香膏脂粉的,哪里会沾惹上什么香气的? 或许是窗外飘进来的花卉香味。"蕴龙还是觉得奇怪,便凑近静雯身体去闻了,说:"静雯姐,我没有说错的,这雅致的清香味,是从你的身上散发出来的。莫非你的身体自然带着某种香味?"蕴菡见蕴龙痴心又犯上了,解围说:"哥,你的鼻子倒是尖得很呢,连静雯姐姐身体里的香气都能闻见了,怕是你幻觉出来的吧!"蕴龙说:"不是幻觉,这奇异的香气的确是从静雯姐身上飘出来的。"静雯此时脸色羞赧得越发红润了。她一时不知道如何回答蕴龙的问话,面部表情显得有些难为情。静雯身上是有香气,那是静雯在腋窝里扑了一种掩盖轻微狐香味道气息的桂花香粉,没有想到让蕴龙嗅觉到了。静雯身上有这种天生带来的狐香味,虽然轻微,但羞于言语,只好用桂花香粉来遮掩。这桂花香气混合了狐香味,自然混合出一种特殊的香味来。难怪蕴龙惊诧,这体香味道是不同寻常的。蕴菡心细,看见眼前情景,悄声对蕴龙说:"哥,静雯姐被你说得不好意思了,你还不收口。"蕴龙这才意识到自己冒昧了,马上收住话题,"静雯姐,是我多疑了。喂,这本山歌集子能否借我拿回去一读?"静雯说:"你喜欢拿去看就是了,这里面的书籍随你挑选,龙兄弟可以时常来看的。"蕴龙听静雯说时常可以来她这里选书看,自然欢喜。蕴龙收好山歌集子,静雯便邀蕴龙和蕴菡一道品茶。静雯说上月有钟灵亲戚带来了产于武陵山区太阳山系云雾山中上品的钟灵绿茶,茶味清香,难得有口福品尝。

静雯不像一般绣楼里的大家闺秀,她穿着打扮得体,连泡茶也亲自动手,不让丫鬟参与。静雯的茶道工序十分娴熟,不多时,一壶滚烫的钟灵绿茶便冲泡好了。等茶稍许降温,泡出清淡的绿色,静雯给蕴龙和蕴菡斟满茶盅。蕴龙见茶盅里钟灵茶的汤色果然汤汁晶莹,翠绿茶叶个个亭亭玉立,倒立于杯中,放在鼻子前细闻,幽香持久。细品抿上一口,更是回味悠长。蕴龙连连感叹:"好茶,真是上等好茶!"

"是什么上等的好茶,也不叫上我来尝一尝。"婉贞说着话儿,款款莲步走了进来。婉贞换了一身藕绿色沙蚕丝套裙,裙边和衣袖装饰了苗绣,质地柔软的布料把婉贞娇小玲珑的身段曼妙地裹了出来。婉贞手持一把美人扇子,一落座便拿眼神环顾着静雯和蕴龙。婉贞说:"静雯姐偏心不成?家里有这等好茶,倒是把我这个妹妹忘记了。"静雯给婉贞斟好一茶盅绿茶,说:"瞧你说的话儿,我即使把旁人都忘记了,也不会忘了你婉丫头的。"婉贞摆了一眼静雯,又埋怨蕴龙,说:"蕴龙哥哥是不是只记得有个雯姐姐了,就把我这个不知名份的妹妹忘记了?"蕴龙说:"哪里会把你忘记了,这不,我来静雯姐这里讨盅热茶吃,想着过一会儿就去你那里呢。"婉贞说:"可不是嘛,静雯姐姐永远都是第一位的,我呢,放在末后位置好了。"静雯说:"什么末后先来的,你这张嘴巴就是厉害,下回让蕴龙兄弟直接去你那里好了,我这里早来晚来都一样的。"婉贞说:"姐姐这话说起好没意思了,我不过说说而已,其实我们俩住处一个在前一个在后,蕴龙哥哥先来你这里也是理所当然的,我刚才说的只当玩话儿,姐姐莫在意喔。"静雯说:"我怎么就在意了呢?我若是为这点小事在意,哪里会活到今日给你们斟茶吃?"大家见静雯说笑,也都跟着笑了起来。静雯又将蕴菡介绍给婉贞,说这才是苗神园里掉下来的人物。婉贞见了蕴菡这身打扮,果真是个骨肉均匀,貌美若仙的小美人。于是,对蕴菡格外美化了一番,然后抱怨静雯介绍迟了,不然,冷落了这样的美色,岂不是罪过了。静雯却责怪婉贞眼神不好,只闻茶香,不见美人。

蕴龙看着两个美人相互斗嘴,那姿色和神态倒像是一幅美人争奇斗艳的画儿。蕴龙看着出神,目光停止在婉贞和静雯身上不走了。静雯和婉贞会意,相视莞尔一笑。婉贞摇起美人扇子,朝蕴龙眼前晃悠了一下,蕴龙一怔,回过神来。婉贞抿嘴诡谲笑着,说:"龙哥哥,你在想什么呢?"蕴龙不假思索地说:"两位姐姐好像是神仙下到凡间来的一样,你们争论拌嘴的样子也非常好看呢。那相互交流的声音,仿如百灵鸟与画眉儿,妙极了!"婉贞听罢嗔怪地说:"龙哥哥,你可看清楚了,谁是你姐姐? 连姐姐和妹妹都分不清楚了,你还好意思在这里说美论艳呢?"蕴龙明白过来,连忙纠正,"是我口误了,你是妹妹,静雯是姐姐。"婉贞说:"这样说就对了,千万别心里有了姐姐,就忘记了妹妹。"静雯脸腮悄然泛起桃红色。静雯马上岔开话题,"今晚老祖母请客,不知道酒席上有什么讲究和规矩没有?"蕴龙说:"老祖母是个开通的人,规矩都是家常老套的。老祖母喜欢说笑逗乐子,有什么好酒令也可在酒席上摆开阵势尽情玩耍,大家不要那么一本正经就是。"婉贞说:"老祖母果然是个乐天派,看似小孩子般个性,真是老来还小了。"蕴龙说:"妹妹这话是说对路了,老祖母就是这般儿童活性,是个老小孩子,只要能逗乐她,她就高兴。你若严肃了,她反倒无趣了。"静雯说:"那我们得仔细想个行酒令的点子,让老祖母好好乐一乐。"婉贞说:"出诗歌对子,恐怕太深奥了些,又显俗气老套,老祖母不会喜欢的。"蕴龙思考了一会儿,忽然想起什么,忙着把静雯抄写的蝇头小楷山歌集子拿出来,说:"不如我们就行山歌酒令。从这集子里寻找几段好听一点的山歌当由头,保准能把老祖母逗乐起来的。"静雯说:"这主意不错,不过,要找几段大家都会唱的山歌来做酒令才行。这样对歌能接得上口,不会冷场子的。"蕴龙说:"行。山歌行酒令,我们这里姐妹们聚在一起可是经常做的,这个任务交给我了,我这就回屋里去寻段子去。"

蕴龙刚要起身,婉贞摇摆了一下美人扇子,说:"瞧,我一来板凳还没有坐热呢,人家就要走了。"蕴龙说:"妹妹这话说到哪里去了,我这是去编排夜晚的酒令,不是这活计,我才不想走呢。静雯姐的钟灵绿茶,还得细细品味呢。"婉贞说:"好啦,你只管去忙你的,我不过说句玩笑话,你就仔细当真了。"蕴龙说:"我知道婉妹妹的意思,改日你上我那里去,我屋里可是有好东西等着你品尝呢。"婉贞听了这话,方才满意,"好,一言为定。到时可得看你拿出什么好东西招待我。"蕴龙神秘地笑着说:"你来了,自然会让你惊喜的。"蕴龙说毕扮了个怪相,出门去了。

蕴龙一走,屋里只剩下婉贞、静雯和蕴菡三人,三姐妹年龄相差不是很大,因而有许多共同话题拉家常。婉贞对凤凰园里的一切很感兴趣,就问蕴菡这园子里都有什么好玩的地方?蕴菡说:"好玩的地方可多了,凤凰园里有一池七星藕荷塘,正是荷花开的时节,荷塘里有个古色古香的翠荷亭,夜里大家可聚会在翠荷亭,一边赏月玩耍,一边观看月夜下的荷花,别有一番情趣呢。靠园子南头还有一处稻香人家,那里设有一弯小河水,环绕着十亩绿茵茵的稻田。走过石拱木桥,有一架老水车整日自己取泉水转动。绕着稻田美景,听着青蛙、雀儿、鸭儿和鹅儿的叫声,很是惬意。去了那里,闻着稻香,看田里竖立着的稻草人,便让你有了归农耕田的念头。"蕴菡一连描述了几处诗意的景致,婉贞听得入神了。静雯说:"这些地方倒是很有诗情画意的,就不知道有没有比较神秘的景点?"蕴菡说:"神秘景点倒是有一处,不过,一般没有人去造访那里。靠园子西面末尾处,有一片野生桃花林,桃花林尽处的山崖口,有一个桃花洞。洞口平日里是用一尊花梨木雕龙画凤门封闭住,一般人都不敢进去探秘的。据说桃花洞子很幽深,是早年苗人避难藏身之处,颇为神秘。"静雯和婉贞听了园子里有这么一处桃花洞,便来了兴致。婉贞说:"哪天带我们去桃花洞子看看,我就喜欢探秘。"蕴菡诡秘笑道:"这地方我可不敢领你们去的,即便是要去的话,也得让我哥蕴龙带着你们去。去了,也只能在洞子外边看看,千万别擅自进洞子里面去。"静雯说:"有那么可怕吗?莫非洞子里藏有什么桃花精怪不成?"蕴菡说:"或许是有的呢。你们相信也好,不信也罢,到时去了就知道。"婉贞说:"我倒是很想见识一下桃花精长得是什么样子呢。"蕴菡说:"我还以为说这些奇诡秘事你们会害怕呢,没有想到婉姐姐这样温婉的人物,胆子比男子还大呢。"婉贞笑了起来,说:"我这点胆量就算大吗?我怎么不觉得呢?不过是想看看洞子里桃花精是什样子罢了。精怪无非也就是人样儿,人样若是让精怪见了,恐怕也会认作是精怪了,难道人还怕精怪不成?"婉贞这么一说话,蕴菡和静雯都笑了。静雯一边笑一边说:"婉丫头心里面就是会作怪,人和精都被你说完全了,怕是今晚那个桃花精来屋里向你讨要个说法,看你还嘴硬不。"婉贞说:"静雯姐可别拿这样的话吓唬我,我打心底儿是个外强中干的人,若是被你话语言中了,明儿个我有个三长两短,非拿你是问不可。"静雯说:"天哪,若是真被我的话言中了,我怕是过不了婉丫头这一关口了。"婉贞有些不明白,"此话怎讲?"静雯说:"妹妹若是遭遇了桃花精,就是着了仙气,你沾了仙气成了精,想拿我们怎样就怎样好了。"婉贞说:"雯姐姐说话裹着烟幕。好吧,等我成了精,第一个来捉弄的就是姐姐你了。"三人打诨说笑,时间打发得很快。婉贞说:"一来到这儿,我很想吃姚三娘做的米豆腐。记得小时候来寨子吃过的,从此就没有忘记那种又麻又辣的酱香滋味。"蕴菡说:"这个好办。蕴龙哥那里有现成的,他房里翠娥丫头调制的米豆腐辣酱与姚三娘可有一比呢,吃了还让人想着第二回的。"婉贞兴奋地说:"是吗,我们何不去蕴龙那里讨碗米豆腐来吃? 反正离晚饭还早着呢。"静雯说:"这也好,听你这馋丫头这一说,我心里也开始想念米豆腐的滋味了。走,我们这就去蕴龙那里讨米豆腐吃去。"静雯、蕴菡和婉贞三人结伴去蕴龙的桂花楼,从静雯居住的烟雨楼出来,顺延一条青石板路,弯过一座假山凉亭,再穿越一条九曲回廊,折过一丛芭蕉树就是桂花楼了。

蕴龙正在书房里翻检夜晚需要的山歌酒令,他很专注,竟然没有察觉有人进屋。翠娥见静雯、蕴菡和婉贞来访,刚要向屋里蕴龙招呼,马上被婉贞的手势止住了。婉贞悄声说:"嘘,别惊动了他,让我们进去看看龙哥哥在做什么事这样专注?"三人轻启莲步,蹑手蹑脚、不动神色进了书房。蕴龙旁若无人,只顾伏案抄写精选出来的山歌。蕴龙一手行书,也是不可多得的好字,他书写的字迹与静雯的手书好有一比,一个清秀隽永,一个柔静张扬。看字迹,好似天生一对姊妹,分不出上下高低。蕴龙一边抄写,嘴里一边吟诵歌韵,一副自我陶醉的样子。婉贞静静看了一会儿,忍不住佯装咳嗽了一声。不想,这突如其来的咳嗽声把蕴龙惊吓了一跳。蕴龙回头看时,见静雯、蕴菡和婉贞玉立在自己身旁,便笑着说:"是静雯姐和婉妹妹来了,吓了我一跳呢,什么时候进来的? 我怎么不知道?"婉贞轻摇了一下扇子,说:"你都写字入迷了,怎么晓得我们来了? 龙哥哥这手字还真是没有人比得过的。"蕴龙拿起山歌集子说:"怎么没有比得过的? 静雯姐这手蝇头小楷才叫绝美呢,我只能陪着站边上的。"静雯说:"快莫恭维我了。看了龙兄弟这手字,我的山歌集子甘拜下风了。"蕴菡说:"你们都这样谦虚,依我看都是好字,全部可以当作帖子去临摹了。"婉贞说:"好了,你们的话说完没有,我的肚子可是在闹意见了。龙哥哥,我们来这里可是想问你讨样东西吃的。"蕴龙说:"婉妹妹,你是想着我哪样好东西了? 好吧,我这就叫翠娥给你们泡壶好茶来。"婉贞说:"龙哥哥,我们可不是来讨茶喝的。刚才在静雯姐那里已经喝足了茶水,我们是想着讨碗姚三娘的米豆腐吃哩。"蕴龙恍然明白,说:"原来是想吃姚三娘的米豆腐。正好,今天早晨翠娥去寨子厨房那里弄来了些刚推磨好的新鲜米豆腐,原本准备着今天夜晚消夜吃,既然你们来了,就先吃了它,下午再让翠娥到寨子厨房去拿些回来。"婉贞听说有新鲜的米豆腐,欢喜地说:"听说你房里翠娥调制的米豆腐辣酱非常好吃,不如就此让翠娥给我们每人调制一些尝尝,如何?"蕴龙说:"婉妹妹的消息挺灵通的,知道翠娥调制的米豆腐辣酱。这容易,让翠娥给你们调制就是。"翠娥领命,很快调制了一碗辣酱出来。辣酱端上桌,还未品尝,一股浓郁的麻辣鲜酱香味就飘散开了。翠娥把米豆腐切成小方块,每人面前放一只盛满米豆腐的土瓷碗,然后用小勺子将调制好的辣酱一一浇在上面。辣酱充足,几乎将米豆腐遮盖严实了。再取了牙签,插着碗里的米豆腐沾裹辣酱吃。翠娥调制的酱味,麻辣鲜香都齐备了,鲜嫩的米豆腐裹着黏稠的辣酱,吃起格外开胃上瘾。蕴菡嗜辣如命,吃罢一碗,又让翠娥添加一碗辣酱充足的米豆腐。婉贞辣的嘘嘴,也直叫好吃,中途又添加了些辣酱。静雯说:"姚三娘的米豆腐真不错,细嫩滑爽,韧性足,果然名不虚传。翠娥妹妹调制的辣酱更是锦上添花,让人饱口福了。"蕴龙说:"姚三娘选的都是上好的新粳米,专门用石磨磨成粉,那点化米豆腐的用料也十分考究,光是调制米豆腐专用的辣酱作料,就有好几十种呢。"婉贞说:"怪不得这么入味,吃了还想吃呢。"蕴龙说:"你们这样喜欢,以后我让翠娥每次多调制些酱料送你那里去,就怕你天天吃会吃腻的。"婉贞说:"这么好的东西,恐怕一辈子也吃不厌的。"蕴龙与静雯、婉贞和蕴菡论起了吃经，中途又让翠娥沏了一壶好茶让大家品。蕴龙将自己挑选出来的一些山歌段子供大家欣赏，静雯大略看了，都是她中意的山歌。这本集子内容她已了如指掌，看见蕴龙挑选出来的山歌，正与自己心仪合拍，点头说："蕴龙有眼光，挑选的山歌都很优美，易传唱。这回大家可要好好去对上一阵子的。"婉贞摇摆了一下扇子，说："我看也未必妥当，光拿山歌来行酒令是不是单调了些？依我看，何不像《红楼梦》里用诗歌作引子，大家来商量对诗也是一番趣味呢。"蕴龙交口称赞道："也罢，行完山歌酒令，就现场对诗，限时间，对不出来或者诗意不连贯，就算输。"静雯说："贞妹子的主意不错的，就不知道众姐妹兄弟都会作诗否？"蕴菡说："会的，熟读唐诗三百首，不会作诗也会吟。这园子里连我都会说几句诗来着，其他姐妹们要比我高明得多呢。"蕴龙说："是啊，姐妹兄弟们个个都是熟读了诗书的人，平日里老爷考问也多拿诗歌做题，大家的诗都做得很好，有的姐妹手笔不凡，少不了佳作奇句呢。"静雯说："既然是这样情形，作诗当酒令也是一种妙趣。"静雯的话音刚落，窗外忽然传来一阵好听的鸟鸣声。大家循着鸟声望去，见依偎在窗沿边的一棵老桂花树上，落了一只红嘴白尾的鸟儿。鸟的羽毛鹅黄，黄里露着些翡翠绿色，这只画眉鸟羽毛颜色搭配鲜艳缤纷，煞是好看。婉贞看了马上来了灵感，说："不如我们就以这只画眉鸟为题，先来对诗试一试感觉如何？"蕴龙说："好主意！我也正想着此事呢，就不知道是对五言还是七律？"静雯说："就以古体五言诗为样本，无须过于讲究，只要达意或押韵就可以。"蕴龙说："能押相似的韵脚也行的，莫太古板，意趣为重要。"婉贞说："好，我赞同！谁先起头句？"蕴菡说："我来说头韵，免得你们起句刁钻，难为我的。"静雯笑了笑说："也好，先从年龄小的开始，然后依次是婉贞、蕴龙和我，看谁落在最后。"

蕴菡略微想了想，忽而眼前一亮，有了眉目，说："蛾眉浮烟柳。"婉贞说："鬼精灵的，你倒是起句平常，一句话直入画眉鸟的主题了。"静雯说："我来接对吧，'真容一笔收'。"蕴龙说："雨洗三分翠。"婉贞说："泉听一石幽。"蕴龙说："好一个'泉听一石幽'，出佳句了。"婉贞说："别恭维我了，只等你一一对来便是了。"蕴龙说："山深藏树远。"蕴菡说："石孤抱溪忧。"静雯说："独自心婉转。"婉贞说："寂寞声优游。"蕴龙说："叶落秋水寒。"静雯说:"风剪檐雨愁。"婉贞说:"泪为他人痴。"蕴菡说:"雨向云优柔。"蕴龙说:"丽妆解春意。"婉贞说:"妙语释三秋。"静雯说:"孑影自相怜。"蕴菡说:"知音更相久。"蕴龙才接上,婉贞说:"好了,诗句就到此为止了。人家都'知音更相久'了,还有接下去的必要吗?"蕴菡不好意思地说:"婉妹妹是笑话我呢,怎么就不好结对下去呢? 对的正欢,言犹未尽呢。"婉贞说:"诗意到了,不必刻意拉长了,长下去反倒拖沓了。"蕴龙说:"也是的,诗含蓄为贵,精致为美。这首吟诵画眉鸟的诗意不错,何不让静雯姐用小楷抄写一份留下收藏。"大家说是,静雯便没有推脱,伏案在书房,用娟秀小楷,眷清了这份诗稿。

吟画眉

蛾眉浮烟柳,真容一笔收。

雨洗三分翠,泉听一石幽。

山深藏树远,石孤抱溪忧。

独自心婉转,寂寞声优游。

叶落秋水寒,风剪檐雨愁。

泪为他人痴,雨向云优柔。

丽妆解春意,妙语释三秋。

孑影自相怜,知音更相久。

蕴龙接过纸稿,仔细欣赏了一会儿静雯书写的画眉诗稿,赞叹说:"静雯姐的蝇头小楷书写得妙极! 配上画眉鸟诗,始终看不厌的!"静雯说:"没有你说的那样好,比起你的小楷书,我这字算不了什么的。"婉贞说:"你们俩在互相谦让呢,我看都是一样的好,天生一对呢。"静雯脸色立马泛起羞涩,嗔怪说:"婉妹子的嘴是不关风了,竟说些不着边际的话来,仔细着将来寻个好妹夫管住你这张利嘴才是。"婉贞正要回应,鲁老太那边传话来,说要提早吃夜饭,晚餐都在翠荷亭摆放好了,就等姐妹们去聚餐了。于是,大家收了话题,一同往翠荷亭去了。蕴龙说要收拾一下山歌书稿,让静雯、婉贞和蕴菡先走了。人一散去,屋里显得空荡荡的,蕴龙拿起静雯抄写的画眉鸟诗,静静望着窗外。那只画眉鸟儿或许还在等待蕴龙似的,一直没有飞走,站立在枝丫上,不停地梳理着漂亮的羽毛,嘴里还不时发出婉转的鸣叫声。蕴龙若有所思,望着画眉鸟发呆,想着这只鸟儿果真是有灵气的,知道屋里有人在为它写诗,所以一直蹲守在原位没有走开,可能是很想知道诗歌具体内容的缘故。想到这里,蕴龙拿起诗稿,对着窗外画眉鸟儿诵读了一遍。画眉鸟好像听懂了,抖动几下羽毛,然后扇动着翅膀,撒下一串银铃样幽美的鸣叫声飞走了。蕴龙见此情景,自言自语说:"这画眉儿是有灵气的,竟然听懂了诗意,但愿你天天光临我的窗口,我每天念诗给你听。"

蕴龙正痴想着,背后传来"扑哧"的笑声。蕴龙略微惊了一下,回头一看,见是婉贞站在自己的身后。蕴龙定下神来说:"是婉妹妹,怎么你没有走啊? 唬了我一跳呢。"婉贞摇曳着美人扇子,说:"我是回来寻绢帕的,看你呆呆望着窗外的画眉鸟念诗,觉得好玩,所以一直没有惊动你。"蕴龙说:"绢帕寻着了吗?"婉贞朝蕴龙的书桌上一指,说:"寻着了,那不是嘛。"蕴龙见书桌上有一个镶嵌了苗绣花边刺绣了一对彩凤蝶的白色绢帕,便取了绢帕说:"婉妹妹,这绢帕先放在我这里,若是不嫌弃,哪天我题首诗在上面再送你,如何?"婉贞抿嘴笑了,"可是真的? 龙哥哥要题诗与我,真是求之不得呢。好呀,我等着你的好诗和墨宝呢。"婉贞说完话,脸腮泛起微红,她微微含笑,淡淡细长的蛾眉修饰着那双泪情忽闪的眼睛。蕴龙看着婉贞这双传情的眸子,他们彼此相望着,好像还没有这样近距离仔细看过彼此,这会儿看真切了,相互看进心里去,倒是一下子没有什么话语可说了。这时,翠娥从外面进屋了,翠娥走得急,进了蕴龙书房瞧见婉贞与蕴龙这般情形,想止步也来不及了,便说:"龙少爷,婉贞妹妹,那边老太太叫你们去呢,就差你们两个了。"婉贞和蕴龙这才感觉失神,赶忙收了表情。蕴龙说:"知道了,我们这就去翠荷亭。"婉贞说:"龙哥哥,我先走了,别忘记了绢帕的事儿,明儿个我就要呢。"蕴龙说:"忘不了的,明天写好了就送你屋里去。"

婉贞摇曳着美人扇子,像游云一样轻盈地出门去了。翠娥见婉贞走了,半含酸意问蕴龙:"你们刚才在悄悄说什么话呢?"蕴龙说:"没有说什么话,只是谈论诗稿的事。"翠娥说:"没有说什么,那你们俩的眼神看着怎么不对劲呀?"蕴龙说:"有什么不对劲的? 你又在胡思乱想了。"翠娥说:"刚才看见你们眼神彼此痴痴地望着,像是有什么心里话儿要说出来,看着很不正常呢。"蕴龙说:"瞧你又多想了不是。哥哥看着妹妹,妹妹望着哥哥,有什么不正常的?我是看见婉妹妹的神情就像刚才临窗而立的画眉鸟,总是让你多看一会儿才是。"翠娥说:"她像画眉鸟儿,我呢?我像什么鸟儿?"蕴龙说:"你像一只百灵鸟儿,瞧你口齿伶俐的样子,跟百灵鸟没有什么两样。"翠娥满意地说:"像百灵鸟也不错的,只要你的心里时常有这只百灵鸟儿,我就心满意足了。"蕴龙瞧着翠娥说这番话露出娇羞媚态的样子,心里便欢喜起来,上前就要搂住翠娥亲嘴。翠娥急忙推开蕴龙,说:"大白天的,让人碰见了不好。快去翠荷亭吧,老太太等着你去呢。"蕴龙这才收住性子,带着翠娥往翠荷亭去了。

翠荷亭傍晚,太阳刚刚落山崖,晚霞的余晖返现天上,绯红的云霞有如喜娘的晚妆还未褪去,漂染着一缕娇媚的羞涩。晚霞把翠荷亭周围的树林染上了一层晕红色,归林的鸟雀在林子里争巢斗嘴鸣叫。夜色还未上来的时候,黄昏是不能安静下来的。只是风儿微微打着哈欠,停在每片叶子上面,这是风该休息的时辰了。今晚的翠荷亭,如同摆设喜宴一般,亭台楼阁上面挂起了彩色灯笼。主桌自然是鲁老太和几个女儿媳妇们主阵,当然也少不了鲁老太喜爱的十个孙辈围绕身边。晚宴耀慧为行酒令主官,她坐在鲁老太身边,一边为鲁老太斟酒夹菜,一边招呼众人行酒令,说笑话,逗鲁老太开心。鲁老太特意把婉贞和静雯安排在靠近她身边的座位。毕竟这两个孙女是远客,平日里不大见着面的,这次回来是要多陪陪鲁老太。蕴龙紧挨着婉贞身边位置坐下。这样座位层次排列,像是耀慧有意安排的。桌面的菜肴非常丰富,除了主菜苗家汤锅外,还增添了许多美味配餐,像烟熏的山猪腊肉、香肠、野山菌炖土鸡、麻辣干山椒炒野兔、野山椒爆炒果子狸、石磨豆腐鱼、土家扣肉、苗家烧腊麻鸭,还有姚三娘的米豆腐、绿豆粉和社饭等美味佳肴。佐餐配备土家自酿纯粮苞谷酒和甜糯米酒。苞谷酒是给能喝烈酒的人喝的,大多女人喜欢喝甜糯米酒。自酿的苞谷酒稍微有些浑浊,但纯度高,酒的质量好,都是放置在山洞酒窖里储存了五年以上的陈酿,酒味自然醇厚浓香。

蕴龙喜欢喝苞谷酒,不过平日里被翠娥管制住的,不让多喝了。鲁老太对蕴龙喝苞谷酒特意有交代的,翠娥不敢怠慢,因而对蕴龙看管得很紧。今天是家宴,鲁老太高兴,破例让酒司取出一坛十五年的陈酿苞谷酒。陶土烧制的坛子,可装五斤酒量,取来时坛口被红泥黏土封死了的。酒司将酒坛开启,一股浓郁香醇粮食酒香瞬间在翠荷亭弥散开来。酒司把苞谷酒给众人斟上,倒出的酒液呈微黄色,略显浑浊。鲁老太是喝白酒的,她先品尝一口,脸色露出满意的神情,说:"好酒。这坛苞谷酒味道醇和,浓香糯口,这等美酒,只有我乌家寨子能酿制出来的。"酒司笑脸相陪,说:"老祖宗说得极是,这坛苞谷酒已经有十五年酒龄。酒的香醇味道都饱和老熟了,是乌家寨子的极品。"众人见鲁老太说酒好,也都纷纷品尝了,赞不绝口说乌家美酒的好来。酒过三巡,鲁老太提议让大家行酒令,耀慧自然担当起酒令官,要蕴龙拿出酒令词语来。蕴龙早有准备,把一叠整理好的山歌段子拿给耀慧看。耀慧细细看过,拣选了一组《五峰"十打"歌》让众姐妹来接对。谁若是对不上下面的词或者是对错了字,就罚酒三杯。规则定好,蕴龙便自告奋勇先念下酒令开口词:

蕴龙说:"一打王子去求仙。"

婉贞说:"二打丹城入九天。"

静雯说:"三打洞中方七日。"

蕴菡说:"四打世上几千年。"

蕴哲说:"五打五方并五帝。"

蕴琴说:"六打河南并山西。"

蕴梅说:"七打天上七姊妹。"

蕴蓝说:"八打八仙过海来。"

蕴香说:"九打九曲黄河水。"

蕴娴说:"十打天子万万年。"

十打歌词说完,竟然没有一个人说错歌词的。众姐妹相互使眼色暗暗合计,嚷嚷着让耀慧喝酒三杯,耀慧执意不过,请求鲁老太援助。鲁老太助兴儿说:"既然姐妹们都没有说错歌词,你是酒令官,这三杯酒就该罚你的,我是不好为你圆场的。"众姐妹见鲁老太如是说,更加起哄热闹起来。耀慧没有办法,只得将三杯酒喝了。三杯酒下肚,耀慧脸色立马绯红起来,耀慧说:"不得了啦,这酒虽不上头,但酒力厚实,晕在心里面了。"蕴龙说:"耀慧姑姑好酒量,晕在心里才是醉酒呢,但愿下次有人为你接了酒令去。"耀慧说:"不等下次了,照此情形下次还是够我受用的,不如请哪个姐妹唱支山歌助兴更好。"鲁老太微笑道:"好吧,我也想听听土家苗家山歌呐,有哪个妹子先开口唱呀?"众姐妹静默了一会儿,互相看了看没人好意思开口。正当冷场子时,蕴菡站起来说:"我来唱曲山歌给老太太听。"鲁老太见是蕴菡要唱山歌,高兴得不得了,"好好好,涵子的山歌我爱听了。"蕴菡润润嗓子,便开始唱了起来——

　　门口一条溪啊,溪水洞洞起啊,姐姐唱山歌呀,想郎把柴劈啊。

　　门口一条沟啊,沟里捉泥鳅啊,姐姐留郎坐呀,喝碗苞谷酒啊。

　　门口一林竹啊,风水二面扑啊,今年办喜事呀,明年是娃娃哭啊。

　　门口一条冲啊,冲里起蛟龙啊,去时三姐妹呀,转来是九兄弟啊。

蕴菡声音清脆嘹亮,这首土家山歌被她唱出几多山野味道来,可是潘淑鸢听着却不爱了,说:"涵妹子,你这唱的是哪出歌,什么姐呀郎呀的,小小年纪从哪里学来的这等暧昧东西,是要学坏了不成?"鲁老太瞪了潘淑鸢一眼说:"一首山歌怎么就学坏了呢?我听着挺好的嘛,蕴菡的歌声宛若银铃般,这山歌倒也俗气,被涵妹子的歌声给提起了精神,颇有几番畅远幽美的情致,唱得好,我喜欢听。"潘淑鸢听鲁老太这么说,也就不好反对,心里搁着气,呆呆坐在那里想事情。蕴菡被老祖母夸奖了一番,脸窝儿笑眯了,她知道祖母比自己的奶娘更宠爱她的,所以今天她才格外放肆。蕴菡是故意唱给潘淑鸢听的,被裹了小脚的痛楚她还记在心上的,今天是要放肆一下示威给潘淑鸢看的。

蕴菡山歌开了头彩,姐妹们都跃跃欲试展示了一下自己唱山歌的能耐,筵席一下变得欢快起来。众人正尽兴着娱乐,忽然从对面牛场坡传来一阵悦耳动听的山歌来,优美的歌声唱得要与夜莺媲美了,婉转嘹亮不说,那声线像是沾染了歌仙的气韵,又像是泉眼深心里打磨出来的,绕过许多青石弯儿,在经虚空的山谷回声过来,一阵阵划破夜空传播开来,顿时把姐妹们的歌声给压住了。筵席霎时安静下来,大家静心屏气,都在聆听这来自天外的歌声。安静了好一会儿,山歌接近尾声渐渐弱了下来,直到消失,众人才长长舒了一口气息。鲁老太感慨地说:"这么晚了,是谁家的姑娘还在牛场坡上唱山歌？这歌声真是好听呢，比得过我年轻时候的嗓子，听着像黄鹂儿婉转，又恍惚画眉鸣唱，乃是天音啊！"蕴龙本想立马说出来唱歌的人，可是一想到这么多姐妹在场，如果自己说出来认识这么一个山民猎户人家的女孩子，又会生出多少疑心来？这事得保密，不可轻易外泄。蕴龙晓得这是椿香的歌声，远远听着就非常悦耳入心，他不知道椿香为什么这么晚了还要来到牛场坡上唱歌？也许是被乌家寨子晚宴的歌声感染了，也来比试一下唱山歌的魅力。耀慧见鲁老太如此欣赏突如其来的苗家女子山歌，便说："既然老太太喜欢这山妹子唱的歌儿，明儿个我就去牛场坡挨家挨户寻访，把唱山歌的妹子请到苗寨来，专门为老太太唱一个晚上，如何？"鲁老太笑着说："唱一个晚上倒不必了，若是能请到家里来，组合一个戏班子，专门跳花灯、唱山歌儿，倒是我喜欢的事情。"耀慧说："只要老太太喜欢，我去张罗办理就是了，您老等着我的好消息吧！"鲁老太面露喜色，又招呼大家唱歌儿说笑。

　　晚宴一直热闹到夜里，时值初夏，山寨一早一晚还是有些凉意，鲁老太不能熬夜，要早睡，因而先离席去了。走时，鲁老太吩咐蕴龙和姐妹们可以玩得稍晚些，只是不要太闹腾出格了。蕴龙巴不得大人们都离去，留下姐妹们可以无拘无束随心所欲好好玩耍一番。鲁老太一走，几个媳妇女儿也都跟着走了，耀慧给蕴龙交代，不得玩耍的太晚了。蕴龙见耀慧也要走，便说："姑姑，你就别走了，陪着我们一道玩耍，今晚的酒你还没有喝够呢。"耀慧说："玩耍是你们姐妹兄弟的事儿，我不得参与了。这回我真是有点醉了，脚步有些飘忽，要回屋休息去了。"蕴龙见耀慧面带红色，知道是喝多了酒，也就不为难耀慧了。耀慧走了，筵席剩下的就是蕴龙和众姐妹兄弟，大家没有什么管束，又喝酒猜拳行了一会儿酒令。这时，几只白鹅从荷塘悄然游过，蕴龙见此情景马上有了想法，说："那荷塘弯儿处泊着一条渔船，是专门看管荷塘用的，不如我们搬些酒菜，到那渔船上去，一边在荷塘里划船游玩，一边说笑赋诗游戏，那才叫美呢！"大家听了，都说这个主意好，便纷纷响应，一同前往荷塘弯儿处摆弄渔船去了。

　　到了荷塘弯，船坞泊着一条木船，木船挺阔气，有七八米长，两三米见宽，能坐下十多个人。大家依次上了船，各自拣了位置坐稳。坐定好位置,姐妹们却犯愁了,这么大个木船,没有人划桨怎么能开得走呢？蕴龙笑道:"大家别急,看我划桨的本领。"蕴龙说着挽起袖管操作双桨,一板一眼地划动了起来,蕴龙一边划动桨板,一边招呼蕴哲使动竹篙,帮助推动船儿快速行走。蕴哲是个书呆子,不会使竹篙,勉强使力划动几下,却帮不上忙。幸好有两名小厮跟随着,两仆人争先恐后拿过竹篙,轮流撑起船来。有两小厮撑船,蕴龙便节省了力气,只管平稳掌管着方向即可。

蕴龙使出这一招数,让众人佩服得不得了。静雯说:"真是想不到呀,龙兄弟还会使用桨板划船呢,你是什么时候学会的?"蕴龙笑了笑说:"我平日里好玩耍,经常偷偷来到荷塘弯儿搭乘木船,跟着船夫师傅学的。使用这桨橹很简单,只要掌握好平衡,均匀使力气就成。"婉贞说:"那也得要胆量才行,摇摆桨橹可不是好玩的活计。"蕴龙说:"熟能生巧,掌握要领了,划着就简单顺利。"

大家说着话儿,不知不觉船儿荡漾进荷塘深处,月色姣美,将明薄莹洁的清辉,细腻洒在翠绿的荷叶上面。荷叶有如婷婷出浴的仙子,捧着大朵大朵粉红荷花挤满了荷塘,荷叶形态各异,倾斜着的、微微俯身向下探视的、亭亭玉立的,像是在细细品论着月色,唯恐身上少了月光的滋润,舍不得彼此牵连顾盼。红荷花夜里闭合住了花叶,仿佛莲蓬仙子的梦儿就美美地睡在花蕊里,暗绿色的浮萍漂在水面上,像是刚刚睡着的样子。船儿静静推开绿萍,分开荷叶,摇曳出一条波光激滟的水路来。粼粼波纹,一圈圈向外扩散,不时惹得一些调皮的鱼儿跃出水面,轻盈地翻一串漂亮的跟头,然后入了水里,溅起朵朵晶莹剔透的水花。那像散落银子珠儿一样的水珠,把皎洁的月光虚幻地反映出来,波动在静夜里,尤为显得扑朔迷离了。

荷塘里弥散着清雅的荷香味,有如泉水边出浴的美人儿搽了香膏,熏染着周围的空气。婉贞坐在船舷边上,不时将手探进水里,携带起些许的波澜。看着眼前的美景,大家一时失语了,半天没有人说话儿,好像谁若出声息,就会破坏了这难言的宁静。夜深了,蛙鸣声稀疏了许多,偶尔从荷塘某一处传出一两声来,将夜晚的幽寂渲染得越发安静深远了。婉贞见大家都不言语,便对水月说:"把我的箫儿拿出来,我给大家吹曲箫音解闷儿。"蕴龙听婉贞要吹箫了,心里顿生古意,让婉贞坐在船头吹箫儿,说是那样更有味道。婉贞小心翼翼移动莲步到船头坐下,然后握住箫儿婉转地吹了起来,曼妙的箫音顿时飘袅荡漾,荷塘宁静氛围被打破了。婉贞的箫儿吹得极好,她吹得是支古曲,恬淡静雅的曲子让箫儿婉转传递出来,满荷塘的荷花也在屏住气息聆听,偶尔有夜风吹来,荷叶有如舞裙,踩着箫音的节拍翩跹起舞,婉贞一身藕绿色沙蚕丝裙装被月光朦胧地描画着,身影倒像是一株漂染上月光的绿荷,静静坐立在船头。

　　船儿衔着静水,无声地游弋着,蕴龙瞧着婉贞吹箫的样子,想着那是一幅素丽的古画儿摆放在船头。大家听着清越的箫声,饶有兴致欣赏四周荷塘月色,静雯说:"婉妹妹的箫声真是吹静了一荷塘莲花水,这夜晚有了箫声,塘子里的青蛙也不敢吱声了。"众人这才从箫儿冥想中回过神来,刚好婉贞一曲箫儿收了尾音。婉贞停下手里的箫,说:"静雯姐,你快不要这样说,当心荷塘里的青蛙听见了,会生气的。"大家被婉贞的话逗笑了。静雯说:"尽管让它们生气去,婉妹妹吹了这么幽美的箫声,恐怕只有天上下凡的仙子才能吹奏得出来。我说的是掏心窝的话,妹妹的箫声可是把我们吹醉了呢。"蕴龙说:"是啊,想不到婉妹妹的箫儿吹得这般好,刚才看你坐在船头吹箫的样子,有一种难言的美呢。"婉贞笑了,说:"你们可别这样夸奖我了,你们是想的好,这箫儿是一个老艺人传授给我的,今夜吹着,我就想起那个老艺人来了,可惜他走得早了些。"婉贞说这话,不免有些伤感了,蕴龙见此情景岔开话题说:"好了,我们不说箫了,这般姣美的月色,画景样的荷塘,我们何不以月色荷塘为题,每人做一首诗来助兴?"

　　大家听了蕴龙的提议,都说好,游览了一阵子,心情都在涌动诗意了,现在乘兴作诗,正是时候。于是,蕴龙停了桨橹,任由船儿在荷塘里自由漂泊。大家安静下来,开始构思各自的诗来,众姐妹入了诗境,船儿四周又鸦雀无声了。这时,荷塘又来了一阵微风,有一两只水鸟从藏匿的荷叶下惊飞起来,洒下几声鸣叫,乘着月色飞走了。静谧了些许时间,荷塘某个角落时而传出几声蛙鸣和虫子的叫声,虫子的声音仿佛在逗引着蛙鸣,蛙鸣的声音好像又是在挑逗虫鸣,彼此相互对决一阵,又渐渐歇着了。这夜更显安静了。不到一刻钟,婉贞说她的诗好了,接着,其他姐妹们诗都一一完成了,最后是蕴龙和蕴哲的诗压阵,诗按先后完成次序排列了出来。

问荷

婉贞

月色清自姣,莲歌话未了。

苦莲向心秀,洁魂独君晓。

塘畔藏泥蛙,荷语惊睡鸟。

箫音析宁静,思绪往缥缈。

颂莲

静雯

颜为一色孤,莲子似辛苦。

籽青缀相思,眉翠衔风舞。

田田叶含羞,淡淡箫虚无。

本洁泥相许,人素香如故。

梦荷

蕴龙

夜知春梦短,花美莲子香。

青箫醉古亭,渔舟分荷塘。

婵娟画里游,佳人水中央。

问君风何处,翠亭影子长。

思莲

蕴菡

青荷兑莲意,莲水作魂衣。

虚静寻还无,愁绪觅有知。

白发镜中行,凤眼婵娟里。

梦闻子规啼,寒泪沾新纸。

有婉贞、静雯、蕴龙和蕴菡的诗在上面,其他姐妹都将各自的诗念罢便收了起来,都说有这四首诗冠首,足以与今晚夜色媲美了。蕴龙说这作诗游戏既雅趣又好玩,好似混进《红楼梦》中去了,大家不妨才子佳人一场,很是趣味的。婉贞说:"我们哪里能和那《红楼梦》里才子佳人相比的,现在这般不过东施效颦,只是游戏罢了。"静雯说:"连游戏也算不上的,当作是口水白话,即兴而发。"蕴龙说:"静雯姐、婉妹妹太过自谦了,能东施效颦也不错的,只要大家高兴欢喜,这诗情意境就是好的。"大家围绕诗意品论说笑一阵,又催促蕴龙将船儿往荷塘深处摆去。

船儿游弋到一片较为空旷的水域,蕴龙便将船泊在荷花丛中,只留前方一处空隙来让大家欣赏水月风景。山里天空月光没有什么遮拦,亮晃晃的,有如未出山的泉水清洗过的一样。月光水亮的银色,辉映在平静的水面,水面忽而被微风招惹了荡漾起一层层涟漪,涟漪朝水域波光粼粼扩展出去,捎带着柔媚的月色渐渐远了。这时,有几条鱼儿跳出水面,仿佛高兴得得意忘形了,招呼起众多夜游的鱼儿跃出水面玩耍。这些鱼儿尽情在月光下水面翩跹舞蹈,溅飞起晶莹的水花,像天女手里断线散落的翡翠珠子一般好看。

蕴龙兴奋地对大家说:"瞧见了吧,鱼儿在水面伴随着月光跳舞,是不是很好看呀?"婉贞说:"美极了!想不到夜里荷塘还有这般生动的景致,让人目不暇接了。"蕴龙说:"婉妹妹何不在此吹箫一曲,伴鱼儿和月光跳舞如何?"没等婉贞回复,众姐妹都嚷嚷着让婉贞吹箫伴奏,婉贞执意不过,心情已经被眼前鱼儿跳舞的情景打动了,便让水月拿来箫儿,兀自坐在船头,幽幽地吹奏了起来。轻盈的月光描摹着婉贞吹箫的样子,婉贞身后的鱼儿仿佛喜欢听婉贞吹出的箫音,纷纷跳跃出水面的节奏比先前快了许多。鱼儿弄得水面噼啪着响,四处散落的水珠扑打在荷叶上,然后滑入水里。蕴龙说:"我要是会画画儿,定然会将婉妹妹坐在船头吹箫戏鱼颂月的情景绘画下来的。"蕴鹃说:"蕴龙哥,这幅画景我记下来了,改天我画好了送与你。"蕴龙欣喜,"我怎么忘记了蕴鹃妹妹的绘画呢?好啊,我先谢谢鹃妹妹了。这幅画儿你可得画仔细了,要把婉妹妹的神韵、月色、莲荷和鱼儿都入画里去。"蕴鹃说:"那是,这些都少不了的呢。"静雯眼里含笑,心里却是酸酸的,心想,蕴龙把美都涌向婉贞那里去了,那婉丫头吹箫儿也是针对蕴龙来的,两人眼神瞅着就不对劲。不过,蕴龙却是有眼力的,看出眼前美丽的景致来,这便是境界了,想到这里,静雯内心的波澜又渐渐平复了。

听罢婉贞吹箫,蕴龙又摆动桨板,摇着船儿划过空旷的水域,往另外一处荷塘弯子去了。途中,大家又让蕴菡唱了一支苗家山歌。蕴菡拣了一首简单的《打谷子》苗歌唱了起来:"谷子黄灿灿穗子长,哥打谷子幺妹心里装。莫等秋后霜天凉,为了幺妹哥哥只管忙。"蕴菡歌毕,大家都叫好,只嫌苗歌短了,没听过瘾,蕴菡说空了在唱。进了荷塘弯子,这里荷花很多,一些荷花争奇斗艳后谢了,结出丰满的莲蓬,非常诱人。船儿经过处,大家便随手摘了莲蓬,一边游玩风景,一边剥着莲蓬吃莲子。莲子嫩绿,清甜略带淡淡苦香味,生吃莲子清心去火的,当作零食享用正好。船儿无声地在荷花丛里游荡,细微的风儿从荷叶缝隙处悄悄溜出来,这风带着清雅荷香味道,幽凉拂面而来,柔滑细腻的气息直入肺腑,又是一种另样的感觉。婉贞端丽地坐在船头,望着眼前景致,脉脉含情看着摇动桨橹的蕴龙,心思不由自主往别处去了。就在这当儿,船儿遇到水中一株早已枯死老树桩阻力,猛烈摆动了几下,惊吓的一船人呼喊起来。蕴龙立马用桨橹稳住船身,说:"别慌张,大家要坐稳了,没有事的,当心掉水里去。"可是话语晚了,坐在船头的婉贞一时走神,没有什么设防,周围也没有依靠和可抓住的东西,身子随着船儿倾斜晃动滚落入水中。荷塘水深,漫过头顶,婉贞不会凫水,整个人儿在水里扑腾挣扎,幸好婉贞穿的是裙子,落水时裙子鼓足了些气,还能延缓婉贞身体下沉的速度。众人见婉贞落水了,但都不识水性,直呼救人,蕴龙瞬间已经鱼跃入水中,很快游到婉贞身边,将婉贞托起。蕴龙说:"婉妹妹,别怕,我来救你了。"婉贞出于本能,一下子抱住蕴龙。蕴龙水性好,一边踩水,一边说:"婉妹妹,放松身体,别紧张,松开我,没有事情的。我要潜水下去了,把你举起来,你只管上船就是。"婉贞虽然手脚慌乱,但头脑是清醒的,她松开蕴龙,蕴龙马上潜游入水里,将婉贞双腿抱住往上托举。蕴哲、蕴菡和静雯在船上拉住婉贞的手,一会儿工夫,便把婉贞救上了船。

蕴龙入水潜游了一会儿浮出水面,手里抓了一条两尺长的草鱼丢上船来,然后十分麻利地翻身上船,来到婉贞身边关切地问:"婉妹妹,不要紧吧? 喝着生水没有啊?"婉贞摇了摇头说:"不打紧的,就是塘子水有些凉。"

蕴龙借着月光看见婉贞浑身湿漉漉的,美发流散着,顺着脸颊额头淌着水珠子,那白皙被荷塘水洗过的脸容又添了几分自然的美来。加上婉贞水汪汪的眼睛,整个人儿有如出浴的仙子,还没有来得及梳理打扮,浑身上下都是纯粹的。蕴龙见状,说:"今晚就游玩到这里,现在得尽快送婉贞表妹回去,今天发生的事情,谁都不许向外面张扬,大家可记住了?"众姐妹们都回答记住了,不会向外说的。于是,蕴龙摇船泊回码头,众人上了岸,各自回各自的屋里去了。

蕴龙护送婉贞回到望月楼,水月伺候婉贞进卧房,烧了热水洗浴身体和头发,换了身晚装睡衣,稍微梳理一下,便请蕴龙进去说话儿。蕴龙进了卧室,见婉贞倚靠在床上坐着,下身遮盖着一层淡黄鹅绒薄毯子。这会儿婉贞气色要比刚才好多了,细腻白嫩的脸容有了些许的桃红色,施了淡淡胭脂的脸颊,宛如刚刚转熟的仙桃,细长的蛾眉下面,修饰着一双水灵灵的丹凤眼,头发还有些湿润,但就是这略带清芬的湿润,把这张古典美人脸描述的十分惹人怜爱了。蕴龙望着婉贞,话儿却不知从何说起,婉贞微微露出浅浅的酒窝笑道:"龙哥哥,谢谢你了,今天若不是你在场,我可能随荷塘月色一起去了。"蕴龙歉意地说:"都是我的不好,没把稳舵,撞上树桩,将船儿弄摇摆了,是我害了你,婉妹妹,你责怪我几句,我心里才安定。"婉贞说:"怎么就怪上你了?是我走神了没有坐稳,闪失了,龙哥哥不要自责,这事儿一点不怪你的。"蕴龙说:"婉妹妹这样好说话,我心里反而惭愧得很,当着那么多人的面落水,让你丢面子了。"婉贞笑了起来,说:"丢什么面子?亏你想得出来说这样的话,有你百般呵护相救,我即便是落水百遍也是心甘情愿的。"蕴龙听了这话好一阵感动,方才心安了。现在静下心来,想起刚才营救婉贞的感觉,不觉心里痒痒的。婉贞身段真是柔软,在水里抱住自己的身体时,就像一团新鲜的棉花似的。蕴龙明显感觉到婉贞胸脯的弹性对他的触动,这是一种微妙的生理反应,蕴龙想起来,心里就不由得往别处去了。

蕴龙两眼望着婉贞发呆,婉贞起初没有怎么在意,她也在仔细端详蕴龙,也在想着湖水里被蕴龙相救的情景。她心里好生感激,心里暗暗佩服蕴龙,能够毫不犹疑下水营救她。特别是沉没在水里,把她托举起来上船,当时婉贞很担心水下的蕴龙会浮不上来的,没有想到蕴龙的水性竟然这样好,力气真大,动作这么果敢。渐渐地,蕴龙便成了她心里崇拜的人。两人呆呆地望着彼此,谁也不说话,任由眼神交流。过了一会儿,还是婉贞收敛住胡思乱想,她镇定了一下神色,说:"龙哥哥,夜深了,今天你也累着了,你回去吧,让水月给你掌灯。"蕴龙说:"我就待在这里看着你睡着了才走,你不睡着,我不放心的。"婉贞说:"有什么不放心的?我又不是泥娃娃淹不得水,不打紧的,我现在觉得好多了,你去吧你待在这里看着我睡,我反而睡不着了。"蕴龙说:"好的,外面月光这么亮,就别掌灯送了,我们俩吊脚楼挨得近,转过弯儿就到了。水月去给婉妹妹熬碗浓姜汤来,毕竟吃了生水,当心受寒凉。"婉贞说:"不用了,我的身子骨没有那么娇气,况且姜汤不是晚上能喝的,早姜汤,胜人参;晚姜汤,赛砒霜。这道理你怎么就忘记了?"蕴龙恍然悟道:"这话在理,我怎么就忘记了呢,差点儿让你吃砒霜了。"婉贞笑了,"没有那么严重,说归说,倘若身体真正受了寒凉,不论早晚喝姜汤,都是可以的。"

蕴龙见婉贞无恙,便告辞离开望月楼,往自己的住处去了。蕴龙走到一丛水竹林边,忽然吹来一阵风儿,风摇曳着竹影,竹影摇晃着如水的月光,此情景看起来格外吸引人。蕴龙停住脚步,瞅着竹影里的月光细细欣赏,那竹影晃动像是把天上皎洁的月亮撕碎了似的,银子样的月光细碎零散,纷纷从竹影缝隙里筛落下来,扑入你的眼帘,横看竖看,一直诱惑你走进它的影子里去。

蕴龙站在那里欣赏了好阵子,想着这般姣美的月色,平常却没有怎么注意到它,竟然白白搁在这里浪费了,今晚算是没有辜负它,观赏到竹影里藏匿的月色几多美来。蕴龙正专注地细想,眼睛的余光又发觉到竹影旁边的凉亭里坐着一个人影儿,这人一身白裙衣,摇摆着美人扇,也像是在观赏竹林里的月光。蕴龙先是一惊,心想这么晚了,还有哪里的女子这样大胆坐在凉亭里独自赏月呢?蕴龙内心生疑,以为自己看花眼了,便定下神来仔细观察,看清楚了,眼前情景是真真切切的。蕴龙刚要起步前往,忽然想起园子里闹腾夜间有白衣人出没的诡异事来,蕴龙心里陡然一惊,不觉倒抽一口凉气,但又一想,我一个堂堂男人汉,还怕什么鬼不成?即便是有鬼出没,鬼也是怕人的。于是,提起胆子,直接往凉亭去了。

蕴龙走近凉亭,正要问话,不想白衣人却先发话了,说:"来者何人呢?"蕴龙一听声音,看清了坐着的端丽美人背影,就知道是静雯无疑了。蕴龙上前笑答道:"来者龙弟也,不知静雯姐独自深夜到这凉亭来做什么?"静雯转过身来,一边摇曳着美人扇子,一边打趣说:"赏月呀,难道只许你独自欣赏竹影月光,就不许我来看上一眼吗?"静雯说这话,用含情的目光瞄了蕴龙一眼。蕴龙望着眼前被朦胧月光拢着的丰满的美人儿,心绪不由得又恍惚了。这等标致的月下美人,只有你停在月色里,方可看出什么是真正美来。静雯的头发像是刚洗浴过的,自然披肩流泻着,油润乌黑的美发,似乎把每一缕月光都仔细梳理过了,顺着俊俏的额头向两边分散开来。那双恬静温婉的丹凤眼儿和一对染了仙气的弯弯蛾眉,却是自然天生成一般。静雯的衣裙领口微微展开,鲜嫩如葱白的脖颈儿宛然显现在那里。细闻,不时有薰衣草天然的清芬从领口间弥散出来。

静雯看出蕴龙心思,便岔开话题说:"龙兄弟,这么晚了你这是从哪里来呀?"蕴龙说:"我送婉妹妹回望月楼,这不,弯出来就遇上你了。"静雯说:"那你是去的时间长了,都这半夜了才想起回来,婉妹妹真是遇上贴心人了。"蕴龙说:"婉妹妹掉进荷塘,吃了生水,我怕她的身子骨经受不起刺激,就多陪了她一会儿,看着是好转了,便出来了。这不,才进入竹林月色,又遇上静雯姐了。"静雯说:"我可没有贞姑娘那样的好福气,稍有闪失,就有贴己的人服侍左右。好了,我们不说这些了,怪无趣的,你来了正好,陪我赏一会儿竹影月色,不知你愿意不?"蕴龙正求之不得呢,"愿意的,一百个愿意,陪同静雯姐竹林赏月,这可是我的福分呢。"静雯说:"莫贫嘴,与我赏月是要花费脑筋的,今晚浏览了荷塘月色,那是镜中的花月和水月,现在要看的是竹影弄月,竹影月不比荷塘月色,竹影是活动的,骨清气灵、幽美雅静的。这亭子没有外人,就我们俩,乃天意,赏了竹影月,就得对诗,我们何不以竹影月为题,对一首五言诗如何?"蕴龙心情极好,正酝酿诗意,见静雯提议便应和说:"静雯姐这提法正合我意,诗题以'竹影月'甚好,静雯姐可先出诗歌音韵,我跟上就是。不过要说明的是,和静雯姐对诗只讲趣味,不究严谨,诗顺口通畅即可,口语平白诗就很好了。"静雯想了想说:"行,我先出诗韵也罢,只是要立下规矩的。"蕴龙说:"有什么规矩,静雯姐只管说来,我照办便是。"静雯说:"我们对诗不论长短,谁若是对不出下句或者勉强作对,就算输了,输了就得体罚。"蕴龙说:"姐姐只管拟定规矩,怎么体罚都行,蕴龙绝不食言的。"静雯转动眼珠想了想说:"谁输了,就背着赢家围绕竹林转三圈,如何?"蕴龙说:"这好办,就按姐姐意思立规矩便是。"静雯思考了一会儿,说:"我有句子了。"蕴龙说:"姐姐出手快,只是不要太难了,免得我对不出下文,马上就输了。"静雯说:"没有那么玄乎,我出的是自然韵,不会拈那些刁钻古怪的词韵难为你的。"

静雯说:"夜深不安静,"

蕴龙说:"蟾光挑竹影。"

静雯说:"人素淡如菊,"

蕴龙说:"骨净性灵清。"

静雯说:"白竹描佳人,"

蕴龙说:"紫雾锁幽林。"

静雯说:"冰轮写君意,"

蕴龙说:"稻香染蛙鸣。"

静雯说:"听箫声哽咽,"

蕴龙说:"折桂月亲近。"

静雯说:"无语不婵娟,"

蕴龙说:"缘由是分明。"

静雯听罢蕴龙"缘由是分明",便主动停了下文说:"好了,你都'缘由是分明'了,我若是再往下延续,却不能禅悟了,我是服你了。"蕴龙不好意思地笑道:"静雯姐过奖了,你的'无语不婵娟'让我喜欢的不行,竹影月色都包含在里面了。"静雯说:"你若是这样说了,证明我们这一回合没有分出胜负来,看来谁也体罚不了谁的。"蕴龙说:"我认输了,甘愿受罚,愿意背着姐姐绕竹林走上三圈。"静雯面露羞色含笑说:"此话当真?"蕴龙说:"是心里的话儿,就怕姐姐不肯让我背。"静雯四下巡视了一眼说:"当着人面,我可是不能让你背着的,现在没有人,让你来背着走又有何妨?"静雯说这话,用美人扇子半遮掩着脸容,抿着嘴儿偷笑。蕴龙见静雯掩面的样子,那被银子样月色描画出来的模样儿,又生出千种风情别样的美来。蕴龙说:"背你就像是背了一面白月亮,哪有不美的。"蕴龙说着半蹲下身体,静雯轻盈俯身上去。蕴龙马上感觉到静雯温热的身体,柔和着一种自然的体香味,直接渗透进他的背心。这是一个何等软绵的美人儿,分量恰到好处。身段柔软得让蕴龙一直想背着这尤物,哪怕走一个晚上也不觉得累的。蕴龙背着静雯走过半圈竹林,静雯伏在蕴龙耳边亲昵地说:"龙兄弟,累不? 我看就背到这里,不用转悠三圈了。"蕴龙耳畔飘着静雯甜润的气息,仿佛是三春时节百花柔和着青草味道的幽香,蕴龙说:"不累的,今生能背着静雯姐绕竹林夜游赏月,是三生有幸了,我一辈子都会记住这个晚上的。"静雯说:"你现在是说这样的话儿,等见了婉妹妹就忘记你说过的话了。"蕴龙说:"不会的,我说能够记住就是能够记住的,若是哪天忘记了,就让天雷劈我也成。"静雯说:"不许说这样不吉利的话,为这桩小事儿就让天雷来欺负你不成? 忘记也罢,记住也罢,一切都是缘分生就的,今夜总算没有虚度一场,我也会永远记住这个夜晚的。"两人一边说话,一边围绕着竹林兜圈子。经过一段竹林稀疏地段,静雯让蕴龙背她进竹林里面去。蕴龙不知静雯要进竹林做什么事情,也不多问,径直背着静雯往里面去了。到了竹林中心地带,静雯让蕴龙放她下来,静雯走到旁边一棵竹子旁边,用手轻轻抚摸竹子细细查看。竹子直径有拳头大小粗细,静雯朝竹子上面望去,不时用手摇晃着竹子,竹子在空中摇曳,竹叶发出轻微沙沙声韵。静雯招呼蕴龙过来看,蕴龙来到静雯身边,顺着静雯的手指引的竹子上面看去,只见竹影随着静雯手摇晃,竹叶上碎银子样的月光似乎在抖落,纷纷从竹叶间缝隙里筛落下来,那零碎白亮的光点有些耀眼。

　　静雯说:"瞧,竹影摇落的月光,这样循着视线望上去,是不是很好看的?"蕴龙见了,果然如此,心里油然生出美丽的幻觉来。看着静雯仰望竹影摇曳月光的样子,那竹影下面筛落的碎银子月光,也飘飞着撒落在静雯乌黑的头发上、白皙的脸上,那模样儿,比竹影月光还要生动嫣然。蕴龙正呆想着,水竹林又吹来一阵微风,蕴龙闻见沐浴在静雯身上的风携带着一股幽雅芬芳的荷香。荷香味道不像是纯粹的荷花气味,里面柔腻着某种人体的馨香。蕴龙说："静雯姐,你的身体怎么有股荷香? 莫不是带着香囊的?"静雯羞赧抿嘴笑了,说："你的鼻子倒是灵敏,我没有带什么香囊,这是生来就有的,就为这香气,大家都觉得奇怪。原本想是娘胎带来的,过了婴孩时期就会慢慢淡化了,可是不想越是到了这般年龄,香味反而越加浓郁。旁人都以为我身上带有荷花香囊,却不知这种香味是与生俱来的,没有什么稀奇。"蕴龙听此言心里越发好奇,便探头往静雯胸前去闻。静雯害羞地捂住衣襟说:"别这样,你心里知道就行了,什么事情不要事事弄个明白,倘若明了了,反倒无趣了。"

蕴龙收了心思,安定下情绪,但心里还在琢磨静雯身体藏匿着的荷香味道,静雯姐莫不是荷花仙子下凡,不然生下来身体怎么会带有荷香。静雯见蕴龙这般神态,心里有数,这个情种痴子,怕是被自己身体的荷香迷了心窍,再这样待下去会生是非的。于是,静雯说困了,要回去歇息了。蕴龙这才收住神,把静雯送到烟雨楼下。蕴龙要送静雯上楼,静雯说不必再送了,便辞别了蕴龙,独自上楼去了。蕴龙望着静雯上楼的姿态,娉婷莲步,婀娜腰肢扭动宛如杨柳风儿柔柔地系在腰上。丰满的臀部被衣裙裹出生动的曲线来,这般美。在月光下走动,便又是一种优雅风情了。蕴龙望着静雯背影,幻想一阵才往桂花楼去了。回到屋里,翠娥还没有睡下,蕴龙没有回来,她哪里睡得着觉。睡在外屋的采芹已经睡熟了,采芹睡熟的姿态不是怎么老实,被子半遮盖着,一段洁白如嫩藕的胳臂暴露在外面,穿的内衣也半遮半掩露出那么一些嫩白的羞涩。蕴龙瞧见,便过去把采芹的胳膊收拢在被子里面,然后将被子理顺掖好。蕴龙心想,采芹睡觉这么不规矩,这般如玉白腻的身子,不该是丫鬟的命,或许前世是出自名门家的小姐。

　　蕴龙正呆想着,里屋传来翠娥轻微的咳嗽声,蕴龙这才收住心思,径直往里屋去了。翠娥穿着睡衣倚靠在床上,见蕴龙进屋忙起身给蕴龙沏茶。翠娥说:"这半夜了,你又游逛到哪里去了? 好让人担心的。"蕴龙说:"先去了婉妹妹那里,品了茶,说些话儿。回去的路上又遇上静雯姐,没想到静雯姐有心思夜里出游欣赏竹影月光,于是,我陪着雯姐姐在水竹林待了一些时间,不知不觉就到深夜了。"翠娥说:"静雯姑娘也是的,真熬得住夜。不管别人休息,这怎么能行?"蕴龙说:"不怪静雯姐,是我自愿陪着的,她有这番思绪,倒是很美的一件事儿。你是没有见到今晚竹影的月光,被静雯姐捕捉到了,却是另外一种趣味呢。"翠娥说:"你就知道月光,怎么,刚才是谁在给丫头掖起被子? 你可别把自己的身份忘记了,哪里有主子给奴婢铺盖被子的?"蕴龙嘻嘻笑了,说:"世上没有的事,今天到我这里不就有了,我可是没有把你们当奴婢使唤。在我心里面,我们都是一样平等的人,你和采芹有如我的亲姐妹,替她掖个被子又有何妨?"翠娥说:"你是这样关心她,但没有见你这样对我好呢。"蕴龙说:"好姐姐,你还要我怎样对你好呢? 我的心都掏给你了,难道我还对你不好?"

　　翠娥知道蕴龙对她的好,却故意摆出这番话试探蕴龙的真心,另外排遣一下心里的醋意,刚才看见蕴龙给采芹掖被子,好不是滋味。现在引出蕴龙的心里话,翠娥觉得心里暖暖的。翠娥说:"好了,我不过说说罢了。我知道你的心里有我,这辈子能伺候你这样的主子,我即便是死了也无怨无悔了。"蕴龙说:"快别说那些不吉利的话,什么死呀活的,这辈子我们都不会死的。即便是去了那一天,也一块化作魂儿一道去好了。"翠娥眼里涌动着泪花,说:"有你这句话,我还有什么可要求的? 但愿老天护佑,将来收了魂去,能将我们安排在一处,我还能伺候你一辈子。"两人都说了痴心话。看夜深了,蕴龙拉住翠娥示意要翠娥陪睡,翠娥犹疑不定,但听着外屋采芹已经熟睡,心里想着往日的亲密便半推半就与蕴龙温存一夜。这一夜,翠娥感到异样的恬美,男女之事,起初是紧张,往后越加熟练,彼此便体会到无限的快意。天色微微泛起曙色,翠娥悄悄从蕴龙床上溜下来,蹑手蹑脚回到自己的床榻上去了。

　　翠娥自认为和蕴龙云雨之事无人知晓,哪里晓得两人在忘情快意时,采

芹已经醒了。采芹心里有数,在蕴龙进屋时她就醒了,只是佯装熟睡,没有
吱声,蕴龙给她掖被子,是她没有想到的事,主子能这样关心体贴她,采芹心
里痒痒的,多少有了些非分之想。只是平日里,蕴龙和翠娥贴得紧,自己不
过是个陪衬,翠娥和蕴龙的事,她早已心知肚明。今晚蕴龙和翠娥对话,采
芹都一一听清楚了,而且在蕴龙和翠娥云雨的时候,采芹悄悄隔着帘子缝隙
看了好一阵子。偷听房事这是头一回,采芹着实体会到羞怯和激动。看着
纱帐里起伏连绵的身影和那娇羞甜美的呻吟,心儿跳动的厉害,不由得眼睛
迷离,想象着和蕴龙翻雨覆雨在一起的不是翠娥,而是自己了。采芹不动声
色溜回到床上,竟然一晚上无眠了,心里老想着刚才偷窥的快感。她也是十
五六岁的女子,虽不谙男女之事,但今夜亲眼窥视到的情节却让她春思潮
涌,不能自已了。

第六章　幽林深处偶遇俏猴女

过两天就是端午节,端午节吃粽子,乌家寨子的厨子便早早开始忙碌包粽子。包粽子有专门种植的粽子叶和野生的粽子叶,也有喜欢吃荷叶包裹的粽子。荷叶包裹的粽子煮出来有股淡淡的荷香味道,是鲁老太最爱吃的,因而乌家寨子过端午节,荷叶粽子是餐桌上必备的佳肴。

有个厨子名唤巧二嬢,巧二嬢包裹的荷叶粽子不同寻常,她包粽子法是家传,先用山泉水浸泡优质糯米,然后掺和核桃肉、黑芝麻、红枣、黄米、野蜂蜜和上等麻油,拌匀后,用荷叶包裹严密,外面再裹上一层野生粽子叶做成四只角,再用水竹叶捆绑结实,加山泉水,放入土砂锅里煮上一个时辰左右即成。煮熟的粽子清香甜糯,淡淡荷叶清香夹带着粽子天然的糯米原味,吃口软糯香甜。巧二嬢将她特制的粽子起名曰:青荷糯米粽。端午节前夕,园子里人都不闲着,各自准备过端午的事宜。这天,蕴龙一人玩耍无趣,便想起牛场坡的椿香来了,已经有好几天没有到山坡看椿香了。这些天也奇怪,蕴龙没有听见椿香唱山歌的声音,难道椿香没有来山坡放羊?蕴龙趁空档溜出园子,没有多想,直接往牛场坡上去了。

蕴龙一口气爬上往日放羊的山坡上,不见椿香踪影。说也奇怪,椿香不在这里放羊,连鸟儿也不现身了。四周静悄悄的,山坡上覆盖的参天古木、水杉、银杏和杂树,没有椿香在此,这些茂密的树木便显得幽森森的。蕴龙正胡思乱想着,忽然从草丛里窜出来两只草狼,两只草狼像是饿坏了,好些天没有寻到食物,见蕴龙孤身在此便循着了机会,草狼瞪着凶恶的眼睛,上嘴唇翻翘着,冲着蕴龙发出沉闷的攻击声。

蕴龙虽然是少爷出身,但在山林里玩耍习惯了,上树有如猴子般快捷。

一般遇到这种情况,他的第一反应就是尽快上树,恰好身边有棵上了年岁的古银杏树,蕴龙使出本领三两下就轻盈地蹿到树上面去了。两只饿狼还没来得及反应,到嘴边的猎物便蹿到树上,饿狼只有眼巴巴地望着树上的蕴龙,不停地围着树转悠着。两只狼转悠了一阵,并没有马上离去的意思,它们趴在树下,假装做出睡着的样子,不声不响静卧了一个时辰都没有什么动静。坐在树上的蕴龙有些着急了,这密林深处除了椿香到这里牧羊,哪里会有人来此地?这两只饿狼怕是要一直守到晚上,就等着他下去当它们的晚餐。蕴龙想着也干着急,身上没有带任何防护的东西,手里连块石头也没有,这样耗下去怕是熬不到天黑的。

正在这时,一个披散着头发,着一身破烂衣裙的女孩从不远处一棵水杉树上跳跃过来。女孩攀越跳跃的身影宛如灵猴一般矫健自如,一会儿工夫,女孩就蹿到蕴龙这棵树上。女孩停在蕴龙斜对面的枝干上,用一双灵动的眼睛盯着蕴龙看。蕴龙见这女孩脸脏兮兮的,头发雪白,凌乱流泻在肩上,女孩五官周正,面容清秀,尤其是那双乌黑圆溜溜的眼睛,泛着猴子样狡灵的神韵,盯着人看时慑慑逼人。女孩四处张望了一下,然后将手指衔在嘴里,打了一声奇怪的呼哨,嘹亮的呼哨穿破古木树林,回荡在林间山谷。呼哨响过,只见一只灰色鹞鹰从林间穿梭而来,然后停在女孩的肩膀上。鹞鹰羽毛密集,尖利的喙,犀利的眼睛,直视着蕴龙。

蕴龙见此情景顿感玄妙,试探问:"你是谁呀?我怎么从来没有见过你?"女孩没有言语,她看了蕴龙一会儿发出嘿嘿的笑声,笑声十分清脆干净,像是山泉水流经过石头所发出的声音一般。蕴龙心想,这女孩真是奇怪,问她话,她不作声,难道只会笑?是个哑巴?瞧她穿着破烂衣服的样子,跟小叫花子没有什么两样,说不定是个流浪要饭的女孩。只是她的头发为何雪白的,她麻利的动作和亮丽的眸子,倒不像是山民家的女孩,尤其是她的肩上站立的鹞鹰威严无比,看情形,颇具野性子,让人难以猜想出她的身世和背景。

正当蕴龙百般揣摩思忖着,只见女孩从兜里掏出一块鹅卵石,对着树下假寐的草狼用力投掷了过去。女孩投掷鹅卵石动作十分熟练,鹅卵石飞旋出去打得狠而精准,那石头不偏不斜正好击中草狼耳根要害处,只听草狼嗷嗷惨叫,在地面打了几个滚儿。那鹞鹰趁势俯冲下去,对着草狼就是一阵猛烈地攻击。草狼挨了一石头,加之鹞鹰锋利的钩爪和尖厉喙的打击,几经挣扎后拔腿快速逃跑了。另外一只草狼见势不妙,也夹着尾巴跟着灰溜溜地逃窜了。蕴龙吃惊地看着眼前发生的一切,这有点像做梦,但即使做梦也没有这般神奇!

女孩赶走了草狼,冲着蕴龙莞尔一笑,眼神亮幽幽的,没有多停留,又将手指探在嘴边打了一声呼哨,立马跳跃攀缘着树枝,从一棵棵树上飞跃攀爬跳过,往密林深处去了。女孩跳跃的身姿非常敏捷快当,一招一式宛如猴子般灵活自如,所经之处,树枝哗哗作响,茂密翠绿的枝叶像是在掩护着她的身影似的,一会儿工夫便消失得无影无踪了。那只鹞鹰紧随其后,跟着神秘地飞走了。蕴龙没有见到过这山林里还有这等奇异的女孩,平白无故搭救人,身手如此之好,还有一只喂养熟的鹞鹰相随,毫无迹象来,又匆匆神秘离去,这是何故?

蕴龙想着心思下了树,寻不见椿香,他不怎么甘心,索性按照那天椿香回家路径的方向,去寻她家里去好了。蕴龙循着椿香经常走的那条山路,朝牛场坡上摸寻了过去。不多时,翻越过牛场坡顶便见坡下一个凹处,有几户山民的木房子。这些黑瓦木房子比较简陋,木板房很是古旧了,掩映在茂密的杂树林里。一丛丛白竹从屋前屋后生长起来,有如婉约的古典女子般秀雅,一根根挺直、披着箭叶。有个山民在丛林里砍柴,单调的砍柴声飘荡在寂静的树林里,时远时近,像是在与你打招呼。四周草木碧绿清透,空气里夹带着草香和野花的味道,不时有几声黄鹂或画眉的鸟音传出,把你的心思拽到很幽远的地方去。蕴龙想着椿香的家一定是这几户人家中的一户,这下寻到了猎户小村子,不枉来此一趟。

蕴龙加快脚步,很快来到其中一户人家院门前,院子里有一个中年汉子正在往缸里灌新鲜的泉水,泉水是从山上自然引流下来的,只需用空心的竹筒,一节一节铺设连接好,对接上泉口源头,泉水便从高处山上引流到家中。清澈的泉流常年都有,一直汩汩放任流淌着,需要了,可接在桶里,把院子的水缸储存满,以作备用或用来煮猪食。因而,山民们每天都是用活泉水淘米洗菜煮饭,土柴灶生火,大口径手工打造的生铁锅焖饭炒菜。铁锅焖饭要滗出米汤,焖出来的米饭带有焦黄的锅巴,锅巴香脆,可煮成锅巴稀饭吃,锅巴稀饭带有焦米自然原香味道,十分可口。滗出的米汤比牛乳要浓稠,带有稻米清香口感,非常好喝,而且用原味米汤喂养小孩,孩子喝着上瘾,身子骨长的壮实。锅巴除了煮锅巴稀饭,也可将锅巴油炸酥脆,用调制好的滚烫肉汤汁趁热浇在上面,当菜吃。这道菜吃口香酥味美,是苗家颇有名气的风味土菜。山民们也会经常用红薯打底,掺和上米,焖出香喷喷的红薯米饭。红薯米饭带甜味,吃了经饿,住在山里的山民,用此土灶和山泉水煮出来的饭菜是纯粹的山里味道。

　　蕴龙进了院子,上前打探椿香住在哪户人家。中年汉子停住手里的活计,上下打量了蕴龙说:"这位少爷,不知找椿香有何事?"蕴龙说:"没什么事,我是椿香的好朋友,这些天不见她来牛场坡放羊,是来看看她的。"中年汉子正要回话,大黑不知从哪里窜了出来,直接奔到蕴龙面前,双爪子搭在蕴龙肩上,摇摆着尾巴,亲热地用舌头舔着蕴龙的脸。中年汉子刚要呵斥大黑,却见大黑如此喜欢的样子,心生疑惑,怎么大黑认得此人?这时,椿香从屋里出来,椿香在屋里听着话音熟悉便出来看,见是蕴龙来了,脸上露出惊喜的神情,说:"龙哥哥,你是怎么寻到这里来的?没有遇到什么事吧?"蕴龙说:"没事的,我是想着你这些天没有来牛场坡了,就来寻你了。"椿香说:"这几天我没有出去放羊,有两只母羊下羊羔子了,所以在家里照应了几天。"椿香说着,便向中年汉子说明了蕴龙身份。中年汉子听了,马上露出和气的笑颜,请蕴龙进屋喝茶。蕴龙这才知道中年汉子是椿香的父亲李来福。蕴龙叫了声伯父,然后施礼,李来福还礼,请蕴龙进了屋。堂屋收拾得很干净,正厅有幅牧羊图和白鹿古画悬挂,两旁书写了对子,对子内容是乡俗纳福字句,看情景也是存在了多年。椿香的奶娘送上茶具,椿香忙着给蕴龙斟上。这是椿香家的自制土茶,清明前采摘鲜嫩茶叶嫩尖,掺和陈年晾干桂花,俗名"香闺清茶"。之所以称之香闺清茶,缘由是采茶季节处于清明前,采茶人必须是未出阁的闺女,因而得此洁净雅名。

　　蕴龙品尝香闺清茶时,看见有两个年龄尚小的女孩子半掀开帘子朝堂屋窥看,蕴龙从两女孩俊俏的脸容看得出,这两女孩一定是椿香的妹妹无疑。蕴龙说:"快别躲躲藏藏的,让她们进来说话。"椿香说:"她们年龄还小,不懂事的,你是贵客,哪里能让她们上桌子的。"蕴龙说:"不碍事的,这里又不是什么庄园,不讲究规矩,大家图个自在热闹就是了。"椿香见蕴龙这般说话了,便顺从了蕴龙的意思,让两个妹妹进屋听坐。

两妹子没有见过这般穿金戴银的少爷,眼睛直愣愣瞅着蕴龙脖颈上戴的纯银镶嵌火龙花边的项圈发呆。椿梅说:"姐,这位大哥哥脖子上戴着的项圈好好看噢,上面有火龙耶。"椿香说:"你倒是瞧得仔细,连上面的火龙都看清楚了。"椿梅说:"能让我摸一摸吗?就摸一下可以吗?"椿香说:"你越发没有规矩了,那东西可是你能够摸的。"蕴龙笑了笑,从脖颈上取下银项圈递给椿梅,说:"有什么不能摸的,这又不是什么碰不得的宝贝,妹妹想看看就让她看好了,不打紧。"椿香见蕴龙这样随意,也就不吱声了,只是悄声告诫椿梅,拿这东西要小心仔细,不要碰坏了。椿梅拿着银项圈,翻来覆去看了好一会儿,好奇的神情流露出对这件东西的喜欢。椿梅说:"大哥哥,这东西能让我戴一戴吗?就戴一会儿。"没等蕴龙说话,椿香说:"不行的,龙哥哥戴的宝物,你怎么能够随便戴呢?快还给龙哥哥。"椿香说着就要动手去拿椿梅手里的银项圈。蕴龙马上拦住说:"要戴就由她去,这玩意不算什么宝物,若是喜欢的话,就送给她做礼物好了,只要不嫌弃是我戴过的旧东西。"椿香说:"那怎么可以?你的贴身之物如何送的人?椿梅是小孩子人家,她见了稀奇之物,什么都想要的,你别当真了。"椿梅将银项圈把握紧了说:"龙哥哥要送给我的,我怎么不可以要呢?我就要这东西玩耍。"椿香立马从椿梅手里夺过银项圈,说:"不行!不许拿人家的东西,这么贵重之物你哪里受用得起?听话,把银项圈还给蕴龙哥哥。"蕴龙说:"瞧你说见外的话了,这玩意我家里多得是,愿意把它当作玩物就由她去玩耍,我不在意的。"椿香说:"那怎么可以,别的东西还好说,这每天戴在脖子上的银项圈儿若是没了,你回去如何交代?"蕴龙说:"没有关系的,我回去寻一个戴上就是了,眼下这东西就当作是我送给椿梅妹妹的礼物好了。"

听罢蕴龙说话,椿梅高兴地拿着银项圈儿耍去了。椿香想喊住,却被蕴龙拦住,蕴龙说:"我说过的话算数的,不用担心,这东西是否重要我心里有数。"椿香见执拗不过蕴龙,也就作罢了。椿香不断斟香闺清茶与蕴龙吃,蕴龙一边品茶,一边赞不绝口,说香闺清茶味道清醇,桂香味浓。椿香便介绍了香闺清茶制作过程,采集来的嫩茶尖不可过夜,得当天放入铁锅里炒青,除去水气,逼出自然茶香味,然后让未出阁的姑娘用手在炒锅里将茶反复搓匀净,放置通风阴凉处自然烘干后,再混入陈年干桂花,用蜡密封于瓷坛里即可。蕴龙听罢更是赞叹不已,又打比方说这茶有如椿香本人,只有像椿香这样纯洁的姑娘才配作香闺清茶酿制的人。

时辰到了晌午,椿香家突然来了这么个贵客,椿香父母自然是喜不自胜。忙碌着杀鸡宰鹅,破例摆了一桌平日过节才能吃到的美味佳肴。菜名罗列一大串儿:野香菌烧嫩公鸡、斑鸠豆腐、烧烤草鹿等,大多是山里野味,又是山里人家土灶土法烹饪,味道自然地道纯粹。

李来福还特意开了一土陶罐封坛的十年酱香烧酒,俗称"椿家老酱坊"。这酒采用山里土生土长的苞米、糯高粱、红糯米三味纯粮作物,混合山泉水发酵酿制而成。因山里土质肥沃,每年都是农家猪粪、羊粪和鸡粪埋在田土里做肥料,生长出来的庄稼品质纯正,营养丰富。用这样上品的粮食作酿酒基料,配上独特甘甜的山泉水,酿造出来的美酒入口柔滑,香醇浓郁。这酒度数虽然高,但经过洞藏储存,酒质已经老熟,喝多了不会上头。蕴龙起初只是试着品尝了一小杯,便觉得味道不同寻常,随即放开痛饮了起来。椿香不住劝酒,说酒虽好,喝多了伤身,不可贪杯。李来福说:"这酒不伤身子,喝习惯了养人的。"椿香说:"那也不行的,蕴龙是客,下午还得走山路回去的,若是喝得醉醺醺的,路上出了事如何是好?"李来福说:"没有关系,喝醉了我送他回去就是了。"椿香说:"不行,还是我送他回去吧,父亲每次喝酒都会醉半天的,若是去送人,怕是送不到家的。"

席间,蕴龙尤其喜欢吃斑鸠豆腐这道菜,便问斑鸠豆腐如何做的这样好吃。椿香笑了,说:"夏天斑鸠树叶长得最肥厚,汁水最饱满,是做斑鸠豆腐的好时节。做斑鸠豆腐是有讲究的,先将叶子浸入水中使劲揉搓,把叶子揉碎、汁水揉浓,等斑鸠叶全碎时,就用纱布过滤糨糊一样的汁液,再将草木灰化成水,从纱布上过滤点卤,然后迅速地将汁液搅动几下、和匀,放置在荫凉处。稍等十多分钟,一盆绿莹莹的汁液,就静静悄悄地生成豆腐块了。这绿油油、鲜嫩清香爽滑的豆腐可拌上调制好的辣酱吃。当然,不是常年都能吃得到这样上好的豆腐。斑鸠树叶要初夏五六月时节最好,所以,现在这个季节正好享用的。"蕴龙感叹说:"工序这么复杂,斑鸠豆腐若是一年四季都能吃得到就好了。"椿香说:"若是一年四季都能吃到就不稀奇了。天天吃,你会吃腻的。"蕴龙想着也是的,任何东西不可顿顿吃,吃个心欠,下回还想着就是好东西。

晌午饭吃了个把钟头才完毕,椿香的奶娘忙着收拾碗筷,椿香便带着蕴龙到院子看周围的景致。椿香家院子里有棵古银杏树,椿香说这棵树在祖父年轻时就有了年头的,现在少说也有好几百年了。蕴龙看了银杏树,树冠几乎遮蔽了整个院子,展开的粗壮树臂上面还吊着一个土秋千架,这玩意大概是椿香和妹妹们时常玩耍游戏的家当。院子两旁生长着一些杂树,房子背后围绕着一排茂盛的椿香树。椿香树上有百灵鸟藏匿在浓荫里婉转唱歌子,百灵鸟歌声青幽幽的水亮,似乎碰响了每片树叶儿才摇曳出树荫来的。那声音丝丝如兰蕙,能入你的心里去,然后在你心房里萦绕三圈再优美地荡漾出来。蕴龙想,椿香的名字也许就是由这些椿香树缘由而来的,不然,她唱苗歌的嗓子怎么会有百灵鸟这样好听呢?

再看院子堂屋边上,有一个简陋磨坊。磨坊里放着一尊石磨。蕴龙第一回接触这样古朴厚实的石磨,便好奇手把石磨扶手,想做推磨运动,哪里晓得这石磨沉重,不是一般人能够推得动的。椿香见了,便示范教授蕴龙如何推磨,推磨不能使蛮劲,需要巧力和借力。椿香示范后,蕴龙重新尝试推了起来,要比刚才娴熟多了。椿香说:"龙哥哥是聪明,什么东西一学就会。一般人可是要捣鼓好一阵子才适应呢。"蕴龙说:"我遇上新奇的事比较好琢磨,也好奇得很,摊上这样好玩的东西就想着马上摆弄会儿这玩意儿。"椿香说:"这些都是山民家必备的老古董,磨豆腐、推磨苞米面才派得上用场。"蕴龙说:"土气点好,土气才有琢磨的味道,我喜欢看土里土气的东西。"

蕴龙和椿香在院子里说了一会儿话,见时辰不早了,椿香催促蕴龙回家。蕴龙还想在椿香家多待一会儿,说这里比苗寨好玩,好些东西都是不常见的稀奇物。连空气里飘着的猪粪味道都是新鲜的。椿香忍不住笑了说:"哪有说的这般好的,你是头一回来这里才感觉新奇,若是经常居住习惯了也就不稀奇了。"蕴龙环顾一圈周围的椿香树,说:"这地方住不厌倦的,四周没有围栏管住,想去哪里就去哪里,自由自在的岂不快乐?"椿香说:"你就想着自在,就不想想自己的身份,你不可和我们山野里的人相比的,知道吗? 前日你们寨子里的耀慧姐姐来我家寻过我呢,说是你家祖母喜欢听我唱山歌,要我去寨子里专门唱歌子呢。"蕴龙说:"对了,我还差点忘记了这件事,你答应了没有?"椿香摇了摇头说:"没有说答应,也没有拒绝,我是想问你呢,不知道你的意下如何?"蕴龙说:"没有答应就好,看起来进苗寨当然要比你每天在牛场坡放羊好,你进了寨子,我们挨得近了可以天天见面,可是苗寨里面规矩多,人事也复杂,你若是进去了,日子久了会受欺负的,不如在牛场坡放羊儿逍遥快活。"椿香说:"我也是这样想的,进了苗寨,恐怕每天没有这么清静了。可是我父母希望我去苗寨,每月起码有份子钱带回家的,他们是想着要钱的。"蕴龙说:"先不要答应去,可以去给老祖母当面唱几回山歌,等你考虑仔细了,再做决定不迟。"椿香说:"我听你的就是了。"

临别时,椿香的奶娘送了一包野生香菇干,椿香父亲特意把昨日打的两只竹鸡送给蕴龙,让蕴龙回去将竹鸡掺和着野蘑菇干炖着吃。蕴龙推脱不过,只得收下了。椿香便领着大黑送蕴龙回家,有椿香和大黑在,一路很顺利。快到牛场坡山顶时,蕴龙忽然想起那个像猴子一般灵动的女孩。蕴龙便把晌午遇险的事讲给椿香听,椿香听罢笑了说:"这次算你幸运,遇上猴女了。"蕴龙不解,"猴女?难道这个女孩是猴子变的不成?"椿香说:"这世上哪里有猴子变女孩的?我是听大人说这附近有座猴子山,有一只母猴王失去幼子,恰巧有山里人家出生女孩还未满月就被丢弃山野不要了,这女婴便被母猴王拣去当作自己的孩子喂养成活了。这不,女婴和猴子整日在一起生活,长到十四五岁,老猴王衰弱了,她便在猴群里称王了。猴女野性十足,因为和猴子在一起生活,攀爬树林有如在地面跑一样迅捷快当,且不知跟谁学的会使一手投掷鹅卵石的绝技,几十米远的距离几乎百发百中呢,而且专打野兽的要害部位,这方圆百里,飞禽走兽无不知道猴女的能耐。她还喂养熟了一只鹞鹰,也是非常了得的!"蕴龙说:"你对这猴女挺熟悉的,你们可否认识?"椿香点了点头说:"认识的,我经常在山野里放羊儿,有一回也是遇到狼群了,多亏猴女相助才顺利脱险。从那时开始,就与猴女慢慢混熟了。我把一些衣裳送了些给她穿,她起初不穿,后来看我穿着衣裳好看,也就习惯穿上了。"蕴龙说:"猴女心底倒是善良,知道帮助人。"椿香说:"是啊,就是可惜了,猴女不会说人话。不过,她挺爱美的,一肩雪白的头发经常用皂荚浸泡了山泉水清洗,那雪白的头发丝丝如银子似的光洁,非常漂亮呢。"蕴龙说:"她是在猴群里长大的,学会的都是猴子语,什么时候约她来这里,我们一起教她说话。"椿香说:"你倒是想得美,猴女可是不好约来的,她每每是来无踪去无影,你今天能够遇上她,算是好运气呢。"蕴龙想了想没有言语。

两人走到往日放羊的山坡上,蕴龙见太阳离落山的时辰还早,便邀椿香来到那棵古银杏树树下玩耍。银杏树冠像一把巨型的遮阳扇,把阳光遮了大半,蕴龙和椿香倚靠在树干上说着闲话。椿香忽然想起什么,说:"龙哥哥,你先前答应过我的事情,不会忘记了吧?"蕴龙说:"什么事?"椿香说:"你不是说过要送我一个小圆镜子的,还说是什么'西洋镜'呢,怎么就忘记了?"蕴龙笑嘻嘻说:"怎么能忘记了,还好你提醒了,不然我装在口袋里都忘记拿出来给你呢。"蕴龙说着从口袋里掏出一个印制精美的四方小盒子递给椿香。椿香接过盒子,小心翼翼拿在手里摆弄着,却不知道如何打开它。蕴龙接过手示范,启动按钮,盒子便自动打开了,盒子里面躺着一面镶嵌着美丽花边的小圆镜子。椿香十分好奇地取出小圆镜子,翻来覆去瞧着,椿香说:"这个小镜子做工好精细啊,边缘和背面都是漂亮的花纹,背面还有一幅精致的画儿。怎么? 这个小孩子背上还长了翅膀的,能在天空里飞呢?"蕴龙笑了,说:"那不是小孩子,是天使,是一幅西洋画。"椿香不解地问:"天使? 什么是天使呀?"蕴龙说:"天使就是天上的仙女一样的人物,所以身上生着翅膀,会在天空里飞来飞去的。"椿香说:"当个天使真好啊! 可以到天上飞着玩耍。"蕴龙说:"你想当天使吗?"椿香说:"想呀,可是我现在不会飞啊。"蕴龙说:"那你就展开双臂,拿着小圆镜子,在山坡上跑着飞,就可以当一回天使了。"椿香说:"好的呢,我这就飞起来啦!"椿香说着站起来,张开手臂,拿着西洋镜,在山坡上跑动起来。这时,蕴龙也起身了,"看我追上你这个小天使啦!"椿香见蕴龙追上来了,索性撒开腿快跑了起来。两人在山坡上嬉笑追逐着,椿香是山里的孩子,身姿灵巧,跑路快捷,躲闪有如小灵猫儿一般,蕴龙即使有这般山野里跑习惯的好身手,但抓了几次都落空了,最后还是被蕴龙抓住了。两人失足滚在一处,相拥在山坡的青草丛里,待神志清醒过来,椿香害羞地坐起来,红着脸儿说:"快别闹了,当心过路人看见,要说闲话的。"蕴龙意识到自己的鲁莽,"是我冲动了,没有收住脚儿,不过,这野外很少有人经过,不打紧的。"椿香拿出小圆镜子,一边照着梳理凌乱的头发,一边说："那也不行的,没有人来,还有树上的鸟儿看着的呢,它们也是有灵性的,会羞死你的,还有大黑,它也眼睁睁地看着我们呐!"

果真,椿香话语刚落定,早先追随椿香那两只红山雀子就飞过来了,落在旁边的野树上,叽叽喳喳叫个不停。大黑也摇摆着尾巴依偎了过来,在椿香身上蹭蹭,又在蕴龙身上舔了舔。蕴龙看了看树上的鸟儿,用手抚摸了一下大黑,又望了望照着小圆镜子的椿香。这时,夕阳的霞辉恰好从草影空隙里照射进来,辉映在椿香的脸庞和身上,椿香坐在青草地上,披着夕阳霞辉照镜子的情景越发生动了,好似一幅晚霞里苗家女照镜子的画儿,栩栩如生。蕴龙一动不动盯着椿香,椿香意识到蕴龙在盯着她看了,便说:"蕴龙哥你过来,替我支着镜子,我把头发重新编一编。"蕴龙抽身过去替椿香拿着镜子,椿香解散了辫子,对着镜子熟练梳理了起来。椿香的头发乌黑油亮,椿香说自己有这样的好头发,是奶娘取了皂角树叶汁液,调配进山泉水隔天清洗一次的结果。椿香梳理完毕头发,照了照镜子问:"我这样梳辫子好看吗?"蕴龙说:"好看,你怎样梳辫子都好看的。"椿香说:"还行,不过,再好看也没有你送的这面西洋镜好看呢。"蕴龙说:"你比西洋镜好看,这镜子算不了什么的。"

椿香又照了照镜子,然后取出一张苗绣手帕,将小圆镜仔细包好了,放进匣子里,然后用手抚弄着辫子说:"蕴龙哥,你一辈子都当我的哥哥吗?"

"当然是一辈子的,只要你愿意。"蕴龙说。

"你不反悔?"椿香问。

"说过话哪里就反悔的? 除非我不在这个世上了。"

"你说哪里的荤话呀,你会一直在的,我们就这样,永远不要长大了,就会一直在一起的。"

"长大了就不能在一起吗?"

"长大了,女孩子就要出嫁了,男孩子就要娶新媳妇了。那时,我们怎么能够在一起呢?"

"你倒是想得远,不过也不打紧的,到时你不出嫁,我不娶亲不就得了。"

"说得好听,真的到了那一天,你我都做不了主的。"

"我能做主的。"

"你能,我也能的。"

"我们拉钩许愿,一百年都不许变。"

"好的,谁也不许变。"

椿香说着向蕴龙伸出小指头勾手,蕴龙依样用小指勾住椿香的小指头,两人来回拉扯了几下,口里念叨着童谣,算是结盟许下愿了。许下愿,蕴龙又和椿香坐在草地上说了一会儿话,蕴龙记起和椿香一起去探访鬼笨洞的事情。椿香说过了端午节就可以去那里了,于是,两人商议好时间,并立下保密约定,等过罢端午节第二天一早就往鬼笨洞去。蕴龙问:"一天能回来吗? 要带干粮不?"椿香说:"若是顺利的话,一天回得来。干粮你别担心,我带着就是了,你路生,打空手走就成,别的都不用你操心了。"蕴龙说:"好的,走的那天我来山坡会你。"椿香说:"还是这棵银杏树下,我和大黑会等在这里的。"蕴龙说:"大黑也一道去鬼笨洞吗?"椿香说:"是的,去那种地方,有大黑在会更安全些的。"说完话,太阳已经西斜了,椿香嘱咐大黑送了蕴龙一程。大黑很卖力,一直送蕴龙到乌家寨子口,蕴龙依旧进寨子去厨子那里讨了两个白面馒头给大黑,大黑吃完了才折返回去。

蕴龙出去半天不见人影,婉贞来过一回,不见蕴龙在屋里便回去了。眼看天色麻黑了,翠娥等在屋里着急,生怕寨子里鲁老太差使人来问话,若是寻不着蕴龙,鲁老太怪罪下来可就麻烦了。翠娥正着急呢,蕴龙笑嘻嘻拎着竹鸡和一兜山货进屋了。

翠娥见蕴龙回来喜出望外,连忙迎上去说:"阿弥陀佛,我的小祖宗,你这大半天的去哪里了? 好叫人担心噢。"蕴龙将手里的山货递给翠娥,说:"我去了对面牛场坡椿香家里,这不,椿香家人好生热情,送了这么多珍贵的山货给我。你现在送到厨子那里去,今晚我们吃竹鸡炖野蘑菇,味道好极了。"翠娥接过山货,埋怨说:"你就知道吃,却不把我们的担心当回事儿,你这样不由分说到处乱跑,万一有什么闪失,出了差错,我们该如何向老祖宗和太太交差?"蕴龙满不在乎地说:"瞧你想到哪里去了,有那么严重吗? 不过是去了一趟对面的牛场坡,我就不信这么大活人会丢了。

不用担心,这山野四处我熟悉得很,闭着眼睛都能摸回家里来的。"翠娥嗔怪地向蕴龙摆了一个怜爱的眼神,拿着山货去厨子那里去了。

翠娥出了门,蕴龙感觉口渴,便喊采芹斟茶,此时采芹正窝在屋子里精心打扮,把平日里舍不得穿的一件家传少女苗裙穿戴身上,还扑了胭脂粉,画了蛾眉,涂抹了唇红,并梳理了优美好看的发髻。苗裙正合身,把采芹该凸凹的部位都裹了出来。采芹这般穿着打扮,倒是比平时多了几分妩媚。采芹听蕴龙叫她,立马应声出来给蕴龙泡了一壶新茶,立在蕴龙面前不走了。蕴龙这才注意到采芹的变化,平日里还真是没有怎么注意到采芹的模样,如今这么一番装扮,采芹尤为显得楚楚可人了。

蕴龙呷了一口茶,说:"采芹,你这身苗裙是哪里来的?平日里怎么没有见你穿过?"采芹说:"好看不?这是我家家传的,一直舍不得穿,压在箱底,今天翻了出来就穿上了,不知道合身不。"蕴龙说:"家传的,还是这么新崭崭的,服饰花色也做得如此精细,配上你这身段正好呢。"采芹又为蕴龙斟满茶说:"有你说好看我就心满意足了,在外面,我就不这样穿着了,会让人说闲话的,屋里我是专门穿给你看的,你说好就是好的。"采芹说着,低眉顺眼看着蕴龙羞赧地笑,这般媚态现出古典美人的样儿,惹得蕴龙喜欢起来。蕴龙情不自禁拉着采芹的手儿,抚摸着说:"你这般模样儿,当丫鬟真是委屈了,等我日后好起来,你也跟着有好日子过了。"采芹自然明白好日子是什么意思,但却故意抽回了手,说:"快别这样,让人瞧见了说闲话的,我又不是翠娥,哪里有什么福分消受你的好日子,我还是过我的丫鬟日子安稳些,我生就是丫鬟的命,不敢另有奢求的。"

蕴龙正要说话,翠娥从外面进来了。翠娥见采芹一身奇装,又瞧着蕴龙和采芹两人面露尴尬羞色,心里明白了八九分。翠娥酸酸地说:"怎么,我才出门,你们就不自在起来了,瞧你采芹那样儿,在穿给新郎官看呀?莫不是想做出阁新娘子了不成?"采芹羞红了脸,说:"翠娥姐是说哪里的话儿,我不过翻出旧衣裳试了一下,看还穿的上不,你就多心了。我哪里有做新娘子的心思?即便是有了,也不敢在这里摆显。"翠娥说:"是我多心了还是有人怀了叵测之心?没有关系的,你这漂亮的衣服很合身的,不过,就是带点魅气和妖气。"采芹听了这话马上急了,正要回敬,蕴龙笑着将采芹的话头止住了,"你俩快别争论了,翠娥这话中听,我刚才还琢磨着如何评价呢,幸好翠娥这话解释到位。好啊,女人穿衣带点妖气好,不妖不媚嘛,妖了才成精哩!"采芹故作生气摆了蕴龙一眼说:"不跟你们说话了,你俩是穿一条裤子的,合起心思挖苦我呢,也罢,我是妖,我是这屋里的妖精,你们该满意了吧!哼!"采芹说完话,甩着帘子进自己屋里去了。

翠娥正要追上去发问,蕴龙摆手示意止住了,蕴龙说:"让她去,既然我们这屋里出了妖精,日后可有好闹腾的啦!"翠娥哼了一声,说:"就是你惯着她,敢情好,你越是护着,她日后会越发得势的。"蕴龙说:"采芹是这个性,不出半个时辰自然就会好的,别跟她一般见识,那山货都让厨子炖上了吗?"翠娥说:"炖上了,我看一锅子呢,今晚若是就我们自家吃,怕是吃不完的。"蕴龙说:"嗯,你现在就去婉妹妹和静雯姐那里去,今晚邀她们来我这里吃野味。另外,把蕴菡也叫上,有这么好的野味,没有蕴菡来品尝岂不是少了一味东西。"翠娥正要抽身出门,忽然想起了什么事来,"对了,我还有事要办理,你让采芹去做这件事,她每天那么清闲,也该出点力了。"蕴龙知道翠娥心里原委,也不再理论,便遣使采芹去邀婉贞、静雯和蕴菡来桂花楼吃晚饭。

采芹一出门,翠娥半含酸问:"蕴龙,我刚才出去这会儿,你在屋里跟采芹都说什么话了?"蕴龙说:"没有说什么,只是在说她穿的衣服是否好看。"翠娥说:"我才不信呢,若是只为穿衣服的事儿,为什么见我进来了你们都不说话了?我看八成是心里有鬼呢。"蕴龙说:"你怎么也斤斤计较起来了?别疑神疑鬼的,我跟采芹和你的亲近程度,你心里还不明白吗?"翠娥说:"那可不一定,吃在碗里看着锅里的男人多得是,日子久了,就怕你熬不住的。"蕴龙说:"有什么熬不住的,是不是要我发毒誓你才放心?"翠娥嗔怪道:"谁让你发毒誓了,你是想让我为你的毒誓早点去了才干净是不是?好了,我信你就是了。我这样担心是怕那采芹生乱,她的心计我知道的,只要你没有放在心上就好。"

两人正说着话儿,婉贞从外面进来,"龙哥哥,今天有哪门喜事,还没有过端午就请客了。"翠娥忙迎接上去请婉贞落座,斟了茶,"婉姑娘就是有灵力,能看得出我们主子的心事。"婉贞说:"噢,连翠娥也说我有灵力了,证明我不会看错人了。"蕴龙笑道:"婉妹妹言重了,我这里哪有什么喜事,今天请妹妹来是享口福的,我才去了牛场坡椿香家里走了一遭,弄了些野味山货让厨子炖上了。这些东西可是鲜美得不得了,特意邀妹妹和静雯姐过来一起品尝。"婉贞说:"原来如此,今天早晨就有一对喜鹊儿在我窗前飞来飞去的,站在枝丫上叽叽喳喳叫个不停,这下叫来了吃的东西,是什么野味? 若是野猪我可是不吃的。"蕴龙说:"不是野猪,那东西腥味重,我也是不怎么喜欢吃。今天吃的可是野蘑菇炖竹鸡,地道的野味,我们都没有吃过的东西。"婉贞说:"这道野味可以,听着名字就生香味,今天算是有口福了。不过竹鸡我们那里也有,好像也曾吃过的,味道很不错。"蕴龙说:"另外我还带了一样斑鸠豆腐让你们尝鲜,这东西却是不常有的,是山里人家才有的手艺,而且还要季节对路方能做来吃。"婉贞说:"斑鸠豆腐? 这道菜我只是听说过,没有吃过,你这些东西是哪里弄来的?"蕴龙说:"我不是说了嘛,都是从对面牛场坡椿香家里带来的,但不是讨来的,是人家自愿送的,我推脱不掉,只好拿回家请大家品尝。"婉贞说:"椿香是什么人? 是男的还是女的? 你怎么认得一个山里人家的孩子?"蕴龙笑了笑,"听名字你就知道是个女孩子,这女孩聪明伶俐得很,苗歌唱得极好,衔着草叶吹出的《木叶情歌》美极了! 可不是一般山里的孩子。"蕴龙说着,便把与椿香认识的经过给婉贞疏略讲述了一遍,婉贞听罢,说:"这样看来,你们之间的关系可不平常了,将来恐怕那牛场坡会生出一桩奇事来也说不准的。"蕴龙说:"有什么奇事? 我们不过萍水相逢,能谈得来,当作哥妹一般看待。"婉贞说:"现在说的是哥哥妹妹的,待到将来就说不准到底是哥呢还是妹呢。"

　　"什么哥呀妹的,说来我也听听。"静雯摇曳着美人扇子,掀开软帘进来。突然来了静雯,又说出这么一句话来,屋里人一下没有了言语。静雯环顾一圈,纳闷说:"怎么? 刚才屋里还热闹得像开了锅似的,我来了却不吱声了,是喜鹊飞走了,还是画眉缄口了?"婉贞说:"你就听到了哥呀妹的,却不知其中原委,你来了倒好,这屋里除了哥呀妹的,就还差一个姐姐了。"静雯说:"这婉丫头好一张利嘴儿,想来你们议论的哥呀妹的并不是什么正经事,现在把我也牵连上了。"蕴龙笑了,说:"静雯姐来得正好,刚才婉妹妹在数落我呢。"静雯说:"我们的婉丫头又在数落哪门子事情?"婉贞说:"我哪有什么闲事数落他呢,龙哥哥现在可是了不得的人物!"婉贞向静雯示意一下,静雯会意,抿嘴笑了笑,说:"原来是龙兄弟惹恼了婉妹妹呀,你们俩刚落水了一场,现在又成了冤家,好一阵,恼一阵,是为何呢?"婉贞听出静雯的弦外之音,说:"哎哟,静雯姐,你这话倒是在维护着他呢还是偏向我呢?怎么就成冤家了呢?"蕴龙说:"快就此打住,再说话题就扯远了,都是我的不是,我向二位姐姐妹妹致歉了。"蕴龙说着向婉贞和静雯作了个揖,然后把事情的缘由向静雯细说了一遍。静雯听罢,说:"龙兄弟认了一个会唱山歌的妹妹是好事呀,什么时候带到家里来,让我们大家都见识一下,听听她唱苗歌,不是好事吗?"蕴龙说:"椿香的苗歌唱得可是好呢,那天老太太远远听了都觉得妙,让耀慧姑姑去寻她来寨子唱一番呢。"静雯说:"能寻来就好,以后可以经常听椿香妹妹的苗歌了。"蕴龙说:"可是人家不想来这里。"静雯说:"为什么?难道这地方不比那山野里好?"蕴龙说:"椿香不是嫌弃这里不好,是因为寨子有围栏圈着,没有山野来的自由散漫。"婉贞说:"这话倒是说得在情理,椿香不来这里是对的,若是进了园子,歌声的音域被圈住了,就没有在山野开阔畅远了。"婉贞说着,摇曳了一下美人扇子,朝蕴龙使了一个不温不火的眼神。

蕴龙明白婉贞眼神里面有话,这话语是冲着他来的,若是争辩,反倒惹祸上身了,不如不言语的好。静雯出来打圆场说:"好啦,我们不说椿香了,再细说下去,蕴龙会难为情了。龙兄弟,你今天请我们来品尝什么野味呀?"蕴龙说:"野蘑菇炖竹鸡,这可是纯粹的野味,另外还有斑鸠豆腐,都是从椿香家里弄来的新鲜货。椿香的父亲是猎户,竹鸡是昨晚他在林子里套来的。"静雯说:"噢,是椿香家里来的,这家人倒是爽气大方,头次见面就送了这么多珍贵的野味,想必是看中你这位尊贵的客人。"蕴龙笑了说:"哪里的话儿,山里人都是这样厚道,你对他好,他们自然不会怠慢你的。"三人相互调侃着,不多时,一钵热气腾腾的野蘑菇炖竹鸡就端上了桌。这气味,闻着鲜香无比,做法多少还是采用了苗家汤锅的炖煮,里面除了竹鸡和野蘑菇外,还有一样斑鸠豆腐点缀其中。斑鸠豆腐绿油油的色泽衬在里面,一钵山野美味便色香味俱全了。

碗筷刚摆放好,蕴菡从外面进来了。蕴菡一进屋,便说她闯下祸事了,大家听了吃惊,不知是何祸事。蕴菡见大家呆呆地看着她,不由得扑哧笑出声来,说:"瞧你们紧张的,算不了什么祸事,我只不过把家里的一只装桐油的大缸给砸破了,桐油流了一地,这不是惹下祸事了嘛。"蕴龙说:"你闯下这祸事可是不小呢,一大缸桐油,真是你砸破的?"蕴菡点了点头说:"我没有说假话,我用石头砸破的。"静雯说:"蕴菡妹,什么事情都有个缘故的,你为什么要砸桐油缸呢?"蕴菡说:"我妈还是要让我裹小脚,我气不过,就砸了院子里的桐油缸。"蕴龙说:"原来如此,涵子,你的脾气也太大了,这下可好,一缸桐油损失了,父亲回来看你如何交差。"蕴菡说:"父亲已经知道了,没有埋怨我,反而说这缸砸得好呢!"蕴龙说:"父亲回来了?有这等好事?父亲没有责怪你?"蕴菡说:"没有,一句责怪的话也没有说,父亲反而向生气的奶娘夸我呢,说我有这等勇气,将来是可塑之才!"

蕴龙听蕴菡说没有事了,便不再追问下文,婉贞说饿了,要品尝竹鸡炖野蘑菇美味,蕴龙便让翠娥开席。翠娥取来酒杯将椿香家的"椿家老酱坊"给众人一一斟满,大家便围着餐桌,痛快地吃了起来。席间,都说这竹鸡炖野蘑菇汤锅好吃,煨在里面的斑鸠豆腐香嫩可口,与野味融为一体,更让人馋嘴。蕴龙趁大家高兴劲头,又给婉贞、静雯和蕴菡斟上酒。婉贞和静雯不大喜欢喝酒,但椿香家的椿家老酱坊还是品尝了几小盅。静雯喝了还好,脸色没有多大变化;婉贞一小杯酒还没有喝完,脸色就变得绯红,两脸腮像搽了胭脂红,红里透露着粉白,有如醉美人一样了。

蕴龙看着婉贞的样子,便为婉贞露出醉态的美吸引住了,心里却在琢磨,婉妹妹白里透红的嫩白肌肤,莫非仙源里的桃花仙子才具有的姿色。正当蕴龙想入非非时,静雯却含蓄笑着说:"这屋里莫非落了一只愣头竹鸡不成?"婉贞不解地问道:"静雯姐,你说这愣头竹鸡在哪里?你是在说酒话吧?"静雯说:"远在天边近在眼前,难道你没有瞧见?"静雯说着把目光转向蕴龙。婉贞看了蕴龙的眼神,这才明白静雯话里有音,婉贞掩饰着说:"果真是只愣头竹鸡呢,而且是一只想入非非的竹鸡。"蕴菡听了婉贞和静雯的对话,明白是在影射蕴龙。蕴菡便拿脚在桌子底下碰蕴龙的脚,蕴龙下意识回了一下神,不自然地笑了笑,说:"你们刚才在说什么笑话?莫不是在笑我呀?"婉贞抿嘴笑道:"刚才我和静雯姐看到一只傻乎乎的愣头竹鸡,不过,样子甚是憨态可爱的。"蕴龙说:"竹鸡?在哪里呀?"婉贞用手指了指窗外,说:"刚才听见我们说话儿,忽然就飞走了……"蕴龙望着窗外,若有所思,神情有些恍惚。大家见此模样都经不住笑了起来,蕴龙见众人笑的眼神,都是冲着他来的,便恍然明白笑的缘由。蕴龙自觉拿起酒杯,倒满一杯酒说:"你们也会拿着《红楼梦》里的句子来揶揄我了。好,就为这呆头呆脑的罪过,罚酒一杯。"蕴龙说毕,将一盅酒喝干净了。婉贞立马拿起酒壶替蕴龙再次满上,说:"罚酒得连喝三杯才行的。"蕴龙又连续喝了两盅椿家老酱坊,大家这才善罢甘休。

吃罢野味,酒足饭饱,蕴菡、婉贞和静雯各自回屋散去。蕴龙喝多了酒,头晕乎乎的,想入睡了,翠娥便伺候着替蕴龙宽衣,躺下。翠娥放下帐子正要抽身离去,蕴龙醉意中拉住翠娥的手说:"翠娥别走,你陪着我睡着了再走,好吗?"翠娥自然听从,便打起竹扇给蕴龙散热,蕴龙没有马上入睡,他惺忪着醉眼,望着翠娥说:"翠娥,你说婉妹妹和静雯姐谁更漂亮?"翠娥说:"你就知道漂亮,那都是外表的东西,女人总是要老去的,等到老了,再漂亮的女人也熬不住丑相的。"蕴龙说:"我是说现在嘛,你要说真话,她们两个哪个更上眼些?"翠娥说:"我看都上眼的,各有千秋,婉妹妹身段窈窕,模样俏丽,性子有些古灵精怪的,属于那种俏皮美人;静雯姐样子端丽秀雅,性子温婉含蓄,属于那种含而不露的美佳人。我这样说,不知对否?"蕴龙说:"真是没看出来,你还有这等眼力,用词贴切,看得也如此准确。不过,女孩的美多在其纯净简单上面,婉妹妹和静雯姐都是上乘的美人,无法用言语可比拟的。她们是天上苗神园子里来的人物,自然洁净如天的蓝色。所以,跟她们接近,你会觉得她们身体里往往带着一股仙气的。这种仙气,会让你近不得身,只能隔着帘儿闻其香味,慢慢放在心里欣赏罢了。"翠娥用手指头点了一下蕴龙的额头,嗔怪道:"你呀,真是钻进了女孩堆里去了,什么样的美事都让你幻想完了,既然她们这么美,美得无法叫人言语,你今后就滚在她们堆里去好了,反正我们这些做奴婢的到最后都是多余的,不值得你来仔细欣赏。"翠娥说着就要抽回自己的手,蕴龙连忙拽住,"好姐姐,你可是不能离开我的,我是相信你才与你说这些知心话儿,如果是别人,我才不问这些话呢。"翠娥说:"我知道你的好心肠,不然,我也不会待在你家园子里,服侍你这么久的,现在横竖都是你的人了,今生我也不求什么名分,只要你待我好,我心甘情愿伺候你一辈子,就不知道将来我有没有这样的福分。"蕴龙说:"当然有这样的福分,我们这辈子就这样相处在一起,永远不要分开,我到哪里去,你就跟到哪里去。你是我的魂,是我的影子。"翠娥听了蕴龙的话,两眼泪盈盈的,她着实感动了。蕴龙看到翠娥这般情形,不免幽情绵绵,悄悄暗示要与翠娥重温云雨之事,翠娥含羞不作声,默默应了蕴龙的要求,于是两人云里雾里又缠绵暧昧好一阵子。这边正在此起彼伏云雨中,那边采芹又贴着墙壁听房了。

　　当夜,翠娥伺候蕴龙熟睡后,回到自己的床榻入睡到半夜,忽然听见里屋蕴龙发出惊叫声。翠娥慌忙起身到蕴龙屋里查看,见蕴龙坐在床上两眼呆滞,望着窗外。翠娥走近了去,用手量了一下蕴龙的额头,体温正常,只是额头上浸出些冷冷的虚汗,想必是做了噩梦。翠娥安慰说:"蕴龙,我在这儿呢,别怕,你又梦见什么不好的东西啦?"蕴龙有些语无伦次,用手指画着窗外,说:"那里……刚才有个白影子在窗户边晃动,我醒来看时还在的,一会儿就不见了。"翠娥见蕴龙屋里的窗户,竟然奇怪地敞开着。翠娥顿生疑窦,想着自己离开的时候,那窗户明明是自己亲手关好了的,怎么会自己打开呢?翠娥细想着,上前把窗户关死,拉拢窗幔,然后给蕴龙斟了一杯热茶,说:"别胡思乱想了,这太平夜里,哪里会有什么白影子来光顾,怕是你看花眼了,把梦里的事情当成你看见的东西了。"蕴龙说:"也许是吧,朦朦胧胧的,像是在梦里,又不像的,总是觉得窗户外面有一个白影子在左右晃动着,仿佛一个披发白衣女子,没露脸儿,看见一个侧面影子。"翠娥说:"你越说越玄乎了,不要再猜想了!"蕴龙喃喃自语,"若是遇上精怪倒是好事情呢,就怕没有遇着,反倒遇上了一个不知情面的人……"蕴龙说着话,眼泪经不住涌流了出来。翠娥突然想起了什么,她赶忙起身到窗口,打开窗户,拿着晾衣竿从窗户一侧勾出一件白色的衣裙,说:"蕴龙,你果真是看花眼了,这是我昨天洗的一件衣裙,挂在窗户外晾衣竿上的。夜晚风吹到窗户前,飘忽起来,你认为是见着精怪了,原来是这东西在作怪呢。以后,我记着夜里不会让这些衣物挂在晾衣竿上了。"

　　白影子的事说清楚明白了,蕴龙和翠娥又说了一阵闲话,便各自睡去了。

第七章　姐妹才情巧诗凤凰园

　　端午这天,乌家寨子一早就热闹了起来,寨子里来了舞龙班子,一个个模样俊俏的苗姑舞起草龙。草龙是用陈年稻草扎成的,有角有漂亮的龙眼,张牙舞爪,活灵活现的。一群身着艳丽服饰的苗姑舞动着轻盈的草龙,甚是欢喜。

　　蕴龙、蕴菡和众姐妹们身着艳丽苗服,各种银子头饰、花腰带都装扮齐全了,一同去了荷花塘。众人将几条渔船装扮作龙舟,分成派对,在荷塘里划水嬉闹,赛龙舟赶水鸭子玩耍。闹腾到下午吃端午饭,依旧是老样子,除了丰盛的酒菜,摆满桌子的是各种粽子,馅子有糯米五仁的,有玫瑰香的,有腊肉馅的,有红豆沙的。粽子叶也非常讲究,有专门野生粽子叶,也有荷叶包裹的,还有青绿苇叶的,各是各的颜色和清香味道。

　　吃罢晚饭,乌家寨子摆起戏台,请花灯班子进场表演秀山花灯剧目。鲁老太坐在居中位置,蕴龙和姐妹们依次围聚在鲁老太周围。看戏过程中,不时有上茶水和上消夜糕点的丫鬟们把沏好的热茶和刚出锅的糕点送上来。花灯表演完毕,蕴龙和姐妹正想着节目演完了,不想戏台走上来一个穿着鲜艳苗服的女孩表演苗歌。蕴龙见了台上的女孩,不免在心里吃了一惊,这女孩不是别人,乃是椿香。椿香穿着这身艳丽的苗服,上了妆彩,人的模样懵然变化了许多,一时让人认不出了。

　　蕴龙在心里揣测,椿香一定是耀慧姑姑特意请来的。今天是端午节,要让老太太高兴,老太太喜欢听椿香唱的苗歌,请椿香来是理所当然的事情。椿香歌声一亮开,戏场子便安静了下来。山里夜静,空谷山林回声把椿香的歌声四散开来,忽远忽近的,悠扬起伏。椿香独特亮丽的音色,便在每片树叶上跳跃着。椿香唱的苗歌委婉动听,整个鬼笨沟山谷仿佛都竖直了耳朵,被椿香的苗歌唱得幽幽亮色起来。蕴龙听得非常专注出神,坐在旁边的婉贞似乎看出了其中端倪。婉贞用胳臂轻轻碰了碰蕴龙,轻声问道:"蕴龙,这台上的女孩是不是你说的牛场坡那个会唱苗歌的椿香呀?"蕴龙好像没有听见婉贞的说话,一时没有反应过来。

婉贞见蕴龙没有动静,便用手在蕴龙胳臂上不轻不重掐了一下,说:"呆子,我问你话呢,那台上的歌女是不是椿香?"蕴龙回过神来,说:"是椿香,你听听这声音,好听极了!不过,我还是喜欢听她在山坡上唱苗歌的声音,那声音远远扩展开来,整个山谷都在曼妙回应着,空灵得很呢!"婉贞说:"怪不得你经常往牛场坡上去呢,有这等美女子,这等曼妙的好声音,怕是为此迷了魂魄了。"蕴龙说:"妹妹这话说的是也不是,我上牛场坡是好奇心所驱使,遇着椿香了倒是缘分。这女孩子简单,就像沟里的泉水、林间的鸟声一样,不信,你与她接触一次就知道了。"婉贞摇摆了一下美人扇子,说:"我可没有那福分消受人家泉水呀、鸟语一样的声音,你喜欢听她的声音就央求老太太将她收在你屋里好啦。这样,天天你们相伴着,随时都能听见她的歌声了。"蕴龙说:"婉妹妹说见外的话了,我怎么好收她在屋里呢?即使椿香的声音再美妙好听,哪里有婉妹妹的声音甜润清纯?"婉贞说:"你别拿好听的话来糊弄我,谁的声音好听不是明摆着的,我可不是小肚鸡肠的人,不过说玩话而已,你就当真了?"蕴龙嘿嘿笑了,"我就说嘛,婉妹妹哪里会有这般心思,妹妹心境是什么样的人?别说是山泉水了,整个清澈的星空都容纳得下的。"婉贞"扑哧"一声笑了,说:"你倒是会比喻,我哪里有那么大度,我的心底能放得下一线泉眼就了不得了。"婉贞的话刚落音,台上的苗歌就唱完了。鲁老太似乎还没有听过瘾,便差使耀慧去台上让椿香再多唱几首苗歌。椿香能唱的苗歌有的是,于是,又连着加唱了好几首悠扬动听的歌子。唱到最后一首苗歌,是男女对唱,椿香便大胆邀请在座的观众是否有愿意与她对唱苗歌的人?在场的人你看我,我看你,没有人应答。眼看要冷场了,蕴龙忽然站起来,说:"我与椿香妹妹来对唱这首苗歌。"大家愣了一下,马上反应过来,便嚷嚷起哄起来,为蕴龙鼓掌了。鲁老太正在兴致上,一听宝贝孙子要出来与椿香对唱苗歌,心里也无什么高下之分了,嘴里跟着叫好。潘淑鸢在一旁悄声提醒："老太太，让蕴龙跟椿香对唱是不是有点不合适呀？"鲁老太说："有什么不合适的？说个理由出来。"潘淑鸢说："椿香是山民家的穷孩子，怎么可以与我们乌家寨子的少爷对唱山歌呢？"鲁老太说："有什么不可以的？今天是端午节，大家图个热闹欢喜，没有什么高下之分，不讲究这些了，我们只听歌，只要歌儿好听，场面有趣味就是好的。"潘淑鸢见鲁老太这般说话也就不言语了，但心里还是耿耿于怀，想着她的心事。

椿香见台下的蕴龙接歌了，会意一笑，椿香是有意将对唱的苗歌放在最后的，她巴望着这首歌能和蕴龙对唱。她和蕴龙在牛场坡上唱过这首苗歌，是椿香教授蕴龙唱的，所以，点此歌意在邀请蕴龙一起对唱。大家都说要蕴龙上台去与椿香对唱，蕴龙说站在台下唱自然一些，对唱苗歌要保持距离，这样听着才有空间感。于是，先有椿香起头，唱了苗歌《筛子关门眼睛多》——

椿香：郎在高坡放早牛哎，妹在园中梳早头哇，郎在高坡招一招手哇，我的哥哥也，妹在园中点一点头喂喂哟喂。

蕴龙：太阳出来红似火哎，晒得小妹无处躲哇，小郎我心中实难过哇，我的妹妹也，给一顶草帽你戴着喂喂哟喂。

椿香：斑鸠无窝满天飞哎，好久没有在一堆哇，说不完的知心话哇，我的哥哥也，流不完的眼睛水喂喂哟喂。

蕴龙：对河对边斜对门哪，看见小妹长成人哇，早盼留郎吃顿饭哎，我的妹妹也，晚盼父母请媒人喂喂哟喂。

椿香：铜盆淘米用手搓哇，事事难为我哥哥哇，本想留郎吃顿饭哇，我的妹妹哎，筛子（嘛）关门眼睛多。

歌声唱毕，余音袅绕，场面一度鸦雀无声，稍等一会儿，大家方才从男女对唱的苗歌里惊醒，顿时叫好声连连，鼓起掌声来。鲁老太更是笑得合不拢嘴了，她没有想到宝贝孙子蕴龙有这般清亮的歌喉，叫人多赏银子给椿香。潘淑鸢却暗暗埋怨，想着椿香这山野的孩子颇有心计的，竟然选了一首情歌让蕴龙与她对唱，成什么体统，但碍于鲁老太的情面，只得默默不作声。婉贞心里酸酸的，听着椿香和蕴龙对唱，歌声丝丝袅袅的，很是入情入心，心里想着站在台上的为何不是自己呢？怎么偏偏让椿香抢了先呢？静雯却稳稳地坐着，安静地欣赏着，并不时侧目观察婉贞的表情，当看见婉贞醋意的样子，眼里不由得拂过一丝浅浅的微笑。夜戏唱到满月升到中天才散场，夜深了，椿香无法回去，便留宿在苗寨。耀慧安排椿香到凤凰园居住，没等发话上谁家去歇息，蕴龙抢先要椿香去他的桂花楼，说自己那里有空置的房间，可以跟翠娥采芹做伴儿一起睡也成。耀慧明白蕴龙的心思，也就顺水推舟让椿香跟蕴龙去了。婉贞看着蕴龙和椿香一起离去的背影，心里未免又生出几多复杂，回到屋里，也不梳洗，只管和衣躺在床上睡了。但无法入睡，眼泪不知不觉流淌了出来，水月不知婉贞为何生气，请了几回叫婉贞梳洗，婉贞没有搭理，水月只好作罢了。

当夜，蕴龙带椿香来到桂花楼。椿香进了吊脚楼里，见屋里铺设排场讲究，异常华丽富贵，甚至连丫鬟的屋里也尽享奢侈，这让椿香连连感叹。椿香说："这辈子恐怕也难以见到这样漂亮的屋子。"翠娥一边替椿香铺床被，一边说："这是我们丫鬟的房间，算不上漂亮的，你进里间去见龙少爷的房子，那才叫漂亮呢。"

椿香进了里间蕴龙的房间，眼前华丽布局，却让她说不出话来。屋里装饰古香古色的，尤其一架千金花梨古木床甚是考究，床面飞檐雕窗刻画了四十九只凤凰和六十四条形态各异的盘龙，雕工极其精美，凤凰似有飞出画面之意，盘龙仿佛活化了一般，在祥云里游动。三层真丝苗绣床幔，层层叠叠掩映，这架工夫古床甚是华丽无比。翠娥打理完床铺，进了里间，见椿香呆呆地望着屋里不说话儿。翠娥说："怎么样？看见了吧，龙少爷的房间才是上等的华丽呢。"这时，蕴龙换了一套晚装走过来说："椿香，别听你翠娥姐说那些富贵的话，我这里的装点也就是人为的美化罢了。说真心话，我倒是喜欢你家那种简单素净的景致，那些都是自然原色，没有装扮的色调，看起来顺眼。"椿香说："你不必说这些话儿安慰我，好就是好嘛，这里的屋子就是比我们那里的好几百倍、几千倍呢。尤其是这架古床，今天见着了算是开眼了，没有白来世上活过一回。"蕴龙说："你说好就呗，只要你高兴，说什么都行。翠娥，去把我们的好茶沏一壶来，让椿香润润嗓子。"翠娥说："都夜里了，喝茶睡不稳觉的。"椿香说："是的，茶醒神，夜里喝了人兴奋起来就难入睡了。"蕴龙说:"今晚椿香来我们这里十分难得,通宵不睡也无妨,大家一起喝茶,听椿香唱苗歌,那才叫美呢!"翠娥说:"都是你的道理,你是主子,你想怎么着就怎么着,反正今天是端午节,可以任凭你自由闹腾。"翠娥说着去煮茶了。

蕴龙让翠娥煮了一壶上等普洱老茶,说这茶龄有几十年了,夜里喝普洱陈茶,解油腻,助消化。不多时,翠娥提着煮好的茶进屋,正要给椿香斟上,蕴龙说:"慢着,这么好的茶,我们去茶台上喝去,今晚有月色,不如就着月色品茶更有趣味。"翠娥说:"你想得可美,夜里露台上有寒湿,当心着凉。"蕴龙说:"不打紧的,多加一件衣裳就是。"翠娥见蕴龙说了这话,只得照办。于是,翠娥让采芹将茶炉搬到露台凉亭里去,又捎带了一碟点心和粽子之类的零食。蕴龙带着椿香来到亭子坐定,蕴龙指着亭子上的牌匾说:"椿香,这亭子是来鸟亭,每年春季,亭子周围都要汇聚许多鸟声,因而取名'来鸟亭'。那些鸟儿叫出的声音美妙极了,就像是你的那两只红嘴山雀子鸣叫的声音。"椿香说:"来鸟亭这名字好听,听着就知道春天来了。"蕴龙说:"椿香妹妹,一年四季你最喜欢哪个季节?"椿香想了想,说:"可不可以说两个季节?"蕴龙说:"只许说一个最喜欢的,多了就没有意思了。"椿香停顿了一下说:"春天,我最喜欢春天了。"蕴龙说:"说出个理由来。"椿香说:"喜欢还需要理由吗?"蕴龙说:"当然需要的,有缘由才会真喜欢嘛。"椿香说:"我就是喜欢春天的绿色和鸟的叫声。"蕴龙说:"喜欢绿色倒是说得过去,鸟的叫声让人不太明白,难道夏天、秋天鸟的叫声就不一样嘛?"椿香笑了笑说:"当然不一样的,春天鸟的叫声是特别活泼欢快的,声音就像流动的山泉水一样婉转清亮;夏天鸟的叫声有些困倦,不是那么嘹亮;秋天鸟的叫声有些清远、孤独。总之,季节不一样,鸟儿的叫声也不一样。"蕴龙说:"唉,亏我还是山里长大的,竟然没有悟出这些道理来,这回我得做学生了。"翠娥说:"是的,这下可是难住蕴龙了,平日里你什么都知道,看来也有不知道的事情呢。"

"有谁不知道的事情,说来我也听听。"婉贞摇曳着美人扇子进来了说话了。蕴龙赶忙起身让座,"是婉妹妹来了,我说的呢,一说到鸟声就有人来应和了。"婉贞说:"你们倒是自在得很,躲在这里品茶说乐子事儿,难得有椿香妹妹在这里,也不喊我一起来玩耍。"蕴龙说:"婉妹妹多心了,有好事情,我哪里有不叫妹妹的事。只是夜里刚热闹过端午,怕妹妹累了,才没有叫上你一起来的。"婉贞说:"你说这话就没意思了,我哪里就多心了呢?我不是那小家子气的人。我是想着有品茶聚会的好事,大家一起热闹罢了。"蕴龙说:"都是我的不是了,说话没有分寸,婉妹妹别见怪。来,我先赔罪了,给妹妹斟杯好茶吃。"蕴龙说着给婉贞斟满一盅茶,婉贞这才满意地笑了。

椿香见此情景心里暗想,婉贞这等美女子,嘴巴如此伶俐,模样儿也是画里才能见到的人物,怪不得瞧着眼熟,这女子还真像家里堂屋挂着的那张美人画呢。正思想着,刚才躲进一团云里的月亮忽然亮出了脸盘,皎洁的清光,洒在凉亭周围,有一只野鸟被这突如其来的月光惊吓住了,拍翅从树林里惊飞了出来,然后朝另外的林子逃遁去了。周围有了月光进来,品茶的兴致便高涨了,蕴龙提议,让椿香唱苗歌给大家听。椿香说夜里唱歌,声音传出去的远,恐怕会打扰了大家休息。蕴龙说:"不打紧的,这是凤凰园里,居住在这园子里的姐妹们都喜欢热闹,尤其喜欢你唱的苗家山歌,你只管唱就是。"婉贞说:"是啊,这园子里不缺别的东西,唯独缺椿香妹妹的山歌,你就放开了唱,我们当真喜欢听呢。"椿香说:"既然你们喜欢听,我就唱了,今晚月色这么好,我就唱支与月亮相关的山歌与你们听。"椿香说着,抿一口茶,润了润嗓子,便开口唱了——

太阳落坡月亮猫腰儿悄悄爬上崖,
月亮把妹妹引到山坡来。
问声天上的月亮哪桩心事想不开,
夜半身影怎么独自挂凉台?
唉呀呀,山隔山来水连水,
这天连着那天的白云彩。
不是妹妹心情想不开,
整夜心里都想着哥哥在……

134

椿香没有放开喉咙唱,她把声音放得很轻,轻的像山涧涓涓泉水,那歌声依然悦耳动听。众人的心似乎都听迷离了,好一阵子没有人说话。这时,蕴龙发话了,说:"刚才椿香妹妹唱了山歌,这回该轮到你们来唱了。采芹、翠娥,你们也来唱一曲如何?"翠娥为难道:"我这人天生就不是唱山歌的命,只会听,不会唱的。"采芹接过话音说:"我也是的,一开口就五音不全的,你快别难为我们了。"蕴龙把目光移到婉贞身上说:"不知婉妹妹肯唱不? 这么好的月色,若是没有优美的山歌来呼应,岂不是辜负了这幽静的夜晚。"婉贞说:"你只管让别人唱,难道你就不能唱一曲吗? 若是你能与椿香妹妹对唱一支山歌,那我就唱。"蕴龙说:"一言为定。"婉贞说:"放心,我绝不食言。"

蕴龙见婉贞答应唱山歌,心里甚是欢喜,他就是想听听婉贞唱山歌的声音,只是怕婉贞薄面,不肯露真声,因而才试探地询问。没有想到婉贞竟然爽快答应了,条件是让自己与椿香对山歌。蕴龙对唱山歌还是在行的,他的歌声嘹亮,曾经跟着寨子里唱山歌的梅三姐学过不少苗歌段子,加上天资聪颖,歌喉清朗,山歌出口也非同一般。起先在晚宴上与椿香对唱一回,初露锋芒,不同凡响,这会儿婉贞点将,自然难不倒他的。蕴龙与椿香沟通一番,选了一支对唱苗家山歌唱了起来。两人配合相当默契,对唱的山歌委婉起伏,妙语丽音来的自然生动,一曲歌毕,连周围的风也停止了下来。夜虽然黢黑,却让苗歌把月光擦的雪亮,周围越发明莹了。

蕴龙与椿香对歌完毕,蕴龙便把目光转向婉贞。婉贞明白该轮到自己唱了,也就没有推诿,品了一口茶,润了润嗓子,摇摆了一下美人扇子,便开口唱起来了:

坡上桂花树八月开,

我的郎君你来不来?

桂花香飘满山坡耶,

山泉水包围了妹妹的春歌台。

妹妹的眼睛水汪汪耶,

眼里泪里都是哥哥的影子在。

妹妹是那天上月中的谜耶，

等着哥哥喂你来把谜儿猜……

婉贞的歌声婉约清纯,有如涓涓山泉流泻进玉盆里,声线有种别样的美来。椿香说:"婉贞姐姐的苗歌唱得真好,就像婉转在泉水边的百灵鸟的歌声一样好听。"婉贞说:"再好听也没有椿香妹妹唱得好,我这是随意哼唱的,献丑了。"蕴龙说:"婉妹妹有这等好嗓子,恐怕那水杉树上画眉鸟儿也要改歌路了,随意哼唱却是极自然的,听着入耳就是好歌子。"

"谁的歌子这么入耳? 我又来晚了不成?"静雯一边说着一边打帘子进来了,她的后面还跟着蕴菡。蕴菡说:"哥哥,你们躲在这般幽雅的地方开歌会呢,怎么也不叫上我们一起来? 大老远就听见清脆悦耳的苗歌飞过来了,我就知道这歌声是从'来鸟亭'子飘来的。"蕴龙说:"歌会算不上,不过是大家随意哼唱作消遣罢了,夜深了,若是真的亮起歌喉,那边老太太要说话的。这不,吃了端午晚饭,大家觉得时间还早,加上今晚月色这么好,便商量着到来鸟亭子观夜景,不想一时来了兴趣,就把苗歌唱上了。"静雯说:"椿香的歌声端午倒是听过的,但没有听过瘾,就是刚才最后那支歌,不知是哪位天仙唱的?"婉贞说:"姐姐是不是要做一番比较呢? 先不要说出来,请姐姐评判一番,这最后一支苗歌到底唱的好不好听?"静雯说:"歌的音质是明摆着的,不用猜就知道是婉妹妹唱的。"蕴龙说:"静雯姐倒是一猜就中了,我也是头一次听婉妹妹唱苗歌,一听就入迷了。"静雯说:"我没有猜错吧,有听得入迷的人,哪里没有仙歌下到凡间来呢?"

静雯说着拿眼将婉贞和蕴龙描述了一番,婉贞会意静雯的指向,脸腮略微泛红了,说:"姐姐真会说笑了,我哪里就比得上仙子呢? 即便是会胡诌上几句歌儿,也比不过姐姐夜莺般的好嗓子呢。"蕴龙说:"怎么? 静雯姐也会唱苗歌?"婉贞说:"何止是会呢,她若是开口了,这四周林子里会唱歌的鸟儿都得闭口了。"静雯说:"好你个伶俐的婉丫头,话题转向倒是快,你可别把我吹到天上去了。再说,你何时听到我唱过苗歌的?"婉贞说:"静雯姐是贵人多忘事,前日我去你那里走动,上了楼梯口就听见你在屋里哼唱苗歌呢,我当时可是停了好一会儿才进去的,你是要让我说出来歌的内容不成?"静雯说:"这个婉丫头,什么时候学会偷听别人唱歌了? 好了,算是让你偷走了秘密,我认了,不过也只是会哼唱一丁点儿,唱不完全的。"蕴龙说:"会唱就可以的,静雯姐不妨给我们哼唱一曲吧,也好让大家饱一下耳福。"

蕴龙这么一说,众人都纷纷要求静雯唱苗歌,静雯不好推托,呷了口茶,清润了一下喉咙,说:"既然大家要听,我也只好献丑了,唱走音了,别起哄我就是。"静雯说毕,便开唱了:

百灵鸟儿站在树梢头,
风儿缠住树枝不肯走。
那是哥哥牵连着妹妹的衣袖口,
心里有说不出的羞答答理由。
妹妹是那深山的泉,
守住清澈不向山外流;
妹妹是那崖畔白棉花的云,
穿着白衣独自山里游;
哥哥你是采药的人,
唯有在山里生活的久。
妹妹是那山里的青草药,
等着哥哥从春夏采到秋……

静雯歌声落定,来鸟亭静止了好一会儿,没有半点声响发出来。这时,亭子外面树林里的夜莺婉转唱出几声鸟语来,才打破了宁静。椿香不由得叹息了一声,"我还没有听够呢,雯姐姐唱的苗歌像春天的风吹到椿香树上了,那树上的百灵鸟也会让出歌王的位置来的。"蕴龙说:"好了,有椿香的评判,静雯姐的苗歌便没得什么话可说的,只一句话,好得不能再好了。"婉贞说:"瞧瞧,我没有说错话吧,静雯姐的嗓子才是真正的好嗓子呢,今晚若没有她来这里,不就亏了这般夜色风景了吗?"静雯说:"婉丫头的嘴就是不饶人的,其实,自然嘹亮的声音还是当属椿香妹妹的歌声最有灵气了,我们不过是闺阁里消遣吟唱,不比来自真正山野里的声音那么纯粹幽美。"蕴龙说:"静雯姐说的是,但也不是,依我看,大家各有千秋,万紫千红才是春嘛,总不能只听一种声音,歌声多点才有不同味道。"

"那我也来点不同风味的歌,好吗?"蕴菡耐不住性子,冒出来要唱苗歌了。蕴龙说:"我倒是把会唱歌的蕴菡妹妹忘记了,蕴菡的歌也是有风格的,今晚不知妹妹要唱什么曲调的歌子?"蕴菡说:"大家刚才都唱了苗歌,我就来首土家山歌吧。"蕴龙说:"好,听你的就是。"

蕴菡依旧抿了一口茶,润了润嗓子,然后开唱了:

三月的桃花开满坡,
草丛丛石头缝里长满了春天的歌。
山妹子依旧是那桃花面,
红扑扑脸蛋蛋有一对小酒窝。
要品酒专门请一人来尝一尝,
对着妹妹脸窝窝亲一波。
要唱歌就站在山坡上唱,
山里住着我的情哥哥。
我与哥哥只隔着一条河,
只要妹妹一开口喂,
河里沟沟石头都是妹妹清朗朗的歌……

蕴菡的歌刚唱完,蕴龙便叫道:"好歌,这山歌曲调优美,词也精致,细品颇有味道。"婉贞说:"这便是简单为美了,涵妹妹的歌颇有山野之美呢,把人的心都唱远了。"蕴菡说:"这歌是我妈平日里没有事做哼唱来着,我是悄悄偷学的。当初,我也是听着好听,就在心里默记下来了。婉姐姐说把心听远了,这话倒是贴切,这歌无论唱着还是听着,都能把你引到山野里去的。但无论怎样,我们这些藏匿在深闺里人唱出来的苗歌,都比不上椿香姐姐唱出的歌子有味道。椿香姐姐,这回该轮到你唱了。"椿香说:"端午节上我都唱了那么多了,若是再唱恐怕要生厌的。我的歌是散漫在山野里的曲子,哪里敢和姐姐妹妹们唱出来的苗歌比美的。"蕴龙说："椿香妹妹谦让了,我们这里的歌都没有飞出园子过,哪里见的了世面。你的歌整日挂在口里,游弋在山野,那音色和曲调是沾染了泉光草气的,自然是没得比的。趁今晚月色好,你就再给我们唱一曲吧,就一支歌了,不要求多的。"婉贞接上话,说:"是啊,妹妹的天音反复往来是听不够的,你就再唱一支与我们听听嘛。"

椿香见众人都要求她唱,便唱了一首平日里喜欢唱的一首《山雀子》苗歌,这是专门唱给她两只红嘴山雀子听的歌曲。

　　那坡上的山歌多耶,

　　没有我这崖畔上的山雀子叫声妙耶;

　　山雀子知道妹娃子的心思哩,

　　是想花开开的心切切耶;

　　叫声坡上的情哥哥耶,

　　喊声崖畔上的靓姐姐。

　　你们有话莫要大声说耶,

　　当心山雀子来把话语窃听耶。

　　山雀子平日里耳朵尖耶,

　　不留神就把春天的秘密泄露了耶。

　　我的哥耶我的姐耶,

　　不怕山雀子说漏嘴,

　　就怕河沟沟涨满了桃花水耶……

说也奇怪了,没等椿香歌声尾音落下,那两只红嘴山雀子不知从什么地方飞到了来鸟亭斜对面的一株椿香树上。两只鸟儿借着月光,抖动着羽毛,嘴里发出轻快的鸣叫声音,在枝杈上斗起嘴来,两只鸟儿你一句我一言的,叽叽喳喳,喋喋不休。夜里深静,两只鸟儿的叫声格外显摆。那音色清脆悦耳,循声望去,姣美的月光,剪影出山雀子小巧玲珑的身影,那婉转的鸣叫,有如穿透月光而来的,和顺着微微清风,把每片树叶轻轻摇曳着,这般皎洁的夜色,便是妙不可言了!

翠娥见有山雀子来捣乱众人赏月赋歌,便要挥舞手帕驱赶,却被蕴龙拦住了,蕴龙说:"莫要惊动了它们,这两只山雀子可是有来头的。"翠娥不解,"不过两只山雀子,能有什么来头?"蕴龙说:"这可不是普通的山雀子,他们是有主人的,不然怎么会在夜里飞到这里来唱歌呢。"蕴龙把目光停在椿香那里。婉贞似乎明白了什么,说:"你是说山雀子与椿香妹妹有瓜葛的?"蕴龙说:"正是,这两只山雀子是椿香妹妹从小喂养大的呢。"

众人把目光集中到椿香身上,椿香不动声色伸出左手,然后对着椿香树上的红嘴山雀子嘘了一声清亮的口哨,两只白喙红爪黄尾巴的山雀子便没有什么顾忌地从树上飞到来鸟亭里来了。山雀子停在椿香的手上,抖动着翅膀,欢快地鸣叫着,接下又飞到椿香的肩上,显出十分兴奋的样子。蕴菡耐不住好奇,要伸手去抚摸山雀子,立马被椿香拦住了,"可别去惊动了它们,这山雀子认生,旁人只能看着它,千万不要去摸它们。不然,山雀子会反感飞走的。"蕴菡收回了手,说:"这山雀子看着好生灵动可爱,真想摸它们一下。"椿香笑了笑,说:"想接近它们也不难的,我先拿着它们,让你来摸了便是。"椿香说着,将站立在右肩上的山雀子轻轻拿住,放在蕴菡面前让她抚摸。蕴菡小心翼翼抚摸了山雀子的羽毛,说:"好柔软顺滑的羽毛,这鸟儿好乖噢。"婉贞也过来抚摸了一下山雀子,与椿香说:"这鸟儿真是奇怪,它们怎么知道你在来鸟亭呢?"椿香说:"鸟儿一般夜里不会飞出来的,他们是听了我刚才唱的《山雀子》,是寻着歌声来的。平日里,我只要一唱《山雀子》的歌,我的鸟儿准会循着歌声飞来的。"静雯说:"鸟儿也通人性,这对山雀子是有灵性的鸟儿,今晚可是让我们长了见识了。"蕴龙说:"既然这是有灵性的鸟儿,我们何不以鸟为题,每人作诗一首,也不辜负这夜来的鸟声。"婉贞说:"就你要作诗,也罢,今晚月色也这么好,又有这般灵气的鸟儿相随,我这倒是提起了诗兴呢。"静雯说:"婉妹妹有了诗兴,我们哪里敢怠慢了,那就作五言诗吧。"椿香说:"什么五言六言的,我是不会作诗的。"众人听了笑了起来,蕴龙说:"椿香妹妹只管听我们胡诌,我们作诗只当是好玩的游戏,有如你唱山歌一样,随心所欲,自由想着什么就是了。"

蕴龙言毕,大家便安静了下来,各人向着来鸟亭不同方向去琢磨了。过了好一阵,婉贞说:"我先有了。"便念出来给大家听。

来鸟赋

婉贞

歌不待人佘月色,来鸟缘由循波折。

忽闻白石落泉声,又见青枝晾春歌。

谁引稻香仙姑来,染绿蛙鸣草风过。

何不请来天外人,高山知音非无我。

婉贞念完《来鸟赋》,蕴龙率先叫好,"好个'何不请来天外人,高山知音非无我。'这等诗都做出来了,何能再让我们作诗了,罢了罢了,我作不了了。"婉贞不依,"作诗的引子可是你点燃的,哪里有退去的道理,我这诗不过随意拈来取闹的,怎么就扫兴了你的诗趣了呢？该罚你做两首才是。"众人马上起哄着说该罚,蕴龙无奈说:"好吧,我认罚,等会儿我就做两首诗出来。"

这边说着话,那边一直沉静的静雯也有了诗,也念了出来给众人评听。

问鸟

静雯

何曾拜月似相识,莫非有缘才来迟。

若是今生未遇见,却向来世问相知。

今宵把酒邀婵娟,明日空音赋秋思。

佳人欲乘白鹤去,还情梦归泉水里。

静雯朗读完诗歌,眼里泉光莹莹了,蕴龙拍手叫好,说:"静雯姐'还情梦归泉水里'去了,还叫我做何等诗歌？ 也罢,我的也好了,只能投石问路了。"蕴龙说毕,便把想好的诗朗读出声来:

听鸟

蕴龙

一

长夜无辜不点灯，窈窕青枝掩佳人。
隔山黄鹂啼归隐，离岸百灵藏草深。
霜天雁叫方知秋，落叶闻风更护春。
冷山无谓玉兔明，寂寞只为知音沉。

二

问君何度春风里，春山来鸟互更替。
孤石听透泉中月，杜鹃啼醒花蕊衣。
林深有缘见生人，风浅无意得知己。
独守幽篁虫影稀，坐等半梦风声起。

　　婉贞听罢蕴龙的诗，先开口说道："蕴龙哥做的诗句，里面警句最出色了，那'霜天雁叫方知秋，落叶闻风更护春。'还有'林深有缘见生人，风浅无意得知己'。真不知是哪里想来句子，就这么成诗了，不能不叫人佩服，可谓耐品味的佳作呢。"静雯说："这话不假，龙兄弟诗句朴实有内容，当之无愧是今晚花魁。"蕴龙说："姐妹们过奖我了，作诗不过信口开河罢了，还是姐妹们诗作空灵达意，自然随心，更切合题意些。"蕴菡说："你们都得诗了，好叫人羡慕，我这里也有了呢。"蕴菡言毕，便绘声绘色朗读起来：

送鸟

蕴菡

忽闻椿香引仙歌，柳上微风挽曲折。
莲子苦芯月点数，盲谷孤曲鸟相合。
百灵美音梁环绕，杜鹃幽语泉分割。
如烟往事无他影，缘尽分手却难舍。

"好个乖巧的蕴菡,竟然有这般动心的好句子了。'如烟往事无他影,缘尽分手却难舍。'这是从哪里想出来的东西? 怕不是有了意中人了吧?"婉贞脱口而出。蕴菡羞赧地说:"婉姐姐言重了,我这不过信口说来的,心里没有别的想法。况且我现在年龄,哪里就有意中人了呢? 即便是有了,也是姐姐们在先的。"静雯说:"瞧瞧这伶俐的嘴巴,我们大家加起来怕也是说不过她的。话说回来,蕴菡妹妹的诗也是在我们姐妹之上了,这乌家寨子两兄妹的才情,是今夜花魁了。"蕴龙说:"好了,今夜山歌也唱了,来鸟亭的诗也作美了,就是还有一样东西没有拿出来演绎过。"蕴菡说:"还有什么稀奇物,说出来听听。"蕴龙说:"这般姣好的月色,何不让婉妹妹吹曲箫来,好把这月色再润色一番?"众人听罢都叫好,婉贞推脱不过,只好让水月将携带的箫取出来,便端坐在来鸟亭子里,优雅地吹奏了起来。

来鸟亭霎时古乐飘袅,人声和鸟声都安静了下来,婉贞吹箫神情专注,那箫声像是从泉水里吹出来的。然后把山林每片树叶都环绕到了,再从幽美静寂的林子荡漾出来。待婉贞吹完箫曲,静雯说:"婉妹妹这箫吹得要让人落泪了,有些人的眼睛都望酸了呢。"静雯说着眼神往蕴龙处去了,蕴龙还沉醉在婉贞的箫音里,眼睛深情地望着婉贞。"这古曲是《高山流水》,想必静雯姐想到知音了吧? 不然,怎么会落泪了呢?"静雯说:"我这落的可是心泪,不像有的人,直接有眼泪出来了呢。"蕴龙收了神说:"我是要落泪了,婉妹妹这曲《高山流水》吹的妙极了,没有想到听惯了笛子《高山流水》,忽然听到箫声来演奏,其中味道便是另样的美了。"婉贞说:"能知另样味道就是好的,就怕今儿个得了箫,明儿个又恋上了笛,两音混淆起来,岂不没了雅趣。"静雯说:"婉妹妹这话说得甚好,那《高山流水》只是叫一人来听的,若生二心便是不中用了。"蕴菡说:"那婉贞姐姐是吹来让谁听的? 莫不是传递给我蕴龙哥哥听的? 若是那般,我得了像婉贞姐姐这样美若天仙的嫂子,可叫沾了福分了。"婉贞听了这话顿时羞恼了,"该死的蕴菡,你也这样取笑人不是? 看我恼了要封了你这张贫嘴儿!"婉贞说着就要起身去追赶蕴菡。蕴菡忙着左躲右闪,最后藏在蕴龙的身后,蕴龙拦住婉贞说:"快别动气了,蕴菡是在说玩话的,你却当真了。"婉贞收了气,嗔怪道:"我知道你是护着你妹妹的,蕴菡,你今天这般说话,我就不信将来没有个收住你心的人。那时,我可要看你的好戏呢。"蕴菡说:"好戏刚才大家都看着了,至于我的好戏,你这辈子恐怕是难以看见的。"

　　众人都被这娱乐斗气场面逗笑了,来鸟亭子霎时喧闹了起来。大家吃着茶,说着笑话,到深夜才各自散去。婉贞最后一个出门,蕴龙送婉贞下楼,临别时婉贞问蕴龙说:"我的绢帕呢?你不是要题诗在上面送我吗?怎么就忘记不是?"蕴龙方才想起绢帕的事,连忙自责说:"怪我没了记性,竟然把这等要紧的事情忘记了,今晚我就熬夜与妹妹书写,明早就送到你那里去。"婉贞说:"你是贵人多忘事了,若不是我及时提醒,这档事儿恐怕就会永久搁下了。也罢,明早我可等着你的题诗喔。"蕴龙说:"一定的,绝不食言。"

　　送走了婉贞,蕴龙让翠娥安顿好椿香,便独自去了书房坐下。蕴龙取出绢帕,细想了一会儿正要提笔书写,翠娥穿着粉嫩睡衣进来,说:"这夜半了还不睡觉?再熬夜下去,明天你怎么起得来床呢?"蕴龙笑了笑说:"不打紧的,你去泡杯茶来,我只写一首诗就完事了。"翠娥无奈,只得泡了杯热茶与蕴龙提神。蕴龙品了一口茶说:"我这里不需要什么东西了,你也困倦了,去睡吧。"翠娥说:"你不睡,我哪里能安心睡得着觉,我要看着你把诗写完了再睡。"蕴龙:"也罢,你来研墨陪着,待我仔细构思作诗也好。"翠娥欣然研墨起来,平日里与蕴龙研墨是翠娥经常做的事情,不多时,浓淡适宜的墨汁便研磨好了,蕴龙提笔蘸墨想了想,似有所得,便在绢帕上落笔了——

　　　　长亭轻眠烟雨夜,婵娟步影落石阶。

　　　　雪颜何为冬天白,藕色却在泥里洁。

　　　　秋析笛音惹婀娜,君悟箫声听婉约。

　　　　不忍霜天空留月,人还旧梦度仙街。

　　蕴龙题好绢帕诗,自我欣赏了一会儿,便交付给翠娥说:"明天一早你将绢帕给婉妹妹送去,也算了一桩心愿。"翠娥说:"你每天总是诗呀什么的,怎么不见你读一读老爷吩咐的那些书籍?"蕴龙说:"老爷指派的那些老古板书籍,哪里有这等诗书文学书卷有味道,我不是那种读死书的人,硬要去读了会瞌睡的。"翠娥说："难道这些诗文书籍你就读不厌倦?"蕴龙说："这些都是绝等的好文章呢,越品读越有味道,这辈子都读不厌倦的。"翠娥说："那就不能像祖爷爷那样,熟读老爷布置下来的书,将来考个什么举人回来不成?"蕴龙说："你又在说浑话了不是? 我这辈子才不稀奇什么举人呢,哪怕就守住这园子做个农人,也比做举人风光自在得多。"翠娥说："你倒是说个理由出来我才信你的话。"蕴龙说："理由? 就一个理由足够了,我是舍不得离开你了。"翠娥笑了,"就为这,你连举人也不去争了?"蕴龙说："是啊,就为这,图个自在快乐,有什么不好呢?"翠娥说："你却是会说话儿,算了,你读不读书是你的事情,我们做奴婢的哪里管得了少爷的前途。只要你真心待我,我这辈子就陪着你做个什么皈依农人也罢了。"蕴龙说："这就对了,这才是翠娥心里要说的话儿。"

蕴龙说完打了一个哈欠,翠娥催着蕴龙快些去睡了,蕴龙便让翠娥陪着他一同入眠。翠娥不肯,悄声说外屋有椿香在呢,她还是回自己房间里去睡的好。蕴龙这才想起椿香的事来,便没再挽留翠娥,独自一人去睡了。翠娥替蕴龙放下帐子,吹灭了蜡烛,悄声回屋去歇息了。

第二天吃罢早饭,蕴龙送椿香回去,出了寨子门口,椿香便不让蕴龙远送了,椿香说山林豺狗出没,怕蕴龙送远了独自一人回来有什么闪失。蕴龙说："难道你就不怕有什么闪失? 我送你过了牛场坡才放心的。"椿香说："你是少爷,哪里能与我们这些跑习惯的山野人相比,放心吧,大黑已经在山坡上等我了。"蕴龙说："何曾见得有大黑在山坡上来了?"椿香笑了笑说："我只要没有回家里去,大黑就会一直在山坡上等着我的。"椿香说着,拿手指放在嘴里打了一个嘹亮的呼哨,呼哨远远传出去,山坡上果然传来了一阵阵大黑的叫声。接下,叫声慢慢在往山下跑动了,蕴龙知道是大黑来接椿香了,蕴龙便不再远送。临别时,问椿香几时去探访鬼笨洞? 椿香想了想说："后天就去,你一早来山坡上会合,不要带任何东西。探洞的工具和吃的我都准备好了,一天的工夫我们就赶回来。"蕴龙说："好,我听你安排,我们后天见。"蕴龙与椿香挥了挥手,目送着椿香往牛场坡上去了。不多时,远远看去,飞跑下山的大黑已经接到椿香了。蕴龙一直望到椿香身影完全消失在山林里才返回凤凰园子。

蕴龙回到屋里,见翠娥从外面进来,便问:"翠娥,题诗绢帕送给婉妹妹没有?"翠娥说:"送去了,这不,我才从婉姑娘那里过来。"蕴龙说:"婉妹妹看了绢帕上的诗吗?"翠娥说:"看了。"蕴龙说:"光是看了,没有说什么吗?"翠娥说:"没有说什么,只是婉姑娘看了诗后,嘴里不时在叹息,好像心里有很多感慨。"蕴龙点了点头说:"你能看出点感慨就对了。"翠娥说:"那我问你,你为何只给婉姑娘写诗,不给静雯姐写呢?"蕴龙说:"静雯姐没有丢失绢帕在我这里,况且她也没有要求我写,写诗是需要情绪的。"翠娥说:"那不见得,我看你是偏心,喜欢婉姑娘却是真的。"蕴龙脸色顿时臊的绯红,"别胡乱说话,这种话只许在屋里说,外面可不许说的。或许我是偏心了,婉妹妹的好,细想起来是要多一些的。"翠娥说:"那你说说看,婉姑娘到底有多好呢?"蕴龙说:"好是无法说彻底的,你感觉到了,好自然就生出来了。"翠娥说:"那椿香妹妹呢?你觉得她的好又在哪里呢?"蕴龙说:"椿香妹妹的好就不一样了,她的好有如山坡上的树林草木,你一旦去了,就不想回来了。"翠娥说:"这么说椿香妹妹的好是不是更多一些呢?"蕴龙说:"这个不告诉你,你也别打破砂锅问到底了。总之,常记住别人的好才会善待自己的良心。世上有一种好,只可意会,不可言传。"蕴龙说完这话,便往婉贞处去了。翠娥呆呆坐在屋子里,想着蕴龙刚才的话,始终没有明白那"只可意会,不可言传"的意思来,她有一种预感,觉得蕴龙对椿香的好要多很多,不仅仅是作为妹妹看待的,从蕴龙的举动言行里可以看出另外的意思来。想到这,翠娥不由得有些忧郁起来,但也不知为何而担忧。

蕴龙到了婉贞处,见婉贞正在品读绢帕诗,婉贞看得认真,没有察觉有人进屋,水月正要提醒,却被蕴龙用手势止住了。蕴龙蹑手蹑脚走到婉贞身后,仍然不动声色,安静看着婉贞品味绢帕诗。婉贞品味入迷了,情不自禁地说:"这'秋析笛音惹婀娜,君悟箫声听婉约。不忍霜天空留月,人还旧梦度仙街。'真是好句子,依我看,倒是应了'温婉云影窃月音,淑媛春草宿鸟声。莫提窗雨何故来,只裁荷风伴此生了'。"

蕴龙听罢婉贞随口念出此诗句,便说:"好,好诗!我这正是携带着荷风来了的。"婉贞被这冷不丁的声音吓了一跳,说:"作孽的,来了也不吱声,吓了我一跳呢。"蕴龙说："是我鲁莽，吓着婉妹妹了，刚才是听了妹妹念出的诗歌着了迷，一时忘情说了出来。妹妹随性诗作的太好了！这诗，就请妹妹抄清了送与我吧。"婉贞说："我是随意有感而发，还不完全，等我补完整了，再抄送与你可好？"蕴龙说："那更完美了，我就坐在这里品茶，慢慢看着妹妹构思书写。"婉贞朝蕴龙会意一笑，便让水月给蕴龙沏上一壶好茶，自己运笔研墨，构思补写下文。蕴龙见婉贞要自己研墨，马上过来说："婉妹妹，我来替你研墨，我研墨可是均匀得很呢。"婉贞说："你不愿闲着也罢，你先研墨，我还是寻块好绢帕来写，更妥帖些。"婉贞说着，命水月把压箱底的一块苗绣白梅绢帕取来。这张绢帕，荷花粉色，一尺见方，四边滚绣着白梅，乍看上去却是精致素雅的极致。婉贞将绢帕平摊好，蘸了蕴龙研磨的墨色，稍做思考，便将刚才四句诗连缀成律诗了——

顺应无我方是真，泉卧远山林说深。

入夏紫莲芳扰心，惹秋黄桂香袭人。

温婉云影窈月音，淑媛春草宿鸟声。

莫提窗雨何故来，只栽荷风伴此生。

婉贞题好绢帕诗，仔细揣摩了一番。蕴龙在旁边看了，连连称好，"婉妹妹这诗和字都是上乘之作，这张诗帕我可是要好好保存的。"婉贞说："先不要动它，等墨汁干透了，我取一个妆奁盒子存放好再送你。"蕴龙说："还是妹妹想得周到，送东西也这么体贴精致。"

"什么东西这样精致，也让我来瞧上一眼。"静雯一边说着话，一边走了进来。婉贞和蕴龙见静雯进来了，神情马上呆住了，还是婉贞反应及时，笑着让座，叫水月给静雯沏茶。婉贞趁水月沏茶的空档，忙着要收拾桌子上的绢帕诗，却被静雯拦住，说："且慢，这么一手娟秀的小楷字迹，写的是什么诗作？让我欣赏了再收走不迟。"婉贞无奈只好依了静雯，"没有什么东西，不过是即兴粗浅旧作，没事了抄写着玩呢，静雯姐莫见笑就是了。"

静雯细细浏览过，抿嘴笑了说："这么精致幽雅的诗句，不会是写着玩的吧？婉妹妹有心事了。"婉贞说："静雯姐真是会猜想的，怎么人家就有心事了？不过是一番空想罢了。"静雯说："我问你，既然是空想，那'温婉云影窈月音，淑媛春草宿鸟声。莫提窗雨何故来，只裁荷风伴此生。'又是从何说起？好个'只裁荷风伴此生'妙句！妹妹是在害相思了，才不枉为荷风伴此生呢。"婉贞脸色泛起桃红，说："静雯姐愿意怎么想就去想好了，反正我心里是清清净净的，还没有到相思的季节呢。"静雯说："谁说相思心就不清静了？自古女儿怀春，有这样的诗也当属自然。妹妹只管自然去想好了，不必放在心里掖着。"蕴龙说："静雯姐这话说得在理，有什么想法别闷在心里，泉水聚久了也难免有浑浊时，不如放任流泻出去，水活跃了，才有形有声哩！"静雯说："瞧，龙兄弟接着地气了，他最晓得这诗的气脉由何而生、由何而起。"婉贞说："静雯姐是拿我们取笑呢，再说下去，我就不理你了。"静雯说："好了，我闭嘴不说了，我哪里敢拿你们取笑呢？俗话说，无风不起浪。我这只是吹点小风、泛起些涟漪罢了。"蕴龙说："静雯姐说话好生风趣，你这哪里是吹风呀，是推波助澜了。"

三人正相互调侃着，采芹匆匆进屋来说："龙少爷，昨夜看守园子的秦驼背逮住一只雪白的狐狸，要你去看看呢。"蕴龙说："狐狸可是活着的？"采芹说："是活着的，雪白雪白的，看着好精灵可爱的呢。"蕴龙惊喜地说："我说呢，黄色的草狐狸山里很多的，纯白的狐狸却是不常见的，而且会跑进园子里来，岂不是怪事？我这就去看看。"蕴龙说着话便抽身告辞，要去园子里看白狐狸，婉贞和静雯听说是一只雪白的白狐狸，也要跟着一起去看稀奇。于是，蕴龙带着婉贞和静雯一同去了。

大家来到凤凰园后花园里，秦驼背正看守着一个木笼子，笼子里有一团白乎乎的东西蜷缩着。蕴龙凑近看了，果真是一只雪白的小狐狸。狐狸毛色纯白，无杂毛，丝丝毛发洁白如霜雪，细密柔顺。狐狸两只眼睛提溜圆，黑亮亮的，露出惊恐样子，看着颇显灵性。蕴龙问起秦驼背是如何抓获的？秦驼背说这狐狸他观察了很长时间了，经常流窜进园子里玩耍，但要靠近它却不易，往往不等你起身，稍有响动便逃之夭夭了。为此，他设计了一个活机关木笼子，里面置放了诱饵，辛苦守了几夜，才将它活捉住。秦驼背说这狐狸毛色上等，纯白无瑕，十分罕见，剥了皮做件裘皮衣，即体面又贵气。所以，想着把白狐狸敬献给龙少爷，任由少爷处置发落。

蕴龙仔细观看笼子里的白狐狸,狐狸泪汪汪地望着蕴龙,好像有许多委屈要与人倾诉。蕴龙一边打量一边思考,好一阵子没有吱声。婉贞说:"这么个可爱的尤物,若是剥皮做了裘皮衣岂不太残忍了? 不如养在家里当宠物观赏才好。"静雯说:"我看还是放生了更好些。"秦驼背说:"好不容易捉住了,放生了岂不可惜? 这等上乘皮货,千载难逢啊! 龙少爷,只要你想要这皮毛,不用你来动手,我来处理好,削皮了送你屋里就是。"

蕴龙看了看秦驼背,想了想,抚摸着笼子问秦驼背:"门的机关在哪里?"秦驼背走到笼子跟前做演示,"将这个闸门提起来,门就自动打开了。"

蕴龙按照秦驼背的说法,将笼子门提起来,然后用手轻轻驱赶笼子里面的白狐狸,说:"小狐仙,对不住,委屈你了,这就放你回归自然去。"白狐狸也许听懂了蕴龙的话,立马从笼子里面蹿了出来。白狐狸小心翼翼走出几步,便回过头来面朝蕴龙匍匐在地面,然后一溜烟儿朝后花园林子里跑去了。白狐狸逃匿的速度非常快,一眨眼的工夫便不见了踪迹。秦驼背见蕴龙放走了白狐狸,连连说可惜了这上等的皮货。蕴龙说:"好了,别再惋惜了,还是还原它的本性,放生了好,有灵性的东西,就该回到山野里去。把这笼子废了,今后不许捕捉来园子里的白狐狸。它若是想来,就由它来好了,反正这园子宽敞,不愁没有地方玩耍。"

秦驼背见蕴龙如是交代了,也不敢违背,只得将捕捉白狐狸的笼子当场废了。时值半晌午,太阳正好,后花园阳光灿烂,蕴龙提议大家往后花园里游览。静雯和婉贞也有此意,便一同往花园深处去了。花园不是多大,方圆百亩面积,四处坡地环绕,曲折逶迤,但有长条石板铺就的游览小径,又是处处通幽,柳暗花明。园子里少不了亭台游廊流连缠绵,香樟古树、银杏树、桂花树、杂树、水竹等野生花木点缀。花有花的去处,树木有树木相互依偎的地方,野鸟有野鸟的呼朋引伴的声音,这景致却是别具一格,养眼宜人的。

一行人游览了半个时辰,便进了歇脚亭小憩。歇脚亭边有一小溪流水经过,溪水清浅潺潺,可见三三两两游鱼往来自如。溪水边生有一丛水竹,竹子青色逼眼,疏密错落有致。此间,不时有微风轻盈招惹,竹林摇曳生姿,引发出人几多诗情画意来。

歇脚亭南面,开阔出两三亩田地来,麦子悄然转黄,青黄相间,麦香四溢。田地间还扎着一个稻草人作看护,一眼望去,却是诱发人归农之意。蕴龙看了说:"这后花园景致平日里倒是没有怎么注意,现在看了是一幅上了自然色彩的画,横看竖看都有味道的。"婉贞说:"世上往往是不经意的东西回头看来却是最好的。"静雯接上话,"是啊,最好的反而容易忘记了,有如生在画境中,却不识画中人,岂不是可惜了。"蕴龙笑道:"静雯姐、婉妹妹说的都有道理,只是这么一处美景靓丽的亭子,取的名字却不怎么好,歇脚亭有些土气了,辜负了周围的好景致。"婉贞说:"蕴龙,你想个亭子名字来,若是中意,可让人把这名字换了。"静雯说:"换了倒也不必,'歇脚亭'或许有它的来历。名字俗气点未尝不可? 我们此时来这里,不就是走累了,进来歇歇脚蛮好的嘛。"婉贞说:"姐姐这话是接地气了,不过,能够换个更贴切的名字,也不枉来这里歇脚了。"蕴龙说:"可否叫'拾雨亭'?"静雯说:"说个出处来?"水月说:"这青天白日的,哪里来的雨呢?"蕴龙说:"今儿个是晴天,但往后不会一直不落雨吧? 我看这地方若是逢上雨季,雨水从亭子上落下,静静数着亭子角落雨欣赏眼前景物,不是更有情趣?"

静雯说:"你倒是会想象的,那好吧,就依你的叫'拾雨亭'。你再拟出一副对子挂在亭子两边才贴切呢。"蕴龙想了想,随口说出:"两三竹影睡清溪,一亩麦香醉荷亭。"婉贞听了便说:"妙对! 拾雨亭有了这副对子就活起来了。就是那醉字古诗里用的多了,不如换个字好些"。蕴龙说:"有道理,换上什么字对路呢?"婉贞想了想说:"不如用个'抱'字,索性俗气些更达题意。"蕴龙说:"巧! 一亩麦香抱荷亭。一个俗气的抱字,倒是更形象生动了。"

有了拾雨亭新名字,众人情绪来了兴致。蕴龙见亭子小溪拐弯处有一泓泉眼,泉水清冽,便出主意让丫鬟们把午餐拿到拾雨亭来享用,并特意吩咐带来煮茶用具,就此取用泉水来煮茶喝。翠娥领命,带着仆人回去取午餐茶点,碰上蕴菡,蕴菡知晓要在拾雨亭用午餐便一同来了。蕴龙、婉贞、静雯和蕴菡围坐在拾雨亭石桌边,享用美味午餐和新鲜泉水煮的陈年普洱茶,心情格外舒朗。蕴菡说:"蕴龙哥,这么好的地方游玩,也不叫上我。若不是碰上翠娥姐,这顿美味我恐怕是赶不上了。"蕴龙说:"今天没有事先约好,是放生那只白狐狸引来了这番聚会。搬进园子这么久了,却没有发现有这么一处幽雅的景致。大家一时来了兴趣,临时决定在这里享用午餐了。"蕴菡说:"这处景致我晓得的,若再往里面去,还有两处亭子,那里的景致也不乏清静幽美呢。"蕴龙说:"噢,还有两处亭子? 待吃罢饭,你领我们去看看。"蕴菡说:"看看是可以的,就是路不太好走,怕婉姐姐和雯姐姐走不动那条山路。"婉贞说:"瞧蕴菡妹子说的话,你能去的地方我们也能去,有什么山路不能走的,不要小看了我们的脚力。"蕴龙说:"是啊,这点山坡路算不了什么,只要有好景致,受点累也值得。"

于是,吃罢午茶,稍作休憩,蕴菡便领着众人往另外两处亭子去了。一路花树林立,落英缤纷长藤野蔓樊缘在参天古树上面。地面上、矮牵牛、飞燕草、孔雀草、鼠尾草、紫菀、紫松果菊,一丛丛展开去,这些繁复各异的草木,与那些银杏王、红豆杉树木互相照应,加上不时有黄鹂、百灵、画眉鸟交互鸣嘤林间,每每听得见其曼妙声音,却寻不着鸟儿藏匿在哪里。有道是妙趣幽境层层叠叠,一路铺排着皆是自然生成的幽美妙趣景致。大家观光着迷,不知不觉转悠了三四道弯儿,遇上一个稍陡峭的山坡。蕴菡小巧玲珑,几步路便上去了。婉贞和静雯稍有吃紧,幸好有蕴龙辅佐牵手,将两人顺利送到山坡上。上了山坡,便见两棵千年银杏树拢着一个亭子。亭子无牌匾,无名字,想必是一个无名亭。

亭子矗立在山坡上,站在亭子里朝东南方向看去,是一片郁郁葱葱开阔起伏的山峦,有一览众山小的气势视野。蕴龙与众人立在亭子里朝远处眺望了一阵子,蕴龙无不感慨地说:"这亭子立在这里有气势,视野开阔,让人看的深远了些。平日不怎么注意到的山林树木,现在从高处看下去,这些景物倒是横看成岭侧成峰,远近高低各不同,连缀成一片活鲜鲜的画景了。只是可惜了亭子无名字,应该给这亭子想个合理的名字才好。"婉贞说:"龙哥哥肚子里名字多,拈出来一个便是。"蕴龙笑了笑,说:"哪能都让我一个人包揽了,还是请静雯姐说出一个名字更有意思些。"婉贞说:"静雯姐,蕴龙点你的将了,这回轮到你发话了。"静雯说:"也罢,想出个名字可以,但需有个条件。"婉贞说:"噢,什么条件?"静雯说:"下面还有一个亭子,若是没有题名,得让婉妹妹想出下一个亭子的名字来。"蕴龙说:"这个主意好,每人有份儿,这才叫公平呢。"婉贞说:"好,一言为定。只要静雯姐题跋此亭子名字,下一个亭子我包揽了。"

　　静雯安静思考了一会儿，又环顾了四周说:"这处地势有高度,视野也宽广,看似山峦仿佛有青烟袅绕,亭子旁边又生着一丛白竹,不妨叫'箔云亭'清新素净些。"蕴龙叫好,"'箔云亭'好生贴切,云生雨,恰好与刚才拾雨亭相互辉映了。"婉贞说:"你们真是巧妙得很,连起亭子名字都知道相互照应了。好姐姐,再拟出一幅对子来。"静雯似乎早已在心里成章,不假思索地说:"'好雨可怜花颜浅,乱云散尽春光远。'"蕴龙拍手叫好了,说:"妙对啊!静雯姐出的对子远在我之上了。"静雯说:"我哪里比得了你的才学,不过随意拈来的东西,不值得一提。"蕴龙说:"即便是随性拈来的,也是十二分的好呢。"蕴龙命人记下了此对子和亭子名字,来日刻了匾记在箔云亭上。

　　众人在箔云亭观赏了一会儿风景,又随着蕴菡往另外一处景观去了。绕过一段曲折山路,便来到一处清潭,这里峰峦秀雅,环抱一泓静美的泉水。巧的是山涧有一条细弱的瀑流,顺从山石间流泻下来,泉流细如银子线儿,涓涓落入清潭中。清潭边设有一小亭子,亭子上有一牌匾,牌匾上用小篆体书写着亭名,曰"落泉亭"。

　　蕴龙细细看了,摇头说:"此地取'落泉亭'欠妥,也不雅致,当另外起名字才是。"婉贞说:"是何原因不雅致? 这里有细弱瀑布落下,取名'落泉',我看也名副其实嘛。"蕴龙笑了,说:"婉妹妹有所不知,落泉虽然看似符合此景题意,却是过实了则呆,落俗套了。不如妹妹来另外起个名字更贴切亭子之意韵。"婉贞说:"我何德何能可以取了这亭子的名字?"静雯说:"前面两处亭子我和蕴龙都斗胆题跋了名字,这回该你是问了。"蕴菡说:"是啊,这是最后一处亭子,婉姐姐的诗才是上好的,你刚才也是答应了的,理应在此留下名目墨香了。"婉贞细想了一会儿,便说:"恭敬不如从命了,我只有撵鸭子上架,凑合题跋了。"

　　婉贞说着从随行书童手里取了笔纸,写下亭子名字和拟出一幅对子:

　　亭子名:悉心亭。

　　对子:青烟笔下不落烦恼事,绿水眼底寻来凉心石。

　　蕴龙还没等婉贞最后一笔收完全,即刻拍手叫好起来,说:"悉心亭,好名字! 这才是一潭洞悉心底的泉水,尤其是对子,更是传达了妙意神韵。妙对,妙亭名,相得益彰了,是出了彩头了。"说话间,亭子旁边一棵古槐树上飞来了两只喜鹊。喜鹊站立枝丫间，叽叽喳喳叫个不停，像是在为亭子得了新名字欢喜雀跃。静雯思忖了一下，说："婉妹妹的对子是顶顶好呢！瞧，把一对喜鹊引来了，这可是好兆头，想必日后会有喜事连连的。"婉贞说："这是巧合了，飞来喜鹊，不一定就是喜事。"静雯说："当然是喜事，不然，若是飞来两只麻雀，怕是会招引来麻烦的。"众人笑了。婉贞脸色泛起红晕，"静雯姐真会说话，说喜事也罢，今儿个大家都遇着了，都沾染了喜气，这喜气连连为大家一起享用了。"

蕴龙此时来了兴致，提议以飞来喜鹊为诗题，聚在悉心亭每人作诗一首，然后题跋在亭子牌匾上，也不枉今天辛苦游览一场。大家游兴正旺，纷纷积极响应。于是，稍做一刻时辰构思，一一便有了诗作——

请鹊来
蕴龙

悉心亭外风，天赐妙音中。

幽泉浮暖云，凉石卧寒松。

喜鸟衔相思，薄雾睡朦胧。

暮归黄昏客，烟绿锁繁荣。

了鹊音
婉贞

观颜闻其声，听音识佳人。

泉无浑浊日，树有病老身。

是喜不忧喜，若忧为愁生。

心由简单来，了却后是真。

思鹊人
静雯

信赖不问天，凡事问因缘。

鸟宿三更树，月惊午夜莲。

闲情多忧思，乱绪少真言。

一泉惹是非，浑清试深浅。

送鹊去

蕴菡

都为缘分浅，清白泉石间。

云非自由人，雨淋无为天。

指尖立清影，枝头绕缠绵。

送君有来去，后会方是缘。

诗作完毕，众人一一做了推选，都认可诗作不错，分不出什么高低来。蕴龙却说自己诗作是最笨拙的，若是上牌匾，得把自己的诗作去掉才是。婉贞说："你的诗作若是去掉了，我们做的文章都没了名分。要上牌匾都上去，若是不上，干脆各自收回好了。"蕴龙忙着应和，"好吧，就依大家的，都上去好了，只当我是滥竽充数的。"蕴龙的话刚说到这里，忽然，古槐树一阵躁动，两只喜鹊瞬间惊飞走了，还没等大家反应过来，一个矫健的身影便停在古槐树上面，来者正是猴女。猴女依旧披散着雪白的长发，衣衫褴褛的，坐在树干上，朝人群张望，目光像是在搜寻着什么东西。

待大家看清了眼前的情景，顿时一片哗然，愣在原地，不知该如何是好。婉贞好一阵才回过神来，说："天哪，莫不是遇上什么精怪了？哪里来的这等人物？"有人惊慌喊着要回寨子报告老太太去，园子里有这样怪物出现，要捉拿了才是。蕴龙见是猴女，马上镇定住了，说："大家别惊慌，这是猴女，我认得的。她不是什么精怪，是人，是个可怜的女孩子。"静雯听此，感兴趣地问："怎么？龙兄弟认识这个女孩子？"蕴龙说"是的，有回在山坡的林子里遭遇了两只饿狼，幸好遇上了猴女，当时是猴女及时解围，我才得以脱离险境。猴女是个非常善良的女孩子啊！"众人听蕴龙这么说，方才安心下来。猴女目光搜索到了蕴龙，她静静地辨识了一会儿，眼里放出惊喜的光彩，她悬吊在树干上，嘴里咿咿呀呀叫喊着，像是非常高兴的样子。猴女一会吊在树干上打秋千玩耍，一会儿又在树丫间攀缘跳跃，动作宛如灵猴一般,那只鹞鹰一刻也不停留,紧随她左右,嘴里还不时发出尖利的叫声,像是再给猴女助威的样子。看得众人目瞪口呆。

猴女独自玩耍了阵子,忽而想起什么,她停止了下来,然后一手把握着树干,一只手伸了下来。猴女的手张开着,眼睛盯着蕴龙看,像是在乞求着什么东西。婉贞说:"龙哥哥,猴女在看你呢。"蕴龙说:"嗯,她是想让我过去。"婉贞说:"你要小心,千万别过去,猴女看起来十分野性,若是伤了你可如何是好?"静雯也说:"是的,龙兄弟,你不能过去的,这猴女的眼睛犀利,当心发生意外。"蕴龙说:"你们不必担心,猴女救过我的,她是不会伤害我的。"蕴龙说着走了过去。众人屏住了气息,目不转睛看着蕴龙和猴女。蕴龙来到槐树下停住,他望了望猴女的眼神,然后把一只手伸给猴女。果然,猴女见蕴龙的手伸过来,马上握住了蕴龙的手,轻轻一用力,就将蕴龙拽上了树。众人见此情形,不由得"啊"了一声。只见猴女让蕴龙坐定树上,猴女大大咧嘴嘻嘻笑了笑,便从怀里掏出两枚野果子来,放在蕴龙的手上。猴女将果子交代完毕,仔细打量了一下蕴龙,然后在树上左右欢喜狂跳一阵子,便像猴子一样,樊缘着树枝,从树上接连跳跃着离去了。猴女离去的动作很快,不一会儿身影就消失在茂密的树林中。那鹞鹰却在林子里盘旋飞了一圈,然后又奇怪地鸣叫了两声,追随猴女去了。

蕴龙拿着两枚熟透的野山果从树上下来,大家围拢过去,争相目睹这两枚果子。野生的,但两枚山果却是很大个头的。大家都说蕴龙交了好运,有这样奇异的女孩送野果子来给他享用,这是三生修来的福分。婉贞说:"这猴女生得奇怪,雪白的头发,黑黝黝的脸蛋儿,眼睛乌亮,却是有内容的。如今与龙哥哥交了好运,日后,怕是要把龙哥哥捉进山林去做山大王了不成?"众人听这话,哄然大笑起来。蕴龙说:"婉妹妹是会说话儿,猴女本性善良,哪里会来捉拿我的?她今天送我果子吃是碰巧了,我们游弋在野外,遇上她了。猴女没有歪心的,她是看着我们人多好玩耍,所以才这样兴奋。"静雯说:"龙兄弟这话不假,我看也是如此。今天见了猴女,我算是又长了见识。若不是蕴龙认得此女子,我还真以为是白发精怪呢。"蕴龙再三叮嘱,猴女出现在园子里的事不能透露风声出去了,免得本来无事却又节外生枝了。大家表示缄口,将此事守口如瓶,不向外张扬。

众人答应守口不外泄，又在亭子里谈笑了多时才各自回屋去了。这夜，正好乌显耀回来了，便有人将蕴龙擅自修改凤凰园亭子里牌匾题名的事上报了乌显耀。乌显耀细问了亭子改名的经过和细节内容，没有表态，倒是在一旁的潘淑鸢替蕴龙担心，生怕被乌显耀问罪了。潘淑鸢从中打圆场说："唉，是龙儿不知天高地厚了，没有老爷的许可，怎么好随便修改亭子名字呢？这是娃娃性子，还请老爷消气，待明天我去问过龙儿，让他纠正改过来便是。"乌显耀说："改过来大可不必了，既然蕴龙有心与众姐妹做了这事，就由他去好了。这小子倒是出息了，改过的名字和出的对子都还不错，就照他们姐妹的作品去张罗。这园子是他们玩耍的地方，就由他们去自由主张好了。案头的书籍虽然要读的，这园子里自然的活书也是要经常去翻阅的。孩子要多沾地气才有灵气，不然，终日读一肚子死书出来，恐怕也难有什么大的出息。"潘淑鸢说："我就是担心龙儿在园子自由散漫惯了，心收不回来。男儿家总不能一天到晚混在女人堆里，若不送到外面求个前程，将来怎么能继承祖业？"乌显耀说："这个我比你懂，再过两年，我自会安排的。现在就由着他们的性子去玩耍，玩耍够了，野性玩性释放干净了，到时自然就会收心归正道了。"潘淑鸢说："老爷说的是，水到拐处自然弯。我会按照老爷的说法去管好龙儿的。"乌显耀说："管是一个方面，该放任的还是先放任好了，男孩子省悟晚，到了一定年龄自省觉悟，便是水到渠成了。"

有乌显耀放话了，潘淑鸢的担心就消解了。事后，潘淑鸢把与乌显耀的话传与翠娥，要翠娥好生服侍蕴龙，也不能过于放任了。翠娥应了，回去高兴地将原话告诉给蕴龙，蕴龙自然喜不自胜。有老爷放话了，可在园子里与姐妹们再混熟个两三年，这日子岂不快活。蕴龙没有消停，便兴致勃勃来到婉贞屋里，将老爷的一番话告诉了婉贞。不想，婉贞听了却不怎么高兴，反而显出忧郁神情来。蕴龙感到奇怪，便问有何心事？婉贞叹息一声，说："这事好是好，可是我不能一直与你待在园子里的。过了中秋，家里就得使人来接我回去了。你这两三年逍遥日子，恐怕是难以留住我的。不但留不住我，静雯姐也是要回轿子顶去的。女大不中留，早晚都要出阁的。"蕴龙听了不免叹息一声，"先不说静雯姐的事，难道婉妹妹不肯在这园子里多居住个两三年再回去？这里不愁吃穿，又安静幽雅。我们之间又合得来，我去央求老太太，干脆这辈子就把你我都留在园子里，一同吃住，一同老去算了。"婉贞笑了，说："你这话倒是天真得很，世界上哪里有这等好事情，就算有，那也是一厢情愿想着来的。你将来是不是要成家立业来着？我呢，自然要被父母打发出阁的，岂能把我们留住一辈子？"蕴龙说："想想也是道理，妹妹就不能一辈子不出阁嘛？那样我们就可以在一起了。"婉贞说："不出阁也可以的，我倒是有个办法，就不知道你能不能办到？"蕴龙说："什么办法，你快说，即便是一百件一万件，只要妹妹不离开园子，我都能办到的。"婉贞说："那好，话可是你说的，办不到是要受罚的。"蕴龙说："若是办不到，妹妹只管责罚我好了，罚我当你的奴隶，一辈子的奴隶，我也心甘情愿的。"婉贞说："我可使用不起你这个'奴隶'，倘若你能在园子里修筑一座姑子庙，我守在庙里做了姑子，就不用出园子了。"蕴龙说："这可使不得的，难道你做了姑子，我还要在旁边修一座和尚庙守着你不成？"婉贞笑了，说："我是说玩话的，世上哪里会有这等奇遇。不过，你若是真心实意想留住我，办法倒是有一个，就怕这事情不好说出缘由来。"婉贞说着话，将目光转向墙壁上张贴的一幅月下鸳鸯睡眠相依图。婉贞看着这画，脸色不觉露出羞赧之色。蕴龙看不太明白，说："妹妹所指的缘由是什么？不妨说明白些，我好想法子应对。"婉贞说："这回怎么就傻了？说了你也不会明白的，说透了反而无趣了，是你我一时半会儿都弄不明白的事情。当下，过一天好日子是一天，别想那么多了。"婉贞说着，用温婉的眼神看着蕴龙。蕴龙也呆呆地望着婉贞。忽然，蕴龙像是发现了什么，探手要去婉贞的颈项去取婉贞戴的项链。婉贞用手拦住，"龙哥哥，你要干吗呢？"蕴龙说："我瞧你戴的项链十分雅致，想拿出来看看。"婉贞说："不用你来取，我拿给你看就是。"婉贞说着，从颈项取下项链递给蕴龙，蕴龙接过项链细看，见是一串梅花扣衔接的金项链。项链上挂着一块鸡心状的翡翠吊坠，翡翠吊坠纯度高，色泽翠绿，握在手里温润细腻，尚有余温。蕴龙经不住放在鼻子前闻了闻，吊坠有一股桂花的暗香。蕴龙说："这件翡翠吊坠很精美，还有一股桂花的香味，这莫不是婉妹妹体香带来的味道？"婉贞脸色顿时羞红了，她从蕴龙手上拿过项链，说："你又乱说话了，人的身体何来桂花香味呢？"蕴龙说："妹妹是仙家身体，带着香味是自然的。"婉贞笑了，说："你总说我是天上来的，话儿像抹了蜜，我才不信这些呢。龙哥哥不妨去静雯姐那里问一问，她是否也带着仙家的香味呢?"蕴龙见婉贞收住话题,一时无语对答,也不好再究根刨底。想着无趣,便借故早早离开婉贞屋里,独自往后花园去了。正午后花园清静,鸟声稀稀落落,蕴龙寻了一块青石,青石旁有一棵红豆杉树,蕴龙便倚靠在那里冥想。想着刚才婉贞一席话,未免心生凄凉。要好的姐妹终归要离去,这凤凰园子里或许会空洞剩下几个人。蕴龙越发胡思乱想着,心情越是模糊,不知不觉躺在青石上睡去。朦胧中,从树林里吹过来一阵风,风携带着一团白雾徐徐飘来。白雾飘至蕴龙面前散尽时,现出一个身穿桃花红衣裙的女子来。这女子貌若天仙,皮肤白净细腻,像是古典画里走出来的人物,一颦一笑,无不嫣然动人。

女子魅惑笑着向蕴龙施礼,说:"龙公子闲在此处为何而伤感? 莫不是有人欺负了你不成?"蕴龙见这女子,容貌似婉贞又像静雯,肤色有如熟透的仙桃,眼神秋波盈盈顾盼,婀娜妖娆,媚态十足。蕴龙见此女子举止不凡,便说:"哪里有人欺负了? 我是叹息春天的花朵为何花期这样短暂,有如流云,来了去了终归如匆匆过客,日后都作云烟散了去。"女子靠近蕴龙坐下,用柔软的手指轻轻抚弄蕴龙的脸,说:"龙公子是在单相思呢,既然喜欢一个人,为何不当面把喜欢两个字说破呢?"蕴龙说:"你怎么知道我喜欢哪个人呢?"女子说:"我可是通晓心灵的人,你的一举一动都在我眼里摆显着呢,难道我不知道你在想些什么?"蕴龙叹息一声,说:"唉,即便是想了又如何? 女孩儿大了就要出阁嫁人的,我奈何拦得住? 都是神仙一样的姐姐妹妹,我这心里又如何舍得呢?"女子轻轻呸了一声,说:"说你是一个痴物情种一点也不过分,你是读迷了《红楼梦》,想整日混在姐妹堆里热闹,生出万种心思风情想着姐妹们都不要嫁人,一生一世陪着你才好呢! 世上哪里有这样的好事都被你一个人占有了去。算了,那些镜花水月里的事莫要非分去想了,你随我来,我带你去个好地方散散心情,也不枉你来世走一遭。"蕴龙狐疑,问:"仙姑这是要带我到哪里去? 莫非同那红楼里警幻仙子一样,引我去另一重幻境之地?"女子说:"你这浊物,又在想好事。那太虚幻境是你能去的地方? 我这是指引你去'真由梦源',还原你个来世真身罢了。"蕴龙听了有些茫然,说:"何谓'真由梦源'? 来世真身? 仙姑这话里藏着什么迷局?"女子说:"别问那么多,跟我去了就知道的。"

女子说毕,紧紧拽住蕴龙的手,往真由梦源去了。蕴龙一路只感觉飘飘忽忽的,转眼间就随女子来到一片幽谧奇诡密林中。林中宛然露出一个园子来,那拱形雕花镂凤的园子门楣上写着"真由梦源"四个篆书字体,门楣两边悬挂着一幅青木板雕刻的对子,对子用小篆雕琢,字迹古朴典雅。

上联:由来春梦真真假假恨作假

下联:往返秋雨缠缠绵绵苦是真

看罢对子,蕴龙心里暗想,这对子撰得好,道出了春怨秋愁,此景仿佛就在眼前浮动。女子见蕴龙看着门楣对子犯傻,便催促说:"还不快点跟我来,门上的对子若是让你看出个端倪来,这真由梦源就不会让你白来一遭了。"蕴龙听罢女子这么说话,只得跟着来了。进了门子,穿过一片杂树丛林,眼前豁然露出天光。女子站在茵绿坡前停住脚步,蕴龙见坡前情景,竟然惊讶得半天没有说出话来。原来这山峦草色茵绿,坡连坡的,生着一片片野杏花树。那粉白、粉嫩红色、淡绿色、鹅黄色颜色杏花,层层叠叠,相互交错辉映,漫山遍野生长,毫无秩序地蔓延开放着。这色调,有如仙画里调匀出来的真彩,自由泼洒出来一片奇异的情致。

女子说:"看见了,这片野杏花林是没有什么俗气沾染的,彼此的颜色都是相互增彩帮衬着的,多一分或是少一分都不行。它们天然生就本性,才出落得这般精妙绝伦,凡是见了野杏花面的人,都会感到年轻了几十岁呢。"蕴龙点头称是,说:"是让人看着年轻美丽了,这般景致,莫非去神仙画里寻找才有的。今儿个仙姑带我来寻着了,饱了眼福,此生无憾了。"女子神秘地笑了笑,说:"这就算饱眼福了?花有因果,树有灵性,若不是有合适的人来陪衬,也算不上是绝好的景致。"蕴龙纳闷,问:"眼下色彩都这般迷人了,难道还算不是绝好的景致?"仙姑微笑着用手朝前一指,说:"你再看那杏花林子里还有什么东西?"蕴龙顺着女子的指向望去,见一群穿着白色、果绿、桃红、粉黄裙子的漂亮古装女子,笑逐颜开,在山坡的野杏林里追逐玩耍嬉戏。这群女子仿佛是从仙境里悄然溜出来的,各个青春靓丽,细腰高挑,嗔笑嫣然,声音甜美悦耳,宛若百灵黄鹂鸣唱,游离在这片野杏林里。

那窈窕柔曼的姿态,有如泉风缠绵树林悠游,这般奇美景象,像是古典画里跑出的一群美轮美奂的青春少女,优游出了画面,就收不回了。

女子说:"看见了吧,这才叫野杏林春光无限呢。你这浊物,还站在这里犹疑什么?那仙境里正少了你这般风流的人物,还不快去与姊妹们一道游逛玩耍,疯癫一场!"蕴龙迟疑了一下,仿佛有什么驱使着自己,竟然遵循女子的意思,一路飘忽着奔了过去。才要接近这群彩衣仙子们,那群女子好像有感觉似的,没等蕴龙挨近身子,又往杏林深处飘飞去了。蕴龙尾随跟上,便觉得这群女子身上一路飘洒着奇异的芳芳,这香味好似蜜蜂采集的百种花粉蜜味,混合着淡雅野杏花幽香,一路上袭来。蕴龙顿觉精气神旺盛,只想着一路跟了去。说也奇怪,凡是这群彩衣仙子经过的杏花树林,都有缤纷的杏花纷纷飘飞下来。那杏花好像有心知似的,知道该为谁而飘落,直到彩衣仙子们途经一片粉白色杏花林时,有一名身着杏黄裙子的女子像一团棉絮样跌倒在一棵野杏树下。这女子好像是脚踝受伤了,一脸娇羞难过表情,倚靠在杏花树下呻吟着。蕴龙赶了上来,停住步子,上前关切探问:"这位神仙妹妹,伤到哪里了?要紧不?"女子羞赧说:"崴着脚踝了,我怕是行走不成了。"蕴龙蹲下身子,用手试探握住女子的脚,轻轻揉捏按摩,说:"别担心,我来给你看看如何?"女子泪眼蒙眬,说:"怎么,你也懂得医术的?"蕴龙说:"略知一二,可以试试。"女子眨动水波盈盈的桃花眼,说:"公子既然有意,那就试试看呗。"蕴龙得到许可,便尝试着与女子揉捏起脚踝来。女子脚踝伤得并不严重,或者是根本没有受伤。她的面部表情看不出丁点痛楚颜色。女子魅惑露着笑颜,笑里蕴含着几分挑逗。女子说:"今儿个在野杏林里与公子相逢倒是缘分。公子又替我捏脚,我不知道是哪辈子修来的福分才有此等恩惠。"蕴龙说:"不知仙姑是从哪里而来?那飘去的几个姐妹们都是你们一家子的人嘛?"女子说:"你问我从哪里来的,我说了你也不相信,不如不说了。不过,这片如梦如幻的野杏林就是我们的家,我们七姊妹都居住在这片野杏树林子里,每天空闲了,就结伴在杏花岭四处游逛。我是最小的妹子,你叫我采薇就是了。"蕴龙见采薇模样却是与采芹有番相似,说:"采薇?我身边有个丫鬟叫采芹,你们俩却像是姐妹一般模样,这真是有缘分了。"采薇说:"既然是缘分,公子何不与我在此共欢云雨一场?"蕴龙不解,说:"何谓云雨？采薇妹妹说起谜语来了不是？"采薇暧昧笑道:"龙公子是这般殷勤好色的人,难道不知男女云雨之事？"蕴龙说:"请采薇妹妹明示。"采薇俯身贴耳,与蕴龙悄悄将男女暧昧媾和之事耳语一番,蕴龙听罢立马羞红了脸容,说:"采薇妹妹这是说哪里的话儿,这种事情可是万万使不得的。"采薇说:"呸！如何使不得？谁不知道你与翠娥的私事,这还瞒得住我们的仙眼,快快服从了我便是。"蕴龙还想推脱,采薇却不依了,只管将蕴龙的手擒住,往杏林深处引导了去。

采薇似乎有幻力,任凭蕴龙如何挣扎,依旧摆脱不了采薇的百般纠缠。几经穿梭,便来到一泓泉水涧,此泉清透莹澈,水面蒸发着袅袅热气。泉的周围环绕着茂密的野杏树,粉红、嫩绿、鹅黄杏花争奇斗艳。花朵鲜嫩娇艳,成群彩蝶翩跹纷飞,招惹着杏花。杏花树掩映下的温泉,幽静芳芳,把这泓野泉围聚的密不透风了。采薇粉眼含情,脱了衣裙,裸身进了泉水里。那一身粉嫩柔滑的肌肤,被清泉逼出几多水粉画的柔曼色泽来。采薇没在泉水里,不时露出身子,将两团丰满白嫩的玉碗儿露出给蕴龙看。蕴龙见了,这两团白腻尤物,点缀了两粒熟透底了樱桃红,那肌肤有如剥了荔枝壳的荔枝肉儿,不用凑近处了便闻得见浓郁的水果芬芳味道来。丰满柔丽的形态,宛如一杯醉人的美酒,不等你品尝,已经醉意绵绵了。采薇招呼蕴龙过去,蕴龙身不由己就去了,两人裹在泉水里,尽情嬉戏玩耍暧昧。忽然有一阵风从外面吹进来,泉水周围满树的野杏花纷纷飘落下来。花瓣漂浮在水面,采薇和蕴龙被花团锦簇拥抱着了。两人如鱼得水,嬉戏暧昧多时,蕴龙猛然感到一阵快意,在采薇柔软的怀抱里泄了那团灵气。这时,树林外突如其来一阵喊叫蕴龙的声音,泉周围树上的鸟雀顿时四处逃散。蕴龙猛然一惊,梦醒了。

蕴龙起身,看清楚了自己的处境,并不是在梦里所见到的美泉花地,却是卧在凉石上,南柯美梦了一场。丫鬟采芹正摇晃着他的身体,不停叫道:"龙少爷,你醒一醒啊……"蕴龙神情有些恍惚,"你是采芹？我这是在哪里呀？"采芹说:"少爷是在做梦不成？这是后花园呢,瞧你一个人睡在凉石上,用手儿比划着说胡话呢。若不是我来喊醒你,恐怕你要一直睡到天黑了。"蕴龙方才醒悟,"唉,真是美梦啊！一直睡到天亮也不打紧的。可惜好梦不长,被你惊吓走了。"采芹说:"我是看见少爷睡在凉石上久了会着凉生病的,况且这周围没有人来,若是有个什么好歹,我们怎么好去与老爷太太交代。"蕴龙说:"也罢了,好花不常开,好梦不常来。即便是来了,也不过过眼烟云一场,你是怎么寻到这里来的?"采芹说:"翠娥姐姐炖好了野斑鸠汤,让我出来寻你回去吃呢。这不,婉贞姐姐和静雯姐姐哪里都去寻找了,都说你回去了。我思想着家里没有见你,或许是到这后花园里来了,所以就寻到这里。"蕴龙见采芹说话的样子,颇有点梦里采薇的娇羞媚态。那柔软可人的小蛮腰儿,像是挽着杨柳风样婀娜轻盈;再看一双秋波眉目眼睛,频频含情脉脉。小胸脯鼓鼓的,有如里面藏匿了一对雪白的乳鸽子,让藕绿纱衣衬托出几多风情来。蕴龙看迷了眼睛,又想起刚才梦里与采薇的云雨事来,神情便有些痴痴的。采芹瞧见蕴龙的神态,心里便明白了七八分内容,问道:"龙少爷,你刚才梦见什么了?"蕴龙望着采芹魅丽的样儿,便将梦里的事细细讲述给采芹听。采芹听罢羞红了脸,说:"少爷也真会做梦儿,竟然梦到这般好事情了,好羞人呢。"蕴龙瞧见采芹不胜娇羞的样子,便央求采芹与他做梦里媾和之事。采芹先是不依,后来见蕴龙抱了自己,便说:"这里有些显眼,不方便,我们去林子深处那片花海里去吧。"于是,蕴龙携了采芹往林子深处花海里去了。

林子深处花海,是一丛茂密的杂树围聚起来一小片茵绿野草的空地,空地上自然生长了不少合欢花树。时节正值合欢花开,那些紫红、胭脂红里带粉白的合欢花缀满枝头。蕴龙知道这片野合欢花地方,每年合欢花期,他都要摸进来几趟的。今天经采芹这么一说,自然想到这地方是一处绝好暧昧之处。采芹早就物色好了这个地方,只是没有机会在此接近蕴龙。今儿个巧遇上了,便提醒蕴龙来合欢花处交好。采芹自行宽衣解带,然后仰躺在软和的草地上,蕴龙见了采芹一身雪白的肌肤,胸脯上一对发育刚好的美丽尤物,有如两只倒扣着涂抹了一层新鲜牛奶汁液的玉碗。那迷情幽境,似有几缕娇情的水草,卷曲护卫着那尊可爱乖巧玉润的珠宝儿。这恰如画里的生动演绎,藏匿着无限魅惑力。两人在合欢花里美美亲昵了一番,过程妙不可言。其间,有画眉藏匿树林暗处婉转啼鸣相伴,合欢花树微风轻轻摇曳,不时抖落碎瓣花叶飘在蕴龙和采芹身上。还有一两只彩蝶流窜进来,围绕着蕴龙和采芹周围翩跹舞蹈。两人舒缓有规律的动作,有如风扶杨柳般柔情似水般蜜意。采芹几乎不让蕴龙停下来，到了惊心妙意处，采芹娇羞喘息，语无伦次，直嚷嚷着让蕴龙快点动作。蕴龙顿感泉涌不住，不由得飘飘然了去。两人依偎温存了好一会儿才逐渐分开。蕴龙搂抱住采芹亲吻了一下，说："今后我会对你好的。"采芹娇羞地窝在蕴龙怀里魅笑着，两人又甜言蜜语好一阵，才依依不舍悄然离开了。

　　蕴龙和采芹一前一后回到屋里，翠娥瞄了一眼蕴龙和跟在后面的采芹，说："都这半天了，你们是去哪里了？"采芹说："姐姐让我去寻龙少爷，寻了大半天，才在后花园里寻见了。你猜我们的龙少爷在做什么呢？他竟然昏昏然在一块凉石上面睡着了呢。"翠娥说："怎么随便睡在凉石上呢？石头是阴性的，寒凉入了身子是要生病的。"蕴龙说："我也感觉恍惚，若不是采芹喊醒我，恐怕我要一直睡到天黑哩。"翠娥说："那后花园平日里就少有人去的，当心林子里冒出来个什么妖孽的东西，将你魂勾引了去。"蕴龙说："我不怕妖孽的。即便是有，若是被她勾引了去，那我倒要去妖孽那里领教一番呢。"翠娥哼了一声，说："又在说胡话了。倘若真是遇上了妖孽，怕是救不了你了。"翠娥说着话，忽然像是发现了什么，便走到采芹身后，从采芹的头发上拣出一根纤细的草叶来。翠娥拿在手里仔细端详了一番，又围着采芹转悠了一圈，说："你这头发里的青草是哪里来的？还有身上沾染了草绿色，莫非滚到花海草丛里去玩耍过了？"采芹的脸色羞得通红，说："姐姐说哪里的话了，我刚才去寻少爷，不慎在草地上滑倒了，身上沾染了草叶不足为奇的。"翠娥哼了一声，说："跌了一跤？这身上、头发上像是沾染了合欢花的痕迹，难道你是去了那片合欢花林子了？"蕴龙听到此，忙着打岔，说："采芹不过是跌倒在花草上面了，不必大惊小怪的。都怪我，四处乱窜，害得你们受委屈。有什么过错，都算到我头上好了。"翠娥说："你倒是会站出来打圆场，这屋里，谁敢算你的账呢？你若是平日好生安分些，也就不难为我们做奴婢的一场苦心了。"蕴龙说："好了，我以后听你的就是了。"夜里，翠娥也不怎么搭理蕴龙了，独自睡在外间屋里去了。采芹暗自得意，背着翠娥得了好处，初尝禁果，这般滋味有如黏上了蜜糖，得了一回就想着有二回。只是碍着屋里有翠娥在，不好放肆，只有等待机会再说。大家各自去安睡了。

第八章　鬼笨洞外觅仙家

　　第二天一大早,蕴龙与翠娥扯了个幌子,说是去静雯婉贞那里玩耍,便偷着约上蕴菡,去厨子那里要了几个白馒头包好,一路去牛场坡会椿香去了。

　　今天是去探访鬼笨洞的日子,椿香也早早备好了行装,等候在牛场坡山坳里。还没到约定的地方,大黑便早早蹿了上来。大黑摇着尾巴,绕着蕴龙和蕴菡兜圈子,然后扑上来双爪搭在蕴龙的肩上,不停地用舌头舔着蕴龙的脸颊。蕴龙用手抚摸着大黑的头,亲昵了一会才放手。蕴菡说:"哥,这是谁家的黑狗? 怎么对你这样亲啊?"蕴龙说:"这是椿香妹妹家的猎犬大黑,我平日与椿香熟悉了,和大黑自然就成了好朋友。"这时,大黑也朝着蕴菡摇摆尾巴。蕴菡也用手抚摸了一下大黑的头,大黑依样伸出舌头,亲热地舔着蕴菡的手。蕴龙说:"大黑是有灵性的狗狗,它认亲呢,见你是我的妹妹,对你也热情起来。"蕴菡说:"我好像见到这狗狗,也很眼熟,没有陌生感,我与大黑也有缘分呐。"蕴龙和蕴菡说着话儿,便来到了山坳处。椿香见蕴龙把蕴菡带来了,有些担心,"去鬼笨洞有十多里山路,路程崎岖不平的,不知蕴菡妹妹走得动这样的山路否?"蕴菡笑了,说:"我又不是裹了小脚的妹子,为何走不动这几十里的山路? 况且我也是山里出生的,腿脚还是有力气的。"蕴龙说:"是的,蕴菡妹妹不比那些绣楼闺阁里的女子,她是跟着我从山野里跑出来的,带上她不碍事的。"椿香打量了一下蕴菡的气色,说:"那好,没有问题就行,我们现在就出发。"椿香说着,把随身携带的两个斗笠递给蕴龙和蕴菡,说:"你们把斗笠戴上,走这条偏远僻静的山路,得提防着点狼豹才是。"

　　蕴龙和蕴菡戴上斗笠，便跟着椿香上路了。椿香对这一带路径熟悉，加之前面有大黑探路，一路走起来还是比较顺利的。但越往山沟深处去，四周的环境越加静谧幽美。满山的草木葱茏，各类奇异的古树成群结队、错落有致排列在一起。杂树多，老松柏也不少，其间混杂些白杉树、红豆杉、百年千年古银杏树、老槐树和巨型桂花树。巨树古木群落交相辉映，遮天蔽日的，山涧小道被郁郁苍苍的树林掩映着，曲径幽深。前不见生人，后不见来人。途中，杜鹃藏匿在浓荫深处啼鸣，百灵鸟和画眉交替着婉转，唱着寂寞的歌，时不时从坡上的树林里流窜出几只果子狸来。果子狸俗称白面，它们在树丫间灵活攀爬跳跃，嘴里不断发出咻咻怪异的叫声，似乎是在对这三个突如其来的闯入者发出警告或者询问。蕴龙和蕴菡一路走过来，样样都感到新奇，因为在山寨周围是难以见到成群的果子狸的。

　　椿香兴许是习以为常了，她笑了笑，说："深山里的果子狸怕生，怕人捉了它们下火锅吃，所以遇见陌生人闯入，以为是猎户，它们要发出怪怪的惊叫声。其实，它们是在互相通风报信，意思是有生人进林子了，大家要小心啦。"蕴菡说："这么可爱的小动物，怎么忍心将它们下火锅炖来吃了，我是不吃的。"椿香说："果子狸是野味，肉质鲜美，皮毛很珍贵的。所以，要被猎人捕获捉了去。"蕴龙说："椿香，你家是猎户，是不是也捕获果子狸？"椿香说："有时会捕获到的。那是我爹爹用火药枪从树上打下来的，可我从来不吃果子狸。"蕴龙问："为什么你不吃？那可是难得的野味啊！"椿香说："我也觉得果子狸可怜，样子也可爱，像精灵一般，所以不吃它。"蕴菡说："那你不会不让你爹爹去打果子狸？"椿香说："唉，大人的事，我怎么能说得上话。况且爹爹也是为了家里的生计才这样做的。家里用卖了捕获猎物的钱买布匹和其他用品，我们一家才有衣穿有饭吃呀。"蕴龙和蕴菡听了椿香说这番话，才不继续追问下去。

　　走了约莫一个时辰山路，椿香见蕴菡有些吃力了，便寻到一处裸露的山岩处，说："走了一个时辰山路，大家累了，我们在这里休息一会儿，吃点东西再走。"椿香说着从布袋里掏出糯米粑粑，还有几节香肠，分给蕴龙和蕴菡。然后从周围收拢了些干柴用洋火点燃，将香肠和糯米粑粑穿在树枝上，支在火堆上烘烤，糯米粑粑见热很快就变软和了。蕴龙和蕴菡也照着椿香烘烤的样子，将手里的香肠和糯米粑粑烤热了吃。蕴菡边吃边说：

"椿香姐姐,糯米粑粑好香糯,你家的香肠比我吃到的任何香肠都有滋味。这样的吃法还是第一次遇上呢。"椿香笑了笑说:"蕴菡妹妹,你是饿了的缘故。人饿了,吃什么都香呢。"蕴龙说:"也不全是这样。你家的黄糯米粑粑和香肠做法与别人家的不一样,所以吃起来就格外有味道。"椿香说:"也许是这样吧。我家的黄糯米粑粑用料是采集上好的糯米、黄米和山泉水浸泡后蒸煮的,另外加了些香桂花在里面,再混入些桂花香蜜,这糯米粑粑就带着自然甜香了。香肠是宰杀年猪肉灌制而成的。我家的猪平时吃红薯和苞米,猪肉比较实在。加上各种调料俱全,然后用松枝和甘蔗渣熏烤多日,那松枝的清香和甘蔗渣的甜味混合在一起,滋润进猪肉里面,这香肠自然就格外香了。"

大黑蹲守在旁边望着大家用餐。蕴龙忽然想起了什么,从携带的包里取出馒头,说:"我还差点忘记了,我给大黑带了馒头。我们只顾自己吃饭,把大黑忘记了,可怜的大黑。"蕴龙说着将两个馒头放在大黑面前。大黑也走饿了,没有多讲究,便大口囫囵吞吃了起来。不多会儿,两个馒头就下肚了。椿香说:"不打紧的。大黑饿了会逮田鼠和野兔子吃的。"蕴菡说:"大黑有这么能干呀? 会逮野兔子呢。"椿香说:"逮野兔子是小事一桩,若是遇上草鹿,它也会去扑咬猎获的。"蕴菡赞叹说:"大黑真厉害!怪不得椿香姐姐一个人敢走山路,有大黑在身边,安全多了。"

三人说着话用完了午饭,然后又上路了。越往山里深处去,树木越加茂密幽深,周围地貌变得复杂起来。椿香不时提醒,走到这里要格外小心,提防饿狼流窜出来伤人。椿香的话才落音,走在前面的大黑忽然狂吠不止,似朝前扑咬什么东西。椿香见此情形便知不妙,顺着大黑的叫声望去,见悬崖凹处现出一个动物来。椿香赶忙止步,让蕴龙和蕴菡不要走动了。椿香说:"我们有麻烦了,遇上狼了,好像不止一只呢。"蕴龙说:"你怎么知道不止一只狼呢?"椿香说:"若是只有一只狼,大黑早就冲锋上去,把狼撵走了。现在大黑站在原地狂叫,证明前面情况复杂,会有好几只狼的。"蕴龙和蕴菡听椿香这么说,知道问题严重了,只能听椿香的安排。蕴龙和蕴菡停下脚步,朝四处寻望一圈,好像都发现了什么,蕴龙和蕴菡悄声说他们也见到狼了,四处都有,七八只呢。椿香望了望身边粗壮的银杏树,说:"蕴龙哥,你先带着蕴菡妹妹到树上去,这回来了七八只野狼,是组群的,我们得先上树躲一躲。"蕴龙说:"我们上树了,你怎么办?"椿香使了个眼神,说:"不用担心我,我会到对面那棵树上去,分散它们的注意力。"蕴龙见是这样,便帮助蕴菡上了树,自己也很快攀爬了上去,然后找了一根较粗壮的树杈将蕴菡安顿好。

椿香见蕴龙和蕴菡到了安全地方,便指示大黑朝一棵匍匐盘曲的老松树上去,大黑练习过上树的本领,况且这棵老松树躯干粗实,歪斜着距离地面不远,大黑弹跳力好,稍一用力便弹跳上了松树,然后拣一处容易蹲守的枝干埋伏了下来。椿香瞬即迅速抽身,往对面一棵高大的红豆杉上奔去。椿香身手敏捷轻盈,三两下就攀爬上了树的高处。合围的狼群这才反应过来,它们飞快地从不同方向汇聚到树下,仰望着树上的人,一边转悠,一边想着鬼主意。一只头狼嘴里不停地发出一阵阵嚎叫,尝试着攀爬蕴龙和蕴菡所在的银杏树,但未上到一半便无法抓住树干,重重摔了下来。头狼掉下来,其他野狼都围聚上来示好。狼群无奈,只有围聚在树下,暂时休息。

蕴龙骑在树上对椿香说:"椿香妹妹,现在怎么办?狼在地上守着呢,看样子一时半会儿不会走开的。"椿香今天走得急,忘记带上家里炮仗,身上只带了一把防身用的砍柴刀,自然是奈何不了树下这群狼的。椿香说:"我们先在树上等等看,这群狼不像是饿狼,等它们困乏了,实在没有办法,它们会自动离开的。"蕴菡说:"不会等到天黑了吧?天黑了若是不能回家,我们可就惨了。"椿香说:"蕴菡妹妹不要怕,不会等到天黑的,若是过半个时辰它们还不走开,我自有办法对付它们的。"蕴龙说:"妹妹不用担心,椿香在山里闯荡习惯了,这几只狼能够对付得了。"蕴龙的话音刚落下,忽然,从旁边的树林里传来一阵阵咿呀哇啦的怪叫声。紧接着,只见树林里飞跃来一个人影。人影后面跟着一只鹞鹰。这人披散一肩雪白的头发,攀越树的枝干有如猴子般轻盈灵动。一阵风的工夫,就来到蕴龙和椿香中间的一棵白杉树上。椿香见了来人,一眼便认出了猴女,随口说:"是猴女来了。猴女来了,我们就有救了。"蕴龙见过两次猴女,马上也认出了攀附在身旁树上的猴女。蕴龙说:"果真是猴女来了,她怎么知道我们在这里的?"椿香说:"猴女经常在这一带玩耍、采野果子吃。她的耳朵灵敏得很,方圆几十里山林有什么动静,她会循着气息或声音来的。我们刚才生了烟火吃中饭,猴女或许是循着烟火或者狼的嚎叫声来的。"蕴菡说:"猴女真不简单,是有灵验的人呢!"蕴龙嘘了一声,说:"当然是有灵气的,上回她也救过我一次。看来,我们与猴女有缘分。"

猴女坐在白杉树的枝干上,朝下面守候的狼张望了一下,认准了站在最前面个头较大的头狼,然后从怀里掏出两枚鸡蛋大小的鹅卵石来。猴女瞄准头狼的眉心,迅速将鹅卵石朝头狼投掷了过去。猴女投掷石头的速度快,打击力度准而狠。正在纳闷的头狼来不及反应,便着实被鹅卵石狠狠击中了脑门。狼的头颅坚硬,被击中后怪叫一声,马上去追逐落下的石头用力撕咬,以为是只活物伤害了它。正当头狼撕咬石子时,猴女又将第二枚鹅卵石投掷了过去。这一次猴女没有再打击狼的头颅,而是瞄准狼最脆弱的部位,后腿关节进行精准打击。头狼只顾撕咬石头,没有顾忌暴露的后腿。猴女投掷的鹅卵石又稳又准确,结结实实击打到狼的腿部。瞬间,一声咔嚓骨骼断裂脆响,这只头狼的腿就瘸了。头狼发出一声惨痛的叫声,拖着瘸腿狼狈逃跑了。头狼掉头逃窜,几只零散的狼便跟着头狼后面灰溜溜地逃走了。

猴女解围,蕴龙和蕴菡才从树上溜下来。大黑也从树上跃下,围着蕴龙和蕴菡摇摆着尾巴,猴女仍然坐树上盯着蕴龙和蕴菡看。椿香朝猴女招手,示意让猴女下来。猴女稍微停顿了一下,便轻盈地从树上顺溜了下来。猴女来到蕴龙和蕴菡身边,歪着脑袋奇怪地看着蕴龙和蕴菡。猴女的目光停留在蕴菡脖颈上的银项圈上面,猴女看着看着,用手去拨弄了蕴菡的项圈。项圈是纯银打造,上面镶嵌有玛瑙和装饰苗家花纹,并吊挂着一圈细小银铃。猴女拿手拨弄银项圈,便有银铃声发出来。猴女觉得奇怪,又拨弄了一下,好像很喜欢这个会发出声音的东西。

蕴菡看出来猴女的意思,说:"你是不是很喜欢这东西?若是喜欢就拿去吧!"蕴菡说着将银项圈从脖颈上取下来,递给猴女。猴女看看蕴菡,然后不由分说一把将银项圈抢在手里,摇晃了几下,也学着蕴菡佩戴项圈的样子,将银项圈戴在脖子上面。猴女得了银项圈,好像得到了什么宝贝似的,欢喜得不行,她没有再逗留,一路欢快地朝山林深处跑去了。她一边跑着,嘴里一边咿咿呀呀发出奇怪的叫声。椿香说猴女发出这种声音是高兴,她得到了自己喜欢的东西就会发出这样近似疯狂的喊叫声。

蕴菡有些惋惜，叹息了一声，"唉，真想和猴女多玩一会儿，她这样疯疯癫癫的性格我挺喜欢的。"椿香说："你把自己身上的饰品给了猴女，你回到家里如何向家人交差？"蕴菡说："没事儿，我就说丢在山里了，再说家里这种饰品多得很，改天我也送你一个，好不？"椿香说："我哪里受用的起呢？那是富人家小姐们戴的饰品，我不好要的。"蕴菡笑了，说："有什么不好要的，是我送你的，你就受用得起。"蕴龙说："是啊，我们之间没有什么富人穷人的，都是兄妹，自家人，莫客气噢。"椿香说："好吧，到时再说，我们现在还是赶路要紧。"

经椿香这么一说，蕴龙和蕴菡也就不再问话了，三人收拾了一下行装，带着大黑，又开始向鬼笨洞方向寻去了。越往山的深处去，风景越是幽美。鬼笨沟的泉水蜿蜒盘曲在沟底，两三人合抱不过来的银杏古树和一些上千年的老松树相互攀比着年龄，在那里显赫着它们苍劲古老的枝干。一些杂树、藤蔓也混迹其中，枝枝蔓蔓交错勾连，营造着一种神秘的氛围。山林深处，鸟影却稀少了，多了些猕猴和金丝猴，偶尔出现在树上露出惊慌失措的神态，望着山里的来人。

蕴菡一路看着风景，不觉得怎么累了。蕴菡说："椿香姐姐，怎么这深山林子里的鸟儿没有山外面多呢？"蕴龙说："正午时间，鸟儿飞到其他地方去了，所以你见不着它们的。"椿香说："也不全是这样的。靠近山寨田土的地方鸟儿多，那里有东西吃。深山里可供给鸟儿们吃的东西没有山外多，因此，鸟儿们多半喜欢群居在山外有人烟田土的地方，那里有虫子和谷子吃。"蕴菡说："椿香姐姐说得有道理呢，哥哥，这点你就没有椿香姐姐知道的多。"蕴龙说："那是的。椿香妹妹在山野里待的时间多，见多识广，听她这么一说，我也明白了许多道理。"椿香说："你们兄妹俩别夸我了，我没有你们想的懂得那么多事情。你们书读得多，比我见得才多呢。"

三人一路说着话儿，一边摸索着山路前行。椿香见前面有突兀的山崖出现，便探头往沟里瞧了瞧，说："鬼笨洞快要到了。"蕴龙听说鬼笨洞要到了，颇为兴奋，说："你怎么知道就要到了？"椿香说："你看鬼笨沟里的溪水渐渐变窄，而且水流湍急，想必那鬼笨洞就在前面不远的地方了。"椿香话语刚落定，忽然，大黑冲着前面的林子狂吠起来。椿香喊住了大黑，大黑回到椿香身边坐下，眼神一直盯着前面的林子。这时，从树林里蹿出两个人来。两人衣着不整，一个人腰间插着土造匣子枪，另一个肩着一杆长柄火药枪，看面相，来者不善。椿香停住步子，示意大家避让开一条路，让两个不速之客过去。可是，那来人却停住不走了。

两个陌生人打量着椿香、蕴龙和蕴菡，腰间插火药短枪的男人把目光停留在蕴菡身上不停地瞄来瞄去。蕴龙将蕴菡拉在自己的身后，说："你们是从哪里来的人？干吗要挡住我们道儿？"扛火药枪的男子冷笑着说："你小子胆子挺大的，还敢问我们是从哪里来的？告诉你，你们踏进了我们山豹子寨主的地盘，想要过这条山道，不是那么容易的事！"蕴龙一听是山豹子，便略知其中的道道了。他在家里听父亲说过山豹子的事，他是个土匪头子，经常下山作乱，抢劫山民的钱财家产。山豹子盘踞在一个叫神洞的大山里，平日里神出鬼没的，与官府尚有勾结，因而作乱也没有人能管束得了，相当霸道。今儿遇上了，算是倒霉！

蕴龙心里一边想着这些事，一边思考着脱身之计。这时，不料蕴菡突然挺身出来，用手指着山豹子说："哼，我才不管你是山豹子还是狼豹子，做什么事情要讲道理，不然，要遭天打五雷轰的！"持火药枪的山匪一听这话，马上跳将起来，说："你这个黄毛小丫头简直是无法无天，敢用这样的口气和我们山大王说话！也罢，今天就把你弄到寨子里去做压寨夫人！"蕴菡啐了一声，说："你们是癞蛤蟆想吃天鹅肉啊！你们还是乖乖地让路，不然别怪我对你们不客气啦！"山匪气急败坏地说："你还得势了不成，看我现在就绑了你！"山匪说着就要动手。一言不发的山豹子伸手拦住山匪，说："休得无礼。这位小女子说的对，我是癞蛤蟆想吃天鹅肉。不过，我现在还没有这个胃口，因为你这只小天鹅还没有长大，等你再长大些，我一定要来捉了你这只天鹅到山寨里去做压寨夫人的！哈哈，好有个性的小鹿羔子！"

山豹子说完话，伸手去捏蕴菡的脸蛋，被蕴菡用手打开了。山豹子仰天哈哈大笑几声，便呵斥着山匪和他一道扬长走开了。山豹子和跟班山匪不一会儿就消失在茫茫山林中了。椿香望着山豹子和山匪消失的背影，有些担心地说："坏事了，今天算是倒霉，遇上了山豹子，这个土匪头子，他若想要的东西，没有他办不到的，往后，蕴菡妹妹要多加小心才是。"

蕴龙说:"是的,遇上山豹子这样的土匪,日后是得多加小心防备了。"蕴菡说:"我才不怕什么山匪地匪呢!他是人,我也是人,这种山林土匪,你若是软弱,他才会欺负你的。"椿香说:"蕴菡妹妹胆子真够大的,遇见拿枪的土匪都不害怕。"蕴菡说:"我真的不怕。我就是觉得自己能够对付这些野蛮人的。"椿香说:"好。你真勇敢!我们继续赶路,前面应该要到达鬼笨洞了。"椿香说着又开始在前面引路。绕过一座突兀的山崖,再下一个白石坡,就看见鬼笨沟上游流水口被一座横截面的山体堵截住了。椿香望了望山坡下面,说:"好了,沟底下面隐隐约约有个洞子,水流就是洞子里面流出来的。我们现在下去看看,说不定这地方就是鬼笨洞了。"

蕴龙和蕴菡跟着椿香往下面去了。还好,山坡坡度不算怎么陡峭,乱草枝蔓横生,野树滋生,这下面没有人来探访过的。椿香用砍刀斩断挡路的杂草枝蔓,三人顺利下到沟坎底部。到了底部,鬼笨沟水流便呈现出来了。沟底水质清冽,冲刷着高低不平的鹅卵石床,发出哗啦啦清亮的水流声。溪流旁边,岸草青绿,不知名的野花点缀其中,不时有珍稀彩蝶流连翩飞,或停留在野花上采集花粉,或往来翻飞越到溪流那边的花丛中去活动流连。有两三只红嘴山雀子落在裸露出水面的石头上,翘动尾巴,四处紧张观望,然后小心翼翼把头探近水面点滴饮水。一只羽毛黝黑的野生八哥鸟,胆大地在溪水边用翅膀拍动着水流,不停抖动着浑身的羽毛洗澡,样子十分调皮可爱。

椿香带着蕴龙、蕴菡和大黑进入这里,平静便打破了。大黑很兴奋,四处跳跃,钻进草丛寻觅它感兴趣的东西,还不时跑到溪水边,弄起些水花响动,它似乎很喜欢这个地方。鸟儿们受到突如其来陌生人的惊吓,接踵飞走了。只有蝴蝶还在那里不慌不忙地挑选着它们喜欢的野花,时而停留在花蕊上吮吸花蜜,时而在草丛野花间蹁跹游动。

椿香继续朝沟底方向探路。走了几十步路,椿香用手拨开一丛长茅草,一个两米左右高的洞子豁然出现在面前。椿香惊喜叫了一声:"我们找到鬼笨洞啦!"蕴龙和蕴菡跟了上来,见了鬼笨洞。鬼笨洞洞口崖壁犬牙交错,洞口四周垂挂了一些野生的藤蔓,周围古木参天,杂藤盘树。林子幽幽的密,山崖密密的幽,崖壁上面突兀交错的岩石,细看像是有一张张恐怖的鬼脸钳在崖壁中间,十分诡异。蕴龙看后,说:"怪不得叫鬼笨洞,这崖壁上有一张张自然生成的鬼脸。"蕴菡看了,也说崖壁上面呈现的鬼脸群非常逼真,好像是有人刻意雕刻的一样。但仔细琢磨,却是自然生成的,好生奇怪。椿香说:"听老人们说,山石树木也是有灵气的。这些现象不是无缘无故刻画在这里的。都说鬼笨洞神秘,却很少有人来探访。我们今天有幸发现了这里的秘密,看样子没白来一趟。"这时,大黑竟然冲着崖壁上的鬼脸狂吠了几声,并试探着用鼻子去嗅那诡秘的崖壁。椿香说狗是有灵念的,大黑也感觉到这些鬼脸的不同寻常了。大家越说越瘆人了。椿香问蕴龙:"还进鬼笨洞里去吗?"蕴龙说:"既然来了,不进去岂不是可惜了走这么长的路程?没有什么害怕的。鬼不拿胆子大的人。我们火气旺,镇得住妖孽的。"椿香说:"好。我们今天就斗胆进鬼笨洞里去,横竖都是鬼怕人的,没有人怕鬼的。"蕴龙又细查看了一下洞口,说:"咦,这鬼笨洞出口不怎么大呢,只可以容得两个人进去。"椿香说:"那可不一定的。这洞子出口虽然小,里面或许是个溶洞,会逐渐宽敞起来的。"蕴菡说:"椿香姐姐,我们当真要进去看看吗?"蕴龙说:"那还用问,我们来寻鬼笨洞就是要进去看看的,看里面究竟藏了些什么稀奇古怪的东西?"椿香说:"好的。先把松明子火把点上,我在前面引路,你们跟着我就是。"

椿香从背篓里取了松明火把点上,又给了蕴龙一支火把,让蕴龙走在后面,蕴菡走在中间,大黑在最前面探路,大家便往鬼笨洞里摸进去了。进了鬼笨洞,果然如椿香说的那样,入洞口窄,走进去一段路程,洞子渐渐变得宽敞起来。洞内可见千奇百怪的钟乳石垂挂,石鼓、石钟、石笋错综复杂排列,一条溪水潺潺流动,溪水里不时传来一阵阵娃娃鱼的阴柔绵长的婴儿般叫声,无不诡秘幽静。

洞子越往深处去,空气越加幽凉。约莫走了一里路,豁然见前面有亮光出现。大家瞅近了看,洞子中间段亮出一截五六米见方的豁口。豁口去处,有一道天然生成的石阶,可以通到洞子外面去。走到豁口处,椿香熄灭了火把,仔细查看了一下石阶,心里有数了。椿香转身对蕴龙说:"把火把熄灭了,我们从这里走到洞子外面去看看。"蕴龙说:"不继续往前探洞子了吗?"椿香说:"我看这石阶虽然是天然生成的,但表面磨损痕迹很深了,十分光滑,估计经常有人来这里取泉水饮用。我们从这里出洞子看看,或许会寻到一户人家的。"蕴龙说:"能在这里生活的人家,那是不简单的。我原以为乌家苗寨是一处世外桃源,若是这里有人家,可谓世外桃源的桃源了。"椿香说:"我想也是的。这神秘的地方有人居住,那是需要胆量的。"

椿香说完话,率先带头走出了豁口,大黑随后蹿到前面去了。蕴龙和蕴菡跟着走了出去。豁口外面的世界,别有洞天。这是一个神秘的谷底,四周青峰巍峨相依,古树茂密幽深盘踞。其间不乏白竹、花竹、楠竹和水竹成片生长,参天古木郁郁苍苍环绕,宛如一处袖珍雅静的世外桃源。椿香与蕴龙说:"你看到没有,这通向前面的石板路可是有规矩的。它弯弯绕绕向前延伸,形态曲曲折折,路面光滑,是人工铺就的,证明有人经常从这里走过。我们现在顺着石板路径往前走,前面必定有人家居住。"蕴龙说:"是的,看此情形,是一条有人经常光顾的路径,就按你说的我们去寻寻这户神秘的人家,他们或许是最了解鬼笨洞的。"

三人上了路,沿着石板路往林子深处走去了。大黑一路嗅觉,跑前面去了。这林子野性十足,两人合围的古树比比皆是,枝繁叶茂,朝天空伸展出的枝叶屏障,几乎遮没了天空,些许的空隙,透露出斑斑点点的阳光来。其间,不时有锦鸡、竹鸡和白鹤从林间飞过。林深鸟语稀,偶尔可听见百灵鸟在稠密树林间婉转鸣唱,但唱过几声后,见有生人入林子,便悄然飞走了。周围青峰耸立,有杜鹃藏匿其中,不时发出几声空灵幽远的"布谷、布谷"叫声,那声音孤独回荡在林子里,让这幽谷更加幽深静谧了。

走了约莫半里路,蕴菡眼尖,她发现林荫深处有一户人家。大黑也在前面汪汪狂吠了起来。蕴菡惊喜喊叫了出来,"你们看,那里有一户人家呢!"其实椿香也瞧见了,只是没有吱声。她在判断这户人家究竟来自何方?为何躲藏在这茂密的深谷里生活?椿香说:"大黑在前面叫了。估计这户人家养了家犬,它在向我们通风报信。先不要惊动了他们,待我们慢慢走过去,看看这户人家有几个人居住在这里。"

三人放慢了脚步,小心翼翼靠近了过去。不想,才走到石阶下沿,一条土黄狗便蹿了出来,冲着来人不断狂吠。大黑见了便迎上去,两只狗儿相互闻闻彼此的身体,然后互相示好,摇摆起尾巴。椿香说:"大黑示好的狗儿,证明不是恶狗。这是一户好人家。"蕴龙说:"何以见得?"椿香说:"善人养善狗,恶人养恶狗。狗通人性,一般性子随主人的。"蕴菡说:"这户人家有黄狗把守,知道有生人来了。"三人正迟疑着是否靠近,忽然便听有个姑娘清脆的声音在呵斥黄狗。黄狗听了姑娘的呵斥声,便往回跑去了。大黑也跟着去了。这时,一名穿着苗家土布绣花衣裳的姑娘,从一棵古树后面走了出来。

姑娘生着瓜子略显鹅蛋形的脸容,一双野鹿似的眼睛,水亮而有神。她梳着苗族姑娘的发辫,头上戴着做工精致的银飘头排银饰,脖颈上挂着银项圈儿,手腕上戴着银镯子。她身段窈窕,腰肢有如杨柳风,缠绕着的,站在石阶上面,对着椿香、蕴龙和蕴菡,说:"请问,你们是哪里的客人啊?"椿香说:"我们是从鬼笨洞里探路出来的。现在半下午了,见有条石板路从鬼笨洞的豁口处蜿蜒过来,觉得好奇,便寻摸着过来了。请问,你是这家的主人吗? 能否让我们进来讨口茶水吃?"姑娘见是一个与她年龄相差不大的女子在与她说话,不免有几分亲切感,"你们寻到这里来了便是缘分,既然来了就是客了,请上屋里来坐坐吧。"

姑娘引椿香、蕴龙和蕴菡进了正厅堂屋坐下,随即沏好了一壶茶水,一一与椿香、蕴龙和蕴菡斟上。茶碗是土窑烧制的粗瓷青花碗,碗边描有不规则的祥云花边,并有一条写意画的龙和一只凤凰盘绕在祥云中间,看起来十分古朴雅致。蕴龙没有急于品茶,他端起土碗儿细细品味青花碗的味道。

蕴龙仔细端详了一会儿,便向姑娘问道:"我们来这里喝了你的茶,还没有问你的名字呢。"姑娘莞尔一笑,说:"我叫秦晚亭,你们叫我晚亭好了。"听了晚亭介绍,大家互通姓名。蕴龙说:"晚亭这名字好。能起这样优雅的名字来,想必想给你起名字的一定是有学问的人。"晚亭神秘地笑了笑说:"这名字是我爷爷取的。爷爷是采药人,有才学说不上的。"蕴龙环顾了一下四周说:"你的爷爷呢?"晚亭说:"爷爷一大早采药去了,大概这个时辰也快回来了。"蕴龙将喝完茶水的碗摆显出来,说:"晚亭妹妹,你们家的碗很有特色,碗上的青花描画的很是生动贴切。这碗是哪里买来的?"晚亭说:"这种碗哪里算好的,怎么比得上山外买来的骨白细瓷碗儿。"蕴龙说:"我就喜欢这种土里土气的青瓷碗,上面描绘的青花龙凤图案相当灵动。碗的材质虽然粗陋了,但不失其规矩朴素雅致,看起来端丽美观大方。"晚亭说:"经你这么说,这土碗碗变成了洋碗碗了,不过是自家土窑里烧制的罢了。"蕴龙听说是自家烧制的,便急切打听烧制的方法。晚亭说:"烧制这种土瓷碗是家传的。吊脚楼后面有一个小的耐火青石土窑,是祖上传下来的,已经有上百年的时间了。我们家祖祖辈辈用的瓷碗碗都是用这土窑烧制出来的,颜料也是用特殊矿石和草木色调制出来的。碗上的图案是爷爷手把手教授我描绘上去的。就这么简单,没有什么复杂的工艺,也没有什么奇怪的。"

蕴龙听了青瓷碗烧制过程,十分感兴趣,便要求去吊脚楼后面见识一下土窑。晚亭领着蕴龙去看了。绕到后院,走下一道坡地,便见到土窑了。土窑呈四方形,又称方窑,已经很古旧了。土窑四四方方的,顶端呈拱形,里面有一人多高度,二三米宽。窑子内壁黏裹了一层烧化的土泥焦糖色。蕴龙进土窑里望了一圈,用手摸了墙壁,方才出来。蕴龙说:"这方窑有意思的。不知何时烧制新的土瓷碗儿,我很想亲自看你制作土碗碗的过程呢。"晚亭说:"这窑子一个月烧制一次,瓷碗和瓷坛、茶壶都有的。这个月已经完工了,你要看等下月初来,你还可以亲自动手拉胚制作呢。"蕴龙说:"这活计容易学吗?"晚亭说:"容易,也不容易。到时我教会你便是了。"蕴龙高兴地说:"那我先在这里拜师了。"晚亭说:"这点小事儿拜什么师? 烧制个土瓷碗碗儿,不过摆弄着泥巴玩意,就当是来玩耍的。"蕴龙说:"好。你这样说我就不紧张了。我来跟着你学玩泥巴,这种玩泥巴活计我喜欢。"

两人正讨论的投机,椿香寻来了,"你们还真能说话的,看土窑这么久了都不回个话儿,把我和蕴菡晾在那里。天色不早了,我们该往回走了。"晚亭看了看天象,说:"是有些晚了呢。你们现在要是回去,走到一半路恐怕天就麻黑了。这方圆几十里路都是深山老林的,天黑了不免有狼豹猛兽出没。不如在我们这里留住一晚,明天天亮了再启程回去不迟的。"椿香说:"不行。哪怕再晚了也得赶回去的。我耽误一晚倒是没有什么,龙公子和蕴菡小姐今晚不回寨子去,恐怕不好交差的。他们兄妹俩是私自跟我偷偷跑出来玩耍的,今晚若是寨子不见了他们人影儿,事情可就闹大了。"晚亭说:"原来是这样的,那就更不能夜里赶回去了。倘若在回去的路上遇到什么不测,人若是有闪失,那问题可就大了。"蕴龙说:"晚亭妹妹说的极是,耽误一晚上无关紧要的。我们居住的园子与寨子有段距离,我出来时吩咐过翠娥,无论今晚回去与否,都不让她将我外出的事情声张出去。"椿香说:"当真没有事?"蕴龙说:"当真的。我们只在这里住一晚上,明天赶早回去,不会有事的。"椿香想了想,看了看快要落山的太阳,说:"好吧,我听你的。日后若是惹出什么牵绊的事情来,可别怨我没有提醒你呀!"蕴龙说:"放心吧,即便是有事情,我也不会供出你来的。"

商定下留住一晚上,大家的心就不怎么紧张了。晚亭张罗着开始准备下午饭了。晚亭说自己的父母去世早,她一直跟着爷爷生活。所以从小就学会了洗衣做饭,收拾家务。今天家里来了客人,晚亭自然要做自己拿手的饭菜来招待大家。晚亭说昨夜下了雨水,今天一大早去山坡草地采了不少香菌回来。用香菌煨苗家汤锅,味道鲜美无比。晚亭一边张罗饭菜,一边与众人说着话儿。椿香做帮手,帮助晚亭洗菜清理香菌。蕴龙和蕴菡不会做这些事,只能在旁边看着晚亭和椿香张罗菜食。香菌呈金黄色,基本都是带圆帽子的嫩蘑菇,很是新鲜。如果长成伞型,香菌就有些老了,吃口不如刚刚生出圆帽子时鲜嫩美味。

做苗家汤锅与通常火锅是有区别的,做法也十分讲究。首先作料要配齐备的,花椒、八角、干辣椒、辣豆瓣酱、剁椒酱、葱、姜、蒜等作料是不能少的。锅里先放肥肉炼油,肉油里再混合菜籽油,将所有作料一一在油里爆香炒成酱汁,然后下新鲜排骨在油里过香,至水分干了,面呈金黄色,几味作料入了骨肉里面,加水煮上一个时辰,将骨肉里面的作料味和骨肉香味一同逼出来,便可以开锅饮食了。今天没有新鲜排骨,但有草鹿肉。草鹿是昨天晚亭的爷爷从林子里猎获来的,肉质还新鲜,晚亭便取了上好的鹿肉放入锅里与各种作料爆香了,再加黄酒、酒酿除腥气,加入山泉水进行炖煮。炖煮水煮沸了,满屋便飘散着苗家汤锅独特的香味了。蕴龙见汤锅沸腾了,问为何不加香菌进去?晚亭说现在是炖煮鹿肉时间,先把肉炖到七八成熟了再加香菌进去调理鲜味。如果香菌加早了,菌子会煮烂的,香菌吃口差,味道也不鲜美。加香菌进去,只稍微用中火煮出香菌的鲜味即可。蕴龙和蕴菡一边听着晚亭的讲解,一边望着苗家汤锅发呆。晚亭家里吃法不与乌家寨子一样,她是用三根木架将带耳朵的铁锅吊起来,下面的石窝里生着松枝柴火,用明火烧煮汤锅。红红的火舌舔着锅底,锅里滚煮着草鹿肉,这香味四散开来,就别有风味了。

汤锅刚煮好,晚亭的爷爷秦祖耀采药回来了。秦祖耀年过古稀,身板还硬朗,红光满面的。他见家里来了几个小客人,听罢晚亭介绍后,十分高兴。秦祖耀说:"我这里是深山坳,背静,家里简陋,你们能来这里做客是我们的福分了。山里别的东西没有,野味可是充足的。你们尽管吃,吃饱了就不想家了。"秦祖耀风趣地说着,乐呵呵地笑了。

晚饭就餐,大家围炉而坐。秦祖耀还特意煮了香肠和老腊肉端上来。秦祖耀介绍说:"这草鹿肉熏制的香肠,你们山外人难以吃到的。草鹿肉质鲜美细嫩,我在里面加入了香菌汁和山里独特的作料,然后用油松木烟熏而成。还有腊肉,是自家养的年猪,吃苞米和红薯长大的,肉质肥而不腻,用松枝烟熏出来的肉味格外香。"秦祖耀一边介绍他拿手的菜肴,一边为蕴龙和蕴菡夹菜。蕴龙说:"秦爷爷太客气了,今天能在这里吃上这么多美味佳肴,是我们有口福呀!"秦祖耀夹块巴掌大的肥膘腊肉放在蕴龙的碗里,说:"龙少爷,你吃块肥点的腊肉,香哩!"蕴龙见如此肥膘腊肉,有些迟疑,说:"秦爷爷,这么肥的肉不腻人吗?"秦祖耀说:"不腻人的。这是熏透的老腊肉,油脂分解了许多,吃口香而不腻哩!"蕴龙看了腊肉,几乎熏成烟黄色了,泛着透亮的油光。放在嘴里,稍微咀嚼就化了,一点不腻口,满嘴都是松枝腊香味。蕴龙又夹了一块吃了,还鼓励蕴菡吃,说这里的腊肉果真与平常家里吃到的不一样。

秦祖耀见蕴龙夸奖他的手艺好,兴致非常高,又取出自己酿造的苞谷酒,让蕴龙陪着他喝上几盅。晚亭说:"爷爷,人家龙少爷不善饮酒的,不要劝他喝了。"秦祖耀说:"不要紧的。我这是自家酿造的鬼笨沟粮食酒,存储了十余年,酒质醇厚,喝了不上头的。"秦祖耀说着把青花瓷坛的封口拆除了,软木瓶塞一开启,浓郁芬芳的酒香味便飘散了出来。蕴菡说:"这酒味怎么这样香呀!让我也尝一口吧!"秦祖耀用木制的小提子一一为众人满上,说:"来,今天有稀客,每人都品尝一点。我这苞谷酒可是上好的糯苞米发酵酿造出来的,纯粮食酒。放置天然溶洞里储存了十年以上,酒质基本饱和老熟了,不醉人的。"

秦祖耀倒出苞谷酒,酒液略带微黄,黏瓷碗壁。秦祖耀称赞这是自己酿造的鬼笨洞酒,喝起来醇香绵柔,一点不辣口。蕴龙先入口品尝了,觉得酒味甘醇绵柔顺滑,有粮食酒自然的醇香味道。蕴龙连连交口称赞好酒,于是,蕴菡和椿香也品尝了,跟着叫好起来。秦祖耀见众人夸奖他的酒好,顿时眉开眼笑,说:"既然是好酒,大家今天就尽兴多喝一点。"晚亭说:"爷爷可多喝的,其他人不胜酒力,随意些就是了。"

　　众人品了鬼笨洞酒,接下又尝了苗家汤锅。汤锅加了野生香菌,略带麻辣,尤其是带骨的鹿肉,经了各种作料和香菌真味炖煮,其味道自然鲜美无比。入了味道的汤锅,把草鹿骨头里的香味逼出来了,肉质自然鲜嫩,汤汁红亮香浓了。品着陈酿苞谷酒,吃着野味苗家汤锅,大家话题就多了起来。蕴龙一直对所居住的鬼笨沟名字来历不解,加上今天喝的苞谷酒又被秦祖耀命名为鬼笨洞酒,便对鬼笨沟名字来历产生了浓厚的兴趣。蕴龙说:"秦爷爷,我们这一带鬼笨沟可是出了名气的。您老酿造的苞谷酒也是以鬼笨洞来命名的,我却是不解这鬼笨沟的来历了。"秦祖耀把一盅酒喝干了,用手捋了一下雪白的胡须,说:"鬼笨沟是有来历的。当时还有另外一个名字,叫半坡沟,后来改名鬼笨沟是跟一个传说相关的。相传古时候龙口山上有个猎户绰号鬼笨。此人非常机灵,且身手敏捷不凡。有一次黄昏时分,他追逐到一只雪白的凤凰,这凤凰不同一般的彩凤凰,而是浑身毛色纯白,生着一双漂亮的瓦蓝眼睛。白凤凰见了鬼笨并不慌乱,而是飞飞走走停停,左右回头顾盼,像是有意在引诱鬼笨。鬼笨年纪尚轻,还未婚配,使得一手好弓箭。见到白凤凰,以为寻到了宝贝,知道遇见如此浑身通透雪白的凤凰是奇异的事。于是,鬼笨一心想活捉这只白凤凰,便使出平日里追逐猎物奔跑的速度,一路朝山下半坡沟追了下来。说也奇怪,这只白凤凰跑到半坡沟尽处一汪山泉边,一头钻进泉水里没有了影子。鬼笨纳闷,跑到泉水边探望,山崖上的泉水依旧汩汩流淌着,清澈见底的泉水潭可见一些玛瑙石子,哪里有什么白凤凰的身影。鬼笨以为看花了眼,追逐的不是一只真正的白凤凰,不过是自己的幻觉罢了。可是,鬼笨又不甘心,他明明看见一只白凤凰跳进泉水里去了,怎么会不见了呢? 于是,鬼笨守在泉水边,等待着白凤凰的出现。等到夜半了,半个月亮爬上龙口山崖,还未见泉水潭有动静。等待月亮升到中天,鬼笨忽然听见一阵优美的芦笙声从半坡沟尽处的树林里传来。渐渐地,一个着装麻布苗家风情衣裙的苗姑,骑着一头白鹿,吹着芦笙,从林子里走了出来。苗姑来到鬼笨面前,从白鹿背上下来。苗姑朝鬼笨行了个礼,说:'鬼笨哥哥,你在这里等谁呢?'鬼笨见这姑娘一身苗服打扮,生得眉清目秀,像是在哪里见过似的。鬼笨说:'你是哪里来的?怎么知道我的名字?'姑娘笑了笑,说:'我就在这半坡沟里居住的,名叫雪耳。你是不是在寻一只白凤凰呀?'鬼笨诧异,这雪耳是如何知道我在寻找这只白凤凰的?莫非她有仙眼神心,看见我从山上追下来的?鬼笨说:'是又怎么样?难道你知道白凤凰的下落?'雪耳说:'不知道还问你吗?你别等了,这只白凤凰已经幻化为泉了,从此这潭泉水便是白凤泉了。'鬼笨将信将疑,'此话可信吗?你是如何知道的?'雪耳说:'天机不可泄露的。今夜你我算是有缘分的,若是你有心与我相好,你就在这半坡沟里打造一处吊脚楼寨子,我愿与你结为夫妇,从此一起过百年之好。'鬼笨见雪耳貌似天仙,见面时已经动心了,现在雪耳主动提出来与他结缘,这岂不是好事。鬼笨说:'雪耳妹妹这样看得起我,我只有从命了。只是妹妹说话算话吗?'雪耳说:'当然算话的。你把这只银镯子拿去,以此为定情物。'雪耳说着把戴在右手的银镯子退下来,交给鬼笨,而且还将白鹿也送了鬼笨,吩咐说,待到吊脚楼盖好那天,让鬼笨带着白鹿到半坡沟迎娶她。事后,鬼笨照着雪耳的说法,在距离白凤泉不远的坡地,盖起来了一座古香古色老松木材质的吊脚楼,欢欢喜喜迎娶了雪耳。两人便在半坡沟里过起了男耕女织的幸福日子。他们生儿育女,繁衍后代,鬼笨和雪耳都活到了150多岁才相继过世。他们的后代为了纪念鬼笨和雪耳,便把原来的半坡沟改名为鬼笨沟了。"秦祖耀讲述完鬼笨沟的来历,又满上一盅酒,痛快地喝了起来。

蕴龙、椿香和蕴菡被鬼笨沟的传说迷住了,觉得这故事还没有讲完。蕴龙说:"秦爷爷,鬼笨沟还有后续故事吗?"秦祖耀呵呵笑道:"后续故事得由你去想了。传说总归是传说,倘若没有那只白凤凰做引子,便不会有现在的鬼笨沟了。"蕴龙听到这里,神智便发呆了。他忽然想起自己解救的那只白狐狸,也是这般粘连有仙气的。

众人议论着刚才秦祖耀讲述的鬼笨沟传说,慢慢用完晚餐。晚亭又为大家泡上了自家种植的绿茶,一起围坐在堂屋聊闲话。蕴龙觉得这样摆龙门阵兴趣不多，提议到屋外林子里去捉竹鸡玩。椿香说："这深山夜里，四处摸黑，恐怕有野兽出没的，夜里出去不安全。"晚亭说："龙少爷要去捉竹鸡，无关紧要的。我们这山窝窝里，有的是刺猪、锦鸡和竹鸡。凶猛的野兽不来这里落脚的。最多不过几只胆小精明的山狐狸出没，连狼也少见的。"蕴龙说："晚亭妹妹是这里的人，自然知道山里的情况。既然没有猛兽，几只狐狸何能奈何了我的？"蕴菡说："是啊，有晚亭姐姐带着我们去寻竹鸡，我也愿意去林子里寻竹鸡玩耍呢！"椿香说："好吧，来这里我们听晚亭姐姐的，她说怎么做，我们就怎么去做好了。"秦祖耀笑呵呵地说："你们今晚算是找对人了。我这孙女可是捉竹鸡的能手，她带你们出去保准有收获的。晚亭，你把我的火药枪带上，以免路上遇上不测。另外让狗儿阿黄也跟了去，夜里它反应灵敏，会通风报信的。"椿香说："带着狗儿不会惊动了竹鸡吧？"晚亭说："不会的。阿黄是我训练出来的，遇到竹鸡它不会叫的。它只有遇上豺狗之类的猛兽才会发出警告。"椿香说："正好呢，我家的大黑也一起跟上，它也十分听话的。大黑来到这里，像是到了自家一样，和阿黄已经混熟了。有阿黄和大黑跟着，夜里走山路安全多了。"晚亭说："好，就这么办了。我们带上阿黄和大黑一起去捉竹鸡玩。"

众人各自准备好行头，便跟着晚亭出发了。今晚有半面山月，走在林中可见到朦胧的月光。大黑和阿黄很是兴奋，一路结伴往前面探路去了。晚亭摸熟了山路，她抄着平日里捉竹鸡的小径行走。晚亭一边走着，一边与大家介绍竹鸡的习性，"竹鸡不是十分畏人的，如果不受到侵扰，它们可在与人相隔三五米的距离内觅食或打斗。竹鸡常在山地、灌木丛、草丛、竹林等地方结群活动，五只或十多只不等，时常排成单行队形行进。夏季多在山腰和山顶活动，冬季移至山脚、溪边和丛林中觅食。晚上一个个横在树枝上排成一串互相紧靠取暖，如果某只竹鸡因病或其他原因跌落，其他竹鸡将会挤过来填补它的空余位置，行为十分有趣。竹鸡善鸣叫，鸣叫声尖锐而响亮。雌性发出单调的'嘀、嘀'短声，雄性音调酷似'扁罐罐、扁罐罐'，常常会连续鸣叫数十次，至其精疲力尽方止，我们这里人也称呼竹鸡为扁罐罐。"晚亭对竹鸡习性很了解，一路上几乎把竹鸡所包括的内容都说完了。蕴龙和蕴菡有听说过竹鸡的事，但没有这么全面。椿香基本上都知道,她在家里也经常去山里捉竹鸡去卖。竹鸡毛色漂亮,好斗。城里人斗鸡玩耍,很多人便把野生竹鸡训练出来去参加斗鸡比赛,赢的概率很大。椿香只顾听说晚亭说话,来到这里,晚亭是主人,他们是客人。椿香这点是懂得分寸的。

　　一行人在黑黝黝的山林里约莫走了半个时辰,到了接近半山腰的位置。晚亭让大家停下步子,说:"我们原地休息一会儿。前面是竹鸡经常栖息地,到了这个位置上,我们得小心翼翼才是了。"大家就地停了下来。晚亭开始整理捉竹鸡的工具。她从背篓里取下几节竹竿一一装置套好,一根三米多长的杆子便成了。杆子上头挂了一片圆形粘丝网。粘网是捉鸟儿用的,用它来罩住竹鸡很管用。当然,把握竹竿的人要有经验才行,不然,粘网还没有接近竹鸡的身子,竹鸡就会逃走了。停了片刻时间,晚亭把阿黄和大黑叫到跟前,交付椿香看好,说:"你们跟在我后面,将阿黄和大黑看好了,只需看着我去捉竹鸡就成。"晚亭说着猫腰悄悄向前面一棵古树摸了过去。到了树底下,晚亭摆手示意大家不要吭声,她蹑手蹑脚地走到一根树杈下面,看见树杈上隐隐约约蹲着一排竹鸡。竹鸡在夜里比较呆性,若是不发出声响来,它是不会飞离的。晚亭在夜晚捉竹鸡是熟手了,只见她稍微起身,找准确角度和位置,那纤细的腰身宛然一副即将出击捉拿竹鸡的优美姿态。这婀娜的姿态,被照进林子的淡淡月光轻拢着,自然生成一幅动态的画儿立在那里。这时,晚亭屏住呼吸,把握住瞬间机会,神不知鬼不觉探出网口,十分敏捷地朝上猛地一扣,便将靠近她的一只竹鸡网进了粘网里。粘住的竹鸡发出"扁罐罐、扁罐罐"的叫声,不停在网袋里挣扎着。其他的竹鸡受到惊吓,纷纷从树上逃离飞走了。阿黄和大黑听见竹鸡挣扎的响动,马上发出汪汪的吠声,向晚亭跑了过去。

　　众人见晚亭顺利捉到了竹鸡,都兴奋地围拢过来,想瞧瞧捉到的竹鸡是什么样子。晚亭把竹鸡从网兜里剥离出来,用绳索把竹鸡的双腿捆绑住,然后展示给大家看,说:"瞧,捉到一只雄性的竹鸡,身体很壮实,羽毛亮色,这样雄壮的体魄还很少见的。"蕴龙上前瞧过了,借着月光,可见到这只竹鸡肥硕矫健。蕴龙说:"晚亭,这竹鸡拿回去你打算如何处理?是煮来吃野味还是养着它?"晚亭说:"这么漂亮的雄性竹鸡煮来吃可惜了。

我打算带回家里驯养，可作种鸡用。竹鸡是可以驯化养家的，我家后院子里就养着六七只竹鸡呢。正好，这只带回去驯养一阶段便可以和那些已经养家的竹鸡一道饲养了。每年竹鸡可以繁育六七只竹鸡，以后繁殖多了，就成群了。那时可以选择留用或卖到山外集市上去的。"

　　蕴龙听晚亭说得头头是道，便觉得这姑娘事事想得十分周到。蕴龙建议继续逮竹鸡玩耍，晚亭说："今晚恐怕只能捉到这一只竹鸡了。刚才站立在树上是一个群体，竹鸡受到惊吓，这会儿已经飞到别处去了。竹鸡虽然是动物，但也会通风报信的。它们失去了一个伙伴，自然逃离很近的地方去躲难了。前面山腰处有一个石亭子，我们去那里玩耍一会儿，看看这山窝窝里的夜景也是不错的。"蕴龙听晚亭说前面有一个石亭，立马来了兴趣，便积极响应去看看。于是，大家跟着晚亭，带上大黑和阿黄，顺着林子野径往山腰上的石亭去了。

　　来到石亭，众人见了都惊讶称亭子生得绝妙。石亭是山腰间突兀伸出的一块略带"人字形"的巨石，很像一个亭子的盖子。石亭前方恰巧有两根不规则的石柱将亭子两边的廊檐支撑着，亭子四周有自然生成的青石板叠层相加围成一圈，看似好像是人为加工的桌椅一般。石亭靠山体处，延伸出一个四五米见宽的避雨浅洞，可容纳下十多个人在里面避雨遮风。晚亭介绍说："其实这石亭是有名姓的。它生成的年代无法考证了，很早以前就有的。若是白天来看，你可以看清楚石亭的左檐上像是盘踞着一条龙，右檐上像是立着一只展翅待飞的凤，因而石亭又叫龙凤亭。平日里爷爷到山上采药，经常要在龙凤亭里歇脚休憩的。"晚亭说完话，靠着近处的石凳上坐下了。蕴龙和蕴菡好奇地绕着龙凤亭欣赏转悠了一圈。蕴龙站在石凳上朝山窝窝眺望，半面山月正值中天，山林黑黝黝的，不时有猫头鹰和果子狸的叫声从林子深处传来。那声音孤独寂寥，在空谷里往复回声，像是要把谷底沉寂的古老的传说喊醒过来一样。让人觉得空灵幽远，古意袭人。蕴龙望了一会儿，忽然想起什么，说："晚亭妹妹，你会唱苗歌吧？这样美的夜晚，你给我们唱支苗歌如何？"晚亭说："我只会唱几首山歌，是爷爷教我唱的。"蕴龙说："山歌也行。你是苗家姑娘，唱出来的山歌也是苗歌。椿香妹妹也会唱山里的歌，她的声音好极了！"晚亭说："那好呀，不如我和椿香姐一起唱，如何？"椿香说："我唱的山歌蕴龙哥哥已经听过了,今晚听晚亭妹妹唱的山歌才是稀奇的。"蕴菡说:"是啊,晚亭姐姐住在这么幽深的山坳里,苗歌一定唱的好听,我很想听呢。"蕴龙说:"瞧,大家都这么期待了,晚亭妹妹,你就给我们唱一曲苗歌来听听嘛。等你唱了,椿香妹妹一定也会唱的。"椿香说:"是的。只要晚亭妹妹唱了,我随后就唱。"蕴菡说:"我也要唱的。"晚亭想了想,说:"好吧,既然来到龙凤亭了,夜色又这么好,我就唱一支苗歌《山月》与你们听。"晚亭清了清嗓子,便开口唱了起来——

> 山月儿爬不过那道弯弯,
> 情妹儿过不了那坡坎坎。
> 听见泉水响的月光无人来,
> 有人来的月光绕着山窝窝转转。
> 叶子缝缝掉下碎银子一串串,
> 落地拼成月光一片白灿灿。
> 有情的妹妹泪长流,
> 有意的哥哥心好憨。
> 妹妹的心思米粒儿一颗颗数,
> 放进锅里煮熟了喂,
> 一粒粒装进哥哥的土碗碗……

晚亭的歌声优美清婉,加上夜色安静,又是处在山谷里,虚谷有回声,这山歌唱起来便是回肠荡气,格外入耳好听了。蕴龙听得入迷了,好一阵子才回过神来。蕴龙说:"晚亭妹妹的声音好柔美,歌词音律也精致,这样的歌声一起来,整座山都醉美了。"晚亭说:"你可别这样夸我了,我是唱着玩的。平日里没有事,我就经常带着阿黄到龙凤亭里来唱歌玩耍。有时白天唱歌,可以引来百灵鸟和画眉鸟围着亭子,在周围的古树上雀跃斗歌呢。这些鸟儿是唱歌的能手,听见你唱歌,它们就会来凑热闹的。"蕴龙说:"晚亭妹妹跟椿香妹妹一样,都会唱山歌,而且有鸟儿相随。"晚亭说:"是吗?我已经唱罢,该椿香姐唱歌了。"椿香推托不过,只好唱了一曲苗歌。随后蕴菡也唱了一支土家族山歌。四人聚在龙凤亭里,欢喜说笑着。忽而有一阵山风吹来,把亭子四周的树木枝叶吹的哗啦啦响。风停住,猫头鹰和果子狸的叫声又冷不丁地冒出一两声来,调和着夜色氛围。忽然间,大黑和阿黄兴冲冲地从林子草丛里跑出来,嘴上叼着一样东西。大家瞧见是两只野兔子,兔儿已经咽气了,晚亭便从大黑和阿黄的口中取出猎物,说:"这两个鬼东西刚才不知跑哪里去玩耍了,原来去逮野兔子了。这里野兔子多而傻,阿黄经常猎获回家的。"蕴龙看了野兔子,说:"野兔子挺大的,分给大黑和阿黄吃算了。"晚亭说:"不可以的。不能让狗吃血腥生肉,以后它们猎获到的野兔子就会悄悄吃掉的。拿回去把毛褪了,兔肉我来烧陈皮兔给你们吃。兔子肚子里的杂碎,煮熟了给大黑和阿黄吃。"椿香说:"晚亭妹妹会做陈皮兔呀,这道菜我也会做呢。"晚亭说:"那好呀,今晚消夜,陈皮兔就由椿香姐主厨了。"蕴龙说:"好,我还没有吃过椿香妹妹烧的菜呢,今晚有口福了。"椿香说:"恭敬不如从命了,回去我做给大家吃。"大家在亭子里聊着天,玩耍了好一阵子才往家里去了。

回家的路上经过一条山溪,晚亭停下来,说:"这小溪里虾蟹多,我们捕捞一些回去消夜吃。"于是,四人在小溪里忙活好一阵子,捞出不少鲜活的虾蟹和无鳞的小鱼儿,这才回到家里。秦祖耀喝了酒,已经早早回房里歇息了。晚亭手脚麻利,很快将两只野兔子褪去毛,开膛破肚,取出内脏。兔肉连骨剁成小方块,让椿香烧陈皮兔。椿香问晚亭取来二两左右晒干陈皮,切成丝条状,锅里倒菜籽油,用野葱、姜蒜、花椒、八角爆香锅,将兔肉放进锅里大火翻炒。待兔肉水气炒干,油在兔肉面上煎炸,放入切好的陈皮和干海椒爆炒,中途喷少许苞谷酒,加适量酱油。添加半碗清水,加盐,小火焖上15分钟,将兔肉入味,然后大火将水气控干,再爆炒两分钟,直至几味作料全部入香味进兔肉里,起锅即成。陈皮兔肉起锅了,晚亭点燃了柴灶,煮沸一锅清水,把虾蟹倒进锅里煮沸几分钟,然后捞出来盛在面盆里。接下取来调制好的蘸料酱,每人分配一小碟,用来蘸虾蟹吃。另外又取出米豆腐,切成小方块,浇上特制蘸酱,摆上桌子。蕴龙说晚亭爷爷酿制的苞谷酒好喝,要晚亭再取点苞谷酒来。椿香说:"这般深夜了,吃酒不大好吧?"蕴龙说:"没得关系的。刚才走了夜路,沾染了湿气,正好用酒驱寒,大家可以吃点酒除湿气。"晚亭说:"蕴龙哥哥懂得还真多,沾了夜露,湿气重,吃点苞谷酒去湿气有好处的。"晚亭说毕，取来酒坛，用酒提子盛了一碗苞谷酒出来，然后一一给大家分配好。蕴龙留的多些，有三盅酒。大家说笑吃着酒菜。晚亭尝一块陈皮兔肉，感觉味道非常好，说："椿香姐烧的陈皮兔好吃，比我做得好呢！"椿香说："晚亭妹妹过奖了，我这手艺只能将就凑合吃了。"大家一一尝过，都赞不绝口，说兔肉既有陈皮自然清香，又有野兔肉鲜美，两样味道加在一起，吃口甭说有多么美味了！两盘陈皮兔肉吃得很快。野兔肉新鲜，加上陈皮炮制法，非常可口诱人。大家都喝了些苞谷酒，蕴龙喝完第二盅酒便有了醉意。蕴龙借着醉意，向晚亭问话："晚亭妹妹，秦爷爷讲述的鬼笨沟的传说十分有意思呢，我们在沟里居住了那么久，只知道叫半坡沟，却不知鬼笨沟还有这么一段传奇的故事。"晚亭说："传奇不都是人编的嘛。我还听爷爷说鬼笨沟到夜里，有些时候会看见白凤凰在沟里野径上飞飞停停的，偶尔还会化作一个美丽的苗姑，背着绣花背篓，哼唱着苗歌，一路自由自在走着呢。爷爷今天光说出美的东西来，没有说白凤凰变化苗姑的事，害怕吓着你们的。"蕴龙听了来兴趣，说："有白凤凰飞飞停停的，还化作一个背着绣花背篓的苗姑，嘿嘿，这鬼笨沟还真的有灵气呢！"蕴菡说："一只白凤凰变化成一个美丽的苗姑有什么可怕的？即便是有什么精怪做乱子，我也不怕的。"蕴龙说："你当真不怕？哪天黑夜了你独自往鬼笨沟里去，倘若有个背花背篓的苗姑忽然站在你的面前，看你怕不怕。"蕴菡说："我就让她站在面前好了。我还要问她话呢，看她怕不怕我！"晚亭说："还是蕴菡妹妹勇敢，来，我们为不怕夜里出现苗姑的蕴菡妹妹干杯！"

大家举起杯子，把各自酒盅的酒喝干净了，夜宵吃到半夜才停当。晚亭安排椿香、蕴菡和她睡一个屋子，蕴龙独自睡在客房。蕴龙饮了三杯苞谷酒，已经是醉意朦胧，人一落枕，不多时就入睡了。入睡到二更天，梦见一片春景，葱绿的山坡上，椿香正攀缘在一棵野生的老柚子树上，采撷青黄的柚子。这时起了风，把椿香吹得摇摇欲坠，而且风越来越大，把椿香吹飞了起来，不见了踪影儿。蕴龙呼喊椿香的名字，但喊不出声音来。这时，忽然天空霹雳一声炸雷，把蕴龙轰醒了。蕴龙醒来，方知是一场梦。屋子依然清静，不时有虫子和不知名的野兽叫声从山林深处传来。蕴龙望着窗外，半面月亮已经向西倾斜了，院落的公鸡刚刚打出第一声啼鸣。蕴龙没有了睡意，想着梦里椿香被风吹走了，还有那声突如其来的炸雷，此梦让人惶恐。不过，幸好是梦，蕴龙才放下心来。蕴龙想了一会儿梦里的事，又想起翠娥和采芹，她们现在会不会着急？是否会去老太太那里禀告？让满寨子的人不得安生？蕴龙走时是交待过的，倘若回来晚了，一律不许透露风声出去，翠娥和采芹应该知道这里面的利害关系。

好不容易捱到了天亮，晚亭已经早早起来把早饭做好了。早饭主食玉米粑粑，玉米粑粑是新鲜嫩苞谷磨成粉，然后经过发酵制作，放入锅内蒸煮，吃口松软香糯，赶得上细粮滋味。另外配餐白米粥、自制灰包蛋、咸鹅蛋、香脆花生米和泡菜。吃毕早饭，椿香就要原路返回了。晚亭说："吃过中午饭再回去不迟，现在趁夜露还未散尽，我带你们去林子里采野生香菌回来做柴火鸡吃。"蕴龙听说要去林子采野香菌，便来了兴趣，嚷嚷着按晚亭的说法去做，吃了柴火鸡回去也罢。椿香见蕴龙这样说了，也不好坚持，只得随晚亭一起去林子采野香菌去了。

山洼地林子，雾气散的晚，山岚还在树林里游动着，草叶上沾着晶莹的露水，淡淡的薄雾，渐渐从林子深处收了回去。才走了半里路，大家的鞋面和裤脚都被露水打湿了。还好一路风景宜人，古树遮天蔽日的，松柏、红豆杉、白杉树和古银杏树是要几个人合抱才能围拢过来。这样的环境，潮湿阴凉，地面绒绿的小草含着雾水，利于香菌生长。昨晚后半夜，又下了点零星小雨，早晨香菌就有机会酝酿出来了。果然，到了香菌生长的地方，草丛里一朵朵金黄色的香菌，支撑着圆圆的黄灿灿蘑菇盖子，像把小伞似的积极主动地从草丛里钻了出来。晚亭吩咐说，要尽量采伞头厚实、收紧的香菌，那是嫩香菌，吃口香味非常好。若香菌伞盖子散开了，看着是大，那是老香菌，吃口木麻麻的，香味也逊色很多。大家按照晚亭的说法去做，不多时，合力采集了大半背篓鲜嫩的香菌。

大家正兴趣盎然采着香菌，忽然大黑和阿黄一阵狂吠，从草丛里合围追出一只金黄的草狐狸。草狐狸受到了惊吓，从草丛里飞蹿出来，一眨眼的工夫，便逃得无影无踪了。狐狸是从蕴菡旁边窜出来的，倒是把蕴菡唬了一跳。蕴菡惊叫一声，见是只草狐狸，才定下神来。晚亭望着狐狸逃生的背影说："这里草狐狸很多，因为这里自然环境幽深，外面的人很少进来，我爷爷不会伤害狐狸,爷爷说狐狸是有灵性的动物,不可随便杀生的。"蕴龙说:"狐狸在山林里吃什么呢?"晚亭说:"狐狸会抓野兔子吃,有时也吃竹鸡和昆虫。这山窝窝里野兔子非常多,我爷爷经常下套捉野兔子。野兔子肉除了做陈皮兔,烤着吃也是很香的。"蕴龙说:"噢,支个套儿就能捉住野兔子?"晚亭比画着说:"是的,用细麻绳子挽起个活套,用草叶伪装起来,布局在野兔经常出没的路口,套子前面摆放一些野兔喜欢吃的菜叶,夜里野兔出来吃草,经过这里,头伸进去,碰到活套的机关,套子落下,惊动了兔子,兔子撒野扭头一跑,脖颈就被套死了。野兔只会挣扎逃脱,不会解套,所以越是挣扎越套的紧,最后咽气毙命了。"

蕴龙听罢,眼前浮现出野兔被套住的画景来。他想着这种套野兔子的方法好玩,也想亲自玩耍一番。晚亭说下次来这里,让蕴龙跟她爷爷一起套野兔子去。拣了香菌回来,晚亭便忙碌着做柴火鸡了。秦祖耀今天没有去山里采草药,听晚亭说要做柴火鸡给大家吃,秦祖耀乐呵呵地去选了一只刚刚成年的竹鸡和一只没有打鸣的公鸡,现场宰杀后用滚烫的开水去毛,然后用松枝明火去除一些没有退干净的纤细杂毛,开膛将鸡杂剔除,用清水洗去血水,剁成小块状,等候下锅。鸡杂也用白酒、米粉和醋抓均匀了,再用清水反复淘洗,去除鸡肠子里面的污物和腥气,切成段状另用。

秦祖耀本是做柴火鸡的老手,但今天来的是晚亭的小客人,柴火鸡便交付给晚亭亲自下厨了。晚亭得秦祖耀真传,做柴火鸡一招一式都麻利的很。作料一一准备好了,就等锅灶里火候上来就可以下手制作了。掌握火候的是椿香,烧火做饭椿香都在行的,只是现在主人是晚亭,不然,柴火鸡她也会做的。但野生竹鸡和家养公鸡混合在一起做柴火鸡,椿香还是第一次见。晚亭说这样野生和家养鸡混合一起烧出来的柴火鸡,味道特别鲜美。家养的公鸡是吃草野里的虫子和苞谷生长的,肉质一样鲜嫩美味。

临做柴火鸡前,晚亭说要去妙石泉里取桶新鲜泉水来做味道才更加鲜美。蕴龙争着要去妙石泉取泉水,晚亭说妙石泉距离这里有半里路,泉眼隐秘,怕蕴龙找不见,便随同蕴龙一起去了。两人结伴一路前行,蕴龙提溜着木桶跟在晚亭后面,在崎岖不平的青石板路上行走着。这段路程果然幽谧曲折,路径拐弯抹角,且有参天古树掩映遮蔽,偶尔可见到果子狸在树丫上面跳跃攀爬，一边啃着野果，一边扮演怪相逗引着来人。期间还有百灵鸟儿在稠密的树林里自在唱歌，一路取泉水的过程有如走在画里一样。

蕴龙问晚亭："这里的果子狸好像不怎么怕人呢。"晚亭说："这山窝窝里环境幽秘，只有鬼笨洞一条途径可以进来，因而没有人来狩猎，所以果子狸觉得很安全，对来人没有什么恐惧感。"蕴龙说："果子狸是野味，难道没有人吃它？"晚亭说："不是什么野味都能够吃的。果子狸仅仅看着就十分可爱，哪里有伤害它们的心思，而且我和果子狸之间还有一段传奇的故事呢。"蕴龙说："噢，有什么传奇的事儿，不妨说出来听听。"晚亭微微笑了，"现在不能告诉你，等会儿你就知道了。"晚亭神秘地莞尔一笑，走到前面去了。蕴龙从后面看着晚亭的身段，柔细的腰肢，一根长长的辫子在腰际间摇曳摆动。晚亭走出来一字步，窈窕婀娜的身段有如飘在杨柳风里一般，那种轻盈如絮如风，加上一身素丽优雅的苗服，静静走在山林间，无论你用哪种眼光去欣赏，都会剥夺了你对美的感官，眼前只剩下来自天外的景致了。蕴龙在后面默默一边跟着，一边欣赏，他喜欢看晚亭的背影，游弋在幽幽美如画的山野里。蕴龙赶了上去，说："晚亭妹妹，你猜我刚才在后面看见了什么？"晚亭停住脚步，"噢，你发现了林子里有奇怪的东西吗？"蕴龙说："不是林子里的东西，林子里的风景没有这么美。"晚亭说："那是什么呢？"蕴龙说："你的背影，晚亭妹妹的背影看起来是最美的。"晚亭脸色有些绯红，说："你刚才在后面看我的背影来着？"蕴龙点了点头。晚亭说："我看不到自己的背影，你说说我的背影是什么样子的？"蕴龙说："像水一样柔软，像风一样轻盈，我看见你的脚底踩着的好像是棉花云似的，你的细腰仿佛三月的柳枝缠绵在那里一样。"晚亭听罢，"扑哧"笑出声来，"龙哥哥这话儿怎么听着像诗一般，我可没有这么美呀！"蕴龙说："晚亭妹妹本来就是这么美的，我说的是真话。"晚亭说："好吧，借你的美言，我今天是从画里走出来的古典女子了。"

两人一路说着俏皮的话儿，不多会儿便来到泉水边。这泓妙石泉生得奇怪，一块自然形成的不规则的岩石洼洼里，盛满一汪清澈见底的山泉。那凌空突兀出来的青石嘴上有一个看似凤嘴的豁口，泉水是从凤嘴豁口里源源不断流泻出来的。清亮的泉水落进石潭里，发出悦耳叮咚的响声，并在盛泉水的石潭里扩散出一层层涟漪。泉水满了，便从石潭低位不规则开口处汩汩流泻出来。晚亭从蕴龙手里接过木桶，放在泉水口取水，装载大半桶水后便停住了取水。尔后，晚亭并没有起身离开，而是坐在泉水边将发辫解散了，然后用桃木梳子沾着泉水梳理长长的头发。晚亭一边梳理，一边说："妙石泉水质好，用这里的泉水梳理头发，头发会变得乌黑发亮的。"

蕴龙看着晚亭坐在泉水边梳理头发的姿态，他想着眼前晚亭这一肩乌黑柔润的头发，苗条的身段，姣美的容貌，那是仙姑的样子了。这泉水边沾着泉水梳理头发的情景，不单单是幅画儿，简直是仙家的境界了，尤其是那柔静的姿态，还有那双鸽子一样的纯洁眼睛，让莹莹泉光轻拢着，整个人儿像是玉化在泉边，几乎无法用美妙的词句来形容这般美来。蕴龙为之深深地着迷了，他恍惚忘记了这个世界的存在。蕴龙正冥想着，忽然不知从哪里蹿出来一只果子狸，竟然毫无戒备地来到晚亭的身边，用身体依偎在晚亭的身上。晚亭似乎对这只突如其来的果子狸很熟悉了，她将果子狸亲热地搂抱在怀里，用手轻轻抚摸着果子狸的毛发。此时的果子狸像温顺的猫儿一样，任凭晚亭爱抚，并不时用舌头舔着晚亭的手背和脸颊。晚亭和果子狸亲热了一会儿，便用梳子沾着泉水替果子狸梳理身体毛发，果子狸好像已经习惯了晚亭这种清洗动作，做出十分享受的样子。直到晚亭给它梳理完毕，果子狸听见林子里有同伴呼唤的声音，才依依不舍地回林子里去了。

蕴龙问晚亭："这果子狸怎么对你这么好？像是你喂养过的一样。"晚亭说："这只果子狸是我从小用山羊奶喂养大的，爷爷从林子里把它捡回来的时候，这只果子狸才刚刚满月呢，不知为何就被丢失了。巧的是，家里的山羊正好有奶，我就天天挤羊奶喂养它。这只果子狸很乖巧听话，一天天养大了，对我就不离不弃了。后来我放归它入山林，起初它会经常回来的，后来与其他果子狸结成伴了，回来的就少了。不过，它会经常来泉水边等我，果子狸知道我每天要从这里取泉水回去用，所以时常出没在这里。等我抚摸它，用泉水给它梳理毛发后，它才会离去。"蕴龙不住称道晚亭能干，有灵性，能把果子狸抚养大，而且彼此这般亲密无间，真是奇迹了。晚亭说："这没有什么了不起的，不过举手之劳。这果子狸也是一条生命，碰上你，你也会这样做的。"蕴龙说："那是的，这么可爱的小动物，我也是非常喜欢的。"

　　晚亭与蕴龙在泉水边说了一会儿话儿，便互助着拎着木桶装载的泉水回去了。椿香见晚亭和蕴龙回来了便问："你们怎么去了这么久呀？"蕴龙说："我和晚亭妹妹在泉水边聊了一会儿天，恰好有只果子狸来了，让晚亭妹妹替它梳洗毛发，你说奇怪不？"椿香说："那一定是晚亭妹妹从小喂养大的才这么亲近。"蕴龙说："咦，奇怪了，你怎么知道的？"椿香说："当然知道，这跟我养那两只山雀子一样，任何动物你只要从小收养了它，长大后它就会对你特别亲近了。"晚亭说："椿香姐姐说的是，看来我们都有收养野生动物的经历，这算是有缘分了。"大家围绕收养动物的事闲聊了一会儿，便开始做柴火鸡了。做柴火鸡的工序，晚亭采用自家做的九味剁椒红辣酱调味，将菜籽油烧熟透了，加入适量的青花椒煸出香味，然后依次放入姜葱蒜和九味剁椒酱，炸出鲜红酱和葱蒜的香味，倒入鸡块翻炒入味。鸡块翻炒时间要稍微长一些，要把鸡块里的水分蒸发完毕，让作料的酱香味进入鸡块肉质里面去，鸡块几乎是在酱香的红油里煎炸了，这样，鸡肉的腥气已经去了大半。然后喷白酒再次去腥气，加入少许白糖提味，接下倒入适量的泉水炖煮。鸡肉红烧至八成熟，将香菌掺和进去继续炖煮，香菌出味道后，加入红绿山椒提出鲜辣椒味道，然后用芡粉勾芡，即可出锅了。

　　土灶烧了一大锅柴火鸡，盛在双耳铁锅里，吊在松枝木材火堆上边烧边吃，鲜香辣味十足。竹鸡和嫩公鸡味道夹裹着香菌独有的野菌清香，这柴火鸡吃起来就格外鲜美无比了。等把鸡肉和香菌吃得差不多了，秦祖耀又取来推磨好的新鲜白豆腐放入柴火鸡汤汁里炖煮。白嫩的石磨豆腐下锅，把鲜美的汤汁收复在豆腐里，入了柴火鸡汤汁的豆腐，豆香混合着柴火鸡汁的香味一并涌来，加之石磨豆腐的细腻嫩滑，入口又是一种美味了。

　　椿香说这样的做法比她家做的柴火鸡好吃，蕴菡也说自己吃得很饱了，这道菜开胃馋嘴，吃了还想吃。蕴龙更是对晚亭的手艺赞不绝口了，他说晚亭妹妹做柴火鸡的手艺特别好，吃了还想吃下一顿。晚亭说："想吃就经常来这里，我做给你们吃就是了。"蕴菡说："想是想来的，就是路程远了些，还要钻鬼笨洞。"蕴龙说："这些都不怕的，来过一次就知道路怎么走了，下回我还要来的。"椿香说："是的，山路走过一回了就不觉得远了。下次蕴龙哥哥若是要来，我还陪着一同来。晚亭妹妹这里好玩，又有这么多好吃的东西,比我们居住的地方还要隐秘幽静,不常看见的稀奇事物和东西就多了。"秦祖耀安装好一锅子水烟抽了口,说:"好啊,你们都是我的小客人、晚亭的朋友,下次来我带你们进山去采草药,那深山老林里景色更美,各种草木繁多,还有漂亮的兰花,你们见了一定很喜欢的。"蕴龙说:"那太好了,届时我可以跟着秦爷爷学采草药,将来也当个山里郎中。"秦祖耀嘿嘿笑了,"你是大家公子,不能学当郎中的,你要好好念书,将来考取举人或状元什么的,那才是你正经的前途。"蕴龙说:"我不愿意去当什么举人状元的,就想在这山窝窝里生活着,多么自由自在的。没有人管束,想做什么就做什么,跟着秦爷爷采药,跟着晚亭妹妹狩猎捉竹鸡,也是非常好的事情。"晚亭说:"是的,居住在这山里,我哪里都不想去了。城里人生活虽然热闹,但不如山里清静、舒适悠闲。想吃什么就采集什么,都是新鲜带露水的蔬菜和野菜,还有香菌。没有人来管束,图个清闲自在,有什么不好的。"秦祖耀说:"你们说的都在理,可事不由人,人家蕴龙大公子家里是要他去读书求取功名的。"椿香说:"蕴龙哥哥,等你有了功名再回来也可以的。"蕴龙笑了,说:"椿香妹妹说的不错,即便是家里逼着去读书了,等我念完书再回来也未尝不可。"晚亭说:"只怕你在城里有了见识就不会往山里来了,人都是会变的。"蕴龙说:"人是会长大变化的,但心变不了。我的心先放在这里了,晚亭妹妹替我看守好,待我日后回来寻它就是了。"众人被蕴龙的话逗笑了。大家说笑一阵,柴火鸡也吃得差不多了,椿香看了一下时辰,催促该启程回家了。

临行前,晚亭取了一些山货让蕴龙带回去吃。秦祖耀也将一些野生灵芝和滋补中药给了蕴龙,说平日里可以当茶泡水喝,也可取来炖肉,对身体有好处。晚亭把蕴龙、蕴蒄和椿香送到接近鬼笨岔洞地方才停下步子。蕴龙见晚亭一双水汪汪的眼睛看着她,眼里好像滚动着泪水。那身朴素清雅的苗服穿在晚亭身上,油然显出一种别样的美来。这个山窝窝里的妹妹和椿香妹妹一样,都是让人流连喜欢的。蕴龙一时无语,不知道说什么好,他默默望着晚亭,想多看她一眼,尤其是晚亭的容貌,一双让泉水洗亮的鸽子眼睛,这些都是短暂而美好的记忆了。这时,阿黄和大黑也在鬼笨岔洞前的草地上打闹着,它们玩熟了,似乎也有些依依不舍,便用这样的纠缠玩耍打闹方式做告别。时辰不待人。椿香喊住了大黑,大黑跟着椿香往鬼笨洞里去了。阿黄追到鬼笨洞前,朝着里面呆呆地张望,嘴巴里发出呜呜的声音,那是呼唤大黑的声音。晚亭走到阿黄跟前,用手轻轻抚摸了一下阿黄的头说:"大黑回家去了,他们以后会再来的。"晚亭说完话,眼里噙满泪光,又向蕴龙挥手说:"龙哥哥快回去吧,记住这个地方,不要忘记了你说的话,一定要再来的呀!"蕴龙含泪点了点头,在走进鬼笨洞时又转身看了晚亭一眼,晚亭还站在原地立在那里朝蕴龙挥手,不时用手抹着眼泪。蕴龙恋恋不舍,也挥手示意,站在洞口又多待了一会儿,听见椿香喊他才折身往鬼笨洞里去了。

第九章　有情却被无情忧

自打蕴龙和蕴菡离开凤凰园那天起,翠娥心里总是惴惴不安。本想着天黑前蕴龙会回来的,可是天色黑尽了,蕴龙还没有回来。翠娥让采芹去蕴菡屋里问话,采芹回来说蕴菡也没有回家,屋里人正焦急着要去禀报老太太呢。翠娥听了,马上去了蕴菡的屋里,与蕴菡的丫鬟吩咐了,不得将蕴龙和蕴菡没有回家的事情声张出去,或许晚些时候两人会回来的。

翠娥说是这么说,心里却焦急万分,不知该如何是好。翠娥想起静雯来,静雯在翠娥眼里比较稳重,有什么事是拿得起主意的,于是,翠娥从蕴菡屋里出来,直接拐到烟雨楼静雯那里去了。静雯刚用完餐,正在品茶,见翠娥一脸焦急颜色,便问:"翠娥妹妹,瞧你心事重重的,有什么事情吗?"翠娥见有静雯的丫鬟雨儿在旁边,有些为难。静雯看出意思,便吩咐雨儿去婉贞那里把昨天落下的扇子取回来。雨儿应声出去了,翠娥这才一五一十将蕴龙和蕴菡的事情告诉给静雯。静雯听罢,看了看天色,心里一惊,"出了这等事情还了得!这两兄妹胆子也太大了,偷偷去了鬼笨洞至今未归,这事得马上禀告老太太去,不然,出了差错你可担当不起的。"翠娥带着哭腔,说:"好姐姐,我是信得过你才来找你商议的,蕴龙出发前有过交代,若是回来晚了,万万不可去惊动老太太和老爷的。若是让老太太和老爷知道了,一是让老太太着急,二是蕴龙今后的日子就不好过了,而且我们做丫鬟的肯定会被撵出园子的。"静雯想想也是,现在天色刚刚黑下来,再等些时间,也许蕴龙和蕴菡就回来了。只要人平安回来,就相安无事。静雯说:"也罢,再等等,或许很快就回来了呢。"翠娥说:"谢谢静雯姐包容了,我先回去候着,这个小主子可是要害苦我们了。但愿菩萨保佑,蕴龙能早点回来。"

　　翠娥说着便急匆匆出门往桂花楼去了。翠娥上楼进了屋，采芹拿眼神示意屋里来客了，翠娥心里又是一惊，轻声问道："是谁来了？"采芹说："是婉贞姑娘来了。"翠娥听是婉贞来了，紧张的心情略微轻松了一些。翠娥镇定了一下心神，进屋里和婉贞打了个招呼，又替婉贞斟满热茶，说："是婉妹妹来了，我刚才去外面办了点事，回来晚了些，怠慢妹妹了。"婉贞笑了，说："瞧翠娥姐姐说这话呢，哪里就怠慢了，你这不是回来了吗？蕴龙哥哥呢，怎么不见他在屋里？是不是躲着不想见我了。"翠娥说："婉妹妹多心了，蕴龙兄弟怎么会躲着你的，他今天一早就出门了，或许是往老爷那里去了，现在还没有回来呢。"婉贞说："原来是老爷叫他，不会又是催促他读书的事情。这夜里了，可能快回来了。"翠娥说："是啊，姑娘不妨坐在这里喝茶耍着，蕴龙很快就会回来的。"

　　婉贞"嗯"了一声，抿嘴细细品了一小口茶，说："翠娥姐姐很是知道照顾人的，将来做了嫂子，不知道怎么体贴人呢。"翠娥听说这话，脸唰的一下红了，说："婉妹妹是说哪里的话儿，拿我取笑了。我们不过是做奴婢的，哪里会有非分之心的想法。龙少爷可是老太太的掌上明珠，他的福分只有像婉姑娘这样的人能够受用的起，你若做了嫂子才是应该的。"婉贞脸色顿时也红了起来，说："好你个翠娥，舌头尖子不饶人呢，竟然把话锋往我这里引了。"翠娥说："婉妹妹当真没有往这里想？我才不信哩。你若是不想，我们屋里头的可是天天等着你来呢。"婉贞说："姐姐是在说笑了，即便是我有心不一定人家有意呢，再说这些事儿都是父母做主的，况且过些日子我是要回乌鸦盖家里去的。今天我们是在这屋里说这些玩话儿，别往心里去了，往后，可不许再提及了，以免惹上是非，伤了和气。"翠娥说："婉姑娘的话我记下了，往后不说就是了。可是你不能轻易说走就走了，特别是在龙少爷面前不能提及此事，否则，他会着急死的。"婉贞叹息了一声，说："也是的，兄弟姐妹一场，在园子里玩耍习惯了，彼此谈吐欢喜，知根知底，又合得来，倘若一朝分离，免不了依依难舍，但有什么办法，我的家在乌鸦盖呢，不能总是住在外祖母家里。"翠娥说："办法倒是有的，就看婉姑娘肯不肯去做了。"婉贞说："噢，你有什么办法？"翠娥说："你若是真的做了我们的嫂子不就永远住在这里了吗？"婉贞起身用扇子追撵翠娥，说："让你不说这些，怎么又说上了，看我拧痛你的嘴儿。"

婉贞一边说一边撵着翠娥,翠娥嬉笑躲闪着,绕着屋里转悠。这时,外面传话来了,老太太要蕴龙过寨子去说话。翠娥听了立马慌了神,停住步子自言自语:"这可如何是好?这可如何是好啊?蕴龙还没有回来呢,我该如何回话老太太呀?"婉贞一愣,说:"你不是说蕴龙去了老太太那里吗?怎么老太太那里来这里寻人了?蕴龙到底去哪里了?这么晚还没有回来?"翠娥见纸包不住火了,便把蕴龙往鬼笨沟的来龙去脉告诉婉贞,并央求婉贞千万别说出去了,不然,她的命恐怕都不保了。

婉贞听了呆呆地愣在那里了,过了好一阵子才醒过神来。婉贞说:"天哪!出了这么大事怎么不早点向老太太回报呢?拖延到现在,天都麻黑了,人还没有回来,这去鬼笨沟的山路都是原始深山老林的,里面猛兽出没不断,万一有个什么三长两短的,可如何是好啊!"婉贞说这话时,泪水在眼眶眶里打转转。翠娥说:"都是我的错,我没有看好龙少爷,可是事情已经出了,现在怎么办?如何回老太太的话呢?"婉贞细想了一会儿,说:"就说蕴龙昨夜受了风寒,正在屋里调养,今晚不能去老太太那里请安了。"翠娥觉得婉贞这主意想的好,于是按照婉贞所说差人去回老太太的话了。过了不多时,老太太那边差人送来治疗风寒的草药,吩咐让翠娥夜里煎给蕴龙吃,待明天再叫蕴龙往老太太那里去请安问话。

打发走了差人,翠娥这才长长呼出一口气息,眼下这一关总算过去了。可是蕴龙人还没有回来,一炷香都点完了,二炷香也燃了大半,婉贞和翠娥等在屋子里,该说的话也聊的差不多了,屋里静悄悄的,只有落地吊钟钟摆发出沙沙的声音。翠娥坐卧不宁,时不时起身到门外顾盼。婉贞愣在那里痴想,心里也是惶惶不安的。这时,钟摆敲响了十一下,最后一声落音时婉贞心里不由得惊了一下。她自言自语说:"都快夜半了呢,蕴龙怎么还没有回来?好让人揪心,该不会有什么事吧?不会有事的,一定不会有事的。"婉贞正想着心事,静雯推门进来了。静雯环顾了一下屋里的人,没有见到蕴龙,静雯说:"怎么?龙兄弟还没有回来吗?婉妹妹也在这里候着呢。"婉贞见静雯来了,起身打招呼,说:"静雯姐来得正好,你的主意多,快来帮助翠娥掂量一下蕴龙的事儿。"静雯故作镇定,"蕴龙的什么事儿,我怎么不知道?"翠娥是明白人,赶忙圆场把蕴龙如何去鬼笨洞的事重复叙述了一遍,以免婉贞误会了。静雯听翠娥这样说,心里明白婉贞已经知道蕴龙的事了,也就顺水推舟假装才知道这桩事儿。

　　静雯做出惊讶的神情,说:"怎么会出这等要紧的事情? 老太太那里知道吗?"翠娥说:"蕴龙走时有交代的,说无论如何发生什么事情,都不要往老太太那里传话儿。若是他三天不能回来,再去禀告不迟。"静雯说:"三天? 龙兄弟也挺会计算的,他哪里知道这三天有多少人等不得的。这下可好,他自己倒是自在逍遥,一走了之,不顾及别人的心情。"婉贞说:"静雯姐,你看这事该怎么办呀? 都这更天了,还不见人影儿。那去鬼笨洞的路程都是原始深山老林,就怕有个什么闪失,怎么向老太太那里交代呀!"婉贞说这话儿,眼泪便从眼角流淌了出来。静雯说:"事情都出了,我们窝在这里也是干着急。古话说,吉人自有天相。蕴龙是吉人,我看不会有什么事情的。"翠娥说:"静雯姐话说的极是,有你这话儿我的心就安许多了。"婉贞说:"但愿如此,愿菩萨一路保佑蕴龙平安回来。"

　　三人围着茶桌一边品茶一边说着话儿,采芹端来了烤花生和葵花籽让姑娘们当零食吃。守到一更天了,还不见蕴龙的影子,翠娥便让静雯和婉贞先回去休息了,等蕴龙有了消息就差人来相告。静雯和婉贞也困倦了,心里虽然都有心事,但在蕴龙屋里空等着也不是办法,只好各自回屋里去了。

　　静雯和婉贞走了,翠娥吩咐采芹屋里的灯不要熄灭,连楼道上挂的红灯笼也要通宵亮着,直到等着蕴龙回来才能熄灯。吩咐完事情,翠娥依旧坐在屋里等待着,今夜她不能睡觉了,也没有心思睡觉,蕴龙的影子一直在她面前飘忽着。朦胧中,翠娥好像也去了鬼笨沟的路上,她走在茂密的林子里,一团白雾散开了,翠娥看见蕴龙在前面行走。蕴龙穿着她熟悉的衣服,隔着他很近的地方。翠娥激动地呼喊蕴龙,可是怎么也喊不出声音来,喊得焦急了,忽然把自己喊醒了,原来是一场梦。翠娥实在太困倦了,惴惴不安地胡思乱想着,想累了伏在桌子上面不知不觉睡了一会儿。翠娥看了看四周,依然静悄悄的,蕴龙的床铺依旧空荡荡的。这时,钟摆敲响了,不是十二下了,而是响了两下。翠娥心里陡然又一惊,已经是二更天了,蕴龙还没有回来,恐怕真的出事了。翠娥越想越不是滋味,眼泪禁不住往下掉,她的心里又焦躁起来,若是蕴龙真的有个什么三长两短,她也不活了,就此了断,随蕴龙一起去好了。反正死活都是他的人了,一了百了,都没有什么牵挂了。翠娥把后面最坏的打算都想好了,她都想着死的地方和死去的方法,但她心里还是希望蕴龙相安无事,即使今晚不回来,明天上午一定要回来才是。不然,老太太那里是不好交差的。

翠娥正左思右想着,婉贞那边又打发人来问蕴龙回来没有,翠娥害怕婉贞着急,便回话说已经有音讯了,明早回来,让婉姑娘不要担心。翠娥回了这话,心里却是忐忑,但她似乎有预感,明天上午蕴龙一定会回来的。

这时,采芹披件纱衣从卧室里走过来,她说口渴了取杯茶水吃。翠娥说:"我一直守在这里呢,茶还是温热的,我等着蕴龙回来吃。这夜里了,恐怕是回不来了,不如你吃了吧。"采芹坐过来把茶吃了,说:"翠娥姐姐你也歇息吧,既然人回不来了,你坐等着也是白等,当心熬坏了身子。"翠娥说:"蕴龙不回来,我哪里有心思睡觉。你不要管我,自己去睡吧,我今夜就熬在这里了,蕴龙回来也罢,不回来也罢,心诚则灵,我就苦等着吧。"采芹打了一个哈欠说:"我是困倦了,等也是空等,我先去睡了。"采芹说完话回自己的卧室睡觉去了。翠娥瞥了采芹背影一下,没有作声,她把豆油灯挑亮了一点,然后静静望着油灯,想着自己和蕴龙一幕幕的往事来。她想着蕴龙许多的好,尤其是她和蕴龙暧昧的几个夜晚,她想着自己的身子是蕴龙的人啦,只是身价卑微,恐怕将来不能与蕴龙共度白头。但不管怎样,她的一切都寄托在蕴龙身上了,生做他的人,死做他的魂。翠娥想着想着,眼泪又不断地流了出来。翠娥朦胧的想着,忽睡忽醒的好不容易熬到第一声公鸡打鸣,翠娥想着天亮了,她就去路口等着蕴龙回来。

翠娥匆匆吃了早饭,鲁老太那边就来人询问蕴龙的病情好些没有,翠娥回话已经好多了,下午就去老太太那边请安。来人回去报平安了,鲁老太也就放心了,并吩咐厨子晚饭要做的清淡精致些,另外给蕴龙炖碗燕窝滋补一下身子。翠娥打发走了鲁老太那边的来人,正要走出门到山路口去瞧瞧蕴龙,婉贞推门进来了。婉贞像是一夜未睡安稳的样子,眼睑有些轻微浮肿,眼睛也是泪汪汪的,婉贞说:"翠娥姐姐,蕴龙可有音讯来?"翠娥说:"我想着这会儿在往家里走了。"婉贞说:"但愿菩萨保佑,晌午蕴龙能顺利回家来。"翠娥说:"昨夜我没有睡好,一晚上都半醒半昧的,总像是听见蕴龙上楼的脚步声,可是真正醒过来什么也没有。"婉贞说:"我也是的,满脑子想的都是蕴龙的事儿,他的胆子是越来越大了,竟然敢去鬼笨洞,这事若是让老太太知道了可不得了。"翠娥说:"可不是嘛,一大早老太太那边就来人问话了,我只好搪塞了过去,说蕴龙病好多了,下午就去太太那里请安。可我着急的是万一上午蕴龙回不来,下午老太太那里就不好回话了,那时只得说出实情了。"

婉贞听了翠娥这话,不作声了,她静静摇曳着扇子,想着心事。翠娥急着想出去,见婉贞坐在屋里又不好抽身离开,便吩咐采芹去园子外路口候着蕴龙。采芹应声去了。翠娥给婉贞上壶钟灵绿茶,两人坐着聊天,话题依旧在蕴龙身上。聊了半个时辰,静雯来了。静雯一进门见婉贞坐在屋里,说:"刚才经过望月楼,我喊了几声都不见妹妹应答,我想着婉妹妹是往这里来了。"翠娥说:"是啊,大家都惦念着蕴龙的事情,能不着急嘛。"静雯说:"怎么? 蕴龙昨晚没有回来?"翠娥说:"唉,现在我死的心都有了,还不见人回来,这让我如何跟老太太交差? 这个小祖宗都要把人逼疯了!"翠娥说着话眼泪珠子就滚落了出来。静雯说:"光着急没有用的,凡事自有定数。蕴龙吉人自有天相,我看不会有什么大事情的。"婉贞说:"静雯姐的话说得对,吉人天相,蕴龙哥哥自然是有天护佑的,不会有事的。"

屋里正说着话,门外传来采芹的声音:"龙少爷回来了!"采芹话音刚落,蕴龙便推门进屋了。蕴龙见婉贞和静雯都在屋里,先是愣了一下,然后笑着说:"让你们担心了,这回出去路程远点,又遇上一个好心的采药老人家,就在他那里过了一夜,这才赶忙回来了。"翠娥抹去眼角的泪水,喜极而泣,说:"我的小主子,终于回来了! 都快把人急死了,婉妹妹和静雯姐姐昨天和今天都来过好几回了,人人心里都揪着的,你倒好,却像是没有什么事发生一样。"婉贞说:"人平安回来就是福分,这下我的心可是安定了。"静雯说:"龙兄弟这是去了哪里? 听说去探后山的鬼笨洞了?"蕴龙看了一眼翠娥说:"既然静雯姐姐问起,我也就不隐瞒了。我是去了鬼笨洞,和蕴菡一起去的。那鬼笨洞真是神秘得很,里面曲里拐弯的,还有很多钟乳奇石。那些钟乳石千奇百怪的,有的像人形,有的像走兽,还有的像仙境里的画,石凳、石笋、石床比比皆是,有趣味得很哩!"静雯说:"再有趣味也不可以背着家里人去那里冒险,那些妖魅鬼洞里面不知藏有什么怪物呢,倘若有个什么三长两短的,可如何是好?"蕴龙说:"静雯姐不必担心，鬼笨洞里没有怪物的，只有一些娃娃鱼。那娃娃鱼叫声绵软，初听倒是让人惊诧不已，但听熟了，你就觉得娃娃鱼十分可爱了。"婉贞说："是啊，鬼笨洞的名字听起来有点瘆人，只要里面没有怪物，就没有什么可怕的。蕴龙哥，你说的那些千奇百怪的钟乳石，还有很多娃娃鱼，我倒是很想去见识一下呢。"蕴龙说："只要你走得了山路，下回跟着我们一起去。"翠娥说："不可再去了，龙少爷，你还是可怜可怜我们这些丫鬟的命吧！你若是再这样胡闹下去，我可是真的要先离开这里了。"蕴龙自知翠娥的心情，"好吧，先不聊鬼笨洞了，我这回从晚亭家里带来不少山货呢，今儿夜里大家一起聚着做来吃，都是鲜美的真货。有竹鸡、香菌、嫩竹笋、香菌干、老腊肉香肠，那深山里的味道要比我们苗寨里的东西好吃得多啊！"婉贞说："晚亭？怎么也有个姓婉的姑娘？"蕴龙说："人家是晚上的晚字，亭子的亭，是药仙的孙女，模样儿乖巧极了，也像是婉妹妹这样的人物呢。"婉贞说："怎么就说到我身上了？她是她的模样，我是我的样子，不沾干系的。"静雯说："这下可是好了，又多了一个晚妹妹了，而且是藏在深山里的极其乖巧的妹妹。龙兄弟，哪天你把这位天仙似的妹妹带到园子里来，也让我们瞧瞧这等标致的人物。"蕴龙笑了笑，说："只不过是巧遇上罢了，没有想到在鬼笨洞中间还有一个隐秘的出口，从出口上去豁然是一个世外桃源样的山洼地段。那里古树参天，人迹罕至，四周被山峰环抱着，中间一个山窝窝地段只有这样一户人家。他们以采药狩猎为生计，自种一些谷子，还有酿酒烧青花瓷器的作坊。晚亭妹妹画的青花碗真是叫绝，栩栩如生的。烧出的青花瓷虽然是粗瓷，但不失其古朴优雅。可惜走得急了，没有带一个回来给你们瞧瞧。夜里，晚亭妹妹还带我们去山林里逮竹鸡玩，逮竹鸡的过程有趣极了。晚亭和她的爷爷都是极好的人，拿出来的东西也是上品的。我们到那里天色晚了，就在晚亭家里住了一夜。不过，这事千万不要向外声张，你们知道即可。"婉贞说："唉，怪不得一夜未归，原来鬼笨洞洞外有天，天上有仙。龙哥哥让仙迷住了，记不得回家的路了。"静雯说："是呀，又多出一个神仙样的晚亭妹妹来，龙兄弟会不会今后往那里去居住了？"蕴龙说："你们这是说到哪里去了，我的家在这里，怎么会居住到那里去呢？何况与晚亭素昧平生才刚刚认识的，即便是我想去那里，也不能这么唐突地去呀。好了，我们不说鬼笨洞的事了,翠娥,沏壶大红炮茶来给静雯姐和婉妹妹喝。"话音刚落,鲁老太那边传话来说老爷叫蕴龙过去问话。蕴龙一听老爷叫他去问话,刚才的兴奋劲忽然没有了。静雯让他快点去,免得老爷不高兴,婉贞却说慢点又何妨,不如打点精神镇定了去更好些。

蕴龙有些丧气,他临走时又反复交代翠娥把带回来的山货交给厨子做了消夜,把姐妹们都请来聚会热闹一下,又让静雯婉贞等着他,他去去就来的。

蕴龙一路小跑着往老爷那里去了。蕴龙先是去鲁老太那里请安,鲁老太今天气色比往日都好,她笑眯眯地对蕴龙说,等会儿有好事要告诉他。蕴龙不解,想细问,鲁老太说等蕴龙去了老爷那里回来再细说给他听。蕴龙听说是好事,心里安稳了许多,接下又往屋里去问候了奶娘。潘夫人问蕴龙这几日在做什么?温习的功课都做完了没有?老爷等会儿要问话呢。蕴龙不想则罢,一想起来心里就虚。这几日哪里顾得上背诵这些功课,只想着去鬼笨洞的事儿,倘若老爷问起这当儿事,自己怎能应付得过去?蕴龙脑子还在乱哄哄地想着搪塞的对策,一个书童进来传老爷的话,让蕴龙去书房,老爷有事情要问他。蕴龙心里又是一阵紧张。潘夫人安慰说:"莫慌张,你只要背得出老爷吩咐的功课就是了。若是有另外的事,还有老太太在后面担着呢。"蕴龙想着也是的,如果有什么出入,后面有保护他的老太太,老爷对老太太是最敬重孝顺的,从来不敢有半点冒犯举动。

蕴龙来到书房,乌耀显正坐在书桌前品茶。蕴龙向乌耀显行了礼仪,然后规规矩矩站在一边,等候发落。乌耀显看了一眼蕴龙说:"上次交代你温习的功课都做了没有?"蕴龙说:"做了一些,五经已经背诵了大半了,四书还未细读。"乌耀显叹息了一声说:"唉,我看你是个不喜欢读书的人,将来也博取不了什么功名,指望你替乌家光宗耀祖看来是没有什么盼头了。好了,今后不说读书的事了,我看你也不是读正经书的料子,不如早点学做生意才好。你现在的年纪也不小了,不能总混在园子里碌碌无为。今天特意给你说件重要的事情,往后你得往这方面上心了。"乌耀显说到这里,故意停顿了一下,用目光望着蕴龙。蕴龙不晓得父亲后面的话,究竟是什么事情变得比读书还重要了,他的心里没有底。

蕴龙规矩地说："只要是父亲吩咐教诲的事，孩儿只管照办就是了。"乌耀显说："好，上回我遇见传灯寺庙的慧真师傅，他特意提到你未来的婚事必须找一个大你两岁的姑娘婚配方是吉利。也巧了，这次我去乌杨树码头杨家交谈生意，他家里倒是有一个女儿杨丽珍，年方18，生得端庄秀丽，文雅得体，是大户人家的气质。丽珍姑娘今年18岁了，正好长你两岁。杨家得知我们有意结亲甚是欢喜，当时就将丽珍许配给你了。等明年你满了17周岁，丽珍刚好19，即可成家立业。"蕴龙一听是这事，心里便懵了，他如何也想不到父亲叫他来书房是为了他的婚姻之事。蕴龙心理毫无准备，马上就要成亲了，而且与自己婚配的姑娘是一个从来不认识的人，年龄大两岁，且从未见过面，彼此不知道根系，蕴龙难以接受。蕴龙说："父亲为孩儿婚事操劳甚是辛苦，只是我现在年龄尚小，我还想去重庆读书，请父亲收回这门亲事为好。"乌耀显把茶杯往桌子上重重一搁，说："别说读书的事了，你今生就不是读正经书的命！不如早点成亲，把家业承担起来，学点实用的生意事方是正道。好了，不要再理论了，这事就这么定下来了。等你在园子里逍遥到过完年，娶亲完毕，明年开春就跟着我去跑桐油生意。你下去吧！"

蕴龙无语，他知道父亲的脾气，定下来的事情，基本上没有改变的可能了。尽管他心里是一百个不情愿，但父母之命面子上不得不从。唯一通融的办法只有一条路，那就是马上到老太太那里去求救。

蕴龙从书房出来，一溜烟往鲁老太那里去了。到了鲁老太屋里，蕴龙几乎是含着泪水跪在鲁老太面前，说："老祖宗，救我！"鲁老太赶忙扶起蕴龙，说："我的龙儿啊，你这是怎么啦？是不是你老子又打你啦？打哪里啦？跟我说，我去为你出气去！"蕴龙摇头，说："没有，是……"蕴龙环顾了一下周围的丫鬟，停住了后面的话。鲁老太会意，让丫鬟们都下去了，屋里只留下潘淑鸢，鲁老太说："好了，现在屋里没有外人，你只管说出你的委屈来，我和你娘亲都听着的。"于是，蕴龙把刚才父亲与他提及的婚事原原本本讲给鲁老太和潘淑鸢听了。鲁老太听罢，没有感到什么不快，反而笑着说："儿啊，你老子提及的这门婚事我和你娘亲都知道的，你明年也17岁了，是成家立业的年龄了，况且杨家在乌杨镇一带也是颇有名望的。我们乌家的桐油进出就依赖与杨家的码头和船只合作才能顺利做生意的。这下可好了，能结下这门亲事，算是乌杨两家联姻合作生意，以后发展前景会越来越好的。那杨家闺女也是个知书达理的淑女，人也生得端庄秀气，只是年龄稍大一些。像你这样长不大的小孩子性格，娶个懂事、心里聪慧的女人来掌管家里，我和你娘都放心了。"潘淑鸾说："是啊，你父亲和我们都商议过的，能与杨家结这门亲事是乌家的福分。以后这家里的大事就交托给你们夫妇来打理了，你可得好好珍惜啊！"

蕴龙说："原来你们都是早有合谋的，这下好了，为了乌家的利益不顾孩儿的心情，早早结下这门婚事，我是一百个不情愿的。即便是要成亲，也不是杨家的姑娘，我心里早有所属的。老祖宗、太太，希望你们收回成命，孩儿的婚事就让孩儿自己做主挑选，不要为孩儿选择一个不喜欢的陌生女子。求你们啦……求你们啦……"

鲁老太说："我的儿啊，自古婚姻都是父母做主的，既然你老子替你选择了这门亲事，就无可改变了。那杨家在秀山县城也是有头脸的人，乌杨两家结亲这是好事啊！唉，你是不知道家里眼下的困境，桐油近年生意不是多么好做，水路来回运输全靠杨家码头和船只来维系生计。倘若与杨家毁约亲事，我们乌家桐油就难出秀山了。你想想，这么一大寨子人全靠做桐油生意来周转生活，失去杨家支持，乌家恐怕支撑不了几年的。眼下生意不好做，乌家就指望你这门亲事来加深乌杨两家的关系，龙儿啊，你要听父母的话啊！我们都是为你的将来考虑啊！"蕴龙说："我不听，我就是不听的，我有喜欢的人啦！今生要娶亲，就要娶喜欢的人。"潘淑鸾说："什么？你有喜欢的人？她是谁？是谁让你这样痴迷？连父母的话都不听了？"蕴龙不假思索地说："是椿香妹妹，我喜欢她，非常喜欢她。老祖宗，太太，你们若是真为孩儿好，就去椿香妹妹家提亲，这辈子，你们就把我和椿香妹妹放在一起好了，求你们啦……"

潘淑鸾一听椿香这个名字，起初愣了一下，她还以为自己听错了，原本是想着蕴龙跟静雯和婉贞处在一个园子玩耍，说不定是喜欢了表妹或者表姐，没有想到提及一个似听到过又像是没有听说的名字。鲁老太也感到纳闷，说："我的儿啊，你说的那椿香是哪家的姑娘？我怎么没有听说过这个人呢？"这时耀慧走进来，说："老祖宗你是忘记了，椿香就是上回我们苗寨端午节聚会，从牛场坡请来唱苗歌的女子呀！"鲁老太恍然明白，说:"噢,我想起来了,是有这么一个唱苗歌很好听的苗家女子。"潘淑鸢这时也想起来了,说:"原来你喜欢的人是牛场坡上的穷人家女子,不行!门户不对,这事若是让老爷知道了,会打断你的腿的!"蕴龙说:"她怎么就是穷人家女子啦?我们不也是居住在鬼笨沟一带的人吗?她家虽然穷一点,可是待人极好的。椿香妹妹也是极品的人物,人素净美丽,苗歌唱得那么好,人也好极了,我就是要娶椿香妹妹,我不要杨家姑娘!"

"大胆!"潘淑鸢指责道:"自古以来婚姻都是父母为命,更何况那椿香是猎户家的女子,跟我们乌家寨子不挨任何边际!你若是这样闹腾下去,让老爷知道了,那还了得!"蕴龙不服,歪着头默默赌气。鲁老太见状,思量了一下说:"好了,不要再争论椿香的事。蕴龙你先回去,今天在这屋里的事谁也不许外传了,免得节外生枝,传出去让杨家的人知道了不好。至于蕴龙的婚事,我们再从长计议好了。"蕴龙见鲁老太这样说话,心里稍微舒缓了一下。他应了一声,闷闷不乐地出去了。

鲁老太见蕴龙走了,便让耀慧把门关上,说:"今天这屋里就我们三人,都是蕴龙最亲的人,蕴龙的婚事关系到乌家今后的运道。如今,与杨家结亲的事已定下来了,只是蕴龙这孩子喜欢上了牛场坡猎户家的女儿椿香,这件事自然不能让老爷知道了。恐他气头上来,要了蕴龙的命。你们说说看,椿香的事该如何了断?"耀慧说:"唉,有情人不能好到一块,也是件遗憾的事。我也原以为蕴龙是看上了婉贞或是静雯,没有想到他喜欢上了椿香,一个猎户家的苗女。蕴龙兄弟这样坚决要跟椿香好,看来他们在一处不是一天两天的事了,要说服蕴龙,还需仔细掂量才是。"潘淑鸢说:"我倒是有个办法可以让蕴龙死心,乖乖顺从了我们的意思娶杨家姑娘。"鲁老太说:"你有何好主意啊?说出来听听。"潘淑鸢说:"这事若摊上婉贞或静雯,却是难以调解圆说的,恰好是椿香,这事就好办多了。那椿香家里必定是穷人家庭,恐他们也不敢攀上乌家的姻缘,这些穷人家无须多费工夫,只要打点些银两送了过去,说明乌家情况,让他们及早寻个人家,把椿香远远嫁出去了,这事自然就完结了。椿香一旦嫁人,蕴龙也就死心了。届时,何愁娶不了杨家姑娘做媳妇呢?"鲁老太说:"嗯,这个主意好。耀慧,这件事就交付你去办理。银子从我的账上先拿去五十两送与椿香家去,就说这是作为乌家送给椿香的嫁妆钱,让他们尽快寻个主,把椿香嫁出去为好。事成后,我还要打发些银两给他们家用的。"耀慧说:"这……这样做是否合适?"潘淑鸢说:"没有什么不合适的,这些猎户人家能得到这么多银子,是他们的造化了。有钱能使鬼推磨,无论什么事情都好办的。"鲁老太说:"就这样去办吧。要保密,尽快办理,这两天我要听你的回话。"耀慧说:"好的,我这就去打理椿香的事了。"

耀慧说完话出去了,见时辰还早,便到账房包了五十两银子,叫上了一个仆人,直接往牛场坡椿香家去了。到椿香家,耀慧向椿香父母说明来意,椿香父亲李来福听了,直说抱歉,他马上要拿椿香来问话。耀慧急忙拦住,说:"孩子年龄都还小,哪里就懂得这等事儿,是我们龙少爷不好,胡思乱想了,也许椿香妹妹根本没有这样的心事呢。不过,我们老太太说了,椿香妹妹苗歌唱的极好,她将来出嫁是要送份厚礼的。这不,老太太让我把礼金都带来了,五十两银子,想必你们家到时可以派上用场的。"

李来福见耀慧取出五十两银子放在桌子上,赶忙推辞,"这可使不得的,乌小姐,这银子我们是不能收的。无功不受禄,这五十两银子,像我们这样猎户人家恐怕是要辛苦几十年才能挣到的钱啊!"椿香的奶娘张氏说:"是啊,我们穷人家过习惯了穷日子,若是平白无故收了乌家的礼金,会让人笑话的。"耀慧说:"你们不必谦让了,这钱是老太太的私房钱,是老太太叮嘱拿给椿香妹妹做嫁妆的。当然,嫁妆是用不了这么多钱的,剩下的部分你们可以补贴些家用。这位大哥整日深山打猎也辛苦,家里这么多的孩子等着吃穿用,拿着这样一笔钱有什么不好的?明白了说吧,老太太的意思是让你们尽快把椿香妹妹打发出阁了,挑个好人家及早嫁出去,免得我们龙少爷在那里单相思生乱子。你们可知道,龙少爷已经是有婚约在先的,即便是他和椿香一百个情愿也不行的。这件事你们若是办理的好,老太太说事成后,她后面还有一番谢意呢。"

李来福与张氏相互望了望,不知该如何是好。耀慧又强调说:"我今天来这里很急的,这银子你们不收也得收下,收下了我才好回去禀报老太太的。你们放心好了,这事你知我知,天知地知,谁也不许外传。乌家排场很大的,区区五十两银子不过九牛一毛,你们收下不碍事的。乌家日后不会找你们的麻烦。反之,你们若是拒绝礼金,倘若日后龙少爷与椿香再度死活要好一起,那责任后果你们可是担当不起的。不要再犹疑了,这银子是白白送给你们的,你们只管收下就是了。唯一的目的就是让椿香妹妹早点嫁出去,好让我们龙公子死了这条心罢了。"

李来福将旱烟吸了一口,细想了一下说:"好吧,椿香是穷人家的命,今天遇上了老太太这样的贵人,受了乌家的恩泽,这是我们做梦也没有想到的事情。既然这是老太太的意思,乌小姐话又说到这个份上了,这五十两银子我们就先收下了。还望乌小姐回去后代我们向老太太请安了,感谢她对椿香和我们全家人的深情厚谊,我们这辈子都不会忘记老太太的恩惠的。至于椿香出嫁的事,我们积极照办就是,一定会让老太太满意的。"耀慧说:"这就对了,你们收下了银子,应和了老太太的意思,我也交差了,不枉白来一趟。说句真心话,像椿香妹妹这样清秀能干的女孩,若是生在大户人家,与我们龙公子还真是般配呢。唉,各有各自的命,只是可惜了椿香妹妹,让她受委屈了。"李来福说:"这有什么委屈的,穷人家的女孩早晚都要出阁的,这回遇上了老太太这样的活菩萨,算是我们陈家祖上烧了高香求来的。有了这么大一笔礼金,椿香可以风风光光地出嫁了,这是椿香前世修来的福分,是天大的喜事啊!"张氏跟着说:"是啊是啊,我们椿香能够得到老太太的赏识,这辈子即便是当牛做马也是要报恩的。老太太是活菩萨,我们的大恩人啊!"耀慧说:"好了,你们知道老太太的好就行了,老太太这样做法都是为椿香和龙少爷好啊!各自有门户相当的婚事,相安太平过日子,这比什么都好。今天我的话就说到这里了,时辰不早了,我要回去给老太太回话了,不然,老太太今天晚上会睡不安稳觉的。"

耀慧起身告辞,李来福和张氏千恩万谢的,并送上一大堆山里野味让耀慧带回去给老太太尝鲜。耀慧见是野味,也就没有推脱,让仆人收下一并带回去。回家的途中,碰巧遇上放羊归家的椿香,椿香见是耀慧姑姑,忙着上前打招呼。椿香说:"原来是耀慧姑姑啊,你怎么往牛场坡来了?有什么事吗?"耀慧说:"没有什么事,老太太想吃点野味,这不,让我到牛场坡收购些野味回去。"椿香说:"耀慧姑姑怎么不早说,我家里野味可多呢,还劳神你走这么远的山路上来,改天我挑选些上好的送过去就是了。"耀慧说:"不必了,老太太只是想尝个鲜,多了吃不了的,而且这些野味又不可久放,有些吃就可以了。"

　　说着话儿,椿香养熟的两只山雀子结伴飞来,它们叽叽喳喳欢叫着落在椿香的肩上,看见耀慧也一点不怕生。耀慧是头一遭看见这样的情景,连连交口称赞好奇,"这是哪里来的鸟儿,对你是这样的亲近?"椿香说:"这一对山雀子从小失去了奶娘,我是从野外捡回来喂养大的,从小养熟了,所以不怕生,对人特别亲近。"耀慧说:"椿香妹妹真是个有心人,心地这样善良,将来必定有好报的,不知椿香妹妹眼下有中意的郎君否?"椿香一听中意的郎君,脸色唰地一下红了,神情也变得腼腆起来。椿香说:"耀慧姑姑这是说哪里的话去了,我年纪尚小呢,还没有考虑这些事情。"耀慧说:"还是早考虑的好,要不要姑姑给你介绍一个呀?"椿香说:"耀慧姑姑的好意我领了,我现在不想过问这些事的。"耀慧进一步试探,"莫非妹妹有意中人了?"椿香抿嘴一笑,说:"耀慧姑姑今天是怎么啦? 老是提及这话,我们山民家的孩子哪里自己能做了主的,不都是听父母的安排才行呀。"耀慧说:"这样就好,听父母的话没有错的。"

　　这时,椿香家的大黑从树林里跑出来,嘴里衔着一只野兔子,大黑把野兔子放在椿香面前,不停地摇着尾巴。椿香看了看野兔子的咬伤,说:"大黑还挺能干的,经常会在树林里抓野兔子回来。耀慧姑姑,这野兔子还新鲜,不如你带回去给蕴龙哥做来吃罢。"耀慧说:"不必了,你拿回家去。好了,我该回去了,下回有空了再请你来寨子唱苗歌。"椿香说:"好的,只要耀慧姑姑和寨子里的人喜欢,我就来唱给你们听。"椿香说完话便与耀慧道别,赶着白山羊,带着大黑往家里去了。耀慧望着椿香的背影,一个清丽素净的苗家女和几只白山羊,后面跟着一条大黑狗,走在青幽幽的山林里像是一幅画儿,看着这幅画渐渐消失在山林中,就别有一番滋味在心头了。耀慧不禁在心里感叹,这样好的女子若是生在富人家,和蕴龙倒是很般配的,怪不得蕴龙痴心要喜欢椿香,这女孩身上有股乡野的灵气呢。

　　耀慧回到乌家寨子,把去椿香家里前后经过一一细数,向鲁老太回了话,鲁老太听了十分满意。鲁老太说:"你这事办得利落,不过,这段日子要仔细盯着点,不要让蕴龙与这野丫头有什么亲密的接触了。"耀慧说:"不会了,只要椿香家里收了银子,今天椿香回去,他们一定会有交代的。想必从今往后,椿香不会再主动去见蕴龙了。"鲁老太说:"唉,就怕蕴龙这孩子认死理,他会主动去寻椿香的。"耀慧说:"那我去交代看园子的人,不让任何人出园子就是了。"鲁老太说:"好的,这件事你得盯紧点,在与杨家提亲之前,免得再节外生枝了。"耀慧说:"知道了,我这就去吩咐看守园子的卦儿去。"耀慧说着出去了。

耀慧这边去椿香家里时,蕴龙垂头丧气回到凤凰园屋里,不见婉贞和静雯。蕴龙问翠娥:"婉妹妹静雯姐怎么就走了?"翠娥说:"她们各自有自己的事情,哪里会一直等着你回来的? 晚上你不是要摆家宴,请人家来吃你带回来的野味吗?"翠娥提及家宴野味,蕴龙倒是猛然清醒了,说:"晚上就请婉妹妹和静雯姐来就是了,其他人一概不要请了。"翠娥纳闷了,"不是把全部姐妹们都叫来吗?"蕴龙说:"不用了,其他都不重要,今晚我是有话要与她们说的,若是来的人多了,说话也不方便。这园子里,就是我和婉妹妹、静雯姐说的来些,她们可以用心交流的。"翠娥说:"那我呢? 算不上是仙了吧?"蕴龙说:"你不是仙,但比仙要贴己些。"翠娥说:"你这话何意? 我知道自己不配做仙的。"蕴龙说:"你是理解反了,我说的仙只能放在心里去静静欣赏,不可有非分之念想去亲近的,而你就不一样了,你是可以贴身穿的内衣,是可以百般亲近的。"翠娥听了这话,脸色马上羞红了,说:"就是你可以与我说这样的话,若是让人听见了,可是要羞死了。"蕴龙说:"所以我们两个人的话只在这屋里说,其他任何地方是说不得的。"

蕴龙说完话,叹息了一声,默默躺在床上呆想。翠娥看了蕴龙这情景,猜出有什么心事,便靠拢上去问话:"龙少爷,你这是怎么啦? 是不是老爷又说你什么了?"蕴龙又是一阵叹气,"平日里老爷为读书的事儿说说也罢了,只当这个耳朵进,那个耳朵出了,这回事情可是不一样了。"翠娥说:"噢,怎么个不一样? 难道老爷又下派给你新的功课要读?"蕴龙说:"唉,不是读书的事,是另外的事,很重要的事。"翠娥不解,"你今天怎么吞吞吐吐的,我们俩之间还有什么隐瞒的话不能说的? 你说出缘由,若是我能与你分解,不是少了些烦恼吗?"蕴龙说:"这件事说给你听就是了,听了千万不能外传了。"翠娥点了点头说:"放心,你的事就是我的事,我听了就烂在肚子里,不会说出去的。"蕴龙说:"屋里采芹也不能让她知道。"翠娥说:"这是毫无疑问的,她那张嘴关不住风的。"蕴龙说:"采芹呢？不在屋里吗？"翠娥说："她去厨子那里吩咐做晚上的野味去了，现在屋里没人。"蕴龙说："等会儿你去厨子那里一趟，今晚别弄多了，够我们几个人用餐就行了。"翠娥说："知道了，我等会儿就去吩咐。"

蕴龙望着翠娥，想了好一阵子，说："唉，我是没有想到，刚才老爷叫我去是要给我提亲了。"翠娥听了心里一惊，说："提亲？平时没有看出来家里人要为你提亲的动静，怎么会一下子来的这样突然？这门亲事是哪家的小姐？"蕴龙说："你猜猜看。"翠娥说："给你提亲的事我哪里能猜得到？莫不是静雯姐或者婉妹妹？只有她们才是你中意的人选。"蕴龙摇了摇头，说："为什么要是她们呢？不可以是别人吗？"翠娥不明白了，说："难道不是她们之间的其中一个？你们平时不是相处的很要好吗？而且她们生得那样美，和你是很般配的呀！"蕴龙说："若是倒无话可讲了，可是，老爷提及的亲事根本不是她们，而是乌杨镇上一个杨家的小姐，我们根本就不认识。"蕴龙说这话时眼里泪水就淌出来了，翠娥用手巾替他擦拭了眼泪，说："龙少爷，你千万别心急，老爷给你提亲的事来的唐突，或许后面有什么牵绊的事儿也说不准的。"蕴龙说："听老爷的口气，这门亲事倒是与杨家的乌杨镇码头有瓜葛，我们乌家的桐油生意要经过杨家的码头停泊起货装运，方可有交易，这不，就拿我的婚姻大事做此番交易了，好没趣味。"翠娥听了这话，心里却是明了三分，说："原来缘由在这里，唉，我看你就认了罢，个人的事与家事放在一起，总是家事为大的，既然父母做主，你怎样不愿意也不成的。"蕴龙说："我年纪还小，不想这么早就成家立业，我还没有玩够呢。若是成了家，人就往大处生长了，哪里还有时间在园子里玩耍。"翠娥"扑哧"笑了，说："你说这话真是孩子气了，你哪里会一直在园子里和姐妹们藏猫猫玩耍？人总是要长大的，将来还要生儿育女，盘缠家小。乌家这么大的家业，今后还指望你来支撑着不是？你怎么能够一直不长大，尽想着玩耍的事情呢？"蕴龙叹息一声，往床上一躺，说："连你都这样说话了，我还有什么盼头？我即便是成家的人，也不想娶个不曾谋面的乖乖小姐。"翠娥觉得蕴龙此话蹊跷，便坐到他的身边，试探问道："你不想娶个乖乖小姐，那你想娶哪一位女子呀？"蕴龙望着翠娥，调侃说："娶你呀。"翠娥脸色顿时羞得通红，说："你可不要胡乱说话，我是你的奴婢、下人，哪里可以担当起做你妻子的情分？说出去让人笑话，而且还要污了你的名声,此言可不能随便胡说的。"蕴龙笑了,说:"管他人如何想什么,我认可你就行了。关上门,就是我俩过日子,简单又清静。"翠娥说:"这话只能在屋里玩笑,万不可张扬出去了,小心口生是非,祸及安危。"蕴龙说:"好姐姐,我只是在你面前说说,其实我真的有喜欢的人,若是今生能与她相守一生一世,算是没有白活了。"翠娥说:"那人是谁?我认识不?"蕴龙说:"你当然认识的,她还来我们这里住过一夜呢。"

翠娥听此言恍然大悟了,说:"莫不是椿香妹妹?"蕴龙点了点头,说:"正是。"翠娥诧异了半天,没有回过神来,她呆呆地坐在床沿上,想了好一会儿,然后长长叹了口气,默默起身要离开。蕴龙见状,马上拉住翠娥的手,说:"好姐姐,你这是怎么啦?难道你不喜欢椿香妹妹?"翠娥说:"唉,你既然心里早就有了椿香妹妹,何必又牵挂着我呢?我的命看样子还不如椿香的好啊!算了,就当我们今生无缘无分了,改日我回太太去,我还是离开你们乌家的好,免得耽搁了你的好事,日后落得个我的不是了。"蕴龙见翠娥的神情,知道提及喜欢椿香的事情让翠娥多心了。蕴龙说:"翠娥姐姐,好姐姐,我知道你待我的好,我们都像是一个人了,我哪里会忘记你呢?我对椿香像对你一样的好,若是我娶了椿香,将来我们一起过日子,身份不就一样的平等,没有什么门户高低之分了,都是普通人家的女子,心地简单朴素,相处起来很融洽。你也不要将自己当奴婢看待,我看你从来都是跟自己的姐妹一样的亲近,而且还更亲一层意思呢。往后,若是这件事情成了,你跟椿香就像姐妹一般相处,彼此平等了,这样不是很好吗?倘若娶了什么大家闺秀的小姐,你在屋里又得处处谨慎小心,每天看主子脸子过日子,这样的日子多不自在呀。放心,我没有想别的事,心思都在为你着想的。若是有歪心,让天雷轰我都成!"

翠娥说:"你可别说什么天雷轰打的事,那样我可经受不起的,我们做奴婢的始终是做奴婢的,我没有想过要与谁平等搁在一起,你要娶谁做媳妇是你自己的事,与我何相干呢?早知情分是这样的,我何必待在你的身边,不如一直伺候老太太的好呢。"蕴龙见翠娥如是说话,心情暗自神伤起来,他连连叹气,说:"好吧,既然是这样,我何苦操这份心思呢?不如都散了好些。明儿个我就回老太太去,说你大了,想出阁了,不妨寻个好人家早早出去了事。我也去寻个庙子,了却凡尘心倒是干净了。"翠娥听了这话，便嘤嘤啜泣起来了，说："谁说着要离开的？我是看你的婚事着急。你也不想想，你们乌家的人能容得下椿香那样山民人家的女子做儿媳妇？你这不是明摆着胡来吗？自古婚姻都是父母做主，门当户对的。我恐是无缘与你终身相伴，但希望有个真正贴己的人照顾你。倘若你我真的有缘分，我又何尝不与你相守一辈子？即便是一辈子做你的奴婢也心甘情愿的。"

蕴龙将翠娥的手拉紧了，说："我就说嘛，翠娥姐姐不是那种无情无义的人，我们之间亲密无话不说，其实我的就是你的，你的就是我的，已经不可分离了。至于婚事，我也是一心想着寻个与姐姐合得来的人做妻子，日后我们好和睦相处在一起。像椿香这样的善良女孩子，我们都是知根知底的，她的性情品行都极好，我和她真的很谈得来，我也喜欢她那乡野的性情，不过是身份低了点，可是这有什么关系的？只要心在一处，何为贵贱高低之分呢。"翠娥说："话虽这样说，但你的命数是生在乌家苗寨的，不是住在牛场坡上面的，乌家这道门槛你无论如何是迈不过去的。你若是硬要这样去做，你可就什么也没有了，难道你会搬到椿香家里去？我想，椿香家里也是不肯容纳你这位龙少爷的，你的行为一定会牵连到椿香的。龙少爷，看在我们的情分上，你要听我一席话儿，免得日后闹得家里鸡犬不宁。"蕴龙说："你一点都不支持我，哪里晓得我的心情是怎样的焦切。为什么乌家的人就不能娶山民家的女子？我是真心的喜欢椿香啊！"翠娥说："你是真心的，人家不一定对你有心。你们不过相处了几回，或许椿香是把你当哥来看待的，人家心里并没有那种要做你的人意思。你可是要想好了，不要一味单相思，到头来伤心的是你，不是椿香妹妹。"

蕴龙想了想也是的，平日往来只是相互兄妹般亲近，并没有什么暧昧的举动，不如这几天找个时间，亲自去问问椿香也罢。蕴龙想到这里，心思安静了许多，说："你这一说倒是提醒我了，不知道椿香妹妹心里是怎么想的？待我空了去问问她，也不枉这样喜欢她一场。"翠娥说："是啊，你自己亲自去问话，看她如何说？待事情明了了再做决定不迟。说句心里话，你将来娶了谁进门我都不会在意的，我知道自己的位置在哪里。我没有做主子的野心，只求这一生平平安安的，在你身边伺候你就可以了。"蕴龙握住翠娥的手，说："翠娥姐姐最知我心，今生今世无论有什么变故，我们是一定要相守在一起的,永远不离不弃。"翠娥说:"就怕你娶了人会忘记我的,或者老爷哪天将我打发出去,今生我们就难以在一起的了。"蕴龙说:"这个你尽管放心好了,即便是舍了命,我是无论如何要留住你的。"翠娥说:"留得住留不住不是你我说了算的,这些事儿都得老太太和老爷做主,所以,你当下不能与老爷和老太太对着做事,要顺着些才是道理。常言道,摸着石头倒拐过河,依顺着流水的想法去走,方可有出路的。不过,你能说出舍命的话,让我着实感动了。"蕴龙说:"姐姐说的是,我以后听你的就是了。"翠娥说:"当真听?还是应付差事说的?"蕴龙说:"是当真听着的。"翠娥说:"那好,你得依我三件事就成。"蕴龙说:"哪三件事?只要我能办到的,一百件一千件都成。"翠娥想了想,说:"第一件事,从今天开始你不要漫山野像孩子一样玩耍去跑了,如今你也老大不小了,是该做点正经事业了,倘若成家立业了,你将来还要掌管起乌家整个生意运营呢。第二件事,不要总是混在女孩子堆里顽皮,你是男的,沾染了脂粉的气息将来怎么能够承担重任的?第三件……"

"不要说了。"蕴龙打断了翠娥的话,说:"姐姐说的这些我都无法办到,漫山遍野跑是我的天性,我生来就不是安安静静坐在屋里读书博取功名的人物,我也没有心思去担当乌家的什么家业、事业。我现在就喜欢玩,和姐妹们亲近,这样的日子就像鱼儿入了水里一般,自由自在的。老爷逼着我读那些四书五经,硬生生去考个什么举人状元的,我都腻透了。我生来就不是什么要做大事、读圣贤书的人,姐姐何必拿这些为难我呢?既然做不到的事儿要逼着我去违心做,岂不是在用绳子捆住我的手脚吗?我们相处了这么多年,你也不是不知道我的秉性。还有,我之所以选择椿香妹妹做未来的伴儿,也正是因为椿香妹妹性子合拍我这种想法。静雯姐和婉贞妹妹也是非常好的女子,可他们是神仙画里的人物,只可近距离静静欣赏,而不可去深度亲近的人。每个人的气场不同的,近的,反而远了;远的,反而近了,我心里就是这样想的。"翠娥听罢无奈地说:"好了,我该说的也说了,你不情愿,我也不强求,我已经是你的人了,今生只有随着你的性子去了,今后死活都是在一起的。你好了我跟着沾边享福;你若是不好了,我也跟着你一起去受苦累,只要你这辈子不负我就是我的福运了。"蕴龙说:"这样就对了,我就喜欢随我性子的人,不要强制我去做什么，随心所欲多好啊！姐姐放心好了，这辈子我要是辜负了你，我就不得好死，天打五雷轰我！"翠娥赶忙用手堵住蕴龙的嘴，说："今后不许发毒誓，不能说不吉利的话。你对我的好我是记在心里的，你要我怎样都行，即便是为你去死也没有什么了不起的。"蕴龙马上用手堵住翠娥的嘴，说："不许说死，今后我们谁都不许这样说过头话的，天底下没有任何理由让你为我去死，我也没有任何理由弃了你而去的。"翠娥说："若是有了呢？"蕴龙说："有也不允许，永远不允许！"翠娥听了这话，满意地笑了。

夜里，蕴龙吩咐翠娥早早将晚餐布置好了，婉贞和静雯如约而来，蕴龙将妹妹蕴菡也约了过来。大家坐安定了，翠娥将从晚亭家里带来的野味一一摆上了桌子。这时，蕴龙将晚亭家的苞谷酒取了一海碗上来，这酒一上桌，满屋里便飘着浓郁的酒香。翠娥说："婉妹妹和静雯姐都不吃酒的，今晚你也别喝了。"蕴龙笑着说："这自家酿制的苞谷酒不醉人的，没有关系的，不会喝，少喝点，尝个味道。你们喝了就知道其中的滋味了。"翠娥只得依顺了蕴龙，给大家斟了酒。婉贞和静雯只斟了半杯，蕴龙自个满上一杯，蕴菡也要了一杯，大家不由分说便吃了起来。婉贞呷了一口酒，说有点辣口。蕴龙说："你是不会喝苞谷酒的缘故，要猛喝一口咽下肚里，口感就是醇香带甜味的。"婉贞说："哪能喝下去一口的，我就慢慢品尝得了。"静雯也呷了一小口，自然面不改色，说："这酒倒是味道醇厚，是有些带甜味，不过挺冲人的。"婉贞说："静雯姐姐不怕烈酒，竟然喝出醇香味了。"蕴龙说："好酒的味道就是醇香的，不辣口。"

大家一边品尝着野味，一边说着闲话。婉贞特意问起晚亭许多事来，尤其是晚亭长得什么模样？是否读过书？整日待在山窝窝里是不是很孤独无聊？婉贞话语里像是要把晚亭了解个透彻才善罢甘休。蕴龙只好顺着婉贞的话一一作答，说："晚亭身段细条，脸蛋略带鹅蛋形，有一双野鹿似的眼睛，水亮亮的，若是不曾亲眼见到过，你可以想象那沉静在泉里的月光，就是那般莹澈纯净。她穿着的苗服也漂亮极了，蜡染青布，素素的，袖口、衣襟和裤脚边都刺了苗绣图案。晚亭妹妹可是藏匿在深山泉水里的一块美玉，只有月光能够找的见她呢。"静雯不作声，只管听着就是，偶尔会点点头。婉贞说："哎哟，经了你这么一说，那晚亭妹子不是仙中的仙了吗？怪不得龙哥哥待在那里不想回来了，原来有个貌若天仙的晚亭妹妹在那里哩！倘若是我，我也不想回来了呢。"婉贞说完这话"扑哧"笑了，然后拿别样的眼神看着蕴龙。蕴龙有些腼腆起来，说："婉妹妹这是说哪里的话了，这不过是偶遇，偶然遇到的事物哪里就迷上不回来了？我的家终归还是在这里的，即便那山坳坳再美，我依旧是要回来的。"婉贞说："那可不一定噢，飞进山野的鸟儿何曾见到回来过的？我想会有那么一天，你会迷在那山坳坳里回不来的。"蕴龙说："妹妹把我当作野鸟了是不是？那我也是认得回家的路的。"婉贞说："认得回家的路就好，就怕你窝在山野里不回来了，我们的翠娥姐姐又要担惊受怕到深夜睡不稳觉了。"翠娥羞得脸色绯红，说："好个婉妹妹，竟然拿我取笑了，该罚一杯酒才是。"翠娥说着，给婉贞斟上一杯酒送到面前。婉贞接过酒说："好，该罚！我喝了便是。"婉贞利落地将酒喝干净了，大家又是一阵哄笑。婉贞喝了酒，脸色马上绯红了起来，她摸了摸脸腮，说有些发烫了。蕴龙说这酒醉的慢、醒得快，不上头的，过一会儿就好了。蕴龙又让翠娥冲泡一杯蜂蜜水给婉贞喝，说是蜂蜜水解酒，大家说说笑笑的，饭局吃了两个钟头才结束。事后，蕴龙又邀大家到露台的亭子里喝茶聊天。

　　这夜有弯上玄月，亭子外面还有些半明半昧的亮光，大家品着茶，说起各自家乡的事来。婉贞家住秀山膏田乌鸦盖，乌鸦盖并不是山上的乌鸦多，是因为山上古木野树林生长的茂盛，像落了一大片黑压压的乌鸦一般，把山顶给遮蔽住了。婉贞说她家居住的寨子，都被茂密高大的古树给淹没了，若是不到山上去的话，是难看见寨子的真面目的。那山林里鸟兽繁多，夜里一个人是不敢出寨子往山上去的。就算是白天进山，大人们都要戴上结实的竹编斗笠，谨防藏在暗处的野狼蹿上来扑咬脖子。山里珍稀树木非常多，红豆杉和古银杏树比比皆是，草本植物有野兰花，其中不乏有名贵的兰花，花开清婉艳丽，婉贞家里养着好几盆，像宋梅、玉梅都是极其素雅高贵的名花。

　　静雯听了婉贞说家乡乌鸦盖的风景，也按捺不住心情说起她居住的轿子顶茅坡的风光来。静雯说从乌鸦盖下去，往后面去就是轿子顶了，轿子顶的风光更是绮丽曼妙无限，山峦层层叠叠的，即便是炎夏季节，到了轿子顶上也是格外凉快。轿子顶往南边去，是一望无际的原始森林，里面千年古树数不胜数，又不乏豺狼虎豹深居其中，诡异幽谧的很。那原始森林可不是一般人能进去的,除非是山里老道的狩猎人方可深入探险。静雯家里在茅坡一带是望族,家里有大片田土,盖有木楼庄园。静雯说若不是姨妈家在乌家苗寨,她是不愿意出轿子顶的,因为在那里生活才可谓静雅悠闲,世外桃源的。

静雯和婉贞把轿子顶和乌鸦盖说出那么多的好来,蕴龙也被说动心了。蕴龙说:"听你们这么描述,把我的心都打动了,什么时候我去静雯姐和婉妹妹那里去玩耍一段时间,让我也过过幽居山野的日子才是。"婉贞说:"要来也容易,你可先来乌鸦盖住上一段时间,然后我陪你一起往轿子顶静雯姐那里去玩耍,只怕你来了我们这里玩耍后就不愿意回去了。"蕴龙说:"不愿意回去才好呢,这辈子就陪着姐妹们一道生活。说句掏心话,我可是不愿意待在乌家苗寨里整日受人管束着,每天有读不完的老古董书,我一碰这些八股文章,心里就厌烦得很。我是该出生在山野猎户人家才是道理,整天去跟山林鸟雀走兽打交道,那才叫自由自在、悠然自得呢!"婉贞说:"看你,又在说天话了,我们哪里能陪着你一辈子的?将来到了出阁的年龄都是要出嫁的,那时我们都走了,留下你一个人有什么趣味呢?"蕴龙叹息了一声,说:"唉,姐姐妹妹为什么要出嫁呢?不嫁人多好啊!这辈子就在一处玩耍,都不要长大,长大了烦恼就多,也不要老去了,一直停留在这个年纪里就好啦。"静雯说:"那是你的想法,人活着有生就有死的,你不想长大,时间不会饶过你的。"蕴龙说:"那我就让时间停止,不再扰乱姐姐妹妹们的生活,你们就永远长不大了。"

大家听蕴龙这么说话,都笑了起来。亭外的月亮在静静游弋,一阵风来,把窗前几竿水竹吹的婆娑起来。婉贞正好坐在那丛水竹旁边,竹影摇曳着月光波动,零零碎碎银子样的月光便筛落了下来,碎银子样的月光流泻在婉贞的头发和肩上,就像是一幅飘曳律动的画儿。蕴龙看着此景眼神便呆了,他恍惚感觉眼前的婉贞不是他熟悉的人物,像是天上掉下来的仙女,只能用心去看着、欣赏着,无须惊动走近她。那是花神一般的人物,美得让你失去想法,你的大脑始终一片空白。在这幅画儿面前,你就是一块石头,孤独地静守在深山里。蕴龙这般眼神,倒是把婉贞看得不自在起来,但又不好提醒蕴龙,只好装着若无其事的样子,不时看看周围的月色。

静雯见了这等情形不觉暗自窃笑,她留心观察了一会儿蕴龙和婉贞的眼神,然后轻声细语说:"唉,都说乌家苗寨月色好,让人看了心驰神往。的确是这样呀,你看着看着就会走神,目光会发呆了,想必是这里面藏有好看的故事的。"静雯说完此话拿眼神瞄了一下婉贞,又接过去看了一眼蕴龙。婉贞见静雯示意的眼神,顿感一阵耳热心跳了,她连忙摇动扇子,掩饰内心的悸动。站在旁边的翠娥见此情形,便用脚轻轻动了一下蕴龙的腿,蕴龙得到提醒才回过神来。静雯呷了一口茶,说:"蕴龙,你刚才看什么呢,那么出神? 莫非这夜里有什么稀奇的事入了你的眼睛? 让你那样魂不守舍?"蕴龙不自在地笑了笑,说:"静雯姐见笑了,稀奇倒是说不上的。我刚才看见月影被一阵风儿晃动了,婉妹妹正好坐在月影下面,那竹影携带着细碎的月光,流动在婉妹妹的身上,看着像幅生动的画了。"静雯说:"怪不得盯了婉妹妹许久呢,原来是看出一幅画儿的韵味来了,这却是有趣味的事呢。不过,龙兄弟每每看着婉妹妹都像是一幅画儿,难道没有别的感觉了吗?"婉贞说:"龙哥哥嘴巴会说话,别听他的,他总会把人看出仙气来的。如果是静雯姐坐在这个位置,也会是他眼里的一幅画了。"婉贞虽然这么说,心里还是甜滋滋的,蕴龙这样关注她,每次都想出画意的美来,这情分正好暗合了自己的心意。

静雯说:"我可比不了婉妹妹身上的灵气,婉妹妹本身就带着仙气的,人无论往哪里一坐,就是一幅美丽的画儿。"婉贞委屈地说:"静雯姐你也这么说我,我何曾受用得起? 你别听龙哥哥冥想幻语的,这园子里没有他想不到做不到事情的。他的那些想法,多是异想天开的,不可当真了。"蕴龙说:"好啦,不说这些不着边际话了。下月就是中秋了,我们好好计划晚上如何去赏月。"婉贞说:"在园子的亭台楼阁赏月固然方便些,但不如去林子里选个地方赏月有野趣。"蕴龙说:"我也是这么想的,我们不如去悉心亭赏月,那里有古树、有山崖,还有一潭清幽的泉水,月亮映在泉水里那才叫美呢。我们可一边欣赏天上的月亮,一边玩赏水里的月亮,岂不是更有意思?"婉贞高兴地说:"这个主意太好啦! 能在中秋欣赏到两个月亮,这夜晚才不枉费了中秋夜啊!"静雯说:"瞧瞧,两个沾了仙气的人想法也融到一处去了。不过,到悉心亭赏月却是一处佳境。届时,可以把厨具带到那里去,就地在亭子周围野炊,岂不是更有味道。"

大家一拍即合,商定了中秋到悉心亭赏月的事。蕴龙说:"这件事还得拉上耀慧姑姑才行,她可以从老太太那里支出份子钱的。"蕴菡说耀慧姑姑那里她去说话即可。大家又细细商量中秋夜要吃那些小吃,诸如作诗、唱山歌的活动,也一一筹划在内。夜渐深了,大家讨论妥当了才各自散去。蕴龙将静雯和婉贞送到楼下,蕴龙要亲自送静雯和婉贞去烟雨楼和望月楼,静雯说有婉贞作伴和水月雨儿引路,不用送了。蕴龙看着她们的背影消失在月色中,这才折身返回屋里安歇去了。

第十章　椿香泪嫁梳子山

　　蕴龙回到屋里,见翠娥呆呆地坐在桌子前发愣,似乎他走近了也没有反应,蕴龙用手在翠娥面前晃动了一下,翠娥这才有了反应,说:"你去哪里了? 回来也不吱一声,吓了我一跳呢。"蕴龙笑嘻嘻地说:"不是给你说过的吗,我去了望月楼与婉贞妹妹和静雯姐商量过中秋的事。"翠娥说:"回来这么晚,我以为又像上回那样不知道夜游到哪里去了,害得我出去寻了一圈也没有寻到人。这不,才坐下来想着你的事儿,竟然入了秘境,连你进屋都不知道了。"蕴龙说:"你入了什么秘境? 说来听听。"翠娥说:"算了,不说了,说出来怪让人心酸的。"蕴龙说:"你说半截子话儿,吊人胃口是不是?"翠娥说:"其实也没有什么,刚才似睡非睡的,朦朦胧胧觉得自己走到一处悬崖边,一股妖风吹来,我竟然没有站稳脚跟,跌落到悬崖下面去了。这不,被你惊醒了。"蕴龙说:"原来是这样,我还当是进入了什么秘境呢。"翠娥说:"都说日有所思夜有所梦,这梦里情景我是从来没有想过的事,怎么就到梦里来了?"蕴龙说:"你别胡思乱想了,即便是妖风来了,也吹不跑你的。"翠娥说:"此话怎讲?"蕴龙说:"有我护住你的,还怕什么妖风不成?"翠娥嗔怪说:"你真会逗人开心,坏事也被你说成好事了。"蕴龙问:"采芹呢? 她不知道我出去吧?"翠娥说:"她能知道什么? 早睡下了,哪里顾得上你呢,只有我这样的傻子,不分白夜黑里心甘情愿伺候着你的。"蕴龙说:"好姐姐,你的情分我记在心上的,以后我们一起好好过日子就是了。"翠娥说:"谁给你好好过日子? 你去寻椿香来跟你过日子就成了,我们这些下人都是多余的。"蕴龙说:"看你又想多了不是? 这辈子我哪里会忘记了你呢? 将来我们即使老死了也要死在一块的。"翠娥用手堵住蕴龙的嘴巴,"这深更半夜的,说什么死不死的话,不吉利的,你只要心里有我我就知足了。"

两人话里都有彼此,也就不往下理论了。夜深了,翠娥打发蕴龙入睡。蕴龙进了帐子躺下,翠娥正要抽身离开,蕴龙拉住翠娥的手说:"好姐姐,今晚就睡在我这里,陪陪我嘛。"翠娥明白蕴龙的意思,便轻轻吹灭了蜡烛。

翠娥和蕴龙温存了一夜,第二天起来的晚了些。吃罢早饭,蕴龙说要去婉贞那里坐坐去。翠娥没有在意,只是说让他别玩耍的久了,要早点回来吃晌午饭的。蕴龙答应了,便下了桂花楼。

其实蕴龙心里早已打定主意了,要去对面牛场坡会椿香去。他有许多话要与椿香说明,不可再等候了。天气依然晴好,临近初秋了,还是有点炎热的天色。不过,一路都是茂密参天古树遮蔽着,走在林荫下面,还有些许凉意。

接近到坡上,树木要稀疏些了。还有百米远的距离,就到每次与椿香约会的地点了。这时,忽然从坡上传来一阵悠扬熟悉的苗歌声。蕴龙一听便知道是椿香的声音,那是初次与椿香相识听到的苗歌,甚是委婉动听。不过,今天远远听着,好像比往常要幽情伤感些,椿香把歌谣的尾音拖曳的很长,中段间杂些颤音,像是从心上走过来的音乐。

蕴龙一阵欣喜,毕竟听见椿香唱歌声,证明椿香今天也在往日的山坡上牧羊,这像是心有灵犀事先约好似的,等着一起会面了。蕴龙加快了步子,经过一棵老松树时,大黑率先跑了过来,大黑摇摆着尾巴扑上来,前爪搭在蕴龙的肩上,不停地舔着蕴龙的脖颈、脸颊。这是大黑见蕴龙一贯的亲热表现,大黑亲热阵子,吃了蕴龙给它的白面馒头,这才摇晃着尾巴,引导蕴龙去见椿香去了。这时,椿香家养的两只山雀子已经雀跃在树丫间,叽叽喳喳欢叫着,也在迎接蕴龙了。

椿香今天穿了一件新缝制的苗服,头发也精心梳理过了,她端丽地坐在那棵古银杏树下,想着心思。大黑走过去,安静地卧在椿香的身边,蕴龙来到椿香身边坐下,见椿香不说话,只是望着他傻傻地笑。椿香的笑好像很勉强,眼里泛动着泪光。蕴龙觉得奇怪,椿香过去不是这个样子的,怎么不像往常那样招呼我,反而用这样奇怪的眼神望着我笑呢?蕴龙说:"椿香妹妹,你怎么不说话了,只顾着笑做什么?"椿香收住了笑说:"还说什么话呢?我们往常不是说了好多的话嘛,那些重复往来的话儿说着有什么意思？我是想多看看你的，或许哪天我们不得常见了，想看着彼此也不容易了。"蕴龙说："原来是为这些不着边际的事情，你就住在乌家寨子对面的坡上，几步路程就可以见着了，哪里有不容易相见的道理？"椿香说："假如哪天我远走他乡了呢？不是就难以见面了吗？"蕴龙说："唉，你的家在牛场坡上，莫非你不认这个家了，独自去外乡生活了？"椿香说："倘若有可能这样呢？"蕴龙说："没有可能的，绝对不会的，我就不信你的家会从牛场坡搬走，既然家搬不走，你就不会离开这里的。"椿香说："好了，不说这些话了，你能在心里记着我我就满足了。好歹我们相识了一回，这坡上有我俩很多的故事呢。"椿香说完话，将一片树叶摘下来放在嘴里，优美地吹出一曲苗歌来。这树叶吹出的苗家歌谣蕴龙十分熟悉，他早先听椿香吹过，但不知道歌名，曲调依旧委婉悠扬畅远，椿香吹出来的曲子很是缠绵动情。歌谣从山坡传了出去，在树林叶子上、草尖上跳跃着，那嘹亮幽美的音符，仿佛化作一个个小精灵似的，在树林间跃动、飞舞着，甚至连虫子也眨动着细细的小眼睛，听明白了里面的内容。

蕴龙目不转睛地盯着椿香吹奏，他觉得椿香吹树叶曲调时很美，一身蜡染刺绣花边的青布苗服，经过苗家花色装饰搭配，妥帖地裹着椿香小巧玲珑的身段。椿香两根细长的辫子从肩上流泻下来，辫子的尾部挽着两个粉红绸缎的蝴蝶结，她的颈项戴着一个银项圈。椿香的眼睛生得美，有一道天然生成的黑眼圈，眼睫毛长长的，眼睛像鸽子的眼那样温柔明净，水汪汪的。蕴龙喜欢看椿香这身打扮，这葱绿的坡上有椿香这样的女子牧羊，周围的景致才是鲜活的。蕴龙看迷了眼，他想着椿香一直把树叶曲调吹奏下去，他就这样安静地坐在她的身旁，用心静静地聆听、美美地享受。椿香反复吹了两遍苗家歌谣收住了尾音，椿香说："蕴龙哥，你每次都听了这首曲子，可知道里面的故事吗？"蕴龙说："这不是苗家歌谣吗？怎么里面还有故事呀？"椿香说："有啊，这歌谣名叫《妹妹远去了》，是首离别歌。相传是一个苗女即将远嫁时，与曾经相爱的情郎默默道别时唱的一首歌谣。大意是，妹妹与哥哥的缘分走不到一起，妹妹远嫁时哥哥留在了白山坡上。那白山坡是妹妹居住的地方，但妹妹今天走了，明天的白山坡就剩下哥哥一个人了……你听，这个故事是不是让人伤心啊？"蕴龙说："嗯，是很让人伤心的，原来这歌谣里藏着这么一个忧伤而美丽的故事。

有了这个故事，再品味这曲歌谣，心里就有感觉了。"椿香说："有什么感觉呢？"蕴龙说："想流泪的感觉呀！"

椿香不言语了，她的眼里已经蕴含着泪水，泪水在眼眶里滚动着，然后默默地流泻了下来。椿香就这样默默地流着眼泪，不说一句话儿。蕴龙看见椿香落泪了，以为刚才椿香说的歌谣故事触动了她的心，所以才这样伤感不已。蕴龙宽慰说："椿香妹妹，你是不是觉得歌谣里的故事很让人伤心呀？"椿香用手揩去了眼角的泪花，点点头，"是的，每当吹起这首歌谣，我就想起那个远嫁的女孩子，她的心里是多么不情愿与自己心爱的人分开啊！可是，白山坡留不住她的，往后的日子，山坡上只能是一个人守望在这里了。"

椿香说完话，用手抚摸了一下身边的大黑，大黑默然俯卧在草丛里，似乎也在静静感受椿香内心深处的感伤。蕴龙想着椿香说的歌谣里那个远嫁的女孩，也着实感觉到几分惋惜，蕴龙说："怪不得椿香妹妹把这支曲子吹得那么伤心动情，原来这里面有个忧伤的故事。"椿香说："是啊，假如你是那歌中的哥哥，妹妹这样远嫁了，你会伤心吗？"蕴龙说："当然会伤心的，不过，我不会让妹妹远嫁的，我一定要留住她的，不让她嫁人，一辈子都不要嫁人。"椿香含泪笑了，说："你却是好心啊，可是真的到了那一天，你又如何奈何得了啊！就像山脚的雨水，淅淅沥沥下一阵子，便匆匆走过去了，然后一切又是空落落的了。"蕴龙说："那总归是雨水留下了，停留在土里，然后滋润了种子，长出绿油油的草木来，这个地方总是会被人记住的。"椿香说："能记住的无非是些草木而已，人不在这个地方了，不是一切依旧是空的吗？"

蕴龙没有在意椿香所说的话，他说不必去在意那些闹腾心绪的事情，只想着晴好的日子就成了，椿香也没有再继续把话引导下去。临近要分开的时辰，椿香故意将发辫解散了，说："蕴龙哥哥，我央求你一件事儿。"蕴龙说："什么事？妹妹只管说，我照办就是。"椿香望了一眼蕴龙，说："你再替我编一次辫子好吗？"蕴龙见椿香要他编辫子，这个活不难，以前也给椿香编过辫子的，是熟手了。蕴龙说："好啊，只是编的没有你自己编辫子那样细腻好看。"椿香说："没得关系，只要是蕴龙哥哥编的辫子，怎样看都好看的。"椿香说着把木梳子递给蕴龙，蕴龙接过梳子，先替椿香梳理顺了头发,然后依次序为椿香编起辫子来。蕴龙粗中有细,做这样的活他还是挺有灵性的,手巧的像姑娘了。椿香安静地坐在草地上,拿出了蕴龙给她的西洋小圆镜子,不时仔细看着,欣赏蕴龙给她编辫子的过程。

斜阳的光辉从树林缝隙间流泻进来,照耀在椿香的脸上和头发上,把蕴龙的脸庞映衬红润了,两只山雀子在树丫间雀跃鸣叫着,它们似乎也懂得眼下这幅幽美的画景。一阵一阵和煦的晚风从山野飘过来,徐徐吹进林子,把椿香的发丝拂动了。椿香用纤细红润的手梳理着刘海和耳鬓间流散的头发,这美好的情景似乎都留在鸟儿的记忆里了。辫子编好了,椿香拿起镜子左右看着,点点了头说:"蕴龙哥哥的手真巧,编辫子的活比女孩子还做的麻利呢。"蕴龙说:"我是随意即兴编的,但是用了心的,好与不好,妹妹将就着就是了。"椿香说:"我会一直记住蕴龙哥哥给我编辫子的,今天我感到好愉快、好幸福。"

椿香说完话,便躺在松软的草地上,把眼睛闭住了。蕴龙见状,也挨近椿香躺了下来。两人并排躺着,隔了好半天没有开口说话。傍晚的虫子藏匿在草丛里鸣叫着,树林里的鸟声开始多了起来,这是归巢的鸟儿,在相互争着落脚的窝儿。又一阵稍强的山风吹过来,把树丫和树叶吹动了,天空被树枝摇曳着,忽而露出碧蓝的天色和洁白的云朵,忽而将天遮蔽住,只留着风儿在林子里冥想。椿香睁开了眼睛,望着天上,说:"蕴龙哥哥,你看天上的白云像什么呢?"蕴龙说:"好像几只羊儿在游动着。"椿香说:"你看树叶不时把蓝蓝的天空剪碎了,那细碎的云朵是不是也会飘落下来?"蕴龙说:"椿香妹妹观察的很细致,倘若白云落下来,一定会变成妹妹放的羊儿了。"椿香不语,安静了一会儿,说:"蕴龙哥哥,把你的手给我。"蕴龙说:"你要做什么?"椿香把蕴龙的手拿住,轻放在自己的胸口上,说:"蕴龙哥哥,你感觉到我的心跳了吗?"蕴龙被椿香这个突如其来的举动弄得有些慌张。他哆嗦的手,紧挨着椿香胸脯,而且是贴在那团柔软而富有弹性的地方。蕴龙的心有些乱了,说:"好……好像有点感觉,你的心跳有些快呢。"蕴龙说完这话,便将放在椿香胸口的手慢慢抽了回来。蕴龙不知为何,遇上椿香心里是非常喜欢,但真的接触了又十分羞怯。他感觉椿香很神圣,身上有股气场,让他不能轻举妄动。椿香见蕴龙把手抽回去了,也就不再说什么了,她微闭住眼睛,渐渐地眼角无声地淌出一行晶莹的眼泪来。

　　椿香和蕴龙就这样默默地躺在草地上,似乎彼此要说出口的话都让给身下柔软的青草了。到了下午告别时,蕴龙说要送椿香回去,椿香坚持说这回她要站在山坡上看着蕴龙回苗寨。蕴龙只得从命,兀自下山去了。当蕴龙走出百米远时,椿香又用树叶吹起那首美丽而忧伤的苗歌,苗歌曲调悠长,椿香是用心在吹奏的。她望着蕴龙渐渐消失的身影,一直到茂密的林子把蕴龙完全遮盖住了,椿香这才停住了口中的曲子,然后双手覆住眼帘,伤心地哭出声来。大黑见椿香哭了,便依偎在椿香身边,不住地用舌头舔着椿香的脸。

　　椿香就这样一个人站在山坡上,倚靠着那棵古银杏树,哭泣了很久很久。哭累了,她就坐下来依偎着银杏树干,静静地睡着了。大黑没有离开椿香,狗儿有灵性,知道椿香的心事,它安静地卧在椿香的身边,耳朵耷拉着,与主人一起伤感着。树上的两只山雀子也不叫唤了,它们蹲守在树丫间,默然不发出一丝一毫的声音。就这样,椿香不时从睡梦中哭醒了,她望着对面龙口坡上的乌家苗寨,嘴里不断念叨着蕴龙哥哥的名字,然后,唱起那首《妹妹远去了》的苗歌——

　　　落叶飘飞在水面上,

　　　妹妹走了耶,

　　　泪水滴在树叶上。

　　　妹妹与哥哥的缘分走不到一起来呦,

　　　妹妹独自走了耶,

　　　留下哥哥守在白山坡上。

　　　那白山坡是妹妹居住的地方耶,

　　　妹妹今天走了耶,

　　　明天剩下哥哥一个人留在白山坡上。

　　　妹妹去了、走远了,

　　　哥哥的影子模糊了耶,

　　　白白的霜落在妹妹的心尖上……

椿香一遍遍流着泪水唱着《妹妹远去了》苗歌,唱到太阳落下山坡了,树林里的鸟声渐渐稀少了,椿香才眼含泪水,依依不舍地赶着羊儿,带着大黑往家里去了。

第十一章　凤凰仙子问情桃花洞

蕴龙回到屋里,经过采芹的房间时见采芹正在梳理发髻,有个玉钗插歪斜了,蕴龙便进去帮助扶正了。采芹见是蕴龙进来替她摆正了玉钗,一脸媚笑,说:"你去哪里了,一身草气的,翠娥姐一直在寻你呢。"蕴龙说:"她寻我做啥? 未必又有什么事情?"采芹说:"寻你一定是好事嘛,好了,你去屋里看看,她或许等着呢。"采芹话音才落,翠娥从外面进来了,见蕴龙待在采芹的屋里,脸色有些变化,"哟,四处寻你寻不着,原来待在这里的。怎么,主子要给丫鬟上头了不是?"采芹羞赧地说:"姐姐这是说哪里的话了,龙少爷是刚进屋里的,见我发髻上的玉钗歪斜了,便进来帮我扶正的。我本是丫头的命,哪里担当得起要主子来梳理头发的事情,姐姐是多疑了。"翠娥说:"不过说玩笑话来着,平日里少爷不是经常给你摆弄头发吗? 是我多疑还是你心里有鬼? 你们那档子事,我只是睁只眼闭只眼罢了。"采芹说:"既然姐姐是玩话,何必计较呢? 这屋里,若是说明白了,谁不是半斤八两呢? 我们都是做奴婢的命,犯不上争个高低来的,你毕竟是当姐姐的,我理当要屈尊些才知趣的。"蕴龙笑着说:"嘿嘿,你们俩倒是争论上了,平时不见你们磨牙,一旦对垒上了却是这么有趣儿。"翠娥说:"你是一天天宠着她了,所以她才这样的。"采芹欲争辩,蕴龙示意打住话头了。蕴龙说:"好了,只当是玩话,大家说着开心就好,都不要往认真去,若是用心了,就没有意思了。"翠娥说:"蕴龙,今天婉妹妹和静雯姐来过几回了,说是找你商量过中秋的事儿。"蕴龙说:"知道了,不说这事我倒是差点忘记了,过两天就是中秋节了,说好的中秋要去悉心亭赏月的,她们一定是来商量具体细节的,我这就去静雯姐那里商议去。"翠娥说:"别忘记把婉妹妹叫上。"蕴龙说:"当然忘不了的,我这就先去婉妹妹那里。"蕴龙说完话,便去了婉贞的望月楼。

婉贞正在屋里吹箫,箫音袅袅,无不婉约幽情。丫鬟水月见蕴龙来了,正要向婉贞禀报,蕴龙连忙做手势拦住了水月。水月明白蕴龙的意思,没有去打扰吹箫的婉贞。蕴龙停在门口,静静地听着,一边听,一边欣赏婉贞吹箫的情景。婉贞着一身苗服旗袍,面向敞开的窗户,窗户外散落些夕阳的余晖,一丛白竹林亭亭玉立在窗前。有一只画眉鸟在竹林里婉转鸣叫,应和着婉贞演奏的箫音。这幅黄昏后的画景,让蕴龙激动不已,本来婉贞演绎的箫曲就够让人感伤一阵子了,现又添加了夕阳的余晖、诗意的白竹和画眉鸟清婉的鸣唱,这幅画儿就十分生动地放在屋里。只许你默默看着,不必惊动打扰它,心里愿望着它一直停留在那里,把画意诗意的内容一层层释放出来。

婉贞吹完了曲子,似有感觉门口有人,回转身看见是蕴龙,便说:"龙哥哥,你是什么时候来的? 怎么也不吱声,我是觉得后面有人立着的,想着是水月那丫头,却没有想到是你来了。"蕴龙笑了说:"是妹妹吹的好听的箫音引导我来的,这般优美的音乐和画景,我怎么能轻易打扰了,所以站在这里,安静地欣赏,便是一种享受了。"婉贞笑道:"龙哥哥是在褒奖我呢,还是在笑我? 我不过看着今天窗外黄昏有些落霞挂在白竹林上,又来了一只画眉鸟来应景唱歌子。所以,一时心血来潮,翻出箫儿吹了一曲伤感的苗乐,不想却被龙哥哥听见了。"蕴龙说:"妹妹吹箫是用心和灵气吹的。"婉贞说:"此话怎讲?"蕴龙说:"因为婉妹妹不是凡俗之人,箫声演绎出来,自然会引来落霞和画眉鸟的奉和,所以,妹妹吹箫是带着感应的,听着是仙音,看着是一幅仙画,想着便是天外某座仙山上的人儿了。"婉贞笑了,说:"龙哥哥真会说话儿,你这是恭维我了,我不过随意摆弄几下,作为打发时间消遣玩着呢,何来这么多灵气仙气的? 你把我想象到天外去了,我可受用不起的,这箫儿只当是山坡上的牧童吹着柳笛玩耍罢了。"

"是谁在说牧童吹柳笛了? 我得好好听着的。"静雯一边言语,一边摇曳着美人扇子从外面进来了。蕴龙见静雯来了,说:"静雯姐姐,我们正要往你那里去呢,正好你来了,我们在婉妹妹这里讨杯好茶喝。"静雯说:"有龙兄弟在这里,婉妹妹哪里会不拿出好茶来招待的。"婉贞说:"静雯姐说见外话了,即便是龙哥哥不来,只要是静雯姐来了,同样要用最好的茶来款待的。水月,去把清明前钟灵茶取来,给龙哥哥和静雯姐泡上一壶。记住，要用鬼笨泉的水冲泡。"水月应了声，去泡茶了。

不多时，水月将冲泡好的茶摆上茶桌，替静雯、蕴龙和婉贞斟上热茶。婉贞说："龙哥哥、静雯姐，你们喝喝这茶的味道如何？"蕴龙呷了一口，说："嗯，味道不错，是正宗的钟灵茶。"静雯也细细品味了一下，说："这茶味清雅，入口有自然的茶香，好茶。"婉贞说："这是当地一个百岁苗民传授的泡茶方法，他说鬼笨泉水是山髓里冒出的活水，不比塘里和井里的水，用活的泉水冲泡钟灵茶才有其韵味呢。"蕴龙说："好，就冲着这韵味灵气，我要多喝几杯了。"

三人说笑着品茶，喝过三巡茶才言归正题。蕴龙说："静雯姐和婉妹妹是来商议中秋节的事吧？"婉贞说："是呀，去你那里几趟了都不见你的人影儿，你是去哪里玩耍啦？莫不是又到牛场坡上听椿香妹妹唱什么苗家山歌了？"静雯经不住笑了，跟上说："是啊，不知椿香妹妹今儿个唱的是哪出迷人的山歌？"蕴龙显得不自在，笑了笑说："静雯姐婉妹妹真会说玩话，椿香妹妹的苗歌大家都听过的，若是你们还想听，中秋节可请了她来一道赏月，如何？"婉贞说："我们即使想她来也没有这福分的，中秋是团圆的日子你怎么就忘了？人家有父母在牛场坡上住着的，家人也要团圆赏月的。"蕴龙想了想也是的，中秋日子是家人团圆的日子，要椿香来聚会是强人所难了。

静雯叹息了一声，"说起团圆，这回我和婉妹妹是回不了家了。"蕴龙说："这不是家吗？有老太太在呢，你们这次算是回到老家团圆了，往后就住在这里不要回去了，我们年年都可以聚在一起过中秋了。"婉贞说："龙哥哥想法是好，可是天下没有不散的筵席，我和静雯姐自然是要回到乌鸦盖和轿子顶去的。龙哥哥若是有心的话，下回去我们那里团圆就是了，反正相距都不远，同在一个山窝窝里居住着，到哪里过中秋不是一样吗？"蕴龙说："是这么回事，好吧，下回我去静雯姐和婉妹妹那里过中秋，想必那乌鸦盖和轿子顶的月色会更加好呢。"静雯说："那真是好事情，我们也欢迎你居住在那里不要走了，哪怕是家人来寻了也不要走，你就留在乌鸦盖和轿子顶好啦。"蕴龙说："好的，这辈子有姐姐妹妹陪伴着，我就留在你们那里，反正乌家苗寨我也住够了，早想出去透透空气了。"婉贞说："我们乌鸦盖上是一个白竹山，那山坡上尽是野生的白竹林，白竹林间有一道九曲回绕山泉,山泉九道拐儿,泉流在乱石上奔泻争流,九道拐周围都是奇异的石头,形状千姿百态的,那些白竹便从一些石头空隙间一丛丛生长出来。在那里赏月,近可观奇石白竹,闻泉流清音;远可观丛山峻岭,明月中天。蕴龙哥若是到了那里赏月,天底下无中秋二字了。"蕴龙着迷了说:"有这等妙趣幽境,我怕是去了那里果真不想回来了。"静雯说:"婉妹妹把乌鸦盖说仙了耶,若是龙兄弟去了轿子顶上赏月,站在石崖顶端一览众山小,天上月亮伸手可以触碰到的,再往远观,一望无际的原始森林,一轮皓月浮游在漫无边际的森林上空,偶尔听着耐不住寂寞的走兽叫声,还有山猫、猫头鹰和夜莺的声音,把你的心思净化到一处幽远透明的地方去了。那情景,如临仙境一般了。龙兄弟恐怕会一辈子守望在轿子顶了!"蕴龙听得入神,好一会儿才回转过来,说:"静雯姐和婉妹妹这样描述,我恨不得现在就往那里去了。一生一世跟着姐姐妹妹们赏月玩耍,岂不逍遥自在!"

静雯说:"再说下去,龙兄弟会走进乌鸦盖和轿子顶出不来了。言归正题,现在我们商量一下眼下的事情,这个中秋要在野外过,怎么个安排法? 要有一个计划才行的。"蕴龙说:"无须什么固定的计划,只要自在好玩就成。那悉心亭周围有的是野趣,泉水也有,亭子前恰好有块山石空地,赏月视线也非常好,只要摆上些吃的、喝的东西,唱歌作诗都可以呀!"婉贞说:"是的,要是在那里摆弄上一堆篝火,吊着抓耳铁锅煮煨炉子汤锅吃,则更有味道了。"蕴龙说:"这个提法妙! 有点火气才热闹,这些炊具家里都是现成的,叫人提早搬来准备好就是,我们去弄些新鲜的山猪肉做主料,再到周围林子里寻些香菌、野葱蒜的东西来作辅料。总之,食物准备的丰富一些,能熬个通宵最好了。"静雯说:"这事还得让耀慧姑姑出面才行,她来做东,当主持,这中秋夜就圆满了。"

"是让谁来做东呀?"耀慧说着话从外面进来了。蕴龙见耀慧来了,高兴地说:"正说着你呢,曹操就到了。耀慧姑姑来的恰好,我们正想去请你呢。"耀慧说:"先拿茶来吃,再说话儿,我口渴了。"婉贞叫水月取来一个茶盅,满上一杯钟灵茶递给耀慧,"耀慧姑姑,请喝茶。"耀慧接过茶试探了一下温度,还适中,就一口气喝干净了,说:"好茶,再满上。"水月又斟满了。静雯说:"耀慧姑姑,你是去哪里了,像是走了远路似的,这么口渴呀!"耀慧说:"没有走远路,只是晚饭吃的咸了点,现在口干了。"

耀慧喝完了茶说:"你们几个神神秘秘的,聚在这里做什么呢?"婉贞说:"耀慧姑姑,我们是在商量明天晚上过中秋节的事,正想让你给拿个主意呢。"耀慧说:"我正好也是为这事来的,往年中秋都是在乌家寨子里过,全族人汇聚在一起,摆团圆晚餐,晚上一道上吊脚楼去赏月。今年的中秋要过得平常些了,老爷外出常德还没有回来,老祖宗近来身体不是多么好,想静静养着。所以,中秋晚上只简单聚餐,餐后赏月由各自去安排了。"蕴龙听了欢喜道:"这下好了,餐后赏月由我们各自去了。耀慧姑姑,我们刚才商议着中秋夜里去园子的悉心亭赏月,要你来做东当主持,如何?"耀慧笑了说:"让我来做东,是不是想老祖宗那里的银子呀?直接说不就成了,何必打马虎眼呢?"静雯说:"耀慧姑姑,这园子里谁不知道你的能耐,什么活动怎么能少了你呢?我们可是真心实意邀请你来主持的。不然,没有一个人牵头,这赏月的活动就没有了兴致。"婉贞说:"是啊,耀慧姑姑,你就随了我们的愿吧。"

耀慧故意叹息一声,说:"罢了,好坏都让你们说完了,我是不愿意也得从命了,明儿个库房里的银子你们派人来支取就是。只是别太铺张了,难得大家姐妹兄弟聚在一起过中秋,去悉心亭也好,那里安静幽美,是一处赏月的好地方。"蕴龙说:"太好啦!有耀慧姑姑加入,明晚的中秋赏月便是锦上添花了!"事情商量完毕,大家又扯东扯西地说了一些话儿,见时辰不早就一一散去了。

蕴龙回到屋里,屋里黑着,翠娥已经熬不住夜了,本来是歪在床上等着蕴龙的,想着想着就想累了,便倒下睡着了。桌子上的蜡烛熄灭了,翠娥也不晓得。采芹让一个梦惊醒了,才起来解小手,刚回到被窝里,蕴龙摸黑迷迷糊糊进来了。蕴龙当采芹的屋子是自己的卧室,不由分说倒在床上就要入睡,采芹连忙推让说:"龙少爷,你是糊涂了不成,你的屋子在里面呢,这么晚了你去哪里了?现在才回来?"蕴龙这才醒悟,他做了个手势,轻轻嘘了一声说:"我懒得去理铺盖,今晚就将就窝在你这里睡一晚得了。"采芹见翠娥已经深睡,也就不再避让。采芹将门插上,便与蕴龙上床了,采芹与蕴龙有过几回暧昧了,因而雨水之欢都是轻车熟路的。鸡叫时分,采芹方才催促蕴龙离开。

　　蕴龙走出采芹屋子,正要撤身去自己的屋里,只听着翠娥房里咳嗽了一声,蕴龙怔住了,他明白翠娥发出的咳嗽声是故意的,是在提醒他,翠娥还是醒着的。蕴龙只好往翠娥房里去了,进了翠娥的屋里,见翠娥歪斜躺在床上靠背上面,床边的茶几上一个蜡烛点燃了还剩下一小截。显然翠娥已经醒来一段时间了,翠娥眼含泪花,默默不作声。蕴龙来到床边坐下,问翠娥怎么了? 哪里不舒服? 翠娥依旧默不作声,只是流泪。蕴龙用手要替翠娥擦拭,却被翠娥用手挡开了。蕴龙说:"我的好姐姐,你是怎么啦? 问你话,你也不言语,你究竟要怎样啊?"翠娥说:"我不想怎么样,你让我安静一会儿,天色还黑着的,你回自己的屋里睡去吧。"蕴龙说:"你这样让我怎么睡得稳觉呢?"翠娥说:"我没事的,真的,什么事也没有,只是往后我不用多么操心了,有人替你照顾着的,我也落得个清闲了,这样也好。"蕴龙明白翠娥是怎么回事,显然,自己入了采芹屋里,翠娥是知道的。蕴龙说:"是我的不好,让你操心了,昨夜不知是怎么着迷了,糊里糊涂回来却往采芹屋里去了,这不才醒来,让姐姐久等了。"翠娥说:"你去采芹屋里与我何相干呢? 我不是小肚鸡肠的人,你们那档子事儿也不是一朝一夕了,我何曾抱怨过呢? 只是你经常夜不归宿,万一有个三长两短的,让我们如何向老太太交差? 上回你去鬼笨洞晚亭家里,我熬了整整一夜,替你担惊受怕,还好第二天你回来了,不然我死了的心都有了。"蕴龙见翠娥如是说,提着的心才放了下来,"我的好姐姐,今后我听你的,不再夜里出去了,不会再为难你了。"翠娥这才正眼看了蕴龙一下说:"我口渴了,沏杯茶来我喝。"蕴龙说:"是,听命,我这就去给你温茶来。"翠娥见蕴龙这般方才消了气。蕴龙沏了壶红茶,说是暖胃的,晨曦有些寒凉了,喝红茶好些。翠娥倚靠在床上,接过蕴龙沏好的红茶,轻轻呷了一口,说:"刚才做了个不好的梦,梦醒了,心里一直郁闷着的。"蕴龙说:"噢,什么梦让姐姐这样伤感呢?"翠娥说:"我梦见和你一道放风筝,风筝放得很高了,忽然吹过了一阵狂风,把线吹断了,风筝便没有了。你说这梦,是不是很晦气的?"蕴龙说:"原来是为一个梦的事儿,这无关紧要的,我不是说过,梦是反的。证明没有刮狂风,风筝线绳还在你手里握住的。"翠娥叹息一声,"唉,说是这样说的,但不能每次梦都是反的? 一阵狂风把风筝线绳吹断了,风筝没了总不是什么好事情,我总有些不好的预感,但又说不出个所以然来。"蕴龙说:"姐姐别想那么多,凡事往好处去想,想着出太阳的地方,天气就是晴朗的,不要把梦当回事儿。"翠娥听了蕴龙说这话,心情稍许安稳了些,她不由得握住蕴龙的手,不停地抚摸着,然后紧紧攥住,生怕失去了什么东西似的。蕴龙顺势把翠娥搂入怀里,两人相拥着不说话,默默守到天亮。

第二天中秋,大家去乌家苗寨聚了团圆餐,便各自散去。蕴龙回到凤凰园便与姐妹们招呼起来,结伴往悉心亭赏月去了。

晚上月色好,天空晴朗,偶尔有几朵淡泊的云缕从满月旁边穿过,一潭泉水晶莹透彻,龙泉口里不断吐出活水来,注入潭里,潭中的泉水漫上来,悄无声息地溢出潭外,然后从曲曲折折的山石上汇聚成涓涓溪流,往树林幽处潺潺流去。月亮沉静在泉里,让滴落的泉水弄碎了影子,龙泉潭像是聚满了一钵碎银子似的,那银子仿佛又是会流动的,不断从钵子的沿口流泻下来。

耀慧指挥着厨子在溪水边支起锅灶,用松枝取火,吊起抓耳生铁锅,将巴掌宽厚实的肥膘放进锅里熬出肉油。厨子会调味道,苗家的酸辣椒、干海椒、青花椒、红花椒、豆瓣酱、剁椒酱、葱姜蒜一并入锅,在肉油里煸出香味,然后倒入生猪排骨,大火爆炒。排骨在油里煎炸,把水气控干,入了各种香料味道的肉油再将排骨炸出骨香味道,淋上米酒除腥味,倒入活泉水煮开,把预备好的干香菇加入进去,慢火炖煮。不多时,苗家汤锅独特的香味便在悉心亭蔓延开来了。

这边炖煮着汤锅,那边悉心亭里蕴龙和众姐妹已经谈笑风生开始赏月了。难得到野外赏中秋月,大家雅兴很高。蕴龙说:"今晚月色好,没有遮拦,看着让人心驰神往的,今晚不作诗了,只对山歌玩,如何?"婉贞说:"龙哥哥真会想着点子玩耍,早知道对歌,你就该叫上椿香妹妹来才对呀!"大家听婉贞如是说,都纷纷应和,说椿香的苗歌唱得好,若是有她在场,这月下的山歌就有对头了。

蕴龙说:"椿香今天来不了,她家里要团圆在一起的,我们简单对歌玩,只要欢喜就行。"静雯说:"也好,既然龙兄弟提议对唱山歌,那就由你先来唱引子歌,大家来对就是。"蕴龙想了想,说:"好,我来唱引歌。"蕴龙

清了清嗓子,唱道:

　　牛场坡上树林多,
　　会唱歌的鸟儿莫奈何。
　　妹妹若是从那林中过,
　　沟底洼洼都是歌。

　　婉贞说:"这引子歌起的好,我来对下文。"婉贞倚靠着一颗白杉树上唱道:

　　妹是妹来哥是哥,
　　没有哥的日子好难过。
　　八哥的巧嘴话语刁,
　　妹在哥哥眼里无对错。

　　静雯说:"这个婉丫头倒是会说话的,好吧,我来接下文。"静雯稍加思索,唱道:

　　对是对来错是错,
　　过了河沟便是坡。
　　沟沟石头铺满河,
　　哪有妹妹的心事多……

　　静雯唱罢,蕴菡说她要唱支另外味道的,于是唱道:

　　年轻人留胡子假充老汉,
　　灶孔里不加柴煮不熟饭。
　　落雨天洗衣服难得晒干,
　　大脚板穿花鞋实在难看。

硬石板点豌豆空劳白干，

糯泥巴栽红苕巴一大团。

蕴蓝听罢，说这山歌有趣味，接下也唱了《薅草闹》，土名叫《赶闹》：

太阳出来坡背黄，

薅草男女忙又忙；

打闹锣鼓震天响，

薅草薅过几道梁。

蕴哲听罢接过唱道：

唱得好来唱得乖，

妹像一朵山花开；

十人见了九人爱，

和尚见了不吃斋。

蕴娴和蕴鹃姑听了绝不示弱，随口便答：

唱得好来唱得乖，

有条懒虫等花开；

奇花开在高崖上，

懒虫手短摘不来。

随后，蕴春、蕴蓝和蕴梅一一作对了山歌，婉贞唱了最后一支山歌收尾道：

莫说山来莫道水，

水遇山崖要绕弯。

先是有山才有水，

还是有水才见山。

山山水水并一起，

哥哥妹妹聚易散。

同林鸟儿住一处，

单飞凤凰落远川。

谁见月亮初照人，

有圆有缺总孤单……

大家嘻嘻哈哈玩耍，互相评价对歌的内容，悉心亭变得热闹起来。婉贞唱罢山歌，倚靠在亭子里若有所思想着什么，蕴龙靠近了上去，说："婉妹妹，你这最后一支山歌美，歌子里面藏着意思呢。"婉贞说："什么意思？"蕴龙说："有些幽幽的伤感，我听得出来。"婉贞说："你倒是敏感呢，唉，中秋一过，我就要跟静雯姐回家去了，你今后只能去听椿香妹妹的苗歌了。"蕴龙听说婉贞和静雯过了中秋要回家去，急得问话，"怎么？过了中秋你们真的要回家去？不是说要一直到过年吗？"婉贞说："哪里等得了过年，家里可是催过几次了要我们回去的。这不，连中秋团圆的日子也在这里过了，若是再不回去家里要说的。所以，中秋一过我们就得走了，届时这里就清静了，你和你那个椿香妹妹就好经常往来了，没有人会碍眼了。"蕴龙急了，"妹妹快别说这样的话，我们之间可是交了心的。你们若是走了，我就孤单了，每天会丢了魂似的，好没意思。"婉贞说："谁跟你交心了？你的心在那里呢！"婉贞摆了蕴龙一眼，然后起身往姐妹们汇聚的地方去了。

蕴龙傻傻地站在原地，眼神直愣愣地望着婉贞的背影。翠娥看见蕴龙这般模样，走到蕴龙身边，说："龙少爷，你在想什么呢？姐妹们要张罗吃汤锅了，你也去吃点吧。"蕴龙叹息了一声，"我不想吃，没有胃口，你去吃吧，让我在这里安静一会儿。"翠娥说："你这是怎么啦？听到什么不开心的事了吗？"蕴龙说："唉，天下真是没有不散的筵席。没有想到过完中秋，婉妹妹和静雯姐就要回家去了，往后的日子会冷清许多了。"蕴龙说完这话，眼里滚动着泪花了。翠娥说："原来是这事，我还当是发生了什么大事呢，人家婉妹妹和静雯姐都是有父母、有家的,哪里有不回家的道理? 况且她们的家都在秀山,一个乌鸦盖,一个轿子顶,距离这里都不是很远,你若是想见她们,坐顶轿子走两天山路就见着了,这有什么难过的事呢?"蕴龙又是一阵叹息,说:"唉,你是不知道这里面的周折,姐妹们同住一个吊脚楼园子,几步路程,天天都能见着的,一起玩耍聊天品茶,赋诗游戏,好开心的。如今人家要回去了,想再见着也难了。"翠娥说:"你的想法天真得很,姐妹大了都是要出阁打发人家的,哪里只守着你一个人呢? 要是能守着的,也只能像我这样的奴婢,或许还能一直陪伴着你的。"

蕴龙没有吱声,翠娥这番话不是没有道理的。这时,耀慧在喊大家去吃汤锅了。翠娥拽了蕴龙,说:"别多想了,走吧,去吃汤锅了。"蕴龙跟了翠娥往汤锅的地方去了。大家都汇聚在汤锅周围,见厨子把一簸箕香菌放进滚开的汤锅里,浓郁的菌香味渐渐漫溢出来。厨子说香菌鲜嫩,放进去稍微炖煮几分钟便可以开吃了,这样香菌吃口正好,菌香味入肉汤,肉汤的排骨香味加入香菌里面,吃起来就回味无穷了。

大家拿着碗围拢着铁锅,热气腾腾地吃了起来。吃完香菌汤锅,耀慧喊大家一起围聚着篝火跳苗家芦笙舞,大家积极响应,围拢了过去,一边唱着苗歌,一边围着篝火舞蹈转圈子。蕴哲吹着芦笙,大家歌声笑语不断,芦笙舞尤其婉贞、静雯和蕴菡跳得最为婀娜轻盈,那腰肢间像是缠绕了杨柳风似的,一招一式,尽显苗姑仙家风范。大家尽兴聚会到半夜,篝火渐渐熄灭,才一一散去。人散尽了,婉贞故意落在后面,蕴龙独自走在最后。快要进凤凰园了,婉贞停住步子,蕴龙从后面走过来说:"婉妹妹,你落在后面了,夜深了,当心着凉。"婉贞说:"没事的,水月替我准备了披风,凉了披上就是了。"婉贞说毕喊来水月,取下披风,便让水月先回去了。周围的人走的差不多了,婉贞对蕴龙说:"龙哥哥,你困吗?"蕴龙说:"不困,今晚高兴,月色这么好,还可以多赏一会儿月。"婉贞说:"那好,我们去翠荷亭荷塘里,划着木船去观赏荷塘月色,岂不更好?"蕴龙说:"好,只要婉妹妹不觉困乏,我们现在就去翠荷亭,那里赏月才有情趣。"

两人想法在一起了,便约着兴致勃勃往翠荷亭去了。到了翠荷亭,蕴龙去荷亭码头划了一条木船过来,将婉贞接到船上坐稳,然后轻摇桨橹,往荷塘深处划去。

荷塘宁静，只有稀稀落落蛙鸣和昆虫的叫声一阵阵传来。这季节，荷花已经谢了，荷叶还是翠绿色的，亭亭玉立在水面上。荷叶下面，漂浮着暗绿色的浮萍，还有一丛丛水草依依不舍牵连着。荷塘里的水是岩石深处泉水供给的，很干净，月色清辉流泻在荷叶上面，像是涂抹了一层新鲜蛋清色。那亭亭婀娜的荷叶虽然没有五六月时的娇媚，但也还像秋女子在翩跹跳着最后一支舞蹈。月亮的影子静静游弋在水里，明晃晃的，时而有鱼儿在月亮的影子里徘徊寻趣，不时吐出个水泡泡，仿佛要从银白的月亮里照出自己的影子来。鱼儿寻来一会儿，又徐徐游弋过去，到别处寻思游玩去了。

木船在荷叶间穿行，婉贞坐在船边不时将手伸进水里，撩起一串串晶莹的水花。水花溅落在水面，把月影弄碎了，一圈圈银子样的涟漪朝外面扩散出去。蕴龙摇着桨橹，望着婉贞说："婉妹妹，还记得端午夜里你初次进荷塘，不慎落水的情景吗？"婉贞说："怎么不记得，都怪你，将船儿晃动了，我失去平衡掉入水里去了，害得我喝了好几口生水呢。"蕴龙说："是我的错，但我下水救你起来的，这回要安全了，船上就我们两个人，不会出什么意外了。"婉贞说："若是再出意外，我定然拿你是问的，不过让你再救我一回，再多喝几口生水罢了。"蕴龙笑了，说："那是，你愿怎样惩罚我都行，但不会再重蹈覆辙了，妹妹身子金贵，可不能有任何闪失的。"

婉贞笑了，这时，一只水鸟从荷叶丛里惊飞起来，它扇动着翅膀，快速逃离了荷塘。木船悄无声息在荷塘里游弋着，两人一时失语，没有话说。没有话语的荷塘夜色越发显得安谧，连偶尔传出的虫子声音也特别显眼。过了一会儿，蕴龙说："婉妹妹，你和静雯姐这次回去，不知多少时间才会再来呀？"婉贞说："恐怕这回去了，再来的机会不多了。不过，你可以来我们那里呀，乌鸦盖和轿子顶比这里还要神秘美些，那里树林茂密，山深路幽，好玩的地方多。你若是来了，肯定是不想回去了。"蕴龙说："好，乌鸦盖和轿子顶我是一定要去的，只要婉妹妹在那里，我即便是循着山路走，也要走着去的。"婉贞说："这话可是你说的，就怕被什么椿香妹妹或者晚亭妹妹绊住了手脚，那时你即便是想来也不成事的。但今儿个话说出来了，将来若是来不了，你就食言了。"蕴龙说："不会食言，我说过话不会放空，乌鸦盖和轿子顶我是去定了的。"婉贞说："好啊,说话算数,我等着你呢。"

婉贞听罢蕴龙的许愿,心里甚是欢喜。乌家寨子相处久了,一旦离开也有些恋恋不舍,她喜欢和众姐妹相聚在一起,也十分欢喜和蕴龙谈天说地。日久生情,这般难舍的情意哽咽在心里,一时说不出什么滋味来。婉贞也想着要离别的日子,所以才动了心思走在后面,想与蕴龙单独在一起说些贴己的话儿,可是一旦相处在一起了,话语反倒没有平时多了。这时,婉贞索性拿出事先准备的箫,幽幽地吹奏了起来。

夜深静了,忽然传出一阵箫音,荷塘里一群睡着的野鸟被惊醒了。它们纷纷惊慌失措,从荷叶隐秘处飞了出来,然后借着月光,朝附近的林子逃去。水鸟被惊动,风也收不住心了,自然从荷塘边的树林里溜出来,把荷塘的水吹皱了,泛起一波波细细的涟漪。荷叶被风惹得展开裙子,在水面婆婆舞蹈了起来。不多时,荷塘里的鱼虾情不自禁地跳跃出水面,和谐着箫音,沐浴着月光翻跹跳跃。婉贞的箫音越是吹得婉转悠扬,鱼虾的跳跃越是欢欣雀跃,有些鱼虾竟然落在了木船里。蕴龙此时停了桨橹,任凭船儿自由飘曳,坐在船头静静听婉贞吹箫,欣赏月光下这幅美情美景的图画。

婉贞的身影勾画在白银样的月光里,她的身边是一片绿幽幽的荷叶,荷塘周围一片空静,只有一个吹箫人、一只木船、一轮白月亮、一荷塘碧绿的荷叶相呼应着。蕴龙看着看着,眼里便有了泪水,他觉得心里有一种莫名状的感动,异常奇妙,但又说不出个缘由来,只好默默流泪表达了。

婉贞吹罢箫曲,收住尾音,荷塘顿时雅静了。婉贞将箫儿收进箫盒子里,然后望着水面。水里银晃晃的月光辉映着婉贞的身影,婉贞的影子是清透的,看着是那样简洁干净。蕴龙说："婉妹妹吹这箫儿,把水里的月光吹活了。"婉贞说："何以见得?"蕴龙说："这荷塘月色是安静的,是静静画在那里的。妹妹的箫音参与进来,安静打破了,那些荷叶、鱼虾和月光都像是参悟了,理解到某种来自天外的声音妙处了,因而鲜活起来了。"婉贞被蕴龙的话感动了,说："龙哥哥妙言丽辞赞美,错爱了。有你这话儿,我会记住这个夜晚的。"蕴龙心里越发激动,不觉来了兴趣,说："婉妹妹,月色这般皎洁,不如我们连诗玩耍,如何?"婉贞说："我正好也有此意呢。就以'荷塘月色'为题,怎样?"蕴龙说："妙,就是它了。"婉贞说："你先起首句,我接龙下句。"蕴龙略加思考,说:"好,我先起句了。"

蕴龙:荷塘佘月圆,

婉贞:莲蓬舞婵娟。

蕴龙:风醒鸟惊人,

婉贞:石孤睡清泉。

蕴龙:长箫捉鱼影,

婉贞:蟾光耕田浅。

蕴龙:泥软采白藕,

婉贞:池翠燃青烟。

蕴龙:若思非若想,

婉贞:是缘何为缘。

蕴龙:阴晴始轮回,

婉贞:缺失方团圆。

蕴龙:寂寞空牵念,

婉贞:聚散当遇见。

婉贞联句聚散当遇见,不见蕴龙往下联诗,问道:"龙哥哥,你为何不往下联句了?"蕴龙说:"你都'聚散当遇见'了,我还如何接龙下去? 不如到此为止,正好我先起句子,你接住尾声,一脉相承,这'荷塘月色'便是完美结局了。"婉贞见蕴龙说得有道理,也收住心思。婉贞细想了一下说:"我记得荷塘湾往南处去,有十亩稻田,眼下正是稻子抽穗季节,我们何不往那里去看看?"蕴龙说:"好,赏完荷塘的月色,又去稻田观赏稻花香,这中秋夜算是没有白来一趟。"蕴龙说毕,便划船往稻田方向去了。近了稻田,木船靠了岸,蕴龙系好缆绳,牵着婉贞走下船来。

稻田正抽穗呢,绿幽幽一片。不时有阵阵夜风吹来,风儿夹裹着稻花清香,那稻子原香味气息扑面而来,钻进你的肺腑里面去了。再看那稻田景致,有个稻草人歪歪斜斜立在田中央,头顶扣了一顶旧草帽。洁白的月光洒在青稻子身上,是那种涂抹了一层新鲜牛奶的感觉。田里还有积水,蛙鸣和

241

虫子的叫声稀稀落落的,它们似乎在告诉来观赏的人,夜已经很深了,连虫子也熬不住夜了,要进入梦乡了。婉贞走在田埂上,青稻子齐腰深了,婉贞一边漫步,一边用手轻轻抚摸着青稻子。细细看上去,她的手指把稻子青穗上面的月光碰落了,细碎银子样的月光纷纷在青稻子上摇曳生辉。婉贞不时停下来,蹲在稻子跟前,用手摆弄着青稻子,她闻着稻香,又望着天上的月亮,像是要把青稻子上面的月光仔细筛选过一遍似的。

婉贞很有感触地说:"平时没有感觉到稻子的可爱之处,夜里置身在稻田了,这满眼的青稻子让月色温润着,看似是植物,其实都是有言语的。它们都着了感情色彩,因而看着它们也会像月光一样被感动了。"蕴龙说:"婉妹妹是多愁善感了,但这善感颇有味道,就像那稻草人,没日没夜守卫在稻田里,它也是有感觉的。只要是你赋予它形象,它就是活着的,与你之间有一种灵性的沟通了。"婉贞说:"看来我们两个想到一起去了。"蕴龙说:"那是的,不然,今夜怎么会和婉妹妹一同相聚翠荷亭赏月玩耍?凡事都是有缘分的。上天这样安排好了,你就照着去做就是啦,对与错不要紧,就像流水始终要走弯路,才能归入海里去一样。我们就顺着彼此的意愿走好了,不用去管旁人说什么话,道理便是过程,过程便是结果。"婉贞说:"我心里也是这么想的,可是不知道该如何说出来。喂,我忽然想起一件事来,不知道龙哥哥愿意帮忙否?"蕴龙说:"什么事儿?只要我能办到的,理应为妹妹去着想的。"婉贞说:"这事你当然能办到的,记得我刚来时,你说这凤凰园里有一处桃花景致,那隐秘处有个桃花洞,我想让你带我去桃花洞看看。"蕴龙说:"这件事你不说我倒是忘记了,只是这洞子一直封存着的,不许人进入的。"婉贞说:"我就知道你是不肯带我进桃花洞的,你既然能和椿香去鬼笨洞,寻那个神秘美女子晚亭,为何不能带我进桃花洞去探秘呢?我也是有胆量的。"蕴龙想了想说:"好吧,我带你去就是,只是这件事千万不能让第二个人知道,一旦传出去了,老爷会拿我问罪的。说句真心话儿,那桃花洞我很早就想着进去的,只是没有机缘。现在婉妹妹想去,机缘便到了,我们悄悄进去就了。"婉贞说:"你同意了,那约定个时间,最好就是这几天。不然过几天乌鸦盖来人接我回去,就没有机会了。"蕴龙说:"好,我们明天吃过中饭就去桃花洞,你要穿的利索些,里面的路径或许不怎么好走。我们进去不走远了，就在洞子里浅处看看里面究竟有些什么东西，为什么总是这样神神秘秘的即可。"婉贞点头答应。两人又在田埂上说了些话儿，婉贞见水田中央的稻草人挺可爱的，没等蕴龙回话便脱掉鞋子，挽起裤管，深一脚浅一脚趟着稻田积水，往稻草人身边去了。齐腰深的青稻子从婉贞腰际一一闪过，发出沙沙的响声，那月光好像从青稻穗上摇晃了下来，缠绕在婉贞的细腰上，稻香味道仿佛也被婉贞的游动驱散开了，这幅满月下的婉贞与青稻子融合的风景，很是有看头的。蕴龙喊不住婉贞，只得跟着下到田里，一起来到稻草人身边。婉贞抚摸着稻草人伸展的手臂，又牵动了一下它的衣袖，说："稻草人，我们来看你了，今天是中秋节，你也挺寂寞的，不如和我们一起赏月吧!"蕴龙听着婉贞天真的话语，说："婉妹妹是要让稻草人开口说话呀? 不过，稻草人知道妹妹来看它了，今夜它也会无眠的。"婉贞说："这深夜里走近稻草人怪有趣味的，就感觉它是个有灵性的人物了，不疏生，它这样孤零零地站立在稻田中央，没日没夜守卫着稻子，挺辛苦的。周围的景致安谧得很，尤其是有这样一个稻草人立在这里，尤其显得诗意了。"蕴龙说："婉妹妹说的是，我也是这样的感觉，这十亩稻田，正是因为有了这个稻草人，才有活气的。"婉贞又围着稻草人看了一圈，接着她踮起脚尖，伸手把稻草人的破旧草帽摘下来，然后戴在自己的头上，面对蕴龙，歪着脑袋，俏皮地说："龙哥哥，你看我这样子像不像稻草人呀?"蕴龙说："像，真像，你戴了草帽，是个美女稻草人，是天仙下凡，来到农家稻田了。"婉贞戴上破旧草帽并不显土气，月色下恬然的笑靥，端丽的容颜，眉目含情，加上旧草帽衬托，这种清婉的美就像被枯草掩映下的一汪秋泉水，夜里拨开草丛见了，白白的月亮倒影在里面的画景。婉贞笑了说："你得记住我这样的模样，还有这样一个美好的夜晚。天上的月亮、青稻子、稻草人和我们，我们一定要记住这个情景。"蕴龙说："当然记住了，一辈子忘不了的。"两人在稻草人身边说着趣话，蕴龙像是忽然有了感受，建议婉贞即景作首诗来纪念。婉贞想着过了今晚就要走了，也就不推诿，想了想随口吟出七言诗《对月》——

婵娟未圆先说愁，何尝月老桂花酒。

点点思绪梦成烟，浅浅幽怨泪作秋。

不是长亭留人忧,还作短歌醉村酒。

莫为明晚月色残,却向苍天问长久。

婉贞念完诗,眼里泪盈盈的。蕴龙感慨地说:"婉妹妹这首诗让我感到离别的伤感了,这伤痛是点在心尖上的,我会记住这首诗的。"婉贞说:"诗可留在这里,让这稻草人收在心里最好。你若是想念了,可以来这里看看稻草人,它的心里装着这首诗的。"蕴龙听完此话,不觉心里涌动起万般思绪来。他一时想不起要说什么话了,他望着婉贞,婉贞也看着他,他们彼此只能用这样无声的语言,表达内心要说的话语。

临走时,婉贞将草帽依旧扣在稻草人头顶上,然后两人回到田头,到荷塘岸边取了木船,便摇船往回去的路上去了。船儿接近翠荷亭了,两人正要商量着是否该往翠荷亭继续赏月去,忽然,翠荷亭里飘出一曲优游的箫音来,蕴龙和婉贞顿时心里一惊,想着这深夜里了,难道还有第二个会吹箫的人?

蕴龙和婉贞的目光不约而同往翠荷亭望去,便见亭子里,朦朦胧胧坐着一个身穿白衣的女子在吹着箫儿。箫的音色缠绵悠长,曲调多了几番诡秘,时近时远的,飘飘袅袅,从翠荷亭里婉转飘逸出来。

婉贞诧异,"这么晚了,还有谁在吹箫呢?"蕴龙说:"是啊,这园子里除了婉妹妹会吹箫儿,没有听说还有会吹箫的人?莫非我们眼睛看花了?"婉贞说:"不会的,你我都亲眼见着的,这不是幻觉,是真的有个女子在翠荷亭吹着箫儿呢。"蕴龙说:"也罢,我们划船过去看个究竟,瞧瞧是谁在吹箫儿。"

蕴龙加快摇桨橹的速度,往翠荷亭划去,船儿渐渐近了翠荷亭,那箫音渐渐消失了。蕴龙再寻亭子里的人儿,哪里有吹箫人,根本不存在白衣女子,蕴龙和婉贞再寻上岸去,翠荷亭里空无一人,亭子周围单调的落了几处昆虫的声音。婉贞感觉有点诡异,说这翠荷亭夜里不可久待,还是回凤凰园里去。蕴龙看着眼前的一切,便觉得夜深了产生的幻觉,才恍惚有这样的感觉,于是也没有多去追究,应了婉贞的要求,不在翠荷亭流连,两人在翠荷亭码头上岸,一道回凤凰园去了。

蕴龙将婉贞送回望月楼,婉贞临上楼时叮嘱蕴龙不要忘了明天去桃花洞的事,蕴龙说不会忘记的,他让婉贞明天中午在后花园等着他。婉贞点头答应,便上楼了。蕴龙回到自己的屋里,翠娥没有入睡,她穿着贴身夹衣歪在床上等着蕴龙。蕴龙见翠娥醒着,说:"怎么,你还没有睡觉?"翠娥说:"你不回来,我怎么能睡得着觉?"蕴龙说:"我又不是小孩了,在外面多待一会儿,今晚月光好,值得细细观赏。"翠娥说:"我知道你和婉妹妹去了翠荷亭,所以我没有什么担心的,就这样等着你回来入睡了,谁让你是我的主子呢。"蕴龙说:"噢,你看见我和婉贞去翠荷亭了?"翠娥点点头,说:"看见了,悉心亭赏月散了,我就看见你和婉贞在一起的。"蕴龙说:"婉妹妹今晚的箫儿吹得可好听了。"翠娥说:"我们都听着呢。"蕴龙说:"噢,这夜晚了,你们还能听见翠荷亭的箫声?"翠娥说:"夜晚深静,声音传得远,何况婉妹妹吹的箫儿声音则传得更远了。"蕴龙说:"那么,静雯姐也听见了?"翠娥说:"我们都听见了,她自然也听见了。"蕴龙不作声了,他想着和婉贞去翠荷亭赏月的事,这园子里恐怕都知道了。

蕴龙正想着心事,翠娥忽然感觉不舒服,恶心、想吐,但她强忍住了。蕴龙问她是不是生病了? 翠娥说:"不打紧的,可能今晚着了凉,胃受寒了,待我喝点热姜茶,安静躺一会儿就好了,你快去睡吧,都二更天了。"蕴龙想想也是的,他安慰了翠娥,亲自去取了热姜茶来给翠娥,然后回自己的卧室歇息去了。

第二天中午,蕴龙与翠娥说要去婉贞那里坐一会儿,因为再过几天婉贞和静雯就要离开凤凰园了。翠娥有心事,没有多问,只是让他早些回来。蕴龙说知道,要回来吃晚饭的,便出去了。

正午,后花园里几乎没有什么人来玩耍,十分安静。婉贞依照约定,已经早早等候在那里。婉贞穿了身简易蜡染苗服,头饰也取掉了,只戴着银项圈儿。银项圈是吉祥物,必须经常佩戴的。婉贞特意梳理了一根顺溜到腰际的辫子,这样出行要利落些。上身穿着掐腰对襟春秋衫,衣襟也刺了十分优雅的蝴蝶图纹苗绣。盘扣是布纽扣,搭上盘口不易脱落的,苗绣中裤,鞋子做的也精巧,软底布鞋,是用手工纳了密密实实针线的鞋底,结实轻巧,也防滑,鞋面刺了苗绣花边。婉贞这身打扮,看着十分素净清丽,蕴龙见了足足欣赏了一两分钟才收回眼神,说:"婉妹妹这身打扮不像是去探桃花洞的。"婉贞说:"怎么?是不是太土气了?"蕴龙说:"你这样像是去赶场的村姑,不过是去仙境里赶场的村姑。"婉贞嗔怪说:"龙哥哥的嘴巴说起话来就是不一样,连村姑也被你说成翩翩的仙子了。"蕴龙说:"婉贞妹妹本身就是不同常人的,所以,你无论粗布素衣,胡乱梳头,都是美的。"婉贞说:"好,我在你眼里都是美景,但愿你一直记得住。"

两人说笑了一阵子,蕴龙便在事先埋伏的地方取出了两根松明火把,说进桃花洞里去需要火把引路的。于是,蕴龙带着婉贞,一前一后往后花园西面的树林里摸索着去了。桃花洞隐秘在凤凰园里,所以不用多少时间就寻到了。桃花洞在一片野生的桃林和杏花林间,其中不乏杂树、古银杏树和红豆杉树交错呼应,洞口几乎被长草和盘根错节的藤萝隐蔽住了,蕴龙花费了好一番工夫,才趟出一条窄窄的路径来。洞口被一扇雕刻着一对龙凤呈祥的木门关死。木门材质是花梨木的,十分坚固,门上雕刻花纹图案也格外精致,龙盘绕在左侧,凤飞舞在右侧。雕工栩栩如生,那龙和凤像活着一样的,时刻要吼出声音飞舞出来一般。蕴龙一看门是被关上的,不由得叹息一声,说:"糟糕,门是关死的,今天是无法进去了。"婉贞听蕴龙这么说,便上前看了究竟,说:"不要紧的,门没有上锁,是用门闩插住的。龙哥哥你有力气,把门闩拉开就可以进去了。"蕴龙上前细看了,果真如此,"这个活不难,我把门闩打开就是。"蕴龙正要动手搬弄门闩,忽然后面传出一声呵斥,"是谁这么大胆?竟敢偷偷跑到桃花洞来啦!"

蕴龙和婉贞霎时被唬住了,愣在原地呆了好一会儿。这时,身后的人发出一阵清脆琅琅的笑声来,蕴龙一听笑声便知道是静雯来了。蕴龙回转身来说:"原来是静雯姐,你怎么摸进这里来啦?"静雯说:"难道这后花园里,只许你们俩进来,就不许人家来桃林里寻趣吗?"婉贞松了一口气,说:"静雯姐,你是要吓死我啦!来就来嘛,应该打个招呼才是,猛不丁地冒出一句狠话,我的心尖都冒出冷汗了!"静雯笑了,"哼,你们倒是逍遥自在,要寻桃花洞这等好事也不叫上我,若不是我在后花园里乘凉,看见你们偷偷摸摸往这里去了,我哪里会摸到这里来呢!"婉贞说:"静雯姐说话要注意的,什么偷偷摸摸的,好像我们做了见不得人的事情。"蕴龙笑了说:"这不奇怪的,静雯姐用词恰当，我们往桃花洞去本身就是偷着悄悄去的，不能让外人晓得，说个偷偷摸摸也不过分，反而很形象生动的。"静雯说："还是龙兄弟海量，婉妹妹多疑了，若是换作我，有往桃花洞里去探秘的好事，就偷偷摸摸的去也未尝不可。"婉贞说："都是静雯姐的道理，我认了，只是你现在这身打扮，如何进得了桃花洞里去呢？"静雯说："怎么？进桃花洞还有衣着讲究嘛？"婉贞说："龙哥哥说了，桃花洞里幽谧的很，里面少不了沟沟坎坎的，得穿素一点，软底布鞋，好走路的。"静雯这才意识到自己穿的是麻布苗服裙装，带了头饰，鞋子还好，浅腰皮鞋，当然没有布鞋那样耐磨防滑。蕴龙解围说："算了，静雯姐是不知道要探秘桃花洞的，穿这身衣服也行的，进洞子时小心防滑就是了。"婉贞说："好人都是你们做了，我只做坏人罢了。不过，有静雯姐一道进桃花洞，我的胆子又大了许多。"静雯说："好了，我们莫说闲话了，早点进洞子早点出来。明天做好准备，后天我们要启程回去了。"蕴龙说："怎么后天就要走？不是说要再过几天吗？"静雯说："迟早都要走的，早一天晚一天也无所谓，只是那边父亲生病了，要我近日就回去呢。"蕴龙听到静雯父亲生病了，这才没有话了，只是心里咯噔的慌，眼前两个天仙似的姐妹就要走了，心情总是依依不舍的。

　　蕴龙想着眼下要进桃花洞，其他的心绪也就暂且放下了。蕴龙走到桃花门楣跟前，用手搬动门闩，那门闩没有反应，长久没有开动了，门闩插死了。蕴龙想了想，随手捡起一块石头，将门闩一头敲击了几下，这动作管用，门闩渐渐松动了，蕴龙鼓足力气将门闩抽了出来。蕴龙将两根松明火把点燃，自己拿一个，交给婉贞手里一支，蕴龙让静雯走在中间，婉贞断后，他举着火把在前面探路。布置好了，蕴龙试探着将门逐渐打开，门才拉开一道缝，里面一股幽幽凉气便扑面而来。蕴龙细细嗅觉了一下，说："奇怪，这桃花洞子里怎么有股极浓郁的香樟树味道？而且凉幽幽的，里面一定堆放了很多香樟木。"婉贞说："堆放那么多香樟木做什么用呢？"静雯说："樟树是防腐驱邪避虫子的，桃花洞里有这种木材，自然有它的道理。"蕴龙说："嗯，听寨子里老辈说，这是太爷爷在世时寻的一处避难洞，若是寨子发生什么变故，全族的人可进入凤凰园，再秘密转入桃花洞里躲避。有香樟木堆放在里面，可以驱赶虫子，防病患驱邪之用。"蕴龙说完话，便将门全部打开了，里面浓郁的香樟气味便跑了出来。婉贞和静雯用手捂住鼻子，说香樟气味冲眼睛。蕴龙说："我们稍等一会儿再进去，气味往外冲，证明此洞一直封闭着的，里面味道太浓了，先让气味跑出来一些，进去会好些。"于是，三人在桃花洞口守了约半个时辰，里面气味渐渐稀薄了，这才猫进洞里去了。

进了洞子，前面十多米远距离只能容纳下两个人并排进入。洞子很规则，路面是铺了条石的，干燥防滑。再往里面去，洞子渐渐宽敞了，是呈喇叭口形态，沿途一路可见一些钟乳怪石林立，层层叠叠。石笋、石凳、石椅、石鼓、石钟、石幔、石旗，千奇百怪，冰凝玉塑般瑰丽玲珑。洞内还有一条小溪，涓涓在洞子沟底流淌着。忽然，那溪流暗沟里发出一阵阵奶娃娃的叫声，把婉贞和静雯吓得尖叫起来。那清脆的尖叫声在空旷的洞子里回荡着，变异出另外几种回声传回来，又将两人唬了一跳。蕴龙停住脚步，回过头安慰说："别怕，那是娃娃鱼的叫声，这洞子里和鬼笨洞一样的，都有娃娃鱼。你们的尖叫声在洞子里回荡着，自己吓着自己了。"听蕴龙这么解释，静雯和婉贞想了想是这道理，也就不紧张了，心情渐渐放松下来。三人接着往里走，洞内越加宽敞了，走到正中间位置，豁然开朗起来。洞内空间足足可以放进去一座三层楼高的吊脚楼去，而正是这里位置，让蕴龙、静雯和婉贞惊叹不已！这中段巨大的空间里竟然建造了九座吊脚楼，每座吊脚楼分三层，全部卯榫结构，雕梁画栋。吊脚楼鳞次栉比，高矮不等，错落交织，相互依偎牵连着。蕴龙支着火把瞅近细看了，果真吊脚楼所用材质均是坚固耐用的老香樟木，怪不得有浓郁的香樟气味呢。这等奇怪，园中有寨子，寨子中有洞子，洞中还有寨子，而且寨子间又巧妙避开了洞壁上面垂挂的石幔、钟乳石千奇百怪的造型。这些天然形成的雕塑形体，恰好被每座吊脚楼应用了进去，成为楼檐或者楼角旁边的装饰物了。吊脚楼古香古色的，又加上这些石笋、石鼓、石钟、石幔、石旗，冰凝玉塑般瑰丽玲珑的相间辉映，这番巧夺天工构思布局，可谓是费尽心机。

婉贞和静雯被眼前这幕景致惊叹不已，这才是苗家吊脚楼的精湛之妙处！蕴龙又领着静雯和婉贞进了一座吊脚楼里面看仔细。三人上了楼，一间间房里都去了，古床家具应有俱全，不乏雕窗壁画和奇石造型装饰点缀。

每间房屋都按照苗家风情布局,样样都是崭新的,房间里飘散着淡淡香樟树清香味道。三人正往三楼上去,忽然从楼上蹿出来一只白乎乎的东西,吓得婉贞和静雯惊叫起来。这个白乎乎的东西跑动速度极快,眨眼的瞬间便从三人身边溜过去了。这家伙跑到楼脚才停住步子,然后探头朝楼上张望。蕴龙看清楚了,是只白狐狸,心里自然明白了。这个被放生的白狐狸真会选择地方落脚,将乌家这么大的洞中宅子独自占据了,怪不得经常出没在园子里。这么幽雅静谧的地方,正是它最好的栖息地。静雯和婉贞听说是只白狐狸,定下神来朝楼脚看了,果真是只雪白的狐狸,这才稳住心神。婉贞说:"这就奇怪了,这么隐秘的洞子,狐狸是如何寻进来的?"静雯说:"我看这只白狐狸很像龙兄弟放走的那只呢。"婉贞恍然醒悟,说:"真的呢,一模一样的,龙哥哥,你放生的白狐狸钻进桃花洞里享清福了。"蕴龙说:"是啊,这么庞大的吊脚楼宅院,好像是为这只白狐狸建造的,她一直在这里定居享受哩!"

那白狐狸在原地呆呆地蹲守了阵子,便往洞子深处跑去了,白狐狸跑去身影像一团白烟,眨眼就消失得无影无踪了。蕴龙望着白狐狸远去的背影,若有所思地说:"好了,今天我们就走到这里,再往深处去路程还远着呢,今天见到了洞子里的吊脚楼,这是主体内容了,桃花洞的神秘便在于此。只是这事儿只能我们三人知道,万万不可外传。既然是防备今后不测的避难洞,就该一直保密才是道理。"静雯和婉贞都答应了要守住秘密,等下回来,再往洞子深处探秘,看是不是可以走到鬼笨洞里去。如果桃花洞和鬼笨洞彼此是相通的,可以到晚亭家的山坳坳里玩耍,那是一举两得的事。蕴龙说:"好,就按你们说的去办,下回来再一起相约往桃花洞里深处去。"

蕴龙带着静雯和婉贞按原路返回,出了桃花洞,依旧将门闩插死,然后将采乱的杂草恢复原样,基本不显露有人来过的痕迹,三人才悄悄走了回去。

第十二章　痴翠娥泣血白佛石

当夜,蕴龙从静雯和婉贞那里玩耍回来,到了屋里见采芹在拖地。采芹见蕴龙回来了,说:"龙少爷,你可回来了,翠娥姐姐刚才又呕吐了,没有来得及吐在痰盂里,全部吐在地上了。"蕴龙赶紧到翠娥房间,见翠娥脸色苍白,关切问:"翠娥姐,现在感觉如何? 好些了吗? 采芹,去请巫医来给翠娥姐看病。"翠娥从床上起身,歪在靠背上摆了摆手说:"不用去叫巫医,就是肠胃有点难受,总想吐,过一阵子就好了,我没有那么娇气。"采芹进来问话:"究竟去不去请巫医呀?"翠娥说:"不是说了吗,不用请了,这点小毛病,喝点热茶就好了。"采芹嘟噜了一下嘴,去忙她的事了。蕴龙起身去泡了一杯热茶端到翠娥面前,翠娥接过喝了几口,说:"谢谢龙少爷,现在好多了,有你在这里就没有任何事了。"夜里,蕴龙陪在翠娥屋里,与翠娥说了好久的话。翠娥话语不多,都是蕴龙一个人在聊天,翠娥只是望着蕴龙痴痴地笑。翠娥说这样的日子不知会有多久? 蕴龙说:"不是说好了,要在一起一辈子的。"翠娥说:"就怕我没有那福分,等不到那个时辰的。"蕴龙说:"你又在胡思乱想,以后别说这样的话,这屋里唯独少了你不成事的。"翠娥听这话,心里暖暖的。蕴龙见翠娥头发自然乱着,乌黑流泻在肩上,一对弯弯的蛾眉也没有描画,眉毛却是清淡淡的,那双黑黑的大眼睛,藏着几多幽情的美丽,翠娥病歪歪的身姿反而显出几多不常见的美来。翠娥见蕴龙盯着她看,觉得奇怪,"你看什么呢? 我又不是婉妹妹、雯姐姐。"蕴龙说:"你是不知道病西施的模样有多么好看,你现在病歪歪的样子,我瞧着另样的美来。"翠娥腼腆地颔首笑了,说:"我哪里配得上病西施的美誉,不过山里村姑而已。"蕴龙说:"村姑有何不好? 我看着美就成。"翠娥说:"嘴巴长在你的身上，随你怎么去说都行，我恭敬听着就是。"夜深了，蕴龙要留在翠娥房间入睡，翠娥推诿，说："这几天身子有些不舒服，你还是回你的屋里去睡得安稳些。"蕴龙也就没有再强求留下，回自己的屋里休息了。

第二天，蕴龙吃毕早饭便往静雯和婉贞那里去了。今天是最后一天，明日静雯和婉贞就回乌鸦盖和轿子顶了，蕴龙要多跟姐妹们叙叙旧。蕴龙刚下桂花楼，便听仙鹤亭传出箫音，他抬眼望去，见婉贞坐在仙鹤亭里吹箫，静雯静静在一旁欣赏。蕴龙心想，正好婉贞静雯都在一起，而且是在仙鹤亭子里吹箫儿玩耍，正合他思绪。于是，赶忙往仙鹤亭子去了。

蕴龙进了仙鹤亭，安静地立在亭子边，听着婉贞吹箫。婉贞把最后一个音符落定，泪水已经盈满眼眶了。三人默默对视着，不说一句话，还好，仙鹤亭周围树林不时传来清脆流利的鸟叫声，调和了亭子里的气氛。蕴龙开口打破平静，"婉妹妹今天在仙鹤亭吹的箫音和往常不太一样。"婉贞从兜里掏出绢帕，擦拭了眼角的泪水，说："怎么不一样？你又听出什么弦外之音了？"蕴龙说："妹妹今天的箫儿像是浸了泪水，听着让人伤感。"静雯说："龙兄弟的心思却是敏感得很，能听出箫儿里面的泪水，我们的婉姑娘，算是有知音了。"婉贞说："静雯姐又拿我取笑了不成？我今天吹箫儿落泪，是因为舍不得这么美丽的仙鹤亭和这凤凰园，来这里几个月时间一晃就过去了。日子天天过着不觉得什么，一旦说要离开这里了，心里就像少了什么东西一样，莫名的感伤就涌上心头了。"静雯说："是少了哪样东西呢？是不是眼前某个人物或某件事情？"婉贞说："静雯姐还是在揶揄我，难道你不留恋这里？你心里没有感伤吗？"静雯说："感伤是有的，姐妹们在这里欢聚一场，如今又要各自东西，哪里有不怀念过去好时光的。今儿个我们聚在这里，明儿个仙鹤亭就空了，所有的牵念都融在你吹的箫儿里面了。"婉贞说："静雯姐说这话中听，我还当是你心静如水呢，结果也是暗泉涌动，泪蒙心眼上了。"静雯说："好个婉丫头，绵里藏针，后发制人了，我服你了。"蕴龙说："大家都是一个意思，平日里有说有笑聚在一起，青春无大小，处处生浪漫。唉，你们明天又要走了，姐妹兄弟才玩熟悉了，若是永远留在这里该多好啊！"婉贞说："我也不想走，可是这里不是家，怎么能留得长久？好在乌鸦盖距离这不过几十里路，今后若是想来，坐顶轿子就来耍了。下回蕴龙哥到我们那里去玩耍，你去了那里，可以多玩些时间的。"静雯说:"是的,龙兄弟若是去了乌鸦盖,翻过几道坡就是轿子顶了。我和婉贞相距很近,你可以在乌鸦盖和轿子顶来回玩耍,有你好逍遥的。"婉贞说:"是啊,蕴龙哥先到乌鸦盖来,玩够了我陪你去轿子顶静雯姐那里。"静雯说:"好,大家一起来就有意思了。我家还有些姐妹兄弟的,轿子顶好玩的地方多,一样可以去林子捉竹鸡、套野兔子、采香菌的。到时,龙兄弟会玩的不想回去了。"蕴龙说:"那我就留在那里不回来了,今后就是轿子顶的人啦!"婉贞哼了一声,说:"这么快就成轿子顶的人啦? 静雯姐你肯一直收留龙哥哥吗?"静雯说:"那要看龙兄弟了,他若是愿意,轿子顶这么宽阔的地域,难道还容不下他吗?"静雯回话很巧妙,弄得婉贞不知如何接下面的话了。蕴龙笑了,说:"都是说玩话呢,我若是能自己做主就好了。现在还被家里管着,由不得自己随心所欲。不过,我们总是要长大,等到那时,想怎么样就可以怎么样了。"

三人在仙鹤亭里闲聊天,排遣即将离别的伤感情绪,聊着无话语了,有一对锦鸡飞来,落在亭子不远的一棵红豆杉树上。锦鸡展开翅膀飞行的姿态十分优美,羽毛鲜丽,色泽漂亮,尤其是雄锦鸡,尾羽展示开,飞行着宛如凤凰鸟一般。凤凰鸟只是传说,未见真实,锦鸡是实在的,飞舞起来像凤凰一般。静雯说:"这对锦鸡好漂亮,尤其是飞行时的姿态,特别美。长长的尾羽,艳丽的羽毛,好让人羡慕。"婉贞说:"是啊,人这一生不如做只鸟儿自由快乐,想去哪里飞着就去了。一辈子生活在山林里,不愁吃穿用的。下辈子,变鸟儿算了。"蕴龙听婉贞这话好玩,接过话头说:"婉妹妹若是变了鸟儿,我下辈子就变一片山林,里面长满美树和艳丽的花草,专门供给婉妹妹栖息玩乐所用。"静雯说:"好了,你们俩倒是齐全了,一个投身做了鸟儿,一个心甘情愿变作山林,这下可以永远生活在一起了。"静雯一句话,把婉贞和蕴龙羞住了,两人脸红红的,一时不知该如何接话了。三人在仙鹤亭里聊了半天时间,晚上和园子里众姐妹聚会用餐话别。因为是离别晚餐,大家都多喝了酒,没有再往夜里热闹,早早收场各自回屋歇息了。

蕴龙醉醺醺回到屋里,翠娥见了赶忙服侍他躺下,替蕴龙宽衣,调制了蜂糖水喝了解酒。蕴龙看了一眼翠娥说:"都走了,明儿个就散了。婉妹妹和静雯姐回乌鸦盖和轿子顶去了。凤凰园空了,什么都没有了……

什么都没有了……"翠娥用热毛巾给蕴龙揩了脸,说:"你又在胡说话了,难道她两一走,这园子就没有人啦?你我不是人吗?还有蕴蕗和其他姐妹,这么多人在园子里呢,怎么就空了呢?"蕴龙摆了摆手,说:"你是不知道这里面的玄妙的,姐妹好找,知心知底的人难觅。锦鸡总归是锦鸡,即便再美丽,也替代不了凤凰的。凤凰虽然没有见到,但那是可以想象在你心里的鸟儿。能想在心里的美,才是最美的。你能明白这个道理,也就知道我刚才说空了的意思了。"翠娥是极聪慧明白人,"你现在所思所想是越来越高深莫测了,那你说说,我是不是你想在心里的那只凤凰鸟儿?"蕴龙牵住翠娥的手,说:"姐姐当然是的,若是身边再没了你这只鸟儿,我该和谁去说话呢?恐怕一生真要落得个孤家寡人了。"翠娥听蕴龙这么说话,心里甜滋滋的,她想着蕴龙这样看得起她,把她放在心里面,她越发觉得没有看错人,龙少爷是重情谊的,值得托付一生的。蕴龙朦朦胧胧说着话,慢慢入睡了。翠娥坐在蕴龙床边,呆呆地望着蕴龙,看了他好长时间,直到眼里涌动起泪水,才抽身离开。

早晨太阳冒出牛场坡顶,乌家寨子打理了一些贵重细软礼物给婉贞和静雯,雇请两台轿子将静雯和婉贞送回去了。临别早晨,蕴龙和众姐妹兄弟都去送行,婉贞拉着姐妹们的手,哭成个泪人似的。静雯也默默落泪,依依不舍道别。蕴龙更是泪流满面,一声姐姐长、妹妹短的,叮嘱个不停。

婉贞坐进轿子里,一双泪汪汪的眼睛一直看着蕴龙,蕴龙也泪汪汪地望着婉贞。婉贞说:"龙哥哥,别忘记你说过的话,一定要来乌鸦盖、轿子顶看我们的。"蕴龙点了点头,说:"我说过的话,不会忘记的,你和静雯姐好生保重,我一定会来的。"

静雯坐在轿子里用绢帕抹着眼泪,蕴龙的目光又转向静雯,静雯没有说话,依旧用泪眼望着蕴龙。蕴龙呆呆地看着静雯,想着静雯的丰腴、沉静温婉,这般没有言语的美,却是让他永久想念着的,只求往后有机会去轿子顶,那时再相聚了。静雯最后还是说话了,她说往轿子顶的山路不是很远,可是要记住来呀!蕴龙使劲点头,说:"我会来的,一定会来的。"

众姐妹们告别了一阵子,轿夫要赶路,不待久留,便起轿上路了。蕴龙一直送出寨门,眼巴巴地望着两顶花轿在蜿蜒的山路上行走着,但很快就被茂密的山林淹没了。蕴龙又跟上跑过一段路程,他停靠在山坡上一棵白杉树旁,尽量往远处眺望,直到看不见两顶花轿的影子才落寞地往回去了。

婉贞和静雯一走,蕴龙的心就空了,空荡荡的不是滋味。他站在寨子边一棵古树下,胡思乱想了好一阵子。这时,牛场坡方向传来一阵阵放火炮、吹喇叭娶亲的喜气声音。蕴龙循着声音望去,见山坡上一队吹唱喜事的队伍,簇拥着一顶花轿正往山坡下走去。吹吹打打的热闹声,一直在鬼笨沟里延续着,渐渐地,那声音随着淹没在山林里的花轿,越走越远了。

都是要走的景象,蕴龙想起椿香来,送走了婉贞和静雯,心里难受,正想找个知心人解闷儿。蕴龙没有多想,便独自往牛场坡上寻椿香去了。蕴龙来到往日的山坡上,却是巧了,好像椿香正在那里牧羊。蕴龙一阵欣喜,想着今天是走运气的,想要见的人心里想着就在眼前。

蕴龙快步走了上去,要接近那棵古银杏树了,蕴龙喊了一声:"椿香!我来啦!"那人回转身,蕴龙走近看却不是椿香,而是椿梅。蕴龙诧异,说:"椿梅,你今天怎么会在这里? 你姐呢?"椿梅看了一眼蕴龙,默默低下头,不说话,眼泪滴答滴答往下掉。

蕴龙见此情景,觉得不妙,再一看,大黑也无精打采的,失去了往日的鲜活,静静地卧在青草里,嘴里发出低沉的呜呜声,两眼流露出感伤的样子,仔细看好像挂着泪痕。蕴龙靠近椿梅,说:"椿梅妹妹,你别哭啊,告诉我,究竟发生了什么事? 你姐姐椿香到哪里去了?"椿梅慢慢抬起头,往远处看了一眼说:"姐姐嫁人了……"椿梅说完话,便用手抹起眼泪,呜呜地哭出声来。

蕴龙急切地问道:"早先山坡上吹吹打打的娶亲队伍,是不是来接你姐姐去的?"椿梅嗯了一声,点了点头说:"是的,姐姐一路哭着走的。"蕴龙明白,起初听见牛场坡上响起的婚嫁喜庆声音,是椿香出嫁了。蕴龙说:"你姐是嫁到哪里去了?"椿梅哽咽着说:"是嫁到川河盖的梳子山去了……"

川河盖梳子山,蕴龙知道那个地方,是一处很高很远的地方。川河盖的冬天有大雪封山,椿香嫁到那里去了,这辈子恐怕是难以见到了。蕴龙一时像是失去了意识，他几乎癫狂着飞奔朝牛场坡上奔去，他一路小跑，爬到最高的坡顶上，面朝迎娶椿香队伍的地方，大声呼喊着椿香的名字。山谷有回声，瞬间，椿香……椿香……的声音绵延不断地在山峦间回荡着。蕴龙喊累了，就坐在山石上呜呜地哭泣。他放开声音大哭，一边哭一边念叨着椿香的名字。哭过一阵子，蕴龙索性就地躺在草地上，呆呆地望着天空。他想着很多时候，他和椿香就是这样紧靠着，平躺在草地上看着天空说话儿。现在椿香走了，剩下他一个人望着天空，这天就不那么晴朗了，渐渐变得模糊了……这时，大黑跑过来，不停地用嘴巴和舌头舔着蕴龙的身体和脸庞。蕴龙坐起来，轻轻爱抚着大黑的头，然后一边哭着，一边念叨着椿香的名字和过去的往事。蕴龙对大黑说："大黑，你怎么没有看好椿香妹妹啊！你怎么可以让她走了呀？现在没有椿香妹妹在牛场坡上了，我们从此以后再也听不见椿香妹妹的《木叶情歌》了……"蕴龙就这样自言自语面对大黑念叨着。念叨累了，就静静躺在草地上，呆呆地望着天空。

傍晚，蕴龙不知道自己是如何走下山坡回到屋里的。他进屋倒在床上，就昏睡了过去。睡梦里，蕴龙朦朦胧胧看见椿香穿着那身熟悉的蜡染苗服，从一团雾里现出身来。椿香一脸忧郁的样子，问蕴龙在想什么？蕴龙拉住椿香的手，说："椿香妹妹，我是在想你啊！你去哪里了，好些日子没有见到你了。"椿香说："早知道是这样，龙哥哥为何不早点说出来呢？如今我已经是人家的人了，从今往后，与哥哥的缘分已尽，不知今生今世还能相见否？"蕴龙说："椿香妹妹，你走的好突然，我去寻了你的，可是晚了一步。"椿香说："有句老话，在生无缘，有缘或许在来世。龙哥哥，好好活着，谢谢你惦记着我。我该去了……来世再见了……龙哥哥……"椿香朝蕴龙伸出手来，蕴龙想去拉住，可是椿香在往后漂浮着，渐渐随着烟雾里消逝了。蕴龙使劲呼喊："椿香……椿香……"却把自己喊醒了。

蕴龙睁开眼睛，看见一圈人围着他看，人群里有鲁老太、潘夫人、耀慧、翠娥和众姐妹。翠娥惊喜地说："龙少爷醒了！少爷醒过来啦！"鲁老太握住蕴龙的手，说："我的心肝宝贝儿啊！你终于醒了，阿弥陀佛……"蕴龙一脸懵懂，不知道发生了什么事情。蕴龙说："我这是在哪里呀？"鲁老太说："儿啊，你是在自己家里呀！"蕴龙坐起来，四处张望寻找了一圈，说:"椿香妹妹呢? 刚才她还在这里呀?"鲁老太说:"什么椿香不椿香的?那牛场坡的椿香已经嫁人了,她哪里还在这里呢?"蕴龙说:"椿香嫁人了? 我怎么不知道呀? 不,她不会嫁人的,不会的……不会的……"

鲁老太见此情景,没有多言,她吩咐翠娥,这些天要多担当些,照顾好蕴龙,千万不要勾起他伤心的事情,要让蕴龙休息好,这病得慢慢恢复。鲁老太吩咐完话,便和众人离开了。鲁老太走了,蕴龙的精神方才平静下来。蕴龙让翠娥扶他起来,要了杯热茶喝,然后问翠娥刚才发生了什么事情? 怎么来了那么多人在屋里? 翠娥说:"我的小祖宗,你都快把人急死了,你昏睡了将近七天七夜呢,这下好不容易睡醒了,你可得好好珍重身体,千万不要到处乱跑了,若是再惹出什么乱子来,我可是受用不了。"

"昏睡了七天七夜?"蕴龙有些茫然,说:"我怎么不知道? 你不是在哄我吧?"翠娥说:"怎么会哄你呢? 那日傍晚你从牛场坡回来,倒床就睡,叫都叫不醒,老太太都急死了,请了郎中来瞧,郎中号脉也说不清楚是什么病症,后来请了陈苗衣来做了蛊术也不管用。你呀,是被椿香迷住了不成? 整天嘴里总是呼喊着她的名字,好让人憔悴心焦啊!"蕴龙长长舒了一口气,说:"原来如此,一觉醒来,竟然世事如非。人活着不过一口气儿,醒来也不过一场梦。如今梦都一一散了去,活着却真没趣了。"翠娥说:"快闭嘴,别说这些没趣的话儿。难道我这样每天陪伴着你,你也觉得无趣? 也罢,等你好转了,我也离开算了,免得落个毫不相干的名分,可怜了我的这番苦心。"蕴龙听了这话,便拉住翠娥的手说:"好姐姐,我今后不说过头话了,你若是再离开我了,我可真的没法活了。"翠娥说:"我没说要离开你,只是你刚才的话激了我,所以才说出气话来。你离开我活不了,我离开你就能苟且活着吗? 告诉你,我同样活不下去的。"翠娥说毕,眼里滚落出一串泪水来。蕴龙用手轻轻抹去翠娥的眼泪,说:"好姐姐,现在能知我心的人就剩下你了,有你在,我的心才安稳些。"翠娥说:"好了,只要你明白我的苦心就好,今后要适当收心了,不可再漫山遍野地跑着耍了。"

蕴龙点了点头,然后倚靠在床上,微微闭住眼睛。蕴龙静养了些日子,身体渐渐恢复。鲁老太那边已经暗暗与乌耀显合计,争取早点把杨家小姐娶到家里来,免得蕴龙为那个椿香东想西想的。早早娶亲,收住心思,才好归主业。

日子挨到年末,乌杨两家已经商议这年春节就给蕴龙和杨家小姐完婚。各种排场婚庆程序都一一在筹备张罗了,乌家寨子上下喜气洋洋的,就等开年春节的好日子了。

可是好日子还没有来,坏消息便悄然酝酿起来。翠娥已经有近五月没有来月经,肚子一天天要出怀了。这事只有翠娥本人知道,旁人都以为翠娥这些日子长胖了,身体发福了。这天,翠娥独自一人在屋里用一根长长的布带子缠着肚子。翠娥一圈圈用力,每勒上一圈,她的眉头就要皱一下,像是很难受的样子,额头上的汗水也冒出来了。没有想到这场景让采芹遇上了,采芹没有吱声,只是悄悄躲在门后透着门缝隙看着翠娥的举动。当她瞧见翠娥的肚子圆溜溜鼓出来了,不由得大吃一惊,差点喊出声来。采芹捂住嘴巴,愣在门后呆想。

翠娥只顾专注缠肚子的布带,没有发觉有人偷看到她的秘密。采芹想了一会儿,便蹑手蹑脚退了出去,然后直奔潘淑鸢那里去了。潘淑鸢得知翠娥有了身孕,自然知道这里面的利害关系。她压住口风,嘱咐采芹这事万万不可让第二个人知道了,否则,要以命来相抵的。采芹这才知道问题的厉害,有些后悔不该来向潘夫人告知这件事。可是事已至此,只得将错就错了。采芹连连向潘淑鸢保证不说出一个字,否则,天打五雷轰、自尽做吊死鬼。潘淑鸢见采芹发毒誓,便相信了她。潘淑鸢让采芹回去,就像什么事情没有发生一样,下面的事情由她来亲自处理。

采芹应声回去了。潘淑鸢马上去了鲁老太的屋里,将翠娥怀孕的事告诉给鲁老太。鲁老太听罢,着实也被惊吓到了,她缓了缓气说:"本想翠娥这丫头实在,留在蕴龙身边好好照顾着龙儿的生活,等蕴龙娶亲,就将翠娥收了房做妾的。没有想到这孩子心大了,竟然做出这等引诱蕴龙的事来。这让乌家脸面往哪里放!"潘淑鸢说:"是啊,我原本也是这么想着来的,可是却出了这等难以出口的事儿,现在又临到蕴龙的婚事,该如何是好啊?"鲁老太叹了口气,说:"蕴龙房里出了这等事,也只能瞒着了,老爷那里也不能知道的。他做事正经,倘若知晓蕴龙和翠娥越轨的事,龙儿可是要遭殃的。这关系到乌家的面子,也关系到与杨家的婚事。这样吧,你尽快找翠娥单独说明此事的厉害,先给她一笔银子,打发她回家去把肚子里的孩子处理掉,夜长梦多,不可再节外生枝了。一定要人跟着她,将孩子打掉才行。"潘淑鸢说:"好的,我马上就去办理这件事,无非多给她一些银两,翠娥家里也穷,又是养母盘缠大的,只要有银子,什么事情都好办。最好趁早让她家里把翠娥打发出嫁,以免后患。"鲁老太说:"不过,翠娥肚子里的孩子是蕴龙的,必须引产掉。不然这孩子若是生下来,后面麻烦事就多了,这事马虎不得,你一定要亲自督办才行。"潘淑鸢说:"知道了,这事我亲自张罗。"

当晚,潘淑鸢差人到桂花楼去传话,让翠娥马上到太太那里去,有要紧事说话。翠娥正忙着手里的活计,见太太身边的人来让她过去,而且这么急,知道事情的重要。翠娥没有来得及跟蕴龙打招呼,便跟着传话的用人去了。进了太太屋里,翠娥见潘淑鸢脸色不像以往那样温和,脸色有些难堪。翠娥一时想不出潘淑鸢找她来是做什么?她只想着是为蕴龙的事来的。潘淑鸢让翠娥坐下,然后仔细打量着她的身体,看见翠娥是有些发福了,肚子微微隆起,潘淑鸢心里不是怎么舒服。

潘淑鸢从翠娥身上收回眼神,不紧不慢地说:"翠娥,你知道我今天叫你来是为什么吗?"翠娥说:"不晓得,太太,是不是为蕴龙的事啊?"潘淑鸢说:"正是,好吧,我也不绕弯子了,翠娥,你现在要老老实实告诉我,你肚子里是不是有了蕴龙的孩子?"

翠娥一听这话,有如五雷轰顶,脑子一下子蒙了。她只觉得晕天黑地的,房子在围着她打转转,过了好一会儿,她才镇定下来。翠娥没有多想,纸包不住火,知道迟早有这么一天的。她扑通一下跪在潘淑鸢面前,哽咽着说:"太太,是我的不好,我的肚子里是有了龙少爷的孩子。这事不怪龙少爷,全是我的过错,是我错了。"潘淑鸢说:"这事有几个月了?"翠娥说:"大概五个月了。"潘淑鸢忍住心头的怒气,说:"好吧,既然事情已经发生了,也没有任何挽回的余地。今天叫你来,就是要告诉你,这两天你马上离开乌家寨子,回你家里去吧。从此以后,不许再回来!"翠娥一听要撵她离开乌家,便哭着哀求,说:"太太,你行行好,不要撵我回家,我当牛做马都愿意留在乌家,我要照顾好龙少爷的。我现在肚子里有了他的孩子,我这样还有脸往哪里去呀?求求你,太太,不要撵我走……"潘淑鸢说:"不行!你必须离开!你背着我们做出这等丑事儿,怎么有脸留下来呢!你若是留下来,蕴龙怎么办?这件事情若是传了出去,我们乌家的脸面往哪里放?你不是口口声声为蕴龙好,你们这档事儿出了,让蕴龙如何去面对即将娶进门的杨家小姐?你不是要毁了蕴龙一生吗?况且你是下人,难道你还想攀上主子不成?"翠娥说:"太太息怒,奴婢哪里敢有非分之想。只是想着不要撵我出乌家门,你们想把我怎么样就怎么样?求你了,太太,让我留下来吧……"

潘淑鸢冷冷地说:"这事已经定下来了,不可有任何改变的。看在你多年照顾蕴龙的名下,我们会给你一笔银子,保管你吃穿用一辈子的。只要你听话回去,把肚子里的孩子处理掉就成。"翠娥依旧哭着说:"太太,我不要银子,我只要留在乌家,留在龙少爷身边。我离不开龙少爷,龙少爷也离不开我的……求你了,太太……"潘淑鸢说:"不行!明天你必须离开乌家寨子,我们会派人送你回去,把肚子里的孩子处理掉。我想,你们家人有了这笔银子,往后会给你选择一个好人家嫁出去的。你现在这个样子,已经没有留在乌家的必要了。难道你这样纠缠着蕴龙,要毁了他一辈子前程吗?乌家和杨家是定了亲的,过年就要把杨家小姐娶进门的。你若是继续留在这里,不是让蕴龙难堪吗?你口口声声为蕴龙着想,你现在就该为蕴龙去牺牲。难道你连这点道理都不明白吗?好了,就这样了,你回去吧!"

翠娥泪流满面,她心想事已至此,再央求也无用了。她跪谢了潘淑鸢,昏昏沉沉回去了。回凤凰园这一路上,翠娥觉得路程是那么漫长,一切要结束了,今生今世不可能再与蕴龙相守一起了。若是断了此念想,翠娥忽然觉得没有什么活头了。这样腆着肚子回家,养母家里人会如何看待她?这一生是为蕴龙活着的,如今失去了蕴龙,活着就没有意义了。翠娥感到无路可走了,她的心里没有想别的事,更多的是想着蕴龙,但为了蕴龙的好,她只有选择默默地离开了,而且不能让蕴龙知道这里面的周折。翠娥想好了主意,来到一条溪水边,用水洗去脸上的眼泪。她一边洗,一边轻声哭泣。落叶飘零在水面,她的眼泪滴在枯萎的叶子上面。这时,有鱼儿从水里悄然游过,翠娥看着鱼儿的影子,想着自己的身世和遭际,人活着却不如一条鱼儿的自由,世间涌来这么多无穷尽的忧伤和烦恼。翠娥在溪水边伤感哭了很久,然后才回屋去了。

　　翠娥进屋见蕴龙正伏案看书,便没有打扰蕴龙,独自一人到自己的房里收拾衣物。蕴龙读了一会儿书,便招呼翠娥上茶来。翠娥应声弄了壶茶泡上,来到蕴龙身边。蕴龙看了翠娥一眼,见翠娥的眼睛泪汪汪的,便问:"翠娥姐,你是怎么啦? 眼里有泪水呢,又是谁惹你不高兴了?"翠娥说:"噢,刚才出去没留意,有个小虫子飞进眼里眯着了,我揉了眼睛,泪水就来了。"蕴龙说:"噢,让我看看,我来替你将虫子除去。"蕴龙说着起身要为翠娥弄眼睛,却被翠娥挡住了,说:"不用了,虫子已经出来了,让眼泪淹死了。"

　　蕴龙坐下,说:"你刚才去哪里啦? 怎么去了这半天的?"翠娥编谎说:"刚才有家里亲戚捎信来,说养母生病了,要我回去看看。这不,我去太太那里请了假,这两天就得动身回去一趟。"蕴龙听了有些焦急,"怎么,你也要走? 这园子里就剩下我一个人了,好没意思。要不,我也跟着你去好了,免得我一个人在屋里寂寞。"翠娥说:"不行,哪里有主子跟着奴婢去家里看生病养母的事儿? 我走了采芹还在屋里呢。你别想这些不着边际的事,说出去让人笑话。你耐心等几天,我回去看看就来的。"蕴龙叹息一声,待在那里不说话。

　　翠娥见蕴龙这样,便挨拢过去用手轻轻爱抚蕴龙的肩膀,说:"你这几天就老老实实在家里待着,好好休养身体,参汤我已经交代采芹按时给你煎来喝。平日里换洗衣裳都在橱柜里摆放着的,需要换洗让采芹拿来就是。只是往后我不在你身边了,你要好好照顾好自己,玩心要适当收住,老爷的话该听的还是要仔细听着。翻过年就是你成家立业的日子,听说那杨家小姐知书达理,人也端庄美丽,你若是摊上这门亲事,也算是好福气了。"

　　蕴龙听到娶亲的事,说:"你快莫说这事,想着都烦心。太太老爷们只想着门当户对,不考虑人家的感受。椿香妹妹也是让他们逼走的,这事我知道的。现在为了乌杨两家利益,才有这门亲事。我不想成家,也不想立业,我就守在园子里好了,有姐姐陪着,简简单单过一辈子得了。"翠娥说:"小祖宗,你可别这样想,我是奴婢,永远都是奴婢,怎么可以越过主子呢? 你是一定要成亲的,成家立业是大事,也不枉老太太和太太疼你一场。你千万不要任性,伤了她们的心。"蕴龙说:"我伤她们的心,我的心却被谁伤着了？你不要这么说，什么往后的日子要我自己过？你是不是也想着离开我不回来了？你若是走了不回来，我干脆去那传灯寺做和尚好了，免得生生死死煎熬、牵肠挂肚的。"

翠娥连忙堵住蕴龙的嘴巴，说："不可说死，更不能去做和尚。这家里需要你，你不可有什么脱离世俗的想法。你要好好活着，我看着你幸福才安心了。不然，你这样一味任性由着自己性子去闹腾，岂能有好结果？听了我的话，千万不能做出过激的行动来。"蕴龙说："那你保证，今生今世不要离开我。"翠娥说："好的，我向你保证就是，永远不离开你的。我将来即便是死了，也要死在白鹭岭的，那样，可以经常看着你的。"蕴龙说："不许说死了话，你怎么可以死呢？翠娥姐是不死的。你若是死了，我怎么办？不是也活不成了吗？"翠娥说："好，我们不说死，只说要活在一块儿，彼此永远不要离开。"

蕴龙这才放下心来，晚上，蕴龙又缠绵着让翠娥陪伴在他身边，哄着他睡觉，翠娥只得应了。翠娥唱起早先哄蕴龙睡觉的歌谣，细细哄着蕴龙入睡。她看着蕴龙深睡了，便用手轻轻爱抚着蕴龙的脸和头发，泪水扑簌扑簌往下掉。翠娥在心里一遍又一遍叫着蕴龙的名字，难以割舍的心疼，一阵一阵揪着她的心。最后，她俯下身子，在蕴龙的脸颊和额头上含着泪水亲吻了好几遍，才一步一回头地离开了蕴龙的房间。

翠娥到自己的屋里，换上了一件舍不得穿的新苗服，把头发细致梳理好了，戴上银饰和手镯，然后涂抹了脂粉，描画了眉毛，像出嫁的新娘子一样把自己装扮了一番。临出门时，她又去了蕴龙的房间，恋恋不舍看了蕴龙最后一眼，才悄然离开了桂花楼。

翠娥下楼脚步放得很轻，却是走得十分漫长。每往下走一步，她都要回头看一眼身后的桂花楼，心里就要咯噔难受一下，像是有千丝万缕的思绪缠绕在心里面。翠娥终于下了楼，走出凤凰园最后一步，她又回过头看了桂花楼最后一眼，轻声地说："蕴龙，不要怨我狠心抛下你不管，翠娥是身不由己，你要好好照顾好自己，多保重了，龙少爷……"翠娥说完话，便径直往白鹭岭方向去了。

夜晚，山里黑乎乎的，要是遇着往日，翠娥一个人是绝对不敢出门独自往白鹭岭去的，但是今晚却是例外了。翠娥觉得自己的胆子非常大，眼前已经没有什么可怕的东西,似乎所有的走兽都得为她让道。翠娥的心里一直像是有什么东西在驱使着她,让她很顺利地来到白鹭岭。白鹭岭上有一块巨大的白石。这块石头形状很独特,传说是天外飞来的石头,白石质地坚硬,经过风吹日晒雨淋,实质已经玉化了。石头形态有些像卧佛,当地人称作卧佛石,被作为压寨镇山石。翠娥知道这块卧佛石的来历,也经常来过此地,在卧佛石面前祈祷祭祀。今晚翠娥选择来到白鹭岭卧佛石是有她的目的的。

翠娥站在卧佛石面前,久久凝视着,她好像有许多话要说,但一时又哽咽住了,说不出一句话来。翠娥依偎在卧佛石上面,伤心地哭诉着,她向卧佛石述说自己的不幸和无奈,以及她的危险处境、她对蕴龙的喜欢和爱……这些种种无奈和悲伤,为何要压在她的身上,她实在承受不了,活不下去了……翠娥述说到最后,便情不自禁趴在卧佛石上,悲怆地哭出声来。翠娥放声痛哭,哭泣声把周围的林子都感动了。白鹭一只只被惊飞了起来,在白鹭岭上飞越盘旋、鸣叫,白鹭群仿佛也在为翠娥鸣不平。翠娥哭累了,便昏昏沉沉倚靠在白石上睡过去了。

不知过了多久,寨子里的村鸡发出第一声啼鸣,翠娥懵然醒过来。天色还是黑着的,初冬的微风带着寒意一阵阵袭来,但翠娥却感觉不出寒凉。她心灰意冷了,她的心比隆冬还要寒凉。翠娥回顾周围,没有任何动静,她想着忘记一切,但用手触摸到已经隆起的肚子,心里马上明白,不可抗拒的一切又从心底堆放了上来。

翠娥长长叹息了一声,从白石面前站立起来。她用手顺理了一下头发,揩去眼角的泪水,缓缓走上山坡。翠娥面朝乌家寨子地方深情地望了一眼,然后放声喊道:"蕴龙……你好好保重自己,来世我还是你的人……我去了……"翠娥说完话,便像疯了似的朝着坡下的卧佛石冲撞了下去……

翠娥的头颅重重撞击在卧佛石上,她缓慢地倒了下去,额头的鲜血咕噜咕噜往外冒腾。血液飞溅在白石上,很快把撞击面的白石染红了。这时,一只雪白的狐狸流窜过来,它走到翠娥身边,用鼻子嗅了嗅翠娥的脸颊,仰天悲鸣叫唤了几声,便悄然离去了……

就在翠娥撞卧佛石的瞬间,蕴龙忽然从睡梦中惊醒,嘴里直喊翠娥的名字,却不见翠娥来服侍,结果来人是采芹。蕴龙纳闷,"翠娥呢?怎么不见她来?"采芹说:"翠娥姐姐夜里回家去了,她没有给你说吗?姐姐的养母生病了,让她回去看看呢。"蕴龙这才想起夜晚翠娥与他说的话。蕴龙说:"不对呀,她不是说过两天回去吗?怎么夜里就走了?肯定是有急事的。"采芹说:"翠娥姐走得急了,听说是家里来人接去的,见你睡下了,不便打扰,所以来不及向你告别就走了。"蕴龙听这话有些将信将疑,但人已经走了,再说话也迟了。蕴龙怔了怔,见翠娥走了便觉得无趣,刚才又让噩梦惊醒,额头上浸出冷汗。采芹说:"看你急得,额头上的汗珠子都出来了。"采芹说罢拿绢帕替蕴龙擦拭汗水。蕴龙说:"唉,好生奇怪,刚才竟然也梦见翠娥,她远远地站立在山崖上,见我来竟然头也不回,纵身往山崖下面跳下去了……"采芹不以为然安慰道:"梦是反的,平白无故的,说什么翠娥姐也不会去跳崖的,你是过于忧思了,所以才会做这样的梦。"蕴龙说:"我想的也是这样的,翠娥姐怎么会丢下我们不管呢?她这样善良美丽的人儿,老天会护佑着她的。但梦里见到那样的情景,很是可怕,我冲过去想拽住她,却没有拉住,眼睁睁地看见翠娥往崖下坠落了。我拼命呼喊,就醒来了。"采芹说:"你是想翠娥姐了,所以才梦见她。梦里没有拽住她,其实你肯定是要拉住她的,不必担心。"蕴龙看了看窗外天色,还是黑黑的,说:"算了,不想这些事了,夜还长,你去睡吧,我喝点茶,再捂一会儿。"采芹见蕴龙有心思,而且心都在翠娥那里,也不敢打扰了,只好应了,回她的屋里睡觉去了。

采芹出去了,蕴龙全然没有了睡意,一个人倚靠在床上,想着梦里的情景,一边想着,一边回忆与翠娥的往事。从他孩提时候,翠娥一直像姐姐一样爱护着他,两人从来没有红过脸,都是翠娥让着他的。这十多年的日子,翠娥一次都没有离开过他。蕴龙对翠娥的依恋程度,比对任何人的依恋都要深得多。蕴龙呆呆地想着,眼泪莫名其妙地默默涌流了出来。

天亮了,早饭后乌家寨子这边鲁老太正在与潘淑鸢说话。潘淑鸢将昨天与翠娥谈及的事回报给鲁老太听。鲁老太听了,说:"唉,瞧这丫头也怪可怜的。人是不错的人,模样也俊俏,心地也纯良,本来想让她一直留在蕴龙身边的,可是弄出这种事,也只能这样了。多打发她些银两就是了,也不枉主仆一场,算是我们替龙儿优待她了。"潘淑鸢说:"可怜是可怜，但给了她足够的银子，够她一辈子花销了。况且这样违背常理的人也是可怜不得的。俗话说，可怜之人必有可恨之处。想着龙儿的事，却又不值得同情了。"鲁老太说："话也不能这么说的，翠娥当初是我们千方百计寻来的，身世又是孤儿，靠养母穷养大的女孩子，这些年服侍龙儿还是尽心尽责的。他们整日厮混在一起，出了这等儿女情长的事也难免的。只是她不该勾引了蕴龙过早知道了男女之事。这丫头不可恨，想着是可怜。我们还是要做到仁至义尽才是，免得外人说闲话。"潘淑鸢说："老太太说的极是，我会按照您的意思，把翠娥的事处理圆满的，您老放心就是了。"

潘淑鸢话音刚落，耀慧急匆匆地从外面进来，说："老太太、嫂子，不好了，乌家寨子出人命了，翠娥昨晚死在白鹭岭了！"鲁老太一听此言，拿在手里的茶杯失手掉落在地上打碎了。鲁老太停了好一会儿才清醒，急切问道："你说什么？翠娥死了？怎么死的？她为何要去寻短见呢？"耀慧说："清早寨子里羊倌去白鹭岭放羊，看见翠娥倒在卧佛石旁边，白石上尽是喷溅的血迹，翠娥额头撞出一个大窟窿，想必这丫头是撞卧佛石自尽的。"鲁老太听到这里潸然泪下，说："没有想到这翠娥这孩子这等刚烈，我们只不过多说了她几句话而已，如今却生出这等事情，该如何是好啊？我们乌家从来是清清白白的，没有人寻过死的，这回祸事闹大了。"鲁老太把目光转向了潘淑鸢。

潘淑鸢说："老太太别过于伤心了，要怪只怪这孩子没有福分，给了她这么多银子也无法受用，却自寻短见，走上这条绝路。唉，也说不定是她去白鹭岭闪失了，跌了跤，一个意外撞在白石上了，这不过是一个偶然发生的事而已。眼下要紧的是如何处理好翠娥的后事，拿一笔银子打发了她的养母和亲人，免得他们来乌家闹事便是。就说发生意外了，翠娥夜里迷路，失足撞到卧佛石上，流血过多而死的。"鲁老太听潘淑鸢这番话，心里倒是好受了些，说："耀慧，这事你就按你嫂子说的话去周全办理，不要太声张，翠娥的养母和亲人需要多少银子，尽量满足就是。另外，此事千万不能传到凤凰园里去，更不能让蕴龙知道了。这孩子，痴呆性子极足，他是一刻也离不开翠娥的，倘若蕴龙知道翠娥死了，而且知道是什么原因死的，他会疯狂的，恐发生意外。这件事一定要回避、保密，万万不可传到凤凰园里去！"耀慧说："老太太、嫂子，你们只管放心，这件事我会妥善安排好的。那羊倌我也有交代，给了他银子，让他禁口，不得外泄翠娥死了这件事。至于翠娥的后事，若是将翠娥运回膏田养母那里也太过于声张了，况且他们也不一定舍得花银子安葬她的，因为平日里关系不是怎么好，如今人走茶凉，他们是不会打理她的后事的。乡下人，穷得叮当响，想要的是银子，不是人。我吩咐下去买一个上好的棺椁，就地将翠娥安葬在白鹭岭，也不枉咱们乌家的厚道，不知老太太意下如何？"鲁老太说："行，你想得周到，就按照此法去办理。人要马上装殓安葬，越快越好，坟前不要立碑，就当一座无名坟墓好了。"耀慧说："知道了，我这就去办理。"耀慧说毕，离开鲁老太的房子，去操办翠娥的后事了。

　　翠娥的事过了两天，乌家花了一笔银子将翠娥的养母和亲戚一一打发走了。养母和亲戚得了不菲的银两，像是天上掉下馅饼，喜出望外，根本没有去追究翠娥的死因，便草草将翠娥安葬在白鹭岭，然后拿着银子回膏田去了。说也奇怪，那块卧佛石与翠娥相撞击的一面，表面的血迹用山泉清理干净了，但与之相撞击的石头里竟然满含了血红。原本一块纯天然玉化的传奇白石，一处边角部分变成了通透琥珀血红色，任凭怎样清洗都无法除去渗透进白石的红色。有人便传言，说翠娥这女子死的怨气而美丽，这怨气和美丽化作灵气，混合着血液，浸透进白石里，那便是活着的血气，所以消除不尽。这血色正好浸润在卧佛石的头枕上，便成了血枕。

　　翠娥的头七，耀慧去坟上烧了纸，不免为翠娥的不幸落下眼泪。她感叹女人的命不好，昨日还是鲜活的人儿，今天却黄土堆里阴阳相隔着。耀慧一边烧纸钱，一边念叨："翠娥侄女，今儿个姑姑只能为你烧几个纸钱，你解脱去了另外一个美丽世界，好生歇息着，不必牵挂往日一切。人生一切都是梦，都是烟云，聚了散了，早晚都要各自东西的。你不过先走一步，黄土生来就是埋人的。妹妹是个温婉贤淑的人，入了土也是柔美的。来年你身边的桂花树开花了，妹妹便是那花儿，再活一世的美丽依旧风光自在的。"耀慧在坟前感叹了好一阵子，将一束野花放在翠娥的坟头，方才离去。

　　翠娥风波过去，凤凰园里平静了许多。蕴龙整日魂不守舍，时常自言自语念叨，翠娥去了七天了，怎么还不见回来？采芹安慰说："可能是养母病重,要她多待些日子,才能离得开。"蕴龙只得唉声叹气,打不起精神,心里总是慌乱的,老是牵挂着翠娥,恐有什么事情发生。翠娥头七夜里,适逢下弦月,半夜里,蕴龙翻来覆去睡不稳觉,朦朦胧胧感觉翠娥穿着单衣,可怜兮兮站在他的床边哭泣着。蕴龙从梦里惊醒,屋里空荡荡的,哪里有翠娥的影子,再看窗外,下弦月正孤零零地游弋在天上,蕴龙想着梦里的情景,不免有些感伤凄凉。

蕴龙越想越不是滋味,睡意全无,索性不睡了,穿衣起身下楼往屋外去溜达。屋外下弦月斜挂在天上,园子里不是很黑,有麻渣月光照引,周围树林的叶子泛着暗绿黝黑的亮光。蕴龙晃悠着从婉贞和静雯居住过的吊脚楼前走过去,楼上没有灯盏,已是人去楼空了。蕴龙驻足望着,想起往日姐妹们聚在一起热闹声,如今空空如也,不觉潸然泪下,暗自感伤,再思牛场坡的椿香,更是伤神。仿佛那婉约的《木叶情歌》还在耳边回荡,生着幽幽清亮的响声。一身素素苗衣的椿香,正坐在青青山坡上,嘴里衔着树叶,吹着木叶情歌……蕴龙不由得唉声叹气,泪流满面,呆呆地立在那里枯思着。

"龙少爷,夜深了,回屋吧,不然会惹上风寒的。"采芹来到蕴龙身边,关切地说。蕴龙没有理睬,继续站在那里想着心事。采芹又重复了一遍刚才的话,蕴龙这才反应过来采芹在身边。蕴龙说:"你回去吧,让我一个人在这里待一会儿。"采芹说:"你不回去,我也不回去。"蕴龙说:"唉,都什么时候了,你也来添乱子。今晚不知怎么的,我是睡不着觉,所以出来走走。不想,路过婉贞和静雯曾经居住过的烟雨楼和望月楼,便勾起几多往事来。还有椿香的山歌声,一切仿佛历历在目……"采芹说:"我说呢,深更半夜的一个人呆呆地立在园子里,必定心里有事儿,心里有事自然睡不稳觉的,说明你有些事还是没有放下来的。"蕴龙说:"凡事都说明白了有什么意思?可是今晚却与往常不一样,翻来覆去睡不着觉,好像有什么事情要发生,这不,你又摸着来了。"

采芹见蕴龙这些日子一直是这样呆呆傻傻的,好像有意回避着她,平日里对她总是冷冷的,蕴龙的心里还是牵挂着这么多的人儿,尤其是翠娥,那可是蕴龙揪住心尖上的人。要想蕴龙回转心来全心对她好,不如将事情说透底了好,哪怕是冒着与翠娥同样的泄密风险。采芹觉得,与其得不到蕴龙的宠爱，不如将翠娥的真相说明白了好，这件事放在她心头是块石头，她经常被这块石头压得透不过气来。想到这，采芹说："解铃还须系铃人，看你一天天憔悴的样子，不如我来替你解了心中的疑惑。只是，事情万一露了真相，不论发生什么事，你可要挺得住才行。"蕴龙说："采芹，你能解惑？"采芹说："怎么？你难道不相信我？你的眼里只有翠娥不是？告诉你，翠娥不具备的东西我也有的。"蕴龙说："天塌下来，我都能承受，我听你的就是了。"采芹说：那好，你跟我来，我带你去一个地方，保准你疑惑顿开，从今往后不再为儿女情长之事烦恼了。"蕴龙说："深更半夜了，你要带我到哪里去？"采芹说："你跟着去了就知道。"蕴龙觉得采芹有些反常，也就不多问，跟着采芹身后恍恍惚惚地往山路上去了。

采芹带着蕴龙来到距离凤凰园不远的白鹭岭。采芹在卧佛石前停住，说："你知道这是哪里吗？"蕴龙说："这里还用问吗，我过去经常来这里上树捉鸟儿玩，白鹭岭呗！眼前是一块天外飞来的卧佛石，远近山里人都知道的。"采芹说："说的对，可是，还有一点你还不知道。"蕴龙说："还有什么我不知道的？这白鹭岭四周我几乎跑遍了，一草一木，沟沟坎坎，石崖山梁，没有不知道的事情。"采芹指向卧佛石血枕，说："你看，卧佛石的石枕原来是与白石一样，通体雪白如玉的，为何现在洁白的石枕变成了血枕呢？"蕴龙听罢便觉奇怪，走过去细看，果然，朦胧的月光下，卧佛石所枕着石枕已经变成鲜红色的。

蕴龙惊诧，用手抚摸了一下血枕，光滑冰凉，他的心里不由得一颤，想着这原本通体雪白的卧佛石，那石枕是如何变得血红色？莫不是有人刻意为之？蕴龙说："这事确实蹊跷，不会是有人故意将石枕浸染成红色的吧？"采芹说："即便是有人染色，但质地这么细腻玉润坚硬的白石，颜色怎么能染的进去？若是涂抹在表面，早就被雨水清洗干净了。你看这血红颜色，有如琥珀色，完全是浸润到石头的肌理深层去了，若是没有强劲的渗透力度，血红色如何进去得了？这难道不是怪事吗？"蕴龙说："嗯，是挺怪异，难道你知道这里面的周折？"采芹说："当然知道，不然，怎么会在深夜里带着你来到此地？这血枕是有故事的。"蕴龙说："那你说，这里究竟发生了什么事？是何等圣物染红了这血枕？"采芹说：“我说是可以的，只是说出来你别难过，闹出什么情绪来，局面就不可收拾了。”蕴龙说：“你这话奇怪了，为这石头上面的事我会难过什么？你只管将来龙去脉说来，无论什么事情，我都经受得住的。”采芹说：“此话当真？”蕴龙说：“当然是真。”采芹说：“那好，我现在就说给你听。”

采芹停顿了一下，缓了缓语气说：“七天前的深夜，这里发生了一桩悲剧。有一个穿着苗服的姑娘来到这里，她待到三更天公鸡打第一声鸣，从白鹭岭山坡上冲撞下去，直接撞击在卧佛石的石枕上死去了。她的额头撞出了一个血窟窿，流出来的血染红了石枕。说也奇怪，她的血液浸透到白石里，任凭人们如何清洗，也无法清除石头里面的血迹，所以成了血枕。”蕴龙听了采芹的话，十分惊诧，“噢，天下还有这样稀奇古怪的事儿？这姑娘死得好悲惨，为何事这样想不开呢？白鹭岭发生了这样的大事，我怎么不知道呢？”采芹说：“你当然是不知道的，因为这个死去的女子与你密切相关呢。”蕴龙更加摸不着头脑，说：“与我相关？你不是在说玩话吧？这样一个撞石而死去的女子，怎么会与我相关呢？”采芹说：“你仔细想想，眼下除了我，还有什么样的女子与你最亲近？”蕴龙听这话，心里不由得咯噔了一下，忽然像是有什么预感似的，心脏七上八下慌乱地跳动了起来。蕴龙想着身边亲近的人，静雯和婉贞已经回家了，椿香也出嫁川河盖的梳子山了，剩下的还有谁呢？蕴龙立马想起翠娥！翠娥就是在七天前回家的，莫非此女子是翠娥？不可能，绝对不可能的！蕴龙说：“依你所言，难道这个女子是翠娥吗？”采芹点了点头，说：“正是，你千万别难过，这撞死在白鹭岭卧佛石上的女子就是翠娥姐姐……”采芹说完这句话，声音有些哽咽了。蕴龙一阵眩晕，有些站立不住，说：“不可能的，绝对不可能的。翠娥姐姐是回家看养母去了，她平白无故的是不会离我们而去的。翠娥姐是对我保证过的，她是不会食言的，你是在说谎话，故意引出个血枕来哄我的。”

采芹说：“我刚才起誓过的，绝不说开玩笑的话，我所说的一切都是真话呀！少爷，翠娥姐姐已经不在了，她死了呀……”蕴龙心里有些乱了，说：“好……好，我相信你说的是真话，可是，翠娥的人呢？她死了，人在哪里呢？”

采芹见蕴龙不信，便说："你跟我来，到了那里你就明白了。"采芹带着蕴龙走到卧佛石后面的一处山坡上，那里草木庞杂，非常隐秘。采芹拨开乱草，把蕴龙引到白鹭岭翠娥的坟墓前，说："这是翠娥的坟墓，坟土是新堆上去的，白天耀慧姑姑来给翠娥姐做头七祭奠，这坟头的野花就是耀慧姑姑摆上去的。至于翠娥为何要寻此短见，自有原因的。"蕴龙听了此话，站立不稳，但他还是克制住情绪波动，说："什么原因？会让翠娥姐姐走上如此绝路？"采芹说："这要问你了，因为翠娥的肚子里怀了你的孩子。你知道吗？翠娥怀上你的孩子了，孩子有五个月了，而你却蒙在鼓里。翠娥姐为了不连累你，顺利娶到杨家小姐，才断然这样走上这条路的。当然，其中真实缘由，也是你们乌家相逼迫的，他们要赶翠娥出乌家寨子，否则，乌家的面子将不保，乌家要用银子洗白你的身子。可是，翠娥姐没有要乌家的银子，她用命为你舍身而去了。翠娥姐真的去了，她是撞在白佛石上死去的，那血枕就是永远抹不去的见证……"采芹说到这，心里好像涌动起无尽的忏悔来，她好后悔自己去告密，引出这般悲剧来。采芹哭了起来。

蕴龙傻了，他呆呆地望着翠娥的坟墓，脑子里一片空白，他好像要背过气去，感觉有一口气呼吸不上来，他愣了好一阵子，才哇地一声，呕出一团鲜血，然后扑倒在翠娥坟前，用双手搂抱住无字墓碑，号啕大哭起来……蕴龙哭得很伤心，他一边哭一边念着翠娥的名字。蕴龙后悔没有拦住翠娥不让她回家去，自己怎么就轻信了翠娥的谎话，她原来是要永远离开这里的，更何况她的肚子里有了自己的孩子，这都是自己造的孽。翠娥是为我而死去的，还有那可怜未出世的孩子……这是为什么？为什么呀……老太太、奶娘，你们究竟做了什么事啊！

蕴龙有如晴天霹雳盖头，痛哭气绝，一时没有缓过气来，晕厥到了翠娥的坟前。朦胧中，蕴龙看见翠娥穿着一件蜡染青布苗衣，孤单地站在他的面前，翠娥面容苍白，忧伤地对他说："龙少爷，你怎么来了？你知道了我的事情，为何要哭得这样伤心呢？人走了是哭不回来的。我是应该去的，不过走的早了点，没有来得及与你做最后的告别。不要紧的，我知道你心里有我，我的心里也有你。你千万不要去责怪任何人，都是我的错，你不要悲伤，要好好活下去，你好好活着，才是我最大的安慰。我们来世还要在一起的……"蕴龙哭泣着说:"翠娥姐姐,你走了,让我如何有勇气活下去呢? 我现在就随你去好了,无论到哪里都有个伴儿,免得你孤单。"翠娥摇头,说:"不,你还有许多事情要去做呢,我不过一个陪护的奴婢,我的离开是为你更好地活着。你若是随我而去了,我的离开不是白费一场吗? 好了,听我的话,回去吧,若是想我了就来坟上唱支苗歌给我听,我就知道你来看我了。不要难过,龙少爷,一定要记住我的话,要好好活下去的……"翠娥说完话转身渐渐走远了,蕴龙想拼命拉住她,翠娥却化作一股青烟,很快消散了。

蕴龙恍惚醒来,发觉自己坐在翠娥的坟前,采芹也在一旁守候着。蕴龙有气无力地看了一眼采芹,说:"你为何不走? 怎么还在这里守着? 你走吧,这里不需要你了……"采芹说:"你现在成这个样子了,我如何忍心离开? 我该说的话都说了,事情已经是这样了,翠娥姐人去了,你如何悲伤、呼唤她,她也回不来了。眼下的事,你得好好活着,一定要好好活着。你还有我在身边呢,不要忘记了我呀……"蕴龙说:"我知道,你要我活着是为了你替代翠娥姐姐是不是? 可是眼下这样的情景,让我如何活下去? 你又如何替代了翠娥姐姐呢? 我所爱的人一个个都离我而去了,周围已经没有什么可亲近的人了,我这般苟且地活着还有什么意思? 唉,即便是活下去,也需要足够的勇气才能活下来的。我……我现在是没有足够的勇气活下来了……"采芹说:"龙少爷平日里可不是这般软弱无能的人,你从小就机灵麻利,何曾想过死了? 是人终有一死的,只是先后早晚罢了。知你的人走得早,不等于你就要随着一同去的。有句俗语,好死不如赖活着。死倒是极容易的,眼一闭,想怎么去死马上就可以去了。可是活着就不一样了,你得活出个滋味生机来的。我样样不如翠娥,我也认了,只是今后我会一直守着你的。做你的奴婢,听你使唤,你想怎么样就怎么样,难道你舍掉了一个翠娥,还要再舍去一个吗?"

蕴龙思忖着采芹的话,说:"你走吧,让我守着翠娥姐姐安静一会儿。"采芹说:"我不走,你不走,我是不会离开的。"蕴龙发怒道:"走,你马上离开这里,我现在不想看见任何人! 你走,走啊……"蕴龙说最后这句话,几乎像是要发疯了似的。采芹自知心愧,见蕴龙这般动怒,只好一个人先回去了。蕴龙望着采芹消失在夜色的背影,不觉心里倒抽一口凉气。蕴龙心想,采芹怎么对翠娥的事知道的这么清楚?里面的周折细节,她都洞悉一清二楚,这园子里还有多少人隐瞒着此事?他们难道都在合谋欺骗我?蕴龙有些绝望,他恍惚听见翠娥的哭声,那一声声幽咽的哭声,从白鹭岭蔓延开来……

这时,寨子里传来第一声鸡鸣。蕴龙回过头,在翠娥坟前祭拜了几下,然后伏在墓碑上,含着眼泪忧伤地唱起一支《姐姐去了》的苗家丧歌:

鸡打鸣了,

姐姐咋个去了耶,

姐姐化作露水落在草叶上。

草儿泪水淋透三间破瓦房。

姐姐碑上没刻字耶,

哭你的眼泪却是满满一河床。

鸡打鸣了,

姐姐咋个去了耶,

残月儿冷冷挂西窗上,

想你哭你泪花花整个淹没你,

不知天黑的夜晚好漫长……

蕴龙倚靠着无字墓碑,反复唱了几遍《姐姐去了》的丧歌,然后在坟前磕了三个头,自言自语说:"翠娥姐姐,我来晚了……我来晚了啊……不是你的错,都是我的过错,是我害了你。我唱了你喜欢听的苗歌,我会记住你的,永远记住的……"蕴龙说完,起身弯腰伏在墓碑上深情长吻了一会儿墓碑,便含泪一步一回头离开了。离开翠娥的坟墓,蕴龙又来到白佛石前。蕴龙跪下,用手一遍遍抚摸着那块血枕、亲吻着,泪水止不住涌流了出来。蕴龙情不自禁地唱起刚才那支《姐姐去了》的丧歌,唱完毕了,他抱着血枕静静躺了很久、很久,嘴里仍喃喃自语念叨翠娥的名字……

乌家寨子传来第二声公鸡的啼鸣声。蕴龙慢慢起身,他回望了一下寨

子坐落的龙口坡,又朝牛场坡上望了望,然后头也不回地往鬼笨洞方向
去了。

2013 年 9 月起稿

2018 年 4 月 8 日初稿完成

2018 年 5 月 17 日二稿

2018 年 6 月 6 日定稿

后 记

　　从 1981 年起步学习文学创作开始，到今天已经有 37 个年头。其间，痴迷文学如初，从未间断过文学创作。从刚开始写短诗，到散文、散文集、小小说、中篇小说、长篇小说，一步步走过来，始终挚爱着文学创作。父亲是我最初的文学启蒙老师，父亲古典文学底蕴深厚，受父亲的影响，我起步学习文学，是从古典诗词开始学步的。可是，正当父亲教授了我三个月时，父亲因病过早离世。从此以后，我开始漫长的自学文学创作。其间，我拜过第二个文学老师王野苹先生。王野苹老师博学多才，对我帮助很大。在王老师的指点下，我在新疆军垦报副刊发表了第一首诗《烛》，由此拉开了我创作的序幕。现在我已经年过半百，是该拿出一部能够代表这三十多年文学创作历程的作品来。

　　《我的凤凰姐妹》历时五年构思创作，是我至今唯一花费时间和工夫最多的一部长篇小说作品。创作这部作品缘于过去曾经生活工作地重庆秀山县城。秀山是我妻子的老家，妻子是苗族，由于工作关系，1992 年我从新疆兵团调到秀山县瓷厂工作。记得第一次来秀山是在深夜一点多钟，从贵州玉屏乘坐长途公共汽车，奔波一个晚上，第二天早晨蒙蒙亮，汽车从松桃的天心坡上往秀山地域盘旋。天心坡高而陡峭，我当时从车窗往下望去，层层叠叠山峦梯田交汇，绿幽幽一片原生态风景，很是壮观。秀山宛如一块翡翠，十分秀雅地静静坐落在山下的窝窝里面。就这样，我在这个世外桃源的美地工作生活了四年。秀山四年世外桃源般的生活，给我留下了难忘的记忆。后我调到上海工作，2013 年，我从上海回到阔别 23 年的秀山，再去探访过去工作的瓷厂，瓷器厂早已不复存在，只剩下一些坍塌瓦砾旧址。时过境迁，睹物思情，总觉得秀山有一个很大的故事等着我来写。

这次回秀山探亲，除了参加一个文化活动，主要是看望我的表哥德润先生。德润表哥一直对我的文学创作很关注、支持。他当时在瓷器厂担任厂长，我在他手下做办公室主任，后来升职副厂长，这是我一生做过的最大官了。和德润表哥一起工作，我从他身上学到了不少经营工厂的知识。德润表哥是能人，他所负责的国营老瓷器厂，一直保持十年赢利无亏损，当时他是个风云传奇人物。这次到表哥家，德润表哥热情接待我，带我参观秀山新城的变化、秀山百年西街，并回到溶溪乡下，领略了大溪沟的自然美丽风景。德润表哥建议说，秀山目前已经在打造旅游县了，所有带污染的工厂都停止运行了，现在的秀山一天一个样子，越来越美了，你若是能写部秀山题材的长篇小说，那是给秀山锦上添花了。表哥年过古稀，从他面部的表情可以看出他对故乡的热爱。为此，我的心蠢蠢欲动了。说心里话，我很喜欢秀山幽雅秀美的地貌，淳朴的土家苗家风土人情。离开秀山那段日子，经常会在梦里梦见秀山的青山绿水、曾经工作的地方。若是能用文笔写出秀山蕴藏的诗情画意韵味来，那是件很美的事了。这次，德润表哥向我讲述了秀山的历史和他的家族史，还去看了当地丧葬坟山。德润表哥家的老太公墓碑还直直立在溶溪葱绿的山坡上，碑文字迹依旧清晰可见。表哥介绍说，这里属苗族土家族丧葬习俗，兴土葬，每个家族都有坟山的。这里，人故去的地方也是青山绿水那么美，好像活着一样的。

秀山自然风光的美丽是不可言语的。我在小说《我的凤凰姐妹》的引子里特别描绘过，只有亲自来到这里，才会体味到一种似带野性、但又不乏幽雅古香古色的美来。我再次从德润表哥身上看到一种人格的力量，他所热爱的这片土地，他心里所期望家乡的未来，可以从他炯炯有神的眼里体味到。临别时，德润表哥从秀山县史志办拿了些县志资料让我带回去做小说创作参考。我答应德润表哥，回到上海就开始动笔构思以秀山为创作背景的这部苗家风情小说。

万事开头难。回到上海，一直静不下心来创作，小说开头写了几遍都觉得不满意，没有找到所要表达的东西，很茫然。后来，找到沈从文先生的《边城》仔细研读，逐渐发现些妙处来。《边城》是写30年代的茶峒，水边吊脚楼风情,中篇小说容量。秀山县洪安镇,与《边城》发源地茶峒隔河相望,秀山地域其实与《边城》发源地茶峒一脉相承,孪生姐妹也!《边城》的灵气,触动了创作秀山长篇小说的构思灵感,我何不与沈从文先生的《边城》联袂,另辟蹊径,运用一部长篇小说的容量,再续一段秀山边城情缘,以此可填补边城无长篇小说之憾事。

主意打定,我便动笔了。早年在秀山工作期间,曾经听当地老人说,古时候的秀山,漫山遍野都是两人合围的古树林,水之清透碧绿,山峰之秀雅翠美,是现在无法想象的。因而,为再现更原生态自然环境的秀山风貌,我把小说背景放在清朝末年,古时的秀山。这样,苗家人文风情、地理环境,都是原始自然生态的,写进小说里会非常美丽。我喜欢书写人性美好的一面、自然的一面,这跟沈从文先生的心态比较接近。《边城》写水边的吊脚楼,我写秀山山沟沟百年苗寨,两者内容及写作方法虽然不相同,但所接地脉灵气是一致的。唯一区别是,我以一部长篇小说的视角来描述古老美丽的边城,而这边城是窝在一个十分幽静美丽的山沟沟里的百年苗寨,其中内涵韵味要厚实很多了。

确定了创作目标,小说进展比较顺利,写到十万字的内容,我再次到秀山采风积累素材。这次见到德润表哥,他比四年前要苍老了一些,但精神依然矍铄。德润表哥问我秀山的小说写完了没有?还要多长时间能完稿?我说,已经内容过半了。德润表哥说,抓紧时间写啊,我要看到你这部小说面世的。德润表哥说这话的年头,他已经满80岁了,头发全白了。我为这位老人执着的精神所感动,心想,这部小说一定要倾尽心力写好,一定要沉静下来,写出质量来。第二次来秀山,收获非常大。德润表哥、表侄女婿金海和李慧侄女特意陪同我参观了梅江河畔金珠苗寨。表侄女婿金海是个热心人,他对秀山这座城市也是充满热爱之情的,他说秀山缺少一张类似《边城》的文化名片,很期望我正在创作的这部反映秀山苗家吊脚楼风情的长篇小说。我从他对秀山定位旅游开发主业远景期待中,看到了他对秀山未来发展的热情、激情和踌躇满志的信心。亲人们支持的热情,都是满满的让人感动。

金珠苗寨是一座现存原生态的百年苗寨,吊脚楼木板已经发白,寨子里婉约幽深的古村落巷子，依旧保持着百年的模样，只是院墙风化了，木楼古旧歪斜了，那弯弯曲曲的古巷子路径磨损的起了一层茧子。金珠苗寨坐落在鬼笨沟里，蜿蜒近十里路的山沟沟，原生态山林风景异常幽静秀美。为此，我终于找到了故事发源地，这才是真真实实的原型地貌，仿佛每一块斑驳的墙壁里面，都藏匿着一个古老的故事，等着我来造访。好在百年吊脚楼还在，没有经过人为修饰，一切尽显古朴凝重，这是难以见到的原始景象。我们走进苗民家里，访谈了一些旧事，我还特意上了吊脚楼里查看苗家风情民居，纯朴的苗民说家里简陋，很脏，意思是这么窘迫破旧的地方有什么看头。我说，正因为破旧，才有最初原始的味道，我要寻找的就是这种幽幽古老的感觉。我向他们透露要为鬼笨沟的百年苗寨写一部书。他们很惶恐，也十分期待。在他们的眼里，这么破烂不堪的寨子，有什么可写的？要写就写他们目前的处境，希望政府翻新他们的老房子，改变居住条件。我马上说，这百年的老宅千万不能随意改变了，否则，古老的价值就被破坏了。我让他们耐心等待些日子，保护好古老苗寨原始的模样，等我的这部小说出笼，你们就会感到身处古老百年苗寨的价值了。

　　二次到秀山采风收集资料回到上海，我信心百倍，继续往下续写《我的凤凰姐妹》，很是得心应手。构思创作这部小说，我有意借鉴了《边城》抒情诗意情趣，更是妙用了《红楼梦》写实的构思创作手法，但内容是地道当地苗家风情的，富有山野气息的，是世外桃源式的。里面又是更多的儿女情长，青春浪漫气息，尽显人情风物美情美景美事美人。小说叙述语言，既有诗意笔调，又不乏平白家长里短的本然韵味。我的目的是自然美、雅俗共赏美相融合，一切皆是美的事物、美丽的东西。哪怕是一出小悲剧，也描写出一种凄美婉约的意境来。万物是有灵性的，当我在描述自然生物时，它们的灵性就在与我的灵性思维沟通，这样写作起来是愉悦心灵的。我每每进入写作状态中，情绪就沉静在秀山古老的人物风情中，沉静在百年苗寨，那幽谧神秘的山林中。我置身于它们中间，与山涧的泉水、鸟语、走兽、树木花草对话，与一个个鲜活人物的命运一道呼吸、一起经历、一起美丽感伤。用情成习惯了，全身心创作投入进去，有时会久久沉湎于里面不忍离开。

我很注重小说美感的塑造,十分欣赏《红楼梦》里对意境渲染的诗意化来进行人物的刻画。这样的手法运用自然巧妙了,能留住人的灵魂,让你反复品读,不能自拔。《我的凤凰姐妹》里面有许多这样的意境,这些意境更多是原生态自然景物所营造的诗意,它是真实存在的,但平常人眼里很少能发现到这样的美感。所以,只有通过文学化的笔触,将这些幽美自然的美景美情融入人性的故事之美,两者相融合升华产生出来的意境,便可留住人的想念,慢慢去长久回味。这些自然与人相融的诗意意境,是这部小说创作风格特色之一。这是我喜欢的写作手法,当然,也是秀山地域本身充满诗意之美给我带来的创作灵感。我将这些真实的自然美景进行艺术构思深化了,因而,似真似幻虚构的理想青春国世界,是洋溢着一种超凡脱俗的美感。

其次,对于人物的构思也是经过深思熟虑的。我心目中的凤凰姐妹,都是青春浪漫而美丽的。这么幽雅古香古色的苗寨,这么秀丽清婉的山景,这么一处世外桃源的地方,所产生的传说、山歌、山水树木、花草鱼虫和月光都是写不尽的美,道不完的朦胧情趣诗意。在这样美景里生活的凤凰姐妹们,她们的美丽妖娆是不言而喻的。这些自然人性的美,既古典,又不乏苗女本性固有的野性之美韵。我的凤凰姐妹们,个个开朗活泼,脱俗优雅,是从仙画里走出来的人物,她们贴近山野气息的幽美爽快个性,为我们亮出青春人性最美的一面。

我深入苗寨采风,见识到那里的人,十分淳朴厚道。他们把火盆烧热了,请你围炉而坐取暖、拉家常,用柴灶焖一锅香喷喷的红薯米饭让你品尝。邻里之间,互相照应,和睦相处,这才是世外桃源原生态人家的生活。你会感觉到人性原始自然美好的热力,在烘烤着你的灵魂。所以,我们没有理由在小说里破坏这种美感,去制造一种刻意的矛盾冲突、扭曲的人性的丑恶来故意布局悬念,博人眼球。因为现实生活里不是这样的,我是浪漫理想主义者,因而,在我的作品里所看到阳光的东西居多。大自然以晴天为主要,我们何必营造很多的阴天呢?

2017年底,我再次前往秀山百年苗寨采风。这次是德润表哥的小儿子志毛带我前往的,他和妻子对我创作秀山小说是大力支持的。这次进苗寨,我从一位80高龄的苗民那里了解到鬼笨沟的来历。这是一条诡异充满神秘色彩的山沟,给百年苗寨添加了一份神秘的色彩。尤其是一位同行的朋友,喝了鬼笨沟的泉水,回去闹肚子并发生一系列诡异的事情,让人感到奇怪。后来我翻阅苗家风俗,陌生人进苗家山寨,是不可随意喝生水的,否则会闹肚子。奇怪的是,我和随行的女儿也喝了几口鬼笨沟的泉水,竟然安然无恙,而且精神状态一直非常好,这让同行的朋友感到诧异。我开玩笑说,也许苗寨里故去的先人们,知道我是来为他们写书的人,所以,处处是护佑我的。而你,本是约请你来开发苗寨,但你到了鬼笨沟感觉阴气,不喜欢此地,所以,心灵感应,你遭遇不测也是有因果的、合情合理的。

这是二次进苗寨一段传奇经历插曲。后来,双休日,德润表哥、金海和几个侄儿侄女带着我们先后参观了秀山川河盖梳子山、边城茶峒和轿子顶。尤其是游览《边城》胜地,被此地青山绿水感染了。其间,有古人一绝对,但只有上联"尖山似笔倒写蓝天一张纸"。于是我当即凑句子,拟出"绿水如烟草书白河半坡云"下联对之。因当时雨过云散,正有云在河对岸半山腰游动,因而得此灵感。得了边城灵气,思绪满满。一路自然美丽山景,让人目不暇接,处处都是可以吸收的创作灵气,为我顺利完成《我的凤凰姐妹》创作提供了大量的、可见的真实素材背景。奇怪的是,每一次到秀山采风,我都一样怀揣着新鲜感,对此地从来没有厌倦过,反而感情越来越深了。我到过许多风景美丽的地方,但那些地方去过一回,往往没有再想去第二次的感觉。秀山就不一样了,来过几次了,心里还一直想念着那个地方,这是一种难以名状的故乡情结驱使。我与这片美丽的土地彼此记挂着所要完成的使命。因而,始终相看不够的。

在这里,我还要特意提到的是《我的凤凰姐妹》插图画家杨华先生。杨华先生是上海资深画家、评论家和诗人。他创办有知名度很高的"杨华访谈"品牌栏目,在画界颇具影响力。杨华是我的真挚朋友,当他得知我在创作一部反映边城百年苗寨长篇小说时,给予了我极大的精神动力激励。杨华喜欢充满边城情趣画意的小说。他一直看好这部作品，说像我这样能够静下心来，坚持写纯文学的作家不多了，而且创作一部类似沈从文《边城》地域的小说，他对此是非常感兴趣的。所以，积极主动帮助我策划，提出合理建议。我们时常在一起喝茶，聊《我的凤凰姐妹》的事宜。我请杨华为《我的凤凰姐妹》插图，他欣然同意，并花费一周时间，亲自坐火车前往边城茶峒和秀山苗寨考察，积累创作素材。他创作的插图，富有想象力创意，充满了苗家风情的神秘和内涵诗意。他这种认真的创作态度，激励鞭策了我。后来，他为这部作品策划了《我的凤凰姐妹》书名。其间，还有一段小插曲。有一天，我们在建立的百年苗寨群里征集这部小说的书名意见时，他以为要改换另外的名字，竟然一夜为此没有睡好觉。杨华说，我非常喜欢"我的凤凰姐妹"书名，若是改换其他的，我是不敢接受这个现实，可能是我对这本书爱的太深！为此，一夜未眠。我得知后安慰说，书名提出来议论只是探讨，看还有没有更好的名字。现在定下来了，就叫《我的凤凰姐妹》。我的凤凰姐妹，叫着亲切。杨华高兴地说：书名好像我的敏感神经，这个书名是我的最爱。只有与众不同，独秀容易出彩。这书若不出彩，太可惜啦！杨华是真性情的朋友，能为朋友无私助力的朋友。

《我的凤凰姐妹》创作完成过程，凝聚着许多亲朋好友的智慧和精神动力的支持。没有这些动力的鞭策和激励，这部小说不可能创作完成的。在这里，要特别感谢人民日报出版社的责任编辑，因为有她们的伯乐慧眼，才有今天《我的凤凰姐妹》的顺利出版面世。文友雅萍老师，她是资深的朗诵艺术家，对文学有很高的修养。雅萍老师读了部分内容，对这部小说丰富的想象力大加赞赏，并提出了很多创意性的好建议。还有好友王华英老师，他是著名表演艺术家，电视剧《潘汉年》主演。他从我有想法要创作一部湘西苗家的题材的小说开始，就非常关注支持。当看了小说的引子，给予积极评价说："粗略读了引子，感觉与当下一些软性小说大不一般，冒出个印象，作者像一棵枝繁叶茂的老树，其根部盘根错节，道劲老辣，沧桑幽默。"王老师对这部苗寨版边城小说非常看好，并有意将这部小说改编成影视，搬上银屏。还有提供封面画的著名女画家秦瑛老师,她富有少数民族风情的油画,为这部书的装帧设计增添了绚丽多姿的美感色彩。其间,我到秀山采风,得到秀山县各级各部门鼎力相助。我十分感激在我创作路上的这些贵人,众人拾柴火焰高,《我的凤凰姐妹》的诞生,是众人拾柴的结果。无论将来书的命运如何,我们是用文学的笔墨为秀山地域勾画了一幅美情美景的艺术图卷,是花费了心力和纯粹的精神动力的。相信《我的凤凰姐妹》面世,会给边城秀山吹来一股新绿的春风。有句古诗:好雨知时节,当春乃发生。《我的凤凰姐妹》发生的正是时候。

2018 年 5 月 27 日